Série Aliança de Sangue

Inocência Perdida
Liberdade Perdida
Resistência Perdida
Rebeldia Perdida
Realeza Perdida
Crueldade Perdida
Eternidade Perdida

ETERNIDADE PERDIDA

Série Aliança de Sangue — Livro 07

Tradução
ANDRÉIA BARBOZA

AUTORA BESTSELLER DO USA TODAY

LEXI C. FOSS

Eternidade Perdida

Série Aliança de Sangue

Lexi C. Foss

Copyright de Eternally Bitten © Lexi C. Foss, 2024.

Tradução: Andreia Barboza

Copidesque da tradução: Luizyana Poletto.

Texto revisado segundo o novo Acordo Ortográfico da Língua Portuguesa.

Design de capa: Julie Nicholls, Covers by Julie

Fotógrafo: Wander Aguiar

Modelo da foto: Lucas Loyola & Ella

eBook ISBN: 978-1-68530-324-2

Paperback ISBN: 978-1-68530-325-9

Para aqueles que amam este mundo tanto quanto eu. Espero que esta conclusão seja tudo o que você desejou e muito mais.
Obrigada pelo seu apoio.
Amo vocês! <3

ETERNIDADE PERDIDA

Série Aliança de Sangue — Livro 07

ETERNIDADE PERDIDA

Achei que poderia mudá-lo.
Eu estava errada.
Cam não é o homem que amei. Ele é um monstro.

Estou disposta a lutar por ele?
A perdoá-lo?
Ou matá-lo é o único caminho a seguir?

Este é o futuro onde lycans e vampiros ditam as regras.
Mas suas companheiras são as verdadeiras monarcas.
Porque nós somos as donas dos corações deles.

O problema é que não tenho mais certeza se Cam ainda
tem um.
Já fui destinada a ser sua rainha.
Agora, não sou nada além de um brinquedo.

Um que está prestes a quebrar.
A menos que eu acabe com Cam primeiro...

Nota da autora: *Eternidade Perdida* contém conteúdo sombrio
e é a conclusão da série Aliança de Sangue.

NOTA DA LEXI

Muito obrigada por se juntarem a mim em *Eternidade Perdida*, o último livro da série Aliança de Sangue. Como tal, este livro é melhor lido depois de *Crueldade Perdida*, porque continua a história de Cam e Izzy.

Cam e Izzy roubaram um grande pedaço do meu coração neste livro. Eu os amo muito, assim como todas as outras vozes deste universo. É intenso. Divertido. Sombrio. E bonito.

Há certa luz neste livro para ajudar com toda a escuridão de *Crueldade Perdida*. Mas este livro é sobre cura. Portanto, ainda existem tons mais sombrios que incluem pensamentos suicidas ou depressivos. Também existem temas de não consentimento (mas não entre Cam e Izzy). Este é um mundo governado por vampiros e lycans, onde os humanos são essencialmente escravos.

Bem, foi uma jornada incrível e mal posso esperar para ver o que o futuro reserva para este universo.

Aproveitem! E por favor, deixem um comentário para me dizer o que achou. Adoro receber mensagens de meus leitores de outros idiomas. Vocês tornam traduzir meus livros muito divertido!

Abraços,
Lexi

Houve um tempo em que a humanidade governava o mundo enquanto lycans e vampiros viviam em segredo.

Esse tempo já passou.

Bem-vindo ao futuro, onde as linhagens superiores fazem as regras.

Prossiga por sua conta e risco.

A ALIANÇA DE SANGUE

O direito internacional substitui toda a governança nacional e será mantido pela Aliança de Sangue — um conselho global dividido em partes iguais entre lycans e vampiros.

Todos os recursos devem ser distribuídos igualmente entre lycans e vampiros, incluindo território e escravos de sangue. No entanto, a posição social e a riqueza ficarão a critério de cada grupos e casas.

Matar, machucar ou provocar um ser superior é passível de punição com morte imediata. Todas as disputas devem ser apresentadas à Aliança de Sangue para julgamento final.

Relações sexuais entre lycans e vampiros são estritamente proibidas. No entanto, parcerias de negócios, quando proveitosas e adequadas, são permitidas.

Os seres humanos são classificados como propriedade e não possuem direitos legais. Cada um será marcado através de um sistema de classificação com base no mérito, inteligência, linhagem, habilidade e beleza. Priorização a ser estabelecida no nascimento e finalizada no Dia do Sangue.

Por ano, doze mortais serão selecionados para competir pelo status imortal do sangue, a critério da Aliança de Sangue.

Desses doze, dois serão mordidos para a imortalidade. Os outros vão morrer. Criar um lycan ou vampiro fora desse processo é ilegal e passível de punição com a morte imediata.

Todas as outras leis ficam a critério dos grupos e da realeza, mas não devem desafiar a Aliança de Sangue.

Corredores intermináveis. Escadarias. Criptas.

Embora eu conhecesse os túneis estruturais que Lilith construiu sob a Cidade do Vaticano, não estive muito na superfície. As poucas visitas que fiz ao Coventus não contavam.

Mas agora, eu preciso de uma saída.

Uma fuga.

Algum lugar para levar a mulher inconsciente em meus braços.

Minha *Erosita*.

Minha *companheira*.

Merda.

Sua mente revelou tantas verdades, tantas *memórias*, que mal consegui ouvir meus próprios pensamentos.

Ela reviveu a noite em que nos conhecemos de forma repetida, pensando em como eu a salvei de ser estuprada por um grupo. Essa lembrança se misturava com o presente enquanto a palavra *apropriado* ecoava em sua cabeça.

Parece apropriado o suficiente para mim.

Minha voz ecoava em sua mente, mas eu nunca disse essas palavras. Eu disse a Michael para deixá-la em paz, não para arrastá-la para uma sala cheia de vampiros de baixo nível.

Você vai gemer de alegria enquanto eles te destroem, ele disse a ela.

Se eu o visse em nosso caminho para fora daqui, eu o destruiria.

O que é que ele estava pensando?, eu me perguntava enquanto subia várias lances de escadas em direção às catacumbas.

Havia inúmeras escadas por todo o complexo. Escolhi este porque queria evitar o Coventus, que ficava no coração do antigo Vaticano, ao nível do solo.

Não sabia em quem poderia confiar aqui embaixo. E não queria correr o risco de encontrar alguém.

As memórias de Ismerelda me alertaram sobre algum tipo de arma que Lilith usou para me incapacitar.

Impossível, eu continuava pensando. Mas não havia como negar a validade da afirmação na mente de Ismerelda.

A mesma arma foi usada em Ryder. No entanto, ele foi salvo pela sua *Erosita*.

E então ela o ajudou a matar Lilith, me lembrei, reunindo a verdade das lembranças de Ismerelda dos eventos. Ryder concluiu o trabalho com um machado, mas sua companheira híbrida imobilizou Lilith primeiro.

Fascinante.

Me perdi em suas memórias mais uma vez, sua psique possuía uma riqueza de informações do meu tempo perdido na terra.

Tudo que ouvi contradizia o que achei que sabia.

Os registros de Lilith me retratavam como soberano, o

criador deste novo mundo. Minha visão era que lycans e vampiros governassem. Para os humanos não serem tratados como lixo. Criar um sistema de superioridade baseado no sangue. Livrar a nossa espécie dos vínculos *Erosita*.

Deuses, que idiota fui em acreditar em uma voz em um computador. Mas Michael também desempenhou bem o seu papel, fingindo ser meu assistente. Simulando subserviência.

Merda, ele era mesmo meu descendente?

Qual era a profundidade dessas mentiras? Qual era a verdade? O que era ficção?

A mente de Ismerelda continha tantas respostas... respostas que verifiquei enquanto tentava me concentrar no que estava ao meu redor.

Não havia tempo para avaliar suas memórias de maneira adequada. Eu tinha que ir para algum lugar seguro. Um lugar onde eu poderia dedicar tempo absorvendo mil anos de conhecimento e experiência, e descobrir o que realmente estava acontecendo aqui.

Um local onde poderíamos ficar sozinhos e nos curar.

Ismerelda se trancou em sua cabeça, com o corpo completamente flácido enquanto eu a carregava pelas catacumbas. Falar com ela nesse estado seria impossível, mesmo com a minha capacidade de conversar mentalmente.

Em vez disso, nossas psiques pareciam estar se entrelaçando, minhas perguntas provocavam respostas em seus pensamentos e forneciam memórias para acompanhá-las.

Como agora, enquanto seguia pelo subsolo, me lembrei da última vez que estivemos aqui juntos.

Havia uma escada que levava ao nível do solo, uma porta que os humanos não sabiam que existia, graças aos vampiros que manipulavam as mentes deles.

O instinto me levou até lá. Principalmente porque eu não confiava no que sabia... ou no que achava que sabia.

Havia câmeras por toda parte.

Inclusive no meu quarto, percebi como mais uma experiência que Ismerelda agraciou em nosso vínculo. *Ela encontrou a câmera no teto perto da cama, viu a filmagem no meu laptop.*

Eu perguntaria por que ela nunca me contou sobre isso, mas já sabia a resposta: eu nunca a teria ouvido.

Ela era humana. Uma escrava glorificada. Destinada a prover apenas sangue e sexo.

No entanto, uma parte de mim já havia começado a reconhecê-la como minha igual. Uma parceira em potencial. *Minha rainha.*

Eu me perguntei por que não a transformei. Infelizmente, essa parte permanecia obscura.

Mas esta mulher era minha em todos os sentidos.

Por que eu te bloqueei da minha mente? questionei. *Por que eu cortaria nosso vínculo?*

A resposta me atingiu em uma onda de agonia quando Ismerelda lembrou minha escolha de construir aquele muro impenetrável, como eu assumi a responsabilidade de enfrentar Lilith sozinho e não envolvi minha *Erosita* na decisão.

— Pensei que Cam tivesse te contado o plano. Mas se você não sabe — Luka disse depois de contar a ela sobre como eu aparentemente encenei sua morte. — Eu... Izzy...

— Cam acabou de encenar sua morte para ser capturado por Lilith — Mira acrescentou. — Ele sabe que ela não vai matá-lo. Seu sangue é muito poderoso para ela desperdiçar. Mas ele espera falar com ela. E precisa que você permaneça aqui, onde estará segura enquanto ele trabalha.

Eu realmente falei isso?, me perguntei. *Ou é outra mentira?*

Michael me disse que Mira serviu como babá de minha *Erosita*, garantindo que Ismerelda permanecesse segura e contente enquanto eu dormia. Também serviu ao duplo propósito de espionar o Clã Majestic e seus associados: vampiros e lycans que podiam não estar se adaptando às mudanças do mundo tão bem quanto os outros.

Isso parecia ser verdade na maior parte, mas a explicação estava certa? Eu realmente deixei Ismerelda só para falar com Lilith?

Por que eu faria isso?

Uma memória recente respondeu à minha pergunta.

— Ele nunca quis nada disso. Ele se opôs a isso. — A voz de Ismerelda era insistente. Irritada, até.

— Para você — Michael respondeu. — Mas como Lilith previu, sem a sua influência mortal, ele é um vampiro de verdade. Só precisávamos ter certeza disso antes de soltá-lo no mundo.

A lembrança se transformou em Michael admitindo porque ela foi trazida aqui: para testar a teoria.

Ele alegou que *passei* porque não me importava mais com ela, como evidenciado por deixá-la com aqueles monstros.

Puta merda. Se eu pudesse destruir a todos de novo, eu o faria. Especialmente ouvindo Ismerelda reviver aquilo repetidas vezes, a justaposição entre o evento e como nos conhecemos causando estragos em seus pensamentos.

Eu queria forçá-la a parar. Fazê-la acordar. Mas não consegui. Não aqui. Não ainda.

A escada que vi em sua mente finalmente apareceu. A área ao redor estava escura e vazia. Não havia sinal de vida. Apenas poeira e cheiro de calcário antigo. Ainda assim, subi com cuidado, com meus sentidos em alerta máximo, esperando que alguém se colocasse em meu caminho.

Michael mencionou *nós*. Ele estava se referindo a si mesmo e a Lilith? Ele e Mira? Ou havia outra pessoa responsável aqui? Talvez um mestre de marionetes que ainda não vi...

Independentemente disso, precisava estar preparado para tudo. E qualquer arma que Ismerelda ficasse pensando dentro de sua mente.

A arma que me incapacitou. Me *destruiu*. Minha mente. Meu amor por ela. Minha alma.

Vou resolver isso, minha rainha, prometi a ela enquanto saía noite adentro, com o foco nas sombras do pátio pavimentado de pedra.

Nada se movia ou respirava, inclusive eu. Não confiei no silêncio, não depois de todos os detalhes que descobri nos últimos momentos.

Michael disse que isso era um teste no qual passei. Mas não era verdade. Como foi comprovado pela mulher inconsciente em meus braços. Ela ainda estava coberta com o sangue dos vampiros que matei, a essência pegajosa.

Porque apenas alguns minutos se passaram desde que a encontrei.

O que significava que Michael poderia estar vindo atrás de nós agora.

Tente, pensei, flexionando a mandíbula.

Mas a arma desconhecida prejudicou minha confiança. Pelo que a psique de Ismerelda me contou, o dispositivo manipulou a parte da mente conectada à *Erosita* de um vampiro.

Ismerelda suspeitava que essa pudesse ser a causa da minha perda de memória. Faria sentido, porque todos os eventos ligados a ela não existiam mais na minha cabeça, mas eu conseguia me lembrar de outras coisas.

Como este pátio.

Já estive aqui antes. Uma dedução óbvia, visto que Ismerelda me mostrou isso mentalmente, provando que estivemos aqui juntos.

Mas também estive aqui sem ela, porque me lembrei de detalhes que não percebi em seus pensamentos. *Como a única saída do pátio.*

Fui até o arco que levava a uma antiga rua lateral, meus sentidos percorrendo o beco de paralelepípedos em busca de possíveis ameaças.

Nada.

Porque aqui estávamos fora dos muros da Cidade do Vaticano.

E todos os vampiros estavam dentro do bunker, protegendo outros bens imortais.

Essa parte eu sabia que era real: a falta de pessoal sobrenatural no local. Lilith não confiava a muitos de nossa espécie nossos... não, *seus*, segredos. Assim, a principal segurança que eu deveria enfrentar aqui seriam os Vigílias humanos.

Pelo menos, até Michael enviasse outros para virem atrás de nós.

Supondo que eles estejam me perseguindo.

Não houve tempo para refletir sobre as intenções de Michael ou o que aconteceria. Precisava colocar distância entre nós e este lugar. *E a arma que me tornou inútil.*

Segui pelo beco até outra rua principal, meus movimentos guiados por lembranças antigas do que Roma costumava ser.

Infelizmente, não era nada como eu lembrava.

Silencioso. Abandonado. *Desolado.*

Os edifícios não estavam desmoronando ou destruídos, apenas *vazios*. A poeira assentou no ar ao meu redor, as pequenas partículas perturbadas pelo meu teletransporte pelas ruas vazias.

Preciso de um carro, decidi, sem ver nenhum à vista.

Mas eu sabia, pela minha ida ao aeroporto na outra semana, que havia vários automóveis e bicicletas perto do complexo.

E ainda mais perto da fronteira da cidade, que atravessamos para chegar aos campos de aviação.

Tudo era guardado por humanos. Nada de vampiros ou lycans.

Isso me dava uma vantagem.

Lilith não teria confiado aos mortais um dispositivo potencialmente letal contra sua própria espécie. Ela só lhes dava armas para usarem contra outros humanos. E os ensinou a serem subservientes aos vampiros.

O que mais ela ensinou?, me perguntei enquanto teletransportava Ismerelda e a mim mesmo por uma rua familiar. Era o mesmo caminho que fiz com Michael até o aeroporto, a estrada tão vazia quanto todos os becos e prédios ao nosso redor.

Deuses, eu estava tão irritado naquele dia. A ideia de ter que dirigir até minha *Erosita* parecia degradante e abaixo de mim.

— Ela deveria vir até mim, e não o contrário — eu disse a Michael. — Por que é que estou aqui, esperando pela porra de um brinquedo?

— Porque ela insistiu — Michael me disse. — Eu avisei, meu soberano. Ela não está se conformando como os outros humanos. A mulher parece pensar que é algum tipo de rainha.

Fiquei enojado com o conceito e ainda mais desanimado quando ela correu em minha direção na pista.

Toda aquela esperança em seus olhos...

Aquela felicidade...

Engoli em seco, olhando para ela agora. Sangue e outros fluidos manchavam suas belas feições, seu corpo nu e sem vida em meus braços.

Não há mais esperança. Nem felicidade.

Não há *vida.*

Cerrei os dentes enquanto seguia mais um quilômetro à frente. Andei devagar, principalmente porque estava carregando Ismerelda. Não queria arriscar machucá-la. Não mais do que já tinha machucado, de qualquer maneira.

Felizmente, não demorou muito para chegarmos ao bloqueio da cidade: um conjunto sofisticado de portões que foram instalados na estrada para forçar a parada de carros e bicicletas na entrada.

Muitas das outras estradas que levam a Roma foram demolidas ou bloqueadas por conjuntos residenciais que abrigavam Vigílias e outros servos mortais.

Servia a dois propósitos: um lugar para os humanos dormirem e um meio de forçar qualquer pessoa que se aventurasse em Roma a interromper seu percurso.

Vampiros e lycans presumiam que isso existia para regular o acesso ao Coventus e às virgens de sangue que viviam ali.

Eles estavam parcialmente certos. Mas a falta de investigação ou de perguntas fez com que não percebessem o que estava escondido por trás de tudo.

Um laboratório cheio de experimentos imortais. Pelo menos, eu sabia que essa parte era verdade. Todo o resto tinha que ser visto.

Cinco humanos entraram em ação quando cheguei, o choque deles era palpável.

Dois se curvaram instantaneamente.

Um segurou a arma com um pouco mais de força.

E os outros dois ficaram boquiabertos antes de se lembrarem de seus papéis e imitarem a reverência que o primeiro par executou.

Um coro de *Sire* encheu o ar, os Vigílias não sabiam o que fazer.

O objetivo deles era proteger os limites da cidade e relatar qualquer chegada, o que provavelmente sempre ocorria de automóvel ou limusine, e não a pé.

— Preciso de um carro — disse a eles. — E de um telefone. — Eu não tinha ideia se o último funcionaria... *os problemas de rede também eram mentira?* Ou para que número eu ligaria, mas um dispositivo de comunicação parecia uma boa ideia.

A menos que também estivesse equipado com um mecanismo de rastreamento.

Merda. E se houver um rastreador dentro de mim? Michael estava tão obcecado com a possibilidade de Ismerelda ter um. Era por isso? Por que ele sabia que eu tinha um?

Se fosse esse o caso, eu precisava colocar a maior distância possível entre mim e esta cidade.

Precisamos cruzar uma fronteira. Entre em um território onde Michael e Mira não ousarão entrar.

Região de Hazel, decidi no instante seguinte, lembrando o que Mira disse sobre Hazel.

— *Hazel nunca aprovou o reinado de Lilith.*

Podia ser mentira. No entanto, examinando a mente de Ismerelda agora, não detectei nenhum indício de antipatia pela antiga membro da realeza.

Muito diferente da resposta de Ismerelda aos pensamentos sobre Mira e Lilith.

Minha pequena leoa era selvagem quando se tratava da agora morta *Deusa*. Ela ficou animada e com inveja, porque a *Erosita* de Ryder foi quem derrubou Lilith. Ela queria matar a vadia novamente. Fazer sua dor durar. *Sangrá-la até secar.*

Rosnei em aprovação por dentro, meu desejo rivalizando com o dela.

Mas tínhamos assuntos mais urgentes para resolver, como o fato de nenhum dos humanos ter respondido a mim ainda.

— Não fui claro? — perguntei, arqueando uma sobrancelha. Não que algum deles pudesse ver, todos estavam olhando para o chão, inclusive aquele que estava com a arma. — Preciso de um carro e um telefone. Também preciso de um humano que possa me ajudar a fazer uma ligação.

Principalmente porque eu não tinha ideia de quais números discar para falar com alguém. Michael me ajudou a ligar para Jace há algumas semanas, e a conexão externa estava indisponível desde então.

Eu precisaria ligar para Hazel primeiro e informá-la da minha intenção de ir para a região dela.

A menos que as chamadas sejam monitoradas.

Mas Michael provavelmente enviaria alguém atrás de nós. E podemos ter rastreadores embutidos em nós em algum lugar.

O que significava que eu precisava que esses humanos começassem a se mover.

— Agora. — Pronunciei a palavra em voz alta, minha impaciência ecoou no grunhido em minha voz.

— Keys — sussurrou o que estava com a arma, a palavra significava chaves em nosso idioma. — Keys.

Minha testa franziu.

— Sim, as chaves seriam úteis.

Mas o idiota começou a balançar a cabeça, o tremor me fez questionar por que confiaram uma arma a este Vigília.

— N-não, você...

— Ele está me chamando — uma voz profunda respondeu quando um homem de pele escura apareceu na minha visão periférica. Ele estava na porta de um dos novos edifícios em estilo residencial, sendo que na verdade era um depósito de segurança.

— Minha unidade me chama de Keys — ele continuou, vindo em minha direção. — Sou Vigília Um, gerente deste posto de controle. Como posso ajudá-lo, Sire? — Ele inclinou a cabeça nessa última parte, sua reverência um pouco atrasada. Pelo menos de acordo com os novos costumes.

— Preciso de um carro, um telefone e um ser humano que saiba operar os dois — disse a ele. — E preciso que tudo isso seja feito agora.

Ele levantou a cabeça, erguendo as sobrancelhas castanhas.

— Apenas dois de nós sabemos dirigir, um deles sou eu. E sou o único que foi treinado em dispositivos de comunicação.

— Então acho que você é quem eu preciso agora, *Keys*. — Olhei para ele com expectativa.

Embora meu cérebro pudesse ser uma confusão crivada

de verdades e mentiras, a hierarquia da nossa realidade era certa: vampiros e lycans governavam e os humanos serviam.

Eu apenas achava que todo o conceito tinha sido ideia minha, graças à confusão mental de Lilith.

Keys pigarreou.

— Certo. Sim. Isso...

Um alarme estridente o interrompeu e ele curvou os ombros quando se encolheu. Os outros humanos reagiram de forma semelhante, todos em alerta total, seus olhares examinando os limites em busca da causa da perturbação.

Meus sentidos se aguçaram quando um zumbido encheu meus ouvidos, a fonte vinha do pulso de Keys.

Ele respondeu quase um segundo depois, seus reflexos humanos muito mais lentos que os meus. Segurei seu antebraço antes que ele pudesse atender à chamada, o peso de Ismerelda mudou contra meu peito.

— Ignore os alarmes. Retire o relógio e deixe-o no chão. Então se concentre em encontrar um carro e um telefone para mim. — Pronunciei cada palavra com compulsão enquanto enviava uma explosão de poder para os humanos ao nosso redor, nocauteando-os com um comando mental para *dormir*.

Poucos da minha espécie possuíam esse nível de persuasão vampírica.

Mas eu não era um imortal comum.

Era o vampiro mais velho que existia.

Aquele que deveria ser rei.

A porra do Soberano legítimo.

— Sim, Sire — Keys respondeu, engolindo em seco. Ele passou o olhar pelos corpos caídos ao nosso redor enquanto tirava o relógio.

— Ignore-os — eu o instruí. — Se concentre em minhas tarefas.

Reajustei Ismerelda nos braços e pisei em seu relógio antes de fazer o mesmo com o meu.

Não servia a um propósito verdadeiro, mas acalmava a raiva que crescia dentro de mim. Pelo menos, por enquanto.

— Por aqui, Sire — o humano disse com a voz desprovida de emoção enquanto aderia aos meus comandos.

Eu o segui com o alarme ainda soando nos relógios dos humanos que deixamos para trás. O som ecoou à distância também, me dizendo que mais humanos estavam sendo enviados para nossa localização. Percorri meus sentidos em um raio de oitocentos metros, derrubando todos os mortais no chão e os coloquei em um sono temporário semelhante ao coma.

Não havia muitos humanos, talvez três dúzias.

E meus sentidos não detectaram um único lycan ou vampiro.

Eles ainda estavam no subsolo ou não se preocuparam em vir atrás de mim.

Pelo menos, presumi que os alarmes fossem para mim e Ismerelda.

Não que houvesse muito que um exército de humanos pudesse fazer contra mim. Exceto, talvez, atirar para me nocautear temporariamente. Mas isso exigia que estivessem acordados, conscientes e fossem corajosos o suficiente para tentar.

Existem falhas em seu sistema, Lilith, pensei para sua alma morta. *Muitas falhas.*

Keys me levou até a casa onde ele usou um cartão do bolso para abrir digitalmente um armário de aço embutido na parede logo após a porta.

— Que carro gostaria, Sire? Temos...

— Quero o carro mais rápido que você tiver, que percorra a maior distância sem precisar parar.

Ele assentiu e pegou um molho de chaves da fileira de cima.

— Este está pronto para percorrer mil e quinhentos

quilômetros e atinge no máximo quinhentos quilômetros por hora.

Ameacei arquear as sobrancelhas.

— Mesmo? — Isso era... impressionante. A tecnologia claramente continuou a avançar enquanto eu dormia. — Serve.

Em vez de responder, ele se abaixou para encontrar o segundo item que solicitei.

— Telefone via satélite — ele disse enquanto o estendia para mim. Então recitou uma série de dígitos, dizendo que era o código para uma chamada externa.

— Espere um pouco e me leve para o carro — eu disse a ele, não aceitando o telefone.

Ele obedeceu, com passos lânguidos em vez de rígidos. Quase como se estivesse gostando da minha compulsão, e não a odiando.

Quando chegamos a um elegante sedã preto, apontei com a cabeça em direção à porta de trás.

— Abra.

Ele obedeceu sem que eu tivesse que obrigá-lo.

Hum. Coloquei Ismerelda no interior de couro macio, sua forma ensanguentada e machucada me fez movê-la mais devagar do que normalmente faria. Não queria arriscar machucá-la ainda mais.

— Sabe o número da região de Hazel? — perguntei a Keys.

— Sei o número do posto de controle na fronteira — ele respondeu.

— Bom. Quero que ligue e avise que estamos chegando. — Eu me endireitei para olhar para ele. — E avise que é você quem está dirigindo.

CAM

Keys fez a ligação.

Depois se sentou no banco do motorista, abriu um painel de navegação para nos direcionar para a região de Hazel, algo que verifiquei o observando de perto, e começou a dirigir.

Três horas depois, ele continuava em silêncio, com o olhar voltado para a estrada quando entramos na antiga Bolonha. Ele estava se saindo bem com o carro, mas dirigia em um ritmo mais lento do que eu ao volante.

No entanto, não parecia ter ninguém nos seguindo.

Então deixei que ele continuasse enquanto observava do banco de trás.

Tirei o paletó para envolvê-lo em Ismerelda, que estava com a cabeça apoiada no meu colo e os olhos fechados. Ela não se mexeu. Minha querida rainha se trancou profundamente em sua própria mente. Eu queria persuadi-la, mas para fazer isso precisava entendê-la. *Nos* entender.

Assim, meu foco mudou entre o ambiente ao nosso redor e as memórias dela. *Nossas* memórias. Memórias que talvez nunca tenha experimentado por mim mesmo.

Como me tornei esse homem? fiquei me perguntando, confuso com a delicadeza com que tratei Ismerelda. Ela era minha bonequinha de porcelana, um ser lindo que eu tinha muito medo de machucar. Por isso a deixei naquela prateleira intocável e fiz tudo ao meu alcance para garantir que ninguém e nada pudesse machucá-la.

Eu não notei a leoa espreitando em seu olhar? Talvez estivesse muito cego pelo meu coração ou com muito medo de perdê-la para me concentrar em qualquer outra coisa que não fosse protegê-la.

Mas em algum momento, perdi de vista quem ela poderia ser. O que *nós* poderíamos ser.

Eu a deixei aos cuidados de outro homem – um lycan – e fugi para salvar o mundo sem ela.

Que coisa arrogante e egoísta de se fazer.

Nada deveria ter me importado com algo além da vida de Ismerelda. No entanto, eu a abandonei por todos os outros. Coloquei o destino da humanidade acima do destino da minha *Erosita*.

Talvez *egoísmo* não fosse o termo certo. No entanto, parecia assim.

Coloquei meu propósito, meu objetivo, acima de meu relacionamento com Ismerelda. Não pedi a opinião dela. Não a tratei como igual. Eu apenas... agi.

Ela nutria algum ressentimento por isso. No entanto, esse ressentimento estava repleto de culpa.

Porque ela não queria me culpar pela minha decisão. Ela entendia. E até queria me elogiar por isso.

Mas no fundo, estava magoada. Nervosa. *E com medo.*

Esse tipo de decisão exigia uma conversa. No entanto, não houve.

Eu simplesmente a descartei.

E desapareci.

Passei os dedos por seus fios repletos de nós, engolindo em seco enquanto continuava a percorrer sua mente, aprendendo mais sobre nossa história.

A maior parte parecia errada, como se eu estivesse observando um passado que pertencia a ela, não a mim. O que eu estava, de certa forma. Exceto que todas as suas lembranças mostravam um homem que se parecia comigo. *Cabelo escuro. Olhos azuis. Mandíbula esculpida. Nariz reto. Magro, mas musculoso. Cintura fina. Bela bunda.*

Suas descrições sobre mim passaram pela minha mente, fazendo meus lábios se curvarem em diversão.

Ela poderia me odiar quando acordasse, mas parte dela ainda me quereria. Assim como aconteceu durante toda a semana.

Mas pensar nisso me fez ouvir seu sofrimento mental, algo que não percebi enquanto estava perdido em sua doce boceta.

Ela estava infeliz.

Em êxtase em alguns pontos também. Mas no geral... *destruída.*

O que levava ao seu estado atual.

— Merda — murmurei e esfreguei a mão no rosto enquanto seus pensamentos e memórias corriam sobre mim, o calor queimando meu coração em vez de minha virilha.

Ela gostou do que fiz com ela, ao mesmo tempo que odiou. Porque eu a tratei como se ela não significasse nada. Um brinquedo para ser comido. *Alguém que eu não conhecia ou respeitava.*

Ismerelda não estava errada.

Mas também não estava exatamente certa.

Eu lidei com ela com violência, porque sabia que ela

aguentaria. Mais do que isso, eu sabia que intensificaria seu prazer, o que aconteceu.

No entanto, ela estava muito perturbada para aproveitar.

Estava acostumada com um homem que a tratava como um objeto frágil, não como igual.

Isso é um erro do meu passado, pensei para ela. *Algo que vou corrigir.*

Ismerelda não era uma boneca dócil, ela era muito mais.

Você é minha rainha, sussurrei para ela. *Por que eu nunca te transformei?*

A resposta não se revelou, suas memórias não tocaram muito no assunto de ela não se tornar uma vampira.

Nunca discutimos isso?, me perguntei.

Eu a mantive humana por seu sangue? Ou porque preferi mantê-la fraca?

A primeira seria uma razão prática. A última... egoísta.

Com um suspiro, me concentrei novamente nos arredores, notando a selvageria crescendo ao longo das estradas. Vinhas e outras hortaliças ocupavam as vitrines vazias, postos de gasolina e várias outras estruturas. Estava claro que esta área não era habitada há mais de cem anos. E, além da estrada, nada mais foi cuidado.

— É assim em todo lugar? — perguntei a Keys. — Os edifícios degradados e a vegetação descontrolada?

O humano piscou para o espelho antes de voltar a focar na estrada.

— Eu... não sei, senhor. O aeroporto é o mais longe que já estive do Coventus. Além do meu tempo na Universidade de Sangue, pelo menos. Mas isso... não era assim.

Eu o considerei por um momento.

— Como era? Na Universidade de Sangue, quero dizer.

— Frio — ele respondeu sem perder o ritmo. — Havia gelo por toda parte.

— Humm, então era uma das escolas nórdicas —

adivinhei, me lembrando do mapa das localizações da Universidade de Sangue.

Havia dez espalhadas pelo mundo, algumas em ilhas aleatórias e outras em locais que vampiros e lycans não queriam reivindicar, como terras cobertas de neve.

— Você estava em Svalbard ou na Groenlândia — disse a ele. — Não que esses nomes signifiquem alguma coisa para você agora.

Ele não disse nada, apenas se concentrou na estrada, mas percebi o interesse sutil em suas feições: o alargamento de suas narinas, o modo como sua garganta se movia enquanto ele engolia, seu olhar arriscando me encarar no espelho mais uma vez.

— Você não tem ideia de quem sou, não é? — perguntei, a constatação foi mais um soco no estômago.

Os registros de Lilith afirmavam que os humanos aprenderam sobre a realeza e os alfas, nossas identidades bem conhecidas e reverenciadas.

Mas Keys não mencionou meu nome quando ligou mais cedo.

Eu não tinha pensado muito nisso, minha preocupação era sair de Roma.

No entanto, agora compreendi o erro fatal daquela conversa.

— Hazel não tem ideia de que estou indo — pensei em voz alta, o humano aparentemente paralisado no banco da frente. — O pessoal do posto de controle não pediu uma identidade?

— Você é um vampiro, Sire — Keys respondeu. — Não cabe a nós pedirmos um nome.

Quase ri.

— Claro. — *Porque os humanos servem neste mundo.* — Mas você não me conhece. O meu nome. Meu reinado. Meu status real?

Os ombros do humano ficaram rígidos, seu olhar se voltou para o espelho por tempo suficiente para o carro desviar.

— Concentre-se na estrada, Keys — eu disse a ele. — Não estou chateado. — Bem, pelo menos não com ele. — Estou apenas... absorvendo a informação de que você não tem ideia de quem está levando para a Eslovênia.

Seus lábios se curvaram para baixo.

— Desculpe, *região de Hazel* — esclareci. — A fronteira do seu território começa na Eslovénia, um país do mundo antigo. Presumo que você nunca ouviu falar disso, não é?

Ele balançou a cabeça.

— Porque tudo que você conhece são regiões e clãs — presumi em voz alta. — Isso é tudo que eles permitem que você saiba. — Passei os dedos pelos cabelos de Ismerelda novamente, outro suspiro me escapou. — É estratégico. Manter os mortais no escuro torna-os mais fáceis de controlar. Lilith me convenceu de que foi tudo ideia minha.

O que fazia sentido porque, intelectualmente, eu entendia a decisão dela.

Mas ouvir a mente de Ismerelda me fez perceber que faltava uma peça-chave em tudo isso: minha humanidade.

Você é a razão pela qual me sinto assim, pensei, olhando para o anjo em meu colo. *Você me mantém com os pés no chão. Me ajuda a lembrar minha natureza humana. Me certifica de não me tornar um monstro completo.*

E recompensei tudo isso abandonando-a em uma missão para salvar a espécie mortal.

Fascinante, pensei. *Fascinante e irritante.*

— Meu nome é Cam — disse a Keys, voltando minha atenção para o humano que mal respirava no banco da frente. Eu precisava que ele se acalmasse e se concentrasse em dirigir com segurança. Embora eu fosse sobreviver a um acidente de carro, Ismerelda talvez não.

Ah, ela acordaria eventualmente.

Mas não tínhamos tempo para nada disso.

E ela perderia as memórias como aconteceu quando a matei, pensei, franzindo a testa mais uma vez. *Puta merda, eu sou um idiota.*

Ela ficou tão aliviada ao me ver vivo, tão encantada com a minha presença, e eu... *a deixei sangrar até secar.*

Sua mente preencheu a memória para mim, apenas da perspectiva dela, me mostrando a dor daquele momento. Seu coração se partiu no peito. Como ela pensou que não era eu, que Lilith tinha de alguma forma criado um sósia do mal.

Não é meu Cam, ela sempre pensava. *Ele não é meu Cam.*

Exceto que eu era seu Cam, algo que ela logo descobriu. Aquele momento pareceu quase tão angustiante quanto aquele em que suguei sua vida. Talvez tenha sido ainda mais doloroso.

Era difícil dizer.

Ismerelda teve muitas lembranças angustiantes das últimas duas semanas.

Por minha causa.

Mordi o interior da bochecha, ameaçando fechar minhas mãos em punhos.

Isso tudo era tão bizarro. *Eu* ferrei com tudo. Puta merda. Lilith.

— V-você é um novo membro da realeza? — o humano perguntou do banco da frente, me pegando desprevenido e me distraindo do meu discurso mental. — Se for, peço desculpas por não reconhecê-lo, meu príncipe.

Eu bufei.

— Sou mais do que um membro da realeza, Keys. Sou o rei. O mais antigo da espécie vampírica. Mas pode me chamar de *Cam*. Estou cansado de falsas banalidades.

Keys apertou as mãos no volante, fazendo com que seus antebraços expostos flexionassem. Dado o que ele revelou sobre seu trabalho na universidade, não fiquei surpreso com sua escolha de usar uniforme sem mangas. Esta região do mundo devia parecer um inferno em comparação com o Ártico.

— O mais antigo? — ele repetiu, franzindo a testa em seu reflexo no espelho.

— Presumo que não te ensinaram esse fato em seus cursos de política sobre vampiros?

— Eles nos ensinaram todos os nomes reais e detalhes pertinentes. Kylan era conhecido como o vampiro mais antigo. — Ele engoliu em seco. — Eu... não me lembro de ter aprendido sobre você...

Sua hesitação não parecia ser tanto de descrença quanto de nervosismo, como se ele estivesse com medo de ter falhado em um teste ou algo assim.

— Imagino que não. Parece que minha existência foi mantida em segredo. — O que não foi o que fui levado a acreditar.

Mais uma mentira em um campo de inverdades. *Chocante.*

— Sou mais velho que Kylan, mas não muito. — Alguns séculos, talvez. Eu não tinha certeza. — O tempo se torna irrelevante depois de tantos milênios.

O tempo, entre muitas outras coisas, pensei, os dedos ainda perdidos nos cabelos de Ismerelda. *Minha humanidade estava quase perdida quando nos conhecemos. Você ajudou a restaurar minha fé na humanidade.*

Ou foi isso que percebi na mente dela.

Talvez você a tenha restaurado bem demais.

Por que outro motivo eu sacrificaria tudo por vidas humanas?

— O que mais a universidade te ensinou sobre o mundo? — perguntei, curioso para saber o que os mortais realmente pensavam hoje. — Me conte como é um dia normal na escola e o que você aprendeu.

Keys pigarreou, seu medo era um cheiro pungente no ar. Quase comentei sobre isso, mas ele pareceu reprimi-lo no instante seguinte, endireitando os ombros enquanto se concentrava novamente na estrada e começava a falar.

Ele me falou sobre seu dia normal, que incluía treinamento sexual, físico e cursos de preparação para o mundo.

Política de vampiros, como mencionado anteriormente.

Hierarquia Lycan.

Tutoriais do setor de serviços.

Aulas de educação geral: matemática, comunicação escrita, obediência verbal.

História.

Fiz mais perguntas sobre esse último, e minha diversão crescia a cada minuto.

— Isso é besteira. — Tudo o que ensinaram sobre a formação do mundo era mentira. — Os humanos costumavam governar. Vampiros e lycans reagiram depois que os governos mortais tentaram transformar os metamorfos em armas.

Eu não sabia por que estava me preocupando em contar tudo isso a ele.

Talvez eu só precisasse de algo para passar o tempo nesta viagem. Talvez tenha sido porque ele me impressionou. Além da minha compulsão inicial, ele não exigiu nenhuma persuasão. Ele apenas obedeceu. E não estava com tanto medo.

Pelo menos, não até perceber quem eu era.

Mas mesmo agora, ele estava relaxado e aceitando todas as informações com calma.

— Você está acostumado que vampiros conversem com você? — perguntei a ele. — Como você é o Vigília líder da sua unidade, imagino que isso aconteça com frequência.

Ele deu de ombros.

— Normalmente, me encontro com um ou dois por

semana. Mas nossas conversas duram no máximo cinco minutos. Nada como isto.

— Então você está estranhamente à vontade com esta situação.

— Aprendi, há muito tempo, que não faz sentido viver a vida com medo constante do que poderia acontecer. É melhor apenas abraçar o que é.

— Uma abordagem sábia — admiti. — Algo que vai contra os objetivos de Lilith, presumo. Mas ela era cega demais para perceber isso.

Keys não respondeu, mas percebi a maneira como ele se encolheu com meu tom. Ou talvez tenha sido a menção de Lilith que o incomodou. Ele provavelmente foi ensinado a tratá-la apenas como Deusa.

Quase grunhi com o conceito.

Não é à toa que a voz dela me irritava pra cacete, resmunguei para mim mesmo. *Porque ela estava me torturando com isso há mais de um século.*

Voltei a olhar para Ismerelda, voltando minha atenção para sua psique enquanto vasculhava mais memórias. Mais verdades. Mais *dor*.

Ela estava encolhida em algum lugar no fundo de sua mente, se recusando a sair. Como se ela tivesse desistido da vida. De existir. De *nós*.

Tentei alimentá-la com um pouco do meu sangue quando entramos no carro, mas ela se recusou a engolir. Minha essência ainda permanecia em seus lábios, seu corpo rejeitava o meu.

Você não pode se esconder aí para sempre, minha rainha, sussurrei para ela. *Vou te encontrar e te arrastar para fora se for preciso.*

Provavelmente, era a maneira errada de abordar isso. Mas eu precisava que ela acordasse. Estávamos prestes a entrar na região de outro vampiro em um mundo em que eu não confiava nem conhecia. Ismerelda era a única em quem eu podia confiar.

Eu também queria... me *desculpar*.

O termo me fez franzir a testa. Não conseguia me lembrar da última vez que senti necessidade de me desculpar por alguma coisa. É verdade que o último milênio foi um pouco confuso, mas minhas memórias antes de conhecer Ismerelda estavam intactas.

Talvez Cane? pensei, minha carranca se aprofundando. *Ele foi o último a quem pedi desculpas?*

Matei acidentalmente sua escrava humana. Não direta, mas indiretamente. Ela me ofereceu uma veia. Eu aceitei e então a deixei se curar.

Mas não foi ele quem a encontrou quase esgotada em sua cabana.

Outro homem a encontrou.

E se aproveitou do estado de fraqueza dela antes de cortar sua garganta.

Uma cena horrível, pela qual senti uma ponta de remorso. No entanto, Cane não se importou. Ele deu de ombros e encontrou uma escrava nova uma semana depois. Ainda assim, senti a necessidade de expressar meu arrependimento. E foi o que fiz

Mas *isso*, com Ismerelda, despertou muito mais do que um *indício* de culpa.

Eu a machuquei de uma forma que queimou minha alma. Eu devia a ela muito mais do que um mero pedido de desculpas.

— Quem é...? — As palavras foram um sussurro vindo da boca de Keys que ele tentou encobrir com uma tosse.

Arqueei uma sobrancelha para seu reflexo no espelho.

— Você estava prestes a perguntar sobre minha *Erosita*? — Meus dedos ainda estavam acariciando seus fios loiros, os nós já haviam desaparecido, apesar do sangue grudado em seu cabelo.

Ela precisava de um banho.

Uma longa sessão de preparação.

Comida.

Compaixão.

— *Ero...?* — Keys começou a repetir.

— *Erosita* — falei. — É um termo chique para a companheira humana de um vampiro. Muito rara. Principalmente porque minha espécie fica entediada facilmente. No entanto, nunca me cansei de Ismerelda. — Algo que não ficou evidente apenas em suas memórias, mas também na maneira como fiquei obcecado por ela em muito pouco tempo. — Ela é minha.

Keys olhou para mim e depois para a estrada, com uma expressão cuidadosamente vazia.

Sua capacidade de mascarar as reações era impressionante. E talvez um pouco triste. Principalmente porque eu só poderia presumir que essa disciplina foi imposta a ele.

O regime de Lilith para os humanos consistia em desligar suas emoções e moldá-las em bolsas de sangue silenciosas e voluntárias. Bem, silenciosas fora do quarto, de qualquer maneira.

Testemunhei um pouco disso com as virgens de sangue.

As Universidades de Sangue provavelmente mantinham métodos de treinamento semelhantes.

— Você pode falar e reagir livremente perto de mim, Keys — disse a ele. — Na verdade, seria bastante revigorante depois de todas as mentiras que me contaram.

Seu aperto no volante aumentou mais uma vez, seus bíceps ficaram salientes. Foi a única indicação que ele demonstrou para transmitir seu desconforto.

— Isto não é um teste — acrescentei. — Você não pode

falhar. E não vou te machucar. Na verdade, eu poderia recompensá-lo.

Supondo que as coisas corram bem na região de Hazel...

Encontrei Hazel várias vezes em minha longa história, mas não tinha ideia de que tipo de vampira ela se tornou enquanto eu estava indisposto.

— Diga-me o que você sabe sobre Hazel, Keys.

Porque eu aproveitaria toda a ajuda que pudesse conseguir agora. Mesmo pequenos detalhes podiam ser úteis.

Por exemplo, se Hazel parece apoiar ou não este novo modo de vida, ou se ela parece se opor ao que este mundo se tornou...

CAM

— A princesa Hazel administra a região de Hazel — Keys me informou, sua declaração era óbvia e uma completa perda de tempo. — Ela tem cinco soberanos, dois...

— Não me importo com a política, Keys. Estou perguntando sobre Hazel como vampira. Ela é gentil? Cruel? Uma das antigas asseclas de Lilith? Uma vadia? Como é a personalidade dela hoje em dia?

Keys paralisou novamente, o choque emanou dele em uma onda tangível.

— Eu... eu não sei como responder a isso, meu príncipe.

— De preferência, sem rodeios — disse a ele. — E não me chame de *meu príncipe* novamente, ou vou considerar te deixar aqui enquanto pego o carro.

Na verdade, eu não faria isso. Apesar de mal conhecer o

humano, gostei bastante de Keys. Talvez porque ele estivesse me ajudando.

Não que ele tivesse escolha.

Mas ele também não estava exatamente lutando contra isso.

— Eu não... eu não conheço a princesa Hazel. — Suas palavras saíram depressa, suas emoções me espiando por baixo de seu véu de estoicismo.

— Certamente todos vocês discutem a realeza quando estão sozinhos, não é? Compartilham rumores?

Ele balançou a cabeça.

— Não, meu... — Ele tossiu, tentando mascarar as palavras que estava prestes a dizer. — É contra as regras discutir tais assuntos. Além disso, não tenho ninguém com quem discutir essas coisas.

— E os homens da sua unidade?

Ele piscou.

— Nosso foco está na segurança, não na conversa.

— Você não precisa se comunicar para fazer um trabalho eficaz? — pressionei.

— Nossas discussões se limitam ao que vemos. Quando não estamos no turno, treinamos, comemos ou dormimos.

— Sem socialização — traduzi.

— Socializar é proibido — ele repetiu para mim, a afirmação soando mais como uma regra repetida do que seu próprio mantra pessoal.

— Entendo. — Não passei muito tempo revisando arquivos das Universidades de Sangue. Estudei apenas detalhes curriculares de alto nível, não a execução real desse currículo.

— Também temos permissão para orar três vezes ao dia — acrescentou. — Normalmente, antes de uma refeição para agradecer à Deusa por tudo o que ela faz.

Eu ri.

— Orar três vezes ao dia? Para Lilith? — Ela mencionou ter assumido o papel de *Deusa*, conforme minha *suposta* recomendação. — Puta merda, isso é hilário.

Agora eu entendia os sentimentos de Ismerelda pela morte de Lilith. Eu também estava com inveja por não ter sido eu quem destruiu a vadia.

O carro oscilou um pouco, outra explosão de surpresa atingiu a máscara de Keys.

— Ela não é uma deusa — informei a ele. — É uma vampira. Ou *era*. Até Ryder matá-la.

O pé de Keys escorregou, fazendo o automóvel dar um solavanco ao nosso redor.

— *O quê?*

— Respire fundo, humano. Seu coração está batendo rápido demais para sua forma mortal. — E eu não queria que ele morresse.

Estava prestes a obrigá-lo a se acalmar quando ele conseguiu controlar suas emoções sozinho, suas inspirações e expirações se estabilizaram um minuto após seu surto inicial.

— Vou presumir que a notícia da morte de Lilith ainda não chegou aos círculos mortais — murmurei. — Talvez os problemas de comunicação que Michael alegou no complexo fossem verdadeiros.

Embora a mente de Ismerelda me dissesse que ela duvidava disso. Quando a situação ocorreu pela primeira vez, ela questionou a veracidade de Michael. Principalmente porque percebeu que meu laptop nunca esteve conectado à internet, apenas à intranet. Significa que meu computador só tinha acesso a arquivos internos, não externos.

Humm, então você sabe mais sobre computadores do que deixa transparecer, pensei, entretido com essa revelação em seus pensamentos. *Você jogou comigo como uma verdadeira rainha, companheira. Eu aprovo.*

Até mesmo a maneira como ela me testou foi inteligente,

alegando que cozinhava para mim muitas vezes, sabendo que o verdadeiro Cam estaria ciente da mentira.

Aparentemente, ela não sabia cozinhar nem para salvar sua vida.

Felizmente, não chegou a esse ponto.

— Eu não... eu... a Deusa? — Keys balbuciou. — A Deusa é... — Um som de toque interrompeu qualquer jargão que ele estava prestes a recitar, sua atenção imediatamente se voltou para o painel. — É... é o posto de controle da região de Hazel.

— Atenda — falei, antecipando essa ligação. Ele avisou o posto de controle que um vampiro estava chegando, mas não especificou qual.

Pelo que li nos arquivos, havia protocolos neste novo mundo em relação a viagens de vampiros e visitas a clãs e regiões. Quem quer que estivesse ligando iria querer minha identidade e qual membro da realeza aprovou esta viagem.

Este vampiro estava prestes a ficar atordoado.

Mas quando a tela apareceu sobre o painel, exibiu uma mulher que não reconheci. *Cabelo castanho encaracolado. Rosto fino. Olhos cinzentos. Pele bronzeada.* Alguém de aparência única. Bonita também. Uma vampira. Mas eu não a conhecia.

— Quantos anos você tem? — perguntei antes que ela pudesse falar, suas íris cinzentas se desviaram do meu motorista para o banco de trás.

Keys apertou um botão que trouxe a imagem para mais perto de mim, a tela translúcida me lembrou de algumas das tecnologias que testemunhei nos laboratórios de Lilith.

— Quem é você? — ela exigiu, ignorando minha pergunta.

— Alguém que você não deveria questionar, jovem — respondi de forma categórica. — Indique sua idade.

Ela tinha que ser recém-transformada. Eu podia ver isso na fúria mal contida brilhando em seu olhar... aquela raiva crescente era muito recente para pertencer a uma vampira mais velha. Ela ainda não dominava suas emoções.

E mesmo com o regime de treinamento que Lilith criou para os mortais, ser convertido em vampiro demoliria todo aquele treinamento conquistado com tanto esforço.

— Você tem menos de um século. Talvez uma ou duas décadas, no máximo? — pressionei.

Ela tensionou a mandíbula.

— Fui transformada há doze anos pela Soberana Deirdre.

Ergui a sobrancelha.

— Cabelo preto, pele clara, inclinação para esgrima? — O alargamento das narinas da mulher confirmou minha descrição. — Ligue para ela e diga que Cam está a caminho. Ela saberá o que fazer. — Estendi a mão para desligar a tela, o método que Michael me ensinou há algumas semanas.

Isso fez com que a imagem se dissolvesse e desaparecesse, o holograma não pairava mais perto de mim no banco de trás.

— O nome dela é Abigail — Keys falou depois de um instante. — Ela ganhou a Taça Imortal quando eu tinha quinze anos.

— Humm — murmurei, me lembrando de todos os detalhes que li sobre a Taça Imortal nos arquivos de Lilith. — Dois mortais todos os anos ganham a imortalidade. — Era um estratagema inteligente para controlar os mortais... forçá-los a competir uns contra os outros em vez de trabalharem juntos. — Você queria competir?

— Claro que sim — ele respondeu. — Todos nós queremos.

— Então você quer ser imortal?

— Seria melhor do que ser mortal.

— Vampiro ou lycan? — perguntei em voz alta. — Qual você escolheria?

— Qual é o sentido de sonhar com algo que nunca vai acontecer?

— Bem, essa não é uma perspectiva positiva — disse a ele. — Você tem o vampiro mais antigo no seu banco de trás. Não tem ideia do poder que está escondido atrás de você, Keys. — Eu não o transformaria. Pelo menos, não agora. Mas poderia.

Ou talvez eu o recomendasse para outra pessoa.

— Não posso competir na Copa Imortal — ele respondeu.

— Talvez não precise — respondi. — Então responda à minha pergunta: lycan ou vampiro? — Porque ele tinha que ter pensado sobre isso. Especialmente se queria competir pela imortalidade.

Todos os humanos possuíam sonhos.

Caramba, vampiros e lycans também.

Fazia parte da vida.

A menos que as travessuras de Lilith tenham demolido completamente esse lado da humanidade, pensei, curvando os lábios enquanto olhava para minha *Erosita. Quando foi a última vez que você sonhou, pequena leoa?*

Sua mente me contou em um piscar de olhos, imagens minhas aquecendo meu coração. Até que esses sonhos se transformaram em realidade.

Seu último sonho foi particularmente poderoso. Ela sonhou que minhas memórias haviam retornado, até descobrir que eu estava transando com ela até acordá-la... e não quem ela imaginou que eu fosse.

Isso quase a destruiu, seu coração se partiu em mil pedaços ao perceber que eu ainda era um monstro.

Engoli em seco, a queimação em meu peito era bastante desagradável. Não gostei de ouvi-la me chamar assim. Ah, eu era uma fera. Um predador em um terno elegante. Mas um monstro? Não para ela. *Nunca* para ela. Só *por* ela.

— Vampiro — Keys disse, me afastando da dor de Ismerelda. — Eu escolheria ser vampiro.

— Por quê? — perguntei a ele, desejando essa distração.

— Me transformar em lobo não me atrai. Prefiro

velocidade e agilidade sobre duas pernas em vez de quatro. — Ele deu de ombros. — Além disso, mordidas de vampiro são mais gentis do que as de lobo.

Eu bufei com sua declaração.

— Verdade. Tudo isso. — Embora, se meu animal interior pudesse ser liberado, ele seria um lobo grande e intimidador.

Infelizmente, eu era todo vampiro. Mas meu espírito interior era inegavelmente selvagem.

Keys não disse mais nada, e sua postura relaxou enquanto dirigia.

Verifiquei o mapa, notando que ainda tínhamos mais duas horas antes de chegarmos ao posto de controle, principalmente porque Keys estava dirigindo em uma velocidade segura, e não rápida.

Se fosse apenas eu, teria exigido que ele dirigisse mais rápido. Mas com Ismerelda, esse ritmo me agradava, especialmente porque parecia ser energeticamente eficiente no que dizia respeito à bateria.

Não havia mais ninguém na estrada. Nenhum sinal de vida. Sem segurança. Nem mesmo um indício de uma equipe de manutenção, mas eu sabia que deveria existir uma. Estas ruas pavimentadas eram limpas demais e bem cuidadas para estarem abandonadas.

Lilith provavelmente atribuía o trabalho a equipes mortais.

Trabalhadores braçais.

Melhor do que ser jantar, supus.

Claro, esse era o destino de todos os humanos. *Incluindo Vigílias.*

O comentário de Keys sobre não temer o futuro era provavelmente a forma como ele manteve a compostura, conduzindo um predador pelo meio do nada para outra região.

Ele devia se perguntar se estava prestes a se tornar o jantar.

Entreabri os lábios para comentar, quando o telefone tocou novamente.

Keys olhou para a tela.

— Não reconheço o número.

— Atenda mesmo assim — eu disse, esperando ver Deirdre ou Abigail na tela.

Mas nenhuma delas apareceu quando Keys apertou o botão *Atender*.

Em vez disso, era Hazel.

Seus olhos castanhos escuros encontraram os meus instantaneamente, o choque cintilou em suas feições de porcelana enquanto Keys agitava os dedos para enviar a tela translúcida de volta para o espaço à minha frente.

— Jesus — Hazel murmurou.

— Não é um nome ao qual já respondi — brinquei. — Mas posso aceitar *Deus*.

Ela soltou um bufo delicado e depois balançou a cabeça.

— Onde é que você esteve?

— Trancado em uma cela sob o Vaticano — respondi com sinceridade. Não havia sentido em contar enigmas ou perder tempo. Eu precisava saber se Hazel era inimiga ou aliada em potencial.

E só havia uma maneira de determinar isso por telefone: testando suas reações à verdade.

— Ou foi o que descobri — continuei, me referindo à sua pergunta. — Aparentemente, Lilith criou uma arma que pode deixar os vampiros estúpidos. Ela usou isso para me manter em cativeiro antes de destruir mil anos de minhas memórias.

Hazel olhou boquiaberta para mim.

Era a reação que eu esperava, porque confirmou que ela não sabia das travessuras de Lilith. Mais do que isso, não achou graça. Ela ficou atordoada. E não de uma forma positiva.

Ou talvez ela seja apenas uma boa atriz.

Só há uma maneira de descobrir...

— A tecnologia tem algo a ver com a parte da mente onde existe o vínculo *Erosita* — continuei. — Ryder recentemente experimentou isso. Acredito que você sabe como terminou.

Eu estava, é claro, me referindo a Ryder transmitir um vídeo dele segurando a cabeça decepada de Lilith para toda a aliança ver logo depois que Jace decapitou Lajos.

— Essas são... alegações pesadas... — As palavras a deixaram lentamente, terminando com um pigarrear. — Você tem provas?

— Minha aparição repentina e explicação não são suficientes para você? — perguntei a ela.

— Através de um telefone? — ela rebateu, zombando de mim. — Não.

Curvei os lábios.

— Então uma reunião terá que servir. — Porque assim que nos encontrássemos pessoalmente, ela saberia a verdade.

E, consequentemente, eu também.

— Verdade — ela concordou. — Também ligarei para Ryder para corroborar sua história.

Traduzi isso como significando que ela pretendia convidá-lo para uma visita à região de Hazel.

— Sugiro perguntar a Jace sobre isso também. Ele pode ser mais eloquente que Ryder. — E com isso, quis dizer que Jace entendia a política dos vampiros e respeitava seus companheiros da realeza. Ele serviria como um intermediário receptivo. Um tradutor para a franqueza de Ryder.

Supondo que Ryder permitisse.

— Vou considerar — Hazel concedeu. — Abigail irá resgatá-lo do posto de controle e levá-lo para a Cidade de Deirdre.

Olhei para ela.

— Onde?

Ela piscou.

— Bled de antigamente.

— Ah. — Certo. As cidades funcionais restantes neste novo mundo foram renomeadas em homenagem à realeza e seus soberanos. Eu ainda não tinha terminado de estudar toda a hierarquia. — Keys me levará até lá.

— Keys? — ela repetiu.

— Meu acompanhante humano. Ele está sob minha proteção agora. Assim como Ismerelda. — Olhei para baixo e para cima no momento em que Hazel seguiu meu olhar para minha *Erosita*. A vampira real ficou tão envolvida com minha aparência que não notou a fêmea em meu colo.

Ela engoliu em seco, os olhos castanhos brilhando com uma emoção que eu não conseguia definir. Surpresa, talvez. Surpresa e... *alívio*?

— Estou ansiosa para ver vocês dois — Hazel falou baixinho.. — Abigail ainda irá encontrá-lo no posto de controle e servirá como sua guia. Seu acompanhante humano, Keys, pode segui-la.

Suas palavras serviram como um convite formal para seu território, pelo qual fiquei grato.

— Obrigado, Hazel.

— Não me agradeça ainda — ela respondeu, encerrando a ligação.

Curvei os lábios. Já fazia um tempo que não falava com a velha vampira. No entanto, ela não parecia ter mudado muito. Ainda formal, o que me lembrou Jace, mas com uma pontada de compaixão.

Podia ser um ardil. Ela podia ser uma das antigas aliadas de Lilith. Mas meus instintos me disseram que não era.

Ela não foi citada nos arquivos como apoiadora da causa. Ela era considerada neutra.

Então Mira alegou que Hazel não era confiável, e sua discórdia com Lilith era bem conhecida.

Então, o que é? me perguntei. *Ela é neutra? Ou ela é contra este novo mundo?*

Eu descobriria em breve.

Nesse ínterim, me prepararia para uma batalha mental. *E tentaria acordar Ismerelda.*

JACE

— Alguma coisa? — perguntei enquanto entrava no centro de comando improvisado da minha torre.

Damien ergueu os olhos dos monitores.

— Você é tão ruim quanto Ryder — ele falou. — Sempre verificando quando sabe muito bem que avisarei assim que tiver algo para relatar.

Eu bufei.

— Talvez eu só queira um motivo para te ver.

— Cuidado. Você vai deixar aquela sua linda médica com ciúmes.

— Dificilmente — a médica disse atrás de mim. — Pode ficar com ele. — Calina pronunciou as palavras com seu infame olhar inexpressivo, me fazendo arquear uma sobrancelha para ela.

Sua mente diz o contrário, pequena feiticeira, eu a informei. *Assim como aquele doce perfume florescendo entre suas coxas. Está pensando em convidar Damien para uma noite de diversão?*

Seus olhos azul-esverdeados brilharam quando ela encontrou meu olhar. *Não. Eu o prefiro vivo. E nós dois sabemos que você o mataria por me tocar.*

Eu sorri. *Então você pensou sobre isso.*

Você tem acesso à minha mente, ela respondeu. *Eu pensei sobre isso?*

Humm, murmurei, vasculhando seus pensamentos e descobrindo toda a sua intriga sensual dirigida a mim. *E eu que pensei que os humanos eram suscetíveis às proezas naturais de um vampiro, tornando assim todos os tipos irresistíveis e sedutores por padrão.*

As palavras eram uma referência a uma conversa que minha *Erosita* e eu tivemos logo depois de nos conhecermos, na qual ela me informou que sua atração por mim era simplesmente uma resposta à minha genética vampírica.

— Estou sendo acariciada por um predador de ponta com propriedades sedutoras destinadas a capturar presas — ela disse. — Claro que estou excitada.

Como descobrimos recentemente, não sou humana, ela me lembrou. *Portanto, não me encaixo mais nos critérios da amostra.*

Uma risada me escapou, fazendo Damien suspirar alto.

— Se vão brincar com as mentes, façam isso em outro lugar. Preciso me concentrar.

Havia poucos homens que conseguiam falar assim comigo. Felizmente para Damien, ele estava nessa pequena lista.

— O que podemos fazer para ajudar? — perguntei a ele. — Além de te deixar em paz. — A última parte foi adicionada, porque eu sabia que essa seria a recomendação dele.

Ele suspirou, a tatuagem em seu braço esquerdo se estendeu por sua pele clara enquanto seus músculos flexionavam.

— Tentei tudo o que pude imaginar para romper o apagão tecnológico. Houve alguns picos de conectividade, me dizendo que estão atingindo os satélites de forma intermitente por motivos de comunicação, mas fora isso, está escuro.

— Um protocolo típico de Lilith. — Calina prendeu seus longos cabelos loiros em um rabo de cavalo enquanto falava, com foco nas telas. — Ela costumava fechar o bunker para exercícios também. Mas nunca por tanto tempo.

Assenti, porque percebi isso dos pensamentos de Calina. Ela não ficou preocupada quando o bunker que abrigava Cam – e agora Ismerelda – ficou em silêncio por um dia. Mas depois de uma semana, começou a questionar o protocolo.

E agora que já se passaram duas semanas, ela estava preocupada.

Damien passou os dedos pelos cabelos grossos e escuros.

— Tentei pesquisar diferentes canais e frequências. Também rastreei as diversas redes de servidores, procurando outras conexões ou caminhos potenciais, mas cada uma delas estava desligada. Existem satélites que nós...

O toque do meu relógio o interrompeu, e nós três olhamos para o mecanismo em volta do meu pulso. Cliquei em um botão para abrir uma tela, franzindo a testa ao ouvir o nome familiar.

— É a Hazel.

Damien piscou e rapidamente puxou algo em sua tela que parecia estar vinculado ao meu telefone. Conversaríamos mais tarde sobre como ele fez isso tão depressa. Por enquanto, eu estava muito intrigado com a ligação recebida para questioná-lo.

— Atenda — ele me disse.

Quase o lembrei de quem era o superior na sala, mas optei por fazer o que ele pediu. O rosto de Hazel apareceu diante de mim em uma tela transparente, seus olhos castanhos estavam focados antes de olhar para a minha esquerda.

Calina imediatamente inclinou a cabeça, sua fachada

confiante desapareceu atrás de uma máscara submissa, algo que ela vinha aperfeiçoando nas últimas semanas.

As narinas de Hazel se dilataram em resposta. Mas não consegui determinar se aquela expressão facial era uma resposta à ousadia inicial de Calina ou à forma como ela baixou o olhar.

Interessante, pensei. A lealdade de Hazel sempre foi desconhecida, a mulher loira tendia a se manter isolada e cuidar de sua própria região em vez de se envolver na política da Aliança de Sangue.

— Jace — ela cumprimentou.

— Hazel — respondi, curvando os lábios em falsas boas-vindas. — A que devo o prazer da sua ligação?

— Cam. — O nome em seus lábios apagou o sorriso do meu rosto. — Sim, pensei que você poderia reagir dessa maneira. Ele sugeriu que eu te ligasse para discutir uma arma que o tornou inútil por mais de um século. Algo sobre isso ter sido usado em Ryder também?

Olhei boquiaberto para ela.

— Você falou com o Cam?

— Você não parece muito surpreso por ele estar vivo — ela respondeu, arqueando a sobrancelha loira. — É interessante.

— Acho mais interessante que você o tenha visto — retruquei, sem me preocupar em comentar sobre minha falta de surpresa.

Chegamos ao fim do jogo nesta partida política.

Não fazia sentido perder tempo fingindo choque por algo tão trivial agora.

Além disso, parecia que Hazel queria ir direto ao cerne da conversa. Eu não estava disposto a distrai-la. Era óbvio que ela tinha informações valiosas para compartilhar.

— Vi uma versão virtual dele — ela esclareceu. — Eu não tinha certeza se ele era real ou não, mas Deirdre acabou de ligar para confirmar sua identidade. Ele e Ismerelda estão agora na Cidade de Deirdre. O que significa que suas afirmações podem ser verdadeiras, e como ele sugeriu que eu entrasse em contato com você... — Ela parou.

— Cam pediu para você me ligar? — *Por que ele mesmo não me ligou?*

— Sim, para confirmar seus comentários sobre a arma de Lilith. Ele disse que você é mais eloquente que o Ryder.

Damien grunhiu com a afirmação, fazendo Hazel olhar ao redor, procurando o som.

— Então você me ligou em vez de ligar para Ryder. — Expressei isso não como uma pergunta, mas como uma afirmação. Ryder teria mencionado que Hazel o procurou.

Supondo que ele tivesse atendido ao telefone, de qualquer maneira.

Ele provavelmente teria enviado a chamada para Damien ou a teria ignorado.

Sua apresentação da cabeça decepada de Lilith algumas semanas atrás lhe rendeu uma infinidade de telefonemas. A maior parte dos quais ele recusou.

— Sim — Hazel confirmou. — Mas esperei até que alguém em quem confiasse verificasse a existência de Cam. Agora que sei que ele está realmente vivo, gostaria de algumas respostas.

— Hum. — Olhei além da tela para Damien. — Devo convidar Ryder para esta discussão?

As covinhas de Damien apareceram.

— Meu criador certamente tem talento para apresentações eloquentes, vou dar isso a ele.

— Talvez você, Ryder e Damien devessem pegar um avião — Hazel interveio, claramente reconhecendo o sotaque texano de Damien.

Ou talvez suas palavras o tenham denunciado, já que Ryder só tinha um progênie.

— Prefiro discussões presenciais a comunicações virtuais. Você nunca sabe com quem está realmente falando, a menos que a pessoa esteja bem na sua frente — ela continuou.

Uma avaliação justa.

Mas o convite para uma visita me deixou nervoso. *Isto pode ser uma armadilha*, eu disse a Calina.

Também pode ser uma oportunidade. Por que Cam escolheria ir para lá?

Não sei, admiti, pensando em possíveis estratégias que poderiam envolver Hazel. *Suponho que possa ser baseado em localização. Sua região fica perto do Vaticano.*

Quando considerei as áreas ao redor da Itália, Hazel seria a região que eu escolheria na situação de Cam, presumindo que ele não pudesse voar para outro lugar.

— O caos está no horizonte, Jace. Não estou interessada em fazer política ou participar de jogos. Junte-se a mim na Cidade de Deirdre ou não. Vou dar a Cam um dia para se recuperar, principalmente pelo bem de Ismerelda, e depois pretendo me encontrar com ele.

— Pelo bem de Izzy? — Damien repetiu, sua expressão entediada se transformou em preocupação fraternal. — O que você quer dizer?

— Quero dizer que ela estava inconsciente e cheirava a sangue quando Cam chegou. Ou foi o que me disseram, pelo menos. Não sei o que aconteceu, mas ficou claro que eles precisavam de espaço para cura. Então Deirdre lhes forneceu uma suíte e deixou Cam sozinho.

— Como podemos contactá-los? — Damien exigiu. — Quero falar com minha irmã.

— Então pegue um avião — Hazel respondeu com o olhar fixo no meu através da tela. — Seu jato tem autorização para uma visita. Os quartos serão preparados na Deirdre Tower. Use-os ou não.

Damien avançou no momento em que Hazel desligou, com uma expressão furiosa.

— Ligue de volta para ela. Não. Merda. Ligue para Deirdre.

Ele voltou ao console enquanto falava, os dedos voando sobre o teclado para exibir minha agenda de contatos pessoais na tela.

— Precisamos conversar sobre você invadir meus aparelhos eletrônicos — eu disse a ele. — Não é por isso que você está aqui.

— É exatamente por isso que estou aqui — ele rebateu, o telefone já tocando. — Era isso ou voltar para o complexo de Ryder, e você queria todos aqui. Então estou fazendo uso das conexões com as quais tenho que trabalhar. E por que ela não atende ao telefone?

— Vou presumir que Hazel a instruiu a não fazer isso — respondi, enfiando as mãos nos bolsos da calça. *Pode encontrar Ryder para mim, Calina? Suspeito que ele é o único que será capaz de convencer Damien a manter o foco agora.*

Ou ele lhe dará uma arma e lhe dirá para ir em frente, ela murmurou. *Esta última opção parece mais provável.*

Então talvez você possa conversar com Darius sobre a preparação do jato? sugeri.

Ela me olhou. *Se está preocupado com minha segurança, é só dizer. Não há necessidade de me encarregar com distrações para me convencer a sair da sala.*

Distrações úteis, reformulei. *Porque realmente precisamos do Ryder e de preparar o jato.*

Eu vou com você? Seus olhos cintilaram quando ela me perguntou isso, seu lado lobo claramente na vanguarda de sua mente.

Sim, decidi depois de considerar as opções. Podemos estar a caminho de uma armadilha. Ou toda esta farsa pode ser uma distração destinada a deixar a minha região vulnerável.

Havia muitas considerações possíveis no que dizia respeito aos motivos.

No entanto, um aspecto de tudo isso estava muito claro para mim: eu não queria ir a lugar nenhum sem Calina. Não com o quanto tudo era potencialmente volátil no momento.

Imagino que os outros sentiriam o mesmo em relação à suas companheiras agora também.

Precisávamos ficar juntos, não separados.

Calina deve ter ouvido a resolução em minha mente, porque assentiu. *Vou avisar ao Darius que precisamos preparar o jato para uma festa maior. Hazel disse* quartos, *então ela deve estar esperando uma chegada grande.*

Eu poderia avisá-la, mas suspeito que ela não atenderá ao telefone, eu disse, seguindo a linha de pensamento de Calina. *Ela não definiu quantos de nós seríamos convidados, então presumi que todos seríamos bem-vindos.*

Exatamente.

Eu sorri. *Obrigada por cuidar dos preparativos, doce gênio. Nesse ínterim, cuidarei de Damien.*

Ela olhou para o homem ainda fervendo. Ele estava concentrado nas telas, puxando códigos e digitando furiosamente no teclado. *Boa sorte*, Calina murmurou. *E tenha cuidado com forma como lida com ele. Sou tão possessiva com você quanto você é comigo.*

Com aquele aviso sensual e um movimento sutil dos quadris, ela saiu da sala. *Não tenho intenção de brincar com ninguém além de você, amor.*

Sua mente acariciou a minha enquanto ela verificava a veracidade da minha afirmação. Em vez de responder, ela me permitiu sentir o eco de concordância em seus pensamentos.

Nosso relacionamento podia ser novo, mas nosso vínculo parecia antigo. Como se nossas almas sempre estivessem ligadas uma à outra, muito antes de Calina nascer.

— Quando partimos? — Damien perguntou, as emoções

aparentemente sufocadas por um punho mental de determinação.

Sempre gostei de Damien, e essa demonstração de moderação era exatamente o motivo. Sua irmã gêmea foi ferida por uma entidade desconhecida e, em vez de continuar procurando inutilmente uma maneira de ligar para ela, ele mudou o foco para o que sabia que funcionaria, mesmo que demorasse um pouco mais para ser executado.

— Se trabalharmos juntos, podemos partir dentro de uma hora — eu disse a ele. — E se você conseguir convencer Kylan a vir conosco, talvez ele nos deixe usar o jato dele. É mais rápido. — Odiava admitir isso, mas não era hora para arrogância. Era a hora da praticidade.

Damien sorriu, mas não alcançou seus olhos.

— Deixe Kylan comigo. Ryder e eu vamos convencê-lo.

— Excelente. — Então parecia que íamos viajar.

Para a Cidade de Deirdre, na região de Hazel.

Para finalmente encontrar Cam.

CAM

— Leoa teimosa — sussurrei no ouvido de Ismerelda enquanto a segurava na banheira.

Chegamos à cidade de Deirdre há mais de uma hora, e ela dormiu o tempo todo. Eu a lavei para remover o sangue e fluidos de sua forma sensual, depois ensaboei sua pele e a enxaguei bem duas vezes. Tudo isso sentado no banco, segurando-a. Então lavei o cabelo dela.

Quando nada disso a fez se mexer, comecei a tomar banho. Meu instinto de mimá-la era uma necessidade intrínseca dentro de mim. Algo que dizia que eu precisava me desculpar de alguma forma. Mostrar a ela que eu me importava. Estar ao seu lado. *Acalmá-la.*

— Hazel estará aqui em breve — disse a ela, passando a informação que Deirdre forneceu quando cheguei. Sua progênie, Abigail, nos guiou ao Deirdre Lodge, um resort de luxo construído perto de Lake Bled.

Fazia muito tempo que eu não visitava esta região do mundo, tornando tudo novo para mim. Mas suspeitei que a construção não fosse tão antiga e talvez tivesse substituído o que existia aqui antes.

Vistas exuberantes se estendiam pelas janelas do quarto ao qual fui levado, a suíte de três quartos mais do que razoável para compartilhar com Ismerelda e Keys.

Optei por manter o humano comigo em vez de entregá-lo a Deirdre e Abigail. Elas disseram algo sobre os aposentos dos empregados, o que me fez bufar e responder:

— Ele pode ficar em um dos quartos da minha suíte.

Keys não reagiu, mas Abigail, sim. Ela ergueu as sobrancelhas escuras em surpresa, enquanto Deirdre disse apenas:

— Aproveite seu lanche.

Não me preocupei em corrigi-la, em vez disso mostrei a Keys um quarto aleatório antes de dizer a ele para pedir comida. Comida *humana*, não sangue.

Porque eu pretendia alimentar Ismerelda assim que ela acordasse.

— Você precisa comer, amor — eu a informei baixinho. — Não vou te deixar morrer de fome. — Embora eu admitisse que me empolguei com ela antes e esqueci o quanto a mortalidade poderia ser frágil.

Ela precisava de mais de uma refeição por dia.

Obviamente.

Eu estava muito envolvido em transar com ela para considerar suas necessidades.

Eu não cometeria esse erro – *ou vários outros* – novamente.

— Não sou um homem perfeito, Ismerelda. — Passei os dedos por seu cabelo molhado, penteando as mechas até o topo do seio. — Mas vou fazer o que é certo por você.

eu não estava falando de retificar as últimas semanas. Eu pretendia consertar tudo que fiz de errado.

— Eu nunca deveria ter te deixado — sussurrei em seu ouvido. — Eu estava fraco. Confuso com meus laços com a humanidade. Operando em um complexo de herói. Mas não sou herói, Ismerelda. Não sou salvador ou um farol de esperança. Quem quer que fosse esse homem está morto. E boa viagem.

Porque aquele homem estava muito envolvido em sua obsessão de consertar o mundo para se preocupar com qualquer coisa ou *qualquer pessoa*.

— Eu não sou ele — jurei. — Mas, claro, você já sabe disso.

Ela ficou pensando em como eu não era o *seu* Cam.

— Teremos apenas que redefinir o que isso significa — falei. — Posso não ser a versão que você lembra, mas ainda sou seu.

Presumindo que ela ainda me queira.

Pressionei o nariz em seu pescoço e inalei seu doce perfume, sentindo os incisivos doerem para sentir o gosto.

Mas me recusava a mordê-la.

Tomei demais. Me entreguei a ela ao ponto da dor... dor que agora eu podia sentir como se fosse minha enquanto revivia as experiências através de suas memórias.

O que eu via como prazer era, na verdade, uma agonia em sua mente, seu corpo traiu seus desejos e necessidades enquanto ela desmoronava repetidas vezes sob minha mordida.

Engoli em seco, seu tormento perfurou meu coração.

Esta fêmea era minha para proteger e valorizar, e eu feri essa confiança. Traí seu amor. Danifiquei sua *alma*.

Balancei a cabeça, confuso com o ataque de emoções que essas percepções despertaram dentro de mim.

Esta é a humanidade que você provocou em meu espírito, acusei-a. *A humanidade que me levou a tomar decisões insanas.*

Que levaram a eventos catastróficos.

Mordi a bochecha e afastei o rosto de seu pescoço.

— Vamos resolver isso, leoa. Junto. Como um par acasalado. *Como rei e rainha.*

Exceto... eu não tinha certeza se queria liderar.

Qual era o ponto? Este mundo não era minha visão. E eu não poderia dizer qual seria a minha visão, mesmo se estivesse no comando.

Só quero Ismerelda, pensei. *Não preciso de bolsas de sangue imortais, não com uma* Erosita. *Também estou bem em manter esse vínculo entre nossas almas.*

Então, que utilidade eu tinha para um mundo de escravos humanos?

Essa perspectiva poderia mudar um pouco se Ismerelda quisesse se tornar vampira, mas não precisávamos decidir isso para que ela fosse minha rainha.

— O que você acha, querida? — perguntei a ela baixinho. — Quer fugir de tudo? Construir uma cabana no alto das montanhas e se esconder deste mundo fodido?

Isso era o que eu deveria ter feito há mais de um século. Em vez disso, meu antigo eu arrogante tentou argumentar com Lilith.

Por quê?, me perguntei pela milésima vez.

A mente de Ismerelda tentou repetir o raciocínio, me mostrar ligações com a minha humanidade. Mas joguei tudo fora, irritado com essa verdade.

Isso era mais profundo do que a necessidade de proteger os humanos.

Por que eu?, pensei. *Por que ir sozinho?*

Porque eu estava confiante de que isso seria o suficiente. No entanto, se isso fosse verdade, eu não teria me dado ao trabalho de encenar a morte de Ismerelda.

Sem mencionar o que aconteceu na minha suposta execução.

Eu estava sob a influência da arma então? Gritando em silêncio por ajuda enquanto Lilith fingia minha morte?

De acordo com a mente de Ismerelda, Darius esteve lá. Ele renunciou a mim porque foi o que eu disse a ele para fazer.

Será que eu confiei mais nele do que em Ismerelda?

Ouvir suas memórias e conhecê-la do jeito que a conheci nessas poucas semanas me confundiu. Porque eu não tinha ideia de porque meu antigo eu iria bloqueá-la.

Para me proteger, ela sussurrou. *Você sempre prometeu me proteger. Nunca me machucar. Nunca deixar ninguém me tocar. No entanto, você... você me deixou aqui... para morrer.*

Segurei seu queixo para puxar sua cabeça para trás de leve. Mas seus olhos ainda estavam fechados. Ela estava falando comigo como se estivéssemos em um sonho.

Estou morta, eu a ouvi falar para si mesma. *Ele me deixou morrer. Como é cruel que a vida após a morte me coloque de volta em seus braços... a menos que... ele seja meu Cam?*

Semicerrei os olhos. *Somos versões do seu Cam, pequena leoa.* Acontece que minha versão era superior. Porque a minha versão não abandonaria Ismerelda por uma causa estúpida como salvar o velho mundo.

Os humanos tentaram transformar seres sobrenaturais em armas. Em que sentido distorcido da realidade os mortais esperavam vencer aquela batalha? Eles criaram uma guerra e perderam. Exatamente como deveria ser.

Leoa, Ismerelda repetiu diversas vezes. *Não, não. Ele me chama assim. O Cam malvado. Aquele sem coração.*

Seu desespero me atingiu bem no órgão que ela alegava que eu não tinha, me deixando momentaneamente sem fôlego. *Você acha que eu sou mau?*

Me deixou morrer, ela começou a dizer agora, a frase falhou, ecoando em sua mente com visões de vampiros ao seu redor. Forçando-a a ficar de joelhos. Rasgando suas roupas. Penetrando-a...

Pare, rosnei, não querendo ver aquela memória novamente. Em vez disso, forcei a imagem de suas mortes na mente dela, fazendo-a reviver o que veio a seguir, do meu ponto de vista.

Eu a deixei sentir minha fúria. Minha *agonia*. Mostrei em câmera lenta como arranquei as cabeças de seus corpos, matando todos instantaneamente.

Eu deveria tê-los feito sofrer, disse a ela. *Mas precisava priorizar você, ter certeza de que você estava bem.*

Tentei engolir em seco, mas a dor daquele momento foi intensificada pelo seu próprio tormento e medo.

Eles a morderam. Brincaram com ela. *Machucaram-na.* Tudo para prolongar o momento, para provocá-la com o que pretendiam fazer.

Isso não aconteceu, garanti a ela. *Não deixei. Você está bem.*

— Está viva — acrescentei em voz alta, bem perto de seu ouvido.

Ela se mexeu em meus braços, seu corpo nu, macio e molhado contra o meu.

— Você está segura — continuei. — Eles não transaram com você. — Pelo menos, não da maneira que isso teria acabado com nosso vínculo. — Eu os matei. — Parecia importante repetir. — Está tudo bem.

Ouvi sua mente processar minhas palavras. *Novo Cam* flutuou em seus pensamentos. *Cam mau* seguiu rapidamente.

— Ismerelda, eu...

Um grito ecoou no ar antes que eu pudesse terminar de falar.

Um grito alto, raivoso e *destruidor de almas*.

Eu me encolhi, levando as mãos instintivamente aos ouvidos.

O que era a coisa errada a fazer.

Porque no momento em que soltei Ismerelda, ela pulou para fora da banheira, deslizou pelo chão escorregadio e caiu.

O soluço que se seguiu me fez paralisar na banheira atrás dela. Principalmente porque ouvi o pensamento que acompanhou aquele som.

Estou viva. Deus, estou viva. Por quê? Por que fazer isso comigo? Por que não me deixou morrer?

IZZY

Que tipo de castigo é esse?

Cam me mandou ser estuprada só para me salvar?

Por quê? Por que ele está fazendo isso comigo?

Tanta escuridão. Tanta dor. Tanta *raiva*. Um fogo ardente se agitou dentro de mim, os tentáculos pareciam chicotes derretidos e garras afiadas arranhando meus nervos.

Eu me enrolei como uma bola, com os dedos no cabelo molhado e a boca entreaberta em um grito. Isso *machuca*. Tudo *doía*.

Puta merda! Eu só queria que esse tormento acabasse. Seja qual fosse o jogo. Qualquer experiência que eu deveria viver. Eu só... *estou saturada*.

Cam estava morto. Aceitei isso. Ele nunca mais voltaria.

Então, por que me manter por perto? Por que me torturar dessa maneira?

— Izzy.

Rosnei. O apelido falado naquela voz familiar parecia sal em uma ferida aberta. Ele me deixou morrer da mesma maneira que eu teria morrido todos aqueles anos atrás. Pior ainda, porque ele me abandonou a uma horda de vampiros famintos.

— Apropriado — ele falou. Ou teria sido Michael? Eu não conseguia me lembrar.

E isso não importava.

Era um inferno. Uma realidade onde Cam existia. Só que ele não era *meu...*

Ismerelda. Mãos ásperas me seguraram, trazendo meu foco para um rosto que eu amava. Olhos azuis como o oceano nos quais ansiava me perder. Maçãs do rosto esculpidas. Cabelo escuro. Uma face tão perfeita.

Toda aquela força e beleza.

Aquele toque vampírico que o tornava um pouco diferente. Impressionante até. Muito atraente.

Cam nunca foi humano. Ele nasceu vampiro. E isso transparecia na simetria perfeita de seus olhos. Seu nariz reto. Pele macia.

Tão sonhador.

E ainda assim ele era meu pesadelo ambulante.

Uma versão cruel do meu companheiro.

Um monstro...

— Izzy — ele murmurou, segurando meu queixo, o apelido soou tão estranho e errado vindo daquela boca familiar. — Eu não estou te punindo. E. mesmo se estivesse, nunca faria algo assim.

Eu bufei. *Mentiroso.* Ele me entregou a Michael, disse a ele o que fazer, reivindicou...

A imagem de uma sala de conferências surgiu em meus

pensamentos, me fazendo suspirar quando uma lembrança que eu não possuía se desenrolou em minha mente.

Cam tamborilando os dedos longos contra uma grande mesa de madeira.

O tédio lentamente se transforma em preocupação.

Uma sensação estranha no meu... no peito de Cam.

As paredes caindo entre nossas mentes. A preocupação crescente de Cam. Devastação. Fúria.

Engoli em seco, as emoções eram tão intensas que pude senti-las como se fossem minhas.

E tudo se fundiu na cena violenta que ele me mostrou minutos atrás, sua raiva enquanto destruía todos aqueles vampiros.

Mas a lembrança continuou enquanto ele corria pelo subsolo até Roma. Onde encontrou um Vigília e um carro.

Tudo isso enquanto repassava a história em minha mente.

Minha cabeça girou com toda essa revelação de informações, minha realidade virou de cabeça para baixo.

Ele derrubou as paredes entre nós, percebi, meu estômago revirando. *Eu... eu posso ouvi-lo.*

Mas ainda não era o *meu* Cam.

Era... era o *novo* Cam.

E ele não gostou dessa distinção. Ouvi sua resposta em forma de grunhido, porque nosso vínculo estava totalmente aberto.

Sem segredos. Sem mentiras. Apenas verdades.

Como aquela que está rolando através de mim agora. Aquela que jurava que não tinha me abandonado. Que aquilo foi um truque. Um *holograma*.

Eu nunca deixaria ninguém te tocar, eu o ouvi pensar. *Você é minha.*

Verdade. Eu era dele. *Mas você é meu?* Porque eu não conhecia esse monstro. Não o entendia. Não consegui agradá-lo. Não podia *amá-lo*.

Não como meu Cam.

Não como antes.

Este homem era um estranho para mim. Sua mente lembrava quando nos conhecemos. Não percebi como ele possuía pouca humanidade naquela época. Mas reconheci isso agora.

Eu realmente o mudei tanto assim? pensei. *Ele me mudou?*

— Você é a mesma mulher que era há mil anos? — Cam perguntou com a voz baixa e quase calmante. — Você é a mesma mulher que era há um século?

Engoli em seco. Suas perguntas inspiraram um não imediato em minha mente. Porque eu não era nada parecida com a mulher que era quando Cam foi embora, muito menos com quem eu era quando nos conhecemos.

Mas nós crescemos juntos. Mudamos para nos adequarmos um ao outro.

E agora... agora eu não tinha ideia de quem ou o que poderíamos ser um com o outro.

— Poderosos — ele murmurou. — Intensos. Reverenciados.

Pisquei, seus adjetivos não faziam sentido.

Ele traçou o polegar em meu queixo, embalando o lado oposto do meu rosto com a outra mão.

— Estou dizendo o que poderíamos ser juntos. — Seu toque desapareceu lentamente. — Mas só quando você estiver pronta.

Olhei para ele, confusa com sua gentileza. Com sua paciência. Este não era o Cam que testemunhei há poucas horas, aquele enfurecido por eu vagar pelas catacumbas. Esse...

— Eu não estava bravo com você — ele me interrompeu, franzindo a testa. — Eu estava com raiva do Michael.

Meus cílios tremularam enquanto eu piscava, a verdade de sua declaração passou pela minha mente.

Isso... eu... eu não tinha certeza de como lidar com tudo isso. Os enganos. A dor. Acordar para uma realidade em que não podia confiar...

Visões daqueles vampiros famintos atacaram meus pensamentos, me fazendo estremecer e me enrolar como uma bola mais uma vez. Era muito próximo do meu passado. A noite em que Cam e eu nos conhecemos.

Apropriado, ele disse.

Mas não foi Cam quem disse isso.

A menos que eu esteja sonhando de novo.

Estremeci, meus ombros se curvaram enquanto tentava desaparecer no chão. Acordar. Escapar dos meus pesadelos. Mas essa era a minha vida agora: um mundo de terror e sangue. Um lugar onde eu não conhecia mais meu companheiro.

Prometi não desistir dele. Prometi lutar. Mas em algum momento, eu me perdi. *Bem quando percebi a futilidade desta situação.*

No entanto, agora eu podia ouvi-lo. Me conectar aos pensamentos dele. Ver o espaço vazio onde costumavam ficar nossas memórias.

Minha garganta doeu com a necessidade de engolir. Tentei. Não consegui. Estava seca demais. Assemelhando-se a rochas.

Estremeci novamente, apenas para gritar quando Cam me pegou em uma toalha fofa. Ele vestiu um roupão enquanto eu estava encolhida no chão, o material grosso cobria frouxamente seu peito largo.

— Você precisa comer — ele me disse. — Vamos começar por aí. Então conversaremos mais.

A paciência em sua voz me deixou sem palavras, assim como a maneira cuidadosa como ele me tratou enquanto me enxugava. Quase me lembrou do Cam que eu conhecia, exceto que sua mente contava uma história diferente.

Ele não me via tão frágil, mas sim magoada, e estava tentando corrigir a situação me confortando. Não se tratava de me mimar ou de me colocar em um pedestal, mas de admitir seus erros e corrigi-los.

Eu não tinha certeza de como responder a isso. Como aceitar. Como aceitá-lo.

Eu ainda não conseguia determinar se isso estava realmente acontecendo. *Parece real... mas também onírico?*

Minha cabeça estava nebulosa. Excepcionalmente cansada. Estilhaçada. Eu ainda podia sentir aqueles dedos gelados em minha pele, as presas em meu pescoço... minhas coxas.

O pau daquele vampiro contra minha...

Cam rosnou, o som rouco ecoou em meu ouvido e me estremeceu em seus braços. Seus olhos azuis capturaram os meus, a intensidade roubou meu fôlego. Porque esse olhar veio com um pensamento penetrante. *Se eu pudesse matá-lo novamente por você, eu o faria.*

Visões de sangue e cadáveres sem cabeça assaltaram meus pensamentos enquanto Cam me envolvia em um roupão.

Me afastei dele, a sensação do tecido na minha pele me fez tremer.

Demais, pensei. Muitas sensações. Muito calor. Muita violência.

Deus, o toque deles...

É errado.

Eu... não quero isso. No entanto, minhas coxas já estão tensas.

A porra da compulsão de Michael. Ele vai me fazer querer. Me fazer aproveitar minha morte.

Eu o odeio. Quero matá-lo!

Puta merda, não consigo respirar. As presas deles. As mãos. As roupas roçando minha pele enquanto eles se despem.

Eu me encolhi e acertei uma forma dura e masculina. Poderosa. De natureza letal.

Braços me envolveram.

Meu nome foi sussurrado em meu ouvido.

— Você está segura. Estou com você. Eles nunca mais vão te tocar.

Pisquei, aquele espaço estéril se transformou em um banheiro de azulejos decorado em tons quentes. *Eu... eu não...*

Pressionei as mãos nos olhos enquanto tentava me endireitar. *Estou com Cam. Em algum lugar.*

Estou viva.

Eu... eu posso respirar.

Mas a sensação de calor me fez girar novamente, minhas mãos empurraram o homem duro que me segurava.

Ele não lutou comigo, apenas me soltou. Tropecei para trás em um quarto com cortinas exuberantes em uma parede. *Escondendo janelas?*, imaginei.

— Sim — Cam confirmou em voz alta, me fazendo virar em sua direção. Ele estava dentro do quarto, com o roupão parcialmente aberto enquanto segurava outro para eu usar.

Porque estou nua, percebi.

Afastei não apenas a ele, mas também a peça.

Engoli em seco, sem saber como proceder. Não queria que ele me tocasse, mas ao mesmo tempo, ansiava por seu conforto.

Sua presença me assombrou e me acalmou.

Me fez sentir perdida e segura.

A insanidade é assim, decidi. *Conflituosa e confusa.*

— Vamos começar comendo alguma coisa — ele disse, repetindo as palavras que disse no banheiro.

Sua necessidade de se repetir quase me deixou com raiva. Principalmente porque não gostei de me sentir tão fraca.

Sou mais forte que isso. Não anseio pela morte. Eu desejo... meu companheiro.

Exceto que estava claro para mim agora que meu Cam desapareceu.

E agora?

— Agora encontramos um caminho a seguir — ele murmurou, estendendo o roupão para mim mais uma vez.

Não aceitei.

Mas também não tentei me afastar quando ele se aproximou.

Em vez disso, paralisei enquanto ele me prendia na textura fofa.

Ele me observou por um momento, sua expressão não revelava nada. No entanto, ouvi os pensamentos analíticos que passavam por sua mente.

Depois de um instante, ele me pegou e me carregou pelo quarto opulento até um corredor que levava a uma grande sala de estar emoldurada por uma parede de vidro.

A vista do lago lá fora me distraiu por um instante, meu cérebro entrou em curto-circuito e me prendeu firmemente ao presente.

Onde estamos? me perguntei, confusa com a paisagem. Porque não era Roma.

Ele me mostrou como escapou, mas não o que aconteceu a seguir.

Bled, ele me disse. *Eslovênia. Região de Hazel. Seja lá como é chamado.*

Cidade de Deirdre, respondi, ciente da soberana de Hazel e do local escolhido por Deirdre. Continuei repassando o mapa mundial, memorizando onde todos os vampiros e lycans mais poderosos foram parar em todo o mundo.

— Por que estamos aqui? — perguntei em voz alta.

— Porque precisávamos sair do complexo, e a região de Hazel era nossa melhor opção de carro. — Sua mente elaborou como ele chegou a essa conclusão.

Cam estava repassando minhas memórias, reunindo informações da minha psique e preenchendo as lacunas.

Alguns podem considerar isso invasivo, mas acolhi sua intrusão.

Porque isso significava que as paredes entre nós finalmente desapareceram. Exceto que, com a quebra da barreira, veio a confirmação da condição permanente de Cam.

Não há como voltar atrás.

— Pedi um pouco de tudo porque não sabia o que você queria — uma voz profunda falou, desviando minha atenção de Cam para um homem de pele escura sentado em uma longa mesa de madeira. Tinha um prato de comida à sua frente, além de uma série de travessas espalhadas pela mesa.

Seus olhos castanhos claros encontraram os meus, mas sua expressão não revelou nada.

— Ismerelda, esse é o Keys. Ele nos trouxe até aqui. Keys, esta é a minha *Erosita*. Ela precisa comer. — Cam destacou esse último ponto me colocando em uma cadeira em frente ao homem. — Se precisar de mim, estarei no outro quarto, providenciando que algumas roupas sejam trazidas para nós.

Ele apontou para a área de estar adjacente e deu um beijo na minha cabeça.

Então se afastou, me deixando olhando para suas costas.

Você não vai comer?, perguntei a ele.

Keys pediu um pouco de sangue para mim. Posso sentir o cheiro na cozinha. Vou tomar depois que fizer o pedido para nossos guarda-roupas.

Ele se acomodou em uma cadeira de frente para outro conjunto de janelas, e voltou o olhar para a vista externa enquanto uma tela translúcida aparecia ao seu lado. Ele falou com a tecnologia em voz baixa, mas sua mente confirmou suas ações: ele estava fazendo pedido de roupas. Não apenas para ele, mas para mim e Keys também.

Um humano, pensei, olhando para o homem em questão. *Um Vigília que Cam tirou de Roma.*

Ele arqueou uma sobrancelha para mim, provavelmente

porque eu estava boquiaberta para ele. Mas, em vez de comentar, colocou um pedaço de ovo na boca.

Estudei seu prato e observei os alimentos simples. Era um equilíbrio típico de nutrientes, obrigatório para os mortais nesta versão do mundo.

Em vez de seguir o exemplo, fui direto para o prato de waffles belgas e espalhei chocolate, depois acrescentei frutas vermelhas e um pouco de chantilly.

Keys observou, franzindo o nariz em desgosto antes de lançar um olhar furtivo para Cam.

— Acha que ele vai se importar com o que estou comendo? — comentei, reconhecendo o medo. — Ele não vai.

Pelo menos isso, eu sabia das últimas semanas. Cam gostava de me ver comer.

E seu zumbido de aprovação em minha mente confirmou meu pensamento.

Mas ele não estava me olhando. Ainda olhava para fora enquanto conversava baixinho com quem estava na tela.

Cortei um pedaço do waffle e o levei à boca enquanto Keys estudava minha comida. Depois de um minuto, ele pegou seu próprio waffle e o cheirou.

Quando Cam não reagiu, ele roubou um pedaço.

— Isso não parece muito nutritivo — Keys me informou depois de terminar de engolir.

— Não deve ser — eu disse a ele. — Tem gosto bom. É isso que importa. — E era disso que eu precisava agora: *conforto*.

Porque eu precisava me sentir mais como eu mesma. Mais forte. Inteira. *Viva*.

Eu queria me sentir viva, me lembrar por que sobrevivi por tanto tempo.

Caso contrário, eu poderia...

Não.

Eu não poderia me dar ao luxo de pensar assim. Não poderia haver alternativa. Ainda não. Não agora. *Não até...*

Curvei os lábios. Eu nem tinha certeza de como terminar esse pensamento.

Em vez de tentar, dei outra garfada na comida. Minha necessidade de substituir o gosto na boca superou a capacidade de realmente apreciar o sabor.

Não importava que Cam tivesse destruído o evento. Não importava que ele também tivesse escovado meus dentes... uma memória que tirei de sua mente e que explicava o gosto mentolado que permanecia em minha língua.

E não importava que Cam tivesse matado todos eles antes que pudessem me mudar de forma irrevogável. Para transar comigo. Cortar meus laços com a imortalidade. Garantir que *aproveitei* tudo por causa da compulsão de Michael.

Não.

Nada disso importava.

Porque quase aconteceu.

O início dessa ameaça viveria para sempre em minha mente. Junto com a imagem de Cam indo embora. Me deixando entregue ao meu destino.

Com essas palavras ecoando no corredor.

Engoli um pedaço particularmente azedo. Meu interior estremeceu enquanto lutava contra a vontade de vomitar tudo.

O som da cerâmica batendo na mesa me tirou das minhas memórias, me trazendo de volta ao presente enquanto Cam se acomodava na cadeira ao meu lado.

— Adicionei um pouco de açúcar mascavo para tornar menos amargo — ele me disse, seu foco mudando de mim para a caneca de café que ele acabou de colocar na mesa.

Ele estava com outra xícara na mão, o líquido mascarado pelo revestimento opaco. Mas imaginei que fosse o sangue que ele mencionou.

— Me avise se precisar de creme de leite e eu peço um pouco — acrescentou. — Não vi nenhum na geladeira, mas sei que você gosta.

Uma sugestão sutil de todos os detalhes que ele estava extraindo do meu cérebro. Ou talvez devesse ser um teste para ver o quanto eu me importaria.

Ele parecia estar buscando limites, tentando determinar até onde poderia ir. Eu não sabia dizer se ele queria essa distinção como um ponto de referência pessoal ou porque queria ter certeza de não me pressionar.

Independentemente do motivo, era diferente do que eu estava acostumada. Cam geralmente mantinha nosso vínculo aberto, sempre tendo livre acesso aos meus pensamentos. E ele fazia isso para monitorar constantemente meu bem-estar, garantindo que eu estivesse segura e viva.

Dessa vez... não foi assim.

Sua preocupação agora parecia ser mais com meu conforto do que com meu estado frágil.

Porque você é uma leoa, não um cisne, ele sussurrou em minha mente enquanto tomava um gole de sua bebida, que seus pensamentos superficiais me disseram que era café enriquecido com sangue. Mas eu não estava tão focada nessa informação quanto na declaração que ele acabou de fazer.

É por isso que você me chama de leoa? Para diferenciar do meu antigo apelido?

Ele murmurou, com o olhar preso ao meu. *Não dou a mínima para o seu antigo apelido. Eu te chamo de minha leoa porque é o que você é.*

Uma memória perdida em sua mente mencionou meus olhos, como eles eram de natureza felina: astutos e quase predatórios.

Fiz uma careta, sua percepção sobre mim era diferente da minha. Principalmente porque sempre fui a presa. Cam era a fera. O predador escondido sob uma bela fachada.

Ele não respondeu à minha surpresa, apenas tomou um gole da bebida e voltou seu foco para o lago. Como havia mais janelas aqui, toda a suíte parecia estar voltada para a vista deslumbrante do lado de fora.

Havia também uma varanda, que parecia emoldurar todo o chão.

Devíamos estar a cerca de cinco ou seis andares, o que me fez pensar se estávamos em uma espécie de cobertura.

Ou talvez todas as suítes possuíssem varandas como esta.

Eu nunca estive na Cidade de Deirdre. Caramba, não estive em lugar nenhum desde o desaparecimento de Cam. Estava escondido no Clã Majestic, esperando seu retorno.

Então, embora eu soubesse o que o mundo se tornou, não tinha visto nada disso.

Além do que os outros me mostraram em fotos.

Comi mais um pouco, mas meu estômago protestou a cada garfada. Principalmente porque não comi muito nos últimos... curvei os lábios novamente. Eu não tinha certeza de quanto tempo se passou desde minha última refeição. Horas? Dia?

O sangue de Cam era provavelmente a única razão pela qual me senti bem.

Seu sangue também era a razão pela qual eu já estava curada do incidente. Bebi um pouco do sangue dele antes de Michael me arrastar para longe, o que se tornou uma espécie de maldição, porque tornou mais difícil de me machucar.

Felizmente, parecia que os vampiros não tiveram tempo suficiente para descobrir isso.

Ou talvez tivessem.

Eu os desliguei no momento em que percebi que estava prestes a morrer. Em vez de permanecer no presente, fugi para minhas memórias, escolhendo me lembrar do Cam que eu amava.

Em algum momento, fiquei consciente de que não estava mais sentindo dor.

Mas não tinha percebido o que isso significava. Eu pensei – *tive esperança* – que estava morta.

Agora, eu não tinha certeza de nada.

Massageei as têmporas, sentindo a cabeça girar através do que conseguia lembrar.

Infelizmente, tudo ficou em branco.

As únicas lembranças que eu tinha das últimas horas eram de Cam.

Encostei a testa na madeira fria e respirei devagar, sentindo um aperto no estômago ao ver novamente o quarto. Os vampiros arruinados. Minha forma inconsciente.

Em vez de me demorar nessa memória, fui além disso, acelerando o que já sabia, e me concentrei em nossa localização atual.

Em Hazel.

E na reunião que Cam teria que comparecer em algumas horas.

Nós, ele interrompeu meus pensamentos.

— Temos uma reunião pela manhã — ele reiterou em voz alta. — Hazel está fazendo os preparativos. Você e Keys estarão presentes comigo.

Eu pisquei.

E Keys tossiu, se engasgando com a comida.

— E-eu?

— Não posso deixar você aqui. Eles podem tentar realocá-lo na área de serviço. — Cam parecia irritado com essa perspectiva.

Parecia que Deirdre já havia tentado levar Keys embora. Mas Cam decidiu que era dono do humano e agora não queria desistir dele.

Arqueei uma sobrancelha, curiosa sobre esse desenvolvimento.

Ele é interessante, Cam explicou. *Gosto dele e, portanto, preferiria que ele continuasse vivo.*

— Iremos todos juntos à reunião — ele reiterou. — E suspeito que Jace estará lá. Talvez Ryder e Damien também.

Isso chamou minha atenção.

— Damien está aqui?

Ele deu de ombros.

— Não sei. Hazel não disse quem mais viria, mas acredito que ela ligou para Ryder, ou talvez para Jace.

Seu raciocínio para suspeitar disso ficou claro em seus pensamentos.

— Você sugeriu que ela os chamasse. — E não só isso, mas também contou a Hazel sobre a arma de Lilith.

Porque ele encontrou todos os detalhes na minha cabeça.

— Mas não tem certeza se ela ligou para eles? — continuei, ainda analisando sua mente e o que ele acabou de dizer.

— Não. Ela não confirmou nem mencionou quem estará na reunião.

— Oh. — Isso poderia ser resolvido com um telefonema. *Talvez ele não queira...*

— Não sei como contatá-los — Cam me informou, interrompendo meu pensamento. — Eu também estive mais preocupado em te acordar.

— Ah — repeti. — Eu... eu poderia ligar para o Damien? — formulei a frase como uma pergunta, pois não tinha certeza se tinha permissão para falar com meu irmão ou não. Tudo entre Cam e eu parecia muito hesitante, muito inseguro, para que eu ultrapassasse os limites agora.

— Você pode fazer o que quiser, Izzy — ele disse em voz baixa e o uso do meu apelido provocou um arrepio na minha coluna. Parecia familiar, mas estranho ao mesmo tempo. Como se fosse errado sair de sua boca. Exceto que também era estranhamente pacificador.

Não vou te prender ou amarrar, ele acrescentou em minha mente. *Farei o que for preciso para consertar as coisas. Matarei qualquer um que te olhar do jeito errado. Mas não vou te dizer o que fazer. Não tomarei decisões sem você. E não vou desaparecer novamente.*

Engoli em seco, sem saber como responder a tudo isso. Principalmente porque parecia muito com uma promessa. Uma que eu não tinha certeza se deveria aceitar. No entanto, eu ansiava por fazer isso, rastejar em seu colo e reacender um vínculo milenar.

Em vez de decidir – ou mesmo considerar minhas opções – me concentrei na tarefa que levou à sua declaração. *Ligar para Damien.*

Cam disse que eu poderia fazer o que quisesse.

Então decidi testar essa teoria.

E também tentar encontrar uma nota de normalidade. Algo para distrair minha mente. Para me firmar no presente.

— Preciso de um telefone — eu disse a Cam. — Quero falar com o Damien.

RYDER

— Ainda perseguindo sua companheira? — Kylan perguntou ao ocupar a cadeira de estilo executivo ao meu lado. — Pensei que isso diminuiria com o tempo, mas você ainda a observa como se tivesse medo de perdê-la.

— Nem todos nós mantemos conexões mentais com nossas companheiras — eu o lembrei. — Alguns confiam na comunicação física.

Kylan bufou.

— Todos nós confiamos na comunicação física. Essa é a melhor parte do vínculo.

— Humm — murmurei, concordando com ele. Mas Willow e eu levávamos nossa ligação física a um nível diferente. Nós dois estávamos visceralmente conscientes um do outro o tempo todo.

Como agora.

Ela podia sentir meus olhos nela. Assim como podia ouvir

o que eu estava dizendo do outro lado do jato. Sua genética mista de lycan e vampira proporcionava sentidos únicos.

Seus olhos se voltaram para os meus, e um sorriso conhecedor espreitou em suas profundezas azul-gelo.

Não respondi a esse olhar. Mas não precisava. Apenas trocar olhares com ela era o suficiente.

Willow sabia o que eu sentia por ela. Como eu era obcecado em tê-la por perto. Ela era minha outra metade. Um pedaço perdido da minha alma. *Meu coração*.

Não havia dúvida em minha mente se ela viria ou não comigo nesta missão.

E, dado que ela estava sentada em frente a Rae agora, parecia que Kylan sentia o mesmo por sua companheira.

O vampiro estendeu a mão para nos servir uma taça de vinho de sangue, com foco em Rae e não em sua tarefa. Mesmo assim, ele a executou perfeitamente, me entregando uma taça antes de pegar a sua.

— Darius e Jace parecem sentir que deveríamos estar preparando nossas companheiras para esta reunião — ele murmurou. — Mas estou bastante cansado de ver Raelyn se curvar para os outros. Sou o único que conquistou esse direito.

A mulher em questão olhou para ele com uma sobrancelha arqueada, os fios ruivos fluindo como fogo contra suas feições pálidas. Ela semicerrou os olhos, a cor azul gelo me lembrou das íris de Willow.

— Não acho que ela concorde com você.

— Ah, ela concorda — ele me assegurou. — Vou lembrá-la do porquê mais tarde. — A promessa sensual nessas palavras fez Raelyn – que preferia ser chamada de *Rae* – corar em resposta. — Mas não será nesta reunião.

Murmurei em concordância novamente, com os olhos ainda em Willow.

— Jace e Darius preferem jogar. No entanto, nunca gostei muito de regras, implícitas ou não.

Kylan sorriu.

— Daí a cabeça de Lilith no seu freezer.

— Eu teria queimado — admiti. — Mostrar e contar que já estava feito. Mas Damien quer transformá-la em uma espécie de suporte de parede. Não tenho certeza se quero vê-la com tanta frequência.

— Pode ser útil guardar sempre que esta reunião da Aliança de Sangue acontecer — Kylan acrescentou. — Supondo que seja remarcada novamente.

— Quem exatamente irá remarcá-la? — perguntei, não pela primeira vez. Todos nós recebemos uma mensagem enigmática há algumas horas informando que a reunião da Aliança de Sangue que seria hoje foi cancelada.

Foi organizada por Lilith.

Então ela morreu.

No entanto, mantivemos as aparências por um tempo, usando Willow como substituta de Lilith, capturando sua cabeça loira por trás e vazando as fotos para as massas.

Damien também manteve o telefone de Lilith, usando-o para enviar mensagens esporádicas e fazendo parecer que ela prolongou sua estadia na minha região.

Mas então Jace matou Lajos, e recebi permissão para compartilhar a cabeça decepada de Lilith com o mundo.

No entanto, a reunião não foi exatamente cancelada. Ele permaneceu no calendário até ser trocada de data há uma semana.

E agora, misteriosamente, cancelada.

Então, quem está no comando? me perguntei pela milésima vez. *Com a partida de Lilith, quem está puxando os pauzinhos? E como Cam se encaixa nisso?*

— Talvez Cam nos conte — Kylan respondeu, com uma reviravolta sardônica em suas palavras enquanto respondia à minha pergunta sobre quem estava remarcando as reuniões da Aliança de Sangue. — Ele é nosso salvador pretendido, certo?

Grunhi com isso.

— Foi o que nos disseram. — Jace e Darius pareciam acreditar que Cam tinha um plano mestre. Que ele de alguma forma colocaria todos nós no caminho certo.

Cam poderia ser o mais velho dos vampiros, mas não era um deus. Ele não poderia simplesmente estalar os dedos e consertar tudo.

— Estou ansioso para saber mais quando pousarmos. — O tom inexpressivo da declaração de Kylan rivalizava com meu tom mental.

Nós dois estávamos céticos em relação a esse plano.

E nossa trajetória atual não ajudou.

Região de Hazel.

Puta merda, eu não conseguia me lembrar da última vez que vi a vampira loira. Dois ou três séculos atrás? Eu não tinha ideia de quem ela era neste novo mundo. Ela aprovava as travessuras de Lilith? Era uma serva leal? Não tinha preferência? *Ela é mais parecida com Jace?*

Nenhum dos outros parecia ter uma boa leitura sobre ela também.

Daí a razão pela qual Jace e Darius estavam brincando com suas *Erositas* na cabine dos fundos. Calina tinha muito que aprender sobre como se comportar de forma *adequada* perto de outros membros da realeza, e Jace estava gostando muito da sessão atual.

Ou foi o que percebi pelos gemidos que pude ouvir ecoar deles agora.

Certa vez, conduzi um treinamento semelhante com minha escrava em um jato. Não foi apenas para o benefício dela, mas para o meu também.

Damien sentiu que precisávamos nos conhecer mais intimamente, para convencer os outros de que Willow era meu brinquedo.

Joguei junto, principalmente porque isso me deu uma desculpa para tocá-la.

Mas eu não tinha vontade de colocá-la em uma caixa e fazê-la se conformar.

Jace e Darius poderiam jogar o jogo político de merda. Eu seria apenas eu. E Willow seria ela, minha escrava perfeita e desobediente. *Que gosta de morder.*

Ela olhou para mim como se pudesse ouvir meus pensamentos, uma promessa perversa brilhava em seus lindos olhos. Ela deixou uma marca em forma de lua crescente no meu ombro há poucas horas. Infelizmente, a ferida já cicatrizou.

Então, ela teria que fazer aquilo de novo.

E de novo.

Por toda a eternidade...

— Ryder. — A voz inesperada de Damien me fez afastar a atenção para longe da minha companheira e na direção da cabine.

— Você não deveria estar ocupado pilotando o jato? — perguntei a ele.

Ele me deu uma olhada.

— Essas coisas praticamente voam sozinhas.

É o que ele diz, pensei, olhando por uma janela próxima, curvando os lábios para baixo.

— Se você, de alguma forma, prejudicar minha companheira com essa imprudência, eu vou...

— Atirar em mim — ele terminou por mim. — Sim. Eu sei. — Ele revirou os olhos dourados e balançou a cabeça. — A Izzy acabou de ligar.

Bem, suponho que isso seria digno para colocar nossas vidas em risco.

— O que ela disse? — perguntei enquanto me afastava da cadeira. — Me conte enquanto você continua pilotando o avião.

Ele me deu uma olhada antes de se virar e retornar à cabine.

— Ele está certo — Kylan falou ao se juntar a mim. — Esses jatos realmente voam sozinhos. Você só precisa de um piloto para decolar e pousar. Foi assim quando os humanos governaram também.

— Parece que me lembro de relatos frequentes sobre acidentes de avião naquela época. — Talvez *frequentes* fosse um exagero, mas meu argumento permanecia: Damien precisava voltar para seu assento e pilotar a merda do jato.

— As falhas tecnológicas tinham mais culpas do que os humanos que as pilotavam — Kylan respondeu.

Eu o ignorei. Principalmente porque Damien estava obedecendo e se acomodando mais uma vez atrás dos controles.

— O que a Izzy disse? — perguntei, indo direto ao ponto.

— Eu não tinha ideia de que seu criador tinha medo de voar — Kylan murmurou.

— Ele nunca temeu nada até encontrar uma companheira — Damien respondeu, os dois aparentemente ignorando meu comentário e continuando a conversa sobre segurança de voo. — Agora ele está obcecado em mantê-la segura.

Kylan olhou por cima do ombro em direção ao sofá onde nossas mulheres estavam descansando.

— Suponho que não posso culpá-lo por isso.

— Bom. Podemos nos concentrar na Izzy agora? — perguntei, encerrando a conversa paralela.

Damien ficou sério, suas tatuagens se moveram ao longo do braço corpulento enquanto ele apertava a mão em punho.

— Ela não falou muito, mas algo não está certo. Não parecia ela. De forma alguma.

O comportamento relaxado de Kylan mudou em um instante, seu olhar escuro de repente ficou mais aguçado.

— Você acha que estamos caindo em uma armadilha?

— Não sei. — Damien afrouxou o aperto, mas fechou a mão mais uma vez. Sua rigidez era algo que eu pensei estar relacionado apenas ao meu comentário sobre pilotar o avião, mas parecia ser mais profundo do que isso. — Não consigo explicar. Mas meus instintos estão disparando.

Eu conhecia Damien há muito tempo. Se seus instintos estavam em alerta com alguma coisa, havia uma razão.

— É tarde demais para dar meia-volta e pousar em outro lugar. — Não formulei isso como uma pergunta porque já sabia a resposta.

No entanto, Damien confirmou de qualquer maneira, dizendo:

— Nossas opções de pouso seriam limitadas agora.

O que tornou o momento da ligação de Izzy mais do que suspeito. Por que entrar em contato no final da nossa jornada e não antes? Ela estava tentando encontrar uma maneira de nos avisar? Nos dizer para voltar?

Kylan estudou o mapa de voo no monitor, sua familiaridade com essa tecnologia era superior à minha. Afinal, o jato era dele.

— Quais são as nossas opções? — ele perguntou, seu tom totalmente profissional.

— Região de Helias, de Sofia ou de Robyn — Damien murmurou, o último local e fez Kylan estremecer. — Também poderíamos tentar voltar para a Região de Cormac, se quiser testar sua hospitalidade. Suspeito que ele será a mais agradável de nossas escolhas.

Seria, sim. Mas isso implicaria fugir da nossa luta atual.

E eu não era do tipo que fugia.

— Qual é a nossa situação em relação às armas a bordo? — perguntei.

Kylan e Damien estavam encarregados de preparar esta jornada, então eu sabia que deveria haver pelo menos algumas armas. Talvez alguns explosivos também. Supondo que Damien tivesse tido tempo suficiente para protegê-los, de qualquer maneira.

Meu progênie listou imediatamente o que tínhamos a bordo, fazendo com que as sobrancelhas de Kylan se erguessem.

— Você perdeu a cabeça? Um movimento errado e poderíamos explodir com toda aquela merda.

— Ah? Agora você está preocupado com a queda? — Dei a ele um olhar de falsa surpresa. — Que chocante.

Kylan rosnou.

— Eu não tinha ideia de que estávamos diante de um arsenal militar.

— O que você achou que eu tinha em todas aquelas sacolas? Roupas? — O tom exasperado de Damien me disse que ele estava farto das preocupações com voos. — Olha, temos o suficiente para nos defender se precisarmos. Mas estaremos profundamente envolvidos em regiões estrangeiras, com o Ernest Clan sendo nosso próximo aliado conhecido. Se perdermos o jato...

Ele não terminou sua declaração porque estava claro onde queria chegar com isso: ficaríamos presos.

— Precisamos preparar nossa equipe reserva — decidi em voz alta, saindo da cabine. — Jace! Pare de brincar! Preciso que você ligue para Ivan!

— Acho que isso significa que vamos seguir em frente com o plano? — Kylan perguntou em um tom levemente irritado.

— Sim — respondi.

Hazel podia ter um exército esperando por nós. Ou talvez apenas alguns vampiros.

Apesar de tudo, eu adorava um bom desafio.

E mais do que isso, adorava matar.

— Não acha que deveríamos votar sobre o que fazer? — Kylan questionou, me fazendo parar e olhar para ele.

— Qual seria o seu voto?

— Atirar em todos eles — ele respondeu imediatamente.

— Então qual é o sentido de uma votação? São dois contra um, e nós dois somos mais velhos que Jace. — O voto de Darius não contava, por que ele não era da realeza. E mesmo que contasse, eu sabia que ele aprovaria o plano. Ele poderia fingir que favorecia os livros, no entanto, uma fera espreitava sob seus ternos finos.

— Em quem vamos atirar? — Jace perguntou ao entrar na cabine, com a camisa parcialmente abotoada.

— Qualquer pessoa relacionada à potencial armadilha que nos espera na região de Hazel — Kylan explicou antes de contar o que estávamos discutindo com Damien.

— Sabe, uma solução simples seria eu ligar e confirmar novamente com Hazel — Jace sugeriu. — Estamos perto o suficiente agora para que ela possa aceitar minha ligação.

— Qual seria a graça disso? — perguntei.

— Que graça, é verdade — Jace brincou, seu sotaque inglês mais forte que o normal.

Em vez de debater comigo, ele pegou o telefone.

— Hazel, querida — ele murmurou um segundo depois. — Kylan e Ryder parecem ter a impressão de que você tem um exército esperando por nós. Dado o quanto o Ryder pode ser volátil, eu não recomendaria prosseguir com esse plano, presumindo que eles estejam certos.

Um bufo suave se seguiu.

— O Cam estava certo em incluir você, Jace. No entanto, eu não tinha ideia de que você ia trazer tantos convidados para minha região.

— Eu teria ligado para avisar, mas suspeito que você não teria atendido ao telefone se eu tivesse tentado.

— Acho que nunca saberemos, não é? — ela respondeu, sua voz mais divertida do que irritada. — Quem exatamente está com você além de Ryder e Kylan?

— Nossas *Erositas* e companheiras — Jace respondeu com

honestidade, me fazendo revirar os olhos. — Darius e Damien também.

Que jeito de estragar o elemento surpresa, eu disse a ele com um olhar.

Ele me ignorou, mantendo o foco em Hazel.

— Entendo. — Ela pareceu considerá-lo por um momento, depois deu de ombros. — Vou te mostrar quem está esperando sua chegada.

Kylan e eu nos aproximamos para espiar a tela, e o único som era o sutil clique dos saltos sobre o cimento. Hazel apontou o visual para longe dela, nos dando uma visão do hangar e dos dois jatos.

— Ryder e Kylan acham que pretendemos atacá-los na chegada — ela falou para uma sombra que espreitava perto de um dos jatos.

Curvei os lábios quando a sombra saiu para a luz, o membro da realeza usando capuz era inconfundível. Principalmente porque ele *sempre* usava isso ou um adorno formal na cabeça.

— Khalid? — Jace perguntou, expressando o óbvio.

O homem na tela tirou o capuz para nos permitir vislumbrar seu olhar brilhante, as pupilas de obsidiana tremeluzindo com toques de turquesa. Uma aparência única, que parecia melhorada na tela.

— Ryder esperava lutar? — Khalid refletiu. — Porque eu posso gostar disso.

— Supondo que você goste do conceito de morte, então sim, provavelmente gostaria — respondi.

O outro homem sorriu, assumindo o controle do vídeo.

— Vou considerar isso uma aceitação formal de um encontro futuro, velho amigo. Mas nesse ínterim, não temos exército. Só eu e um dos meus soberanos, assim como nossas companheiras.

Essa informação fez Jace levantar a cabeça.

— Companheiras? E qual soberano?

— Pouse e descubra — ele respondeu. — Ou se esconda e perca.

A ligação caiu.

Curvei os lábios em diversão.

— Ah, com certeza vamos pousar agora. — Porque ele acabou de fazer um convite formal para jogar meu tipo de jogo.

Algo envolvendo armas.

E facas.

E *sangue*.

— Willow — chamei. — Me siga. Está na hora de encontrar alguns brinquedos.

IZZY

Conversar com Damien não me distraiu como eu esperava. Em vez disso, me deixou com uma sensação de cautela.

Todo mundo estava vindo.

Jace. Darius. Kylan. Ryder. Todas as respectivas companheiras. E meu irmão.

Normalmente, eu ficaria animado em vê-los. Mas não agora. Não assim.

Engoli em seco e abri a sacola de roupas que Cam encomendou para mim. Esperava encontrar um vestido translúcido, o traje comum para a *Erosita* de um vampiro neste mundo atual.

No entanto, o que encontrei não era nada translúcido. Nem era um vestido.

— Jeans e suéter? — perguntei, incapaz de esconder minha surpresa.

Cam ergueu os olhos da própria sacola de roupas, que tinha um terno preto dentro, e arqueou uma sobrancelha.

— Li em sua mente que este é o seu traje preferido. Entendi errado?

— Eu... não. Você não entendeu errado. — Minha voz era baixa, beirando a incerteza.

Eu não tinha certeza de como lidar com essa versão de Cam.

Caramba, eu não tinha certeza de como lidar com nada disso.

— As outras *Erositas* não vão estar vestidas assim. Provavelmente usarão vestidos de noite transparentes. — Talvez ele não estivesse ciente dos protocolos atuais. Embora eu não me importasse com isso, parecia sensato avisá-lo.

Ele bufou.

— Não vou te exibir para que outros te admirem. Você é minha até que me diga o contrário.

Olhei para ele, atordoada mais uma vez. Agora pelas palavras e não pelo que estava na sacola de roupas.

Minha até que me diga o contrário...

— O que você quer dizer com isso? — Talvez fosse uma pergunta estúpida, mas não consegui determinar a resposta.

Durante a maior parte das últimas duas semanas, ele pretendia me usar até encontrar uma substituta adequada.

Uma nova bolsa de sangue imortal.

Uma escrava humana obediente.

Mas não era isso que suas palavras implicavam agora.

— Quero dizer que a escolha de como procederemos é sua, Ismerelda. Respeitarei sua decisão, mesmo que não goste. — Sua mente ecoou essa proclamação, fazendo meu estômago apertar de nervosismo.

Isso... tudo isso era muito diferente das últimas semanas.

Como tanta coisa mudou tão depressa?

Ou foi gradual e eu não percebi? Talvez eu estivesse muito perdida na crueldade de Cam para perceber.

Estava muito confusa com esta versão versus a versão antiga.

Quem é esse Cam?, me perguntei, odiando ter que perguntar. Seria muito mais fácil se suas memórias voltassem, se *ele* voltasse. Mas ele não voltaria. *Ele se foi.*

— É verdade. Acho que nunca mais serei aquele homem — ele concordou. — Mas meu antigo eu era fraco. Aquela versão escolheu uma missão em vez de você. Colocou o destino do mundo antes do seu. Não sou mais aquele homem. Não sou altruísta. Sou egoísta. Arrogante. *Possessivo.* Sou do tipo que te coloca em primeiro lugar, e isso inclui colocá-la antes de minhas próprias necessidades ou desejos.

Ele sustentou meu olhar por um longo momento, permitindo que essas palavras fossem absorvidas. Em seguida, tirou o terno da bolsa e foi ao banheiro para se trocar. Ele deve ter percebido minha incapacidade de responder. Porque eu não tinha ideia do que dizer sobre isso. Como reagir. Como *sentir.*

Cam basicamente insinuou que se essa sua versão estivesse no comando de suas decisões há mais de um século, ele nunca teria me deixado.

Porque ele teria pensado primeiro nas minhas necessidades. Nas *nossas* necessidades. Ele não teria me abandonado.

O que seríamos hoje se ele tivesse ficado?, me perguntei enquanto colocava o suéter na cama. *Estaríamos vivos?*

Sim, ele sussurrou de volta. *Mas você provavelmente seria vampira, não humana.*

Eu estava pegando o jeans quando ele disse isso e o tecido escorregou pelos meus dedos com a surpresa. *Vampira?*

Você é forte, Izzy. Seria formidável como vampira. Não sei por que nunca te transformei, mas foi outro erro cometido pela minha versão anterior.

Pisquei para as roupas na cama. *Você perderia sua fonte de sangue imortal.*

Sim, mas ganharia uma rainha. Isso vale muito mais para mim do que sangue.

A sinceridade subjacente às suas declarações me atingiu bem no peito, dificultando a respiração.

Ele falou sério cada palavra.

E me mostrou mentalmente que estava pensando nisso há uma semana, não apenas hoje.

Ele estava tentando descobrir por que nunca me transformou, porque eu fui feita para ser vampira. Feita para ser sua rainha. Sua igual.

Cam pretendia falar comigo sobre isso também. Ele estava planejando diminuir a barreira entre nossas mentes.

Então atravessei essa barreira quando Michael me deixou para morrer. *Sob ordens de Cam.*

Mas não foi Cam.

Minha cabeça girava enquanto eu me vestia e meu coração batia forte no peito.

Posso confiar nesta Cam? Posso... amá-lo?

Ele queria me transformar. Mas só se eu desejasse. Ouvi isso em sua mente. Ele sentiu que eu era mais do que digna de ser vampira, que deveria ter me tornado vampira há séculos.

Meu cérebro começou a pensar em como seria nossas vidas se Cam tivesse me transformado.

Mas afastei essa linha de pensamento, porque não fazia sentido refletir sobre o potencial de algo que nunca aconteceu.

Eu precisava me concentrar no futuro e para onde deveríamos ir a partir daqui.

Mas eu não tinha ideia de que caminho seguir.

Cam saiu assim que terminei de puxar o suéter pela cabeça, seus olhos azuis percorreram o tecido creme até o jeans justo. A apreciação cintilou em seu olhar, uma apreciação que compartilhei ao observar seu terno todo preto.

Ele foi até a sacola de roupas e tirou um par de meias finas e um par de sapatilhas.

Sem salto.

Porque ele viu em minha mente o quanto eu os odiava.

Em silêncio, ele se ajoelhou diante de mim e segurou um tornozelo com gentileza para levantar meu pé. Meu coração disparou quando ele deslizou a meia pelos dedos dos pés e calcanhar. Então repetiu a ação no outro pé antes de calçar meus sapatos.

Foi uma ação tão pequena, mas de natureza tão reverente que me deixou sem fôlego.

Quando ele se levantou, senti tontura por falta de oxigênio.

Ele passou os nós dos dedos em meu queixo, e seu olhar era intenso.

— Posso não ser sua versão preferida, Ismerelda, mas sou a versão *certa*. Porque você também não é quem costumava ser. Você não é mais um cisne, querida. Você é uma leoa. Rainha. E se você me permitir, serei seu rei.

Ele traçou meu lábio inferior com o polegar e seus olhos seguiram o movimento.

— A escolha é sua — ele concluiu baixinho, então se inclinou para dar um beijo em minha bochecha. — Mas não se apresse, minha rainha. Vou esperar você decidir. E honrarei qualquer decisão que tomar.

Com essas palavras pairando no ar, ele se virou e saiu do quarto.

Engoli em seco, sentindo meus pulmões queimarem com a necessidade de *respirar*. Quando finalmente inalei, era uma nuvem do cheiro de Cam.

Hortelã-pimenta. Amadeirado. Masculino. *De natureza viril.*

Fechei os olhos e permiti que sua colônia dominasse meus sentidos, momentaneamente perdida em sua familiaridade.

Tanta coisa aconteceu nas últimas semanas. Caramba, tanta coisa aconteceu nas últimas doze décadas.

O mundo entrou em colapso.

Os humanos se tornaram escravos.

Vampiros e lycans criaram um novo governo.

Eu fui trancada por segurança enquanto meu companheiro sofreu uma lavagem cerebral. Alterado de forma irrevogável. *Renascido*.

Poucas horas atrás, quase fui estuprada até a morte.

E agora... agora o homem que eu amava era um completo estranho para mim.

No entanto, ele exalava uma paciência que eu admirava muito. Uma paciência que eu precisava.

Fechei os dedos enquanto me concentrava na respiração. *Inspira, um, dois, três. Expira, um, dois, três, quatro, cinco.*

Cam queria que eu participasse desta reunião.

Não, não só eu. Keys também. O humano que ele adotou nas últimas doze horas.

Quase sorri, só porque era uma coisa muito do *meu* Cam fazer. Ele sempre foi do tipo que decide instantaneamente se gosta ou não de alguém. A maioria das pessoas caía na última categoria. Quando isso acontecia, ele as dispensava.

Mas quando seus instintos se fixavam em alguém que ele admirava ou que o intrigava de uma maneira única, ele dava toda a atenção a essa pessoa.

E parecia que Keys despertou o interesse de Cam a ponto de ele preservar sua vida.

Balancei a cabeça. Essa justaposição entre o antigo e o novo Cam estava fazendo minha cabeça girar.

Se concentre, Izzy, eu disse a mim mesma. *Você pode lidar com isso. É só dar um passo de cada vez.*

Damien e Ryder estariam na reunião. Jace e Darius

também. Eu transmiti essa informação para Cam, principalmente através da minha mente. Ele não reagiu de forma alguma. Sem excitação. Sem medo também. Apenas calma aceitação.

Eu gostaria de poder ficar tão calma.

A preocupação de Damien era palpável ao telefone. Ele sabia que havia algo de errado, embora eu dissesse o contrário. Isso não era problema dele. Ele não precisava saber das minhas lutas com Cam ou o que aconteceu sob o Vaticano.

A perda permanente da memória de Cam era o único aspecto da nossa situação que eu pretendia compartilhar com Damien e os outros. E só porque esse ponto específico impactava a todos, não apenas a mim.

No entanto, todos os outros detalhes eram entre nós dois e mais ninguém.

Incluindo o evento de quase estupro até a morte.

E tudo o que Cam fez comigo antes disso também. Como transar comigo enquanto eu dormia. Me usar para seu prazer enquanto me forçava a ter orgasmos com sua mordida.

Estremeci, meus olhos ainda estavam fechados quando um choque percorreu minha coluna.

Meu corpo parecia lembrar desses momentos de maneira favorável.

Meu coração, porém, liberou uma pontada que senti em minha alma.

Isso me deixou em conflito. Exausta. *Sobrecarregada.*

Respirei fundo novamente, minhas unhas cavando nas palmas das mãos.

Cam podia ouvir cada um dos meus pensamentos, mas sua mente permanecia cuidadosamente em branco. Ele parecia aceitar minha dor e responder com outra onda de paciência.

Mexa-se, Izzy, eu disse a mim mesmo. *Ficar aqui não adianta nada.*

Além disso, uma reunião poderia ser a distração que eu precisava agora.

Supondo que Damien e Ryder não me afogassem com proteção fraterna.

Rangendo os dentes, me forcei a abrir os olhos e saí do quarto.

Izzy

KEYS E CAM ESTAVAM NO HALL DE ENTRADA DA SALA DE ESTAR, os dois vestidos com ternos combinando.

Pelo que vejo, você fez dele seu irmão gêmeo, pensei para Cam.

Eu o vesti como um igual para que os outros não o tratassem como um criado. Seus olhos me percorreram com interesse. *E te vesti como minha rainha.*

— Estou usando jeans e suéter — respondi em voz alta. — Isso não é muito da realeza.

— Rainhas não precisam de vestidos ou trajes formais para reinar — ele respondeu. — Elas governam simplesmente existindo.

— E reis? — perguntei, decidindo me envolver nessa conversa para distrair meus pensamentos.

Ele curvou os lábios e suas íris brilharam como uma lua pairando sobre um oceano à meia-noite.

— Os reis se vestem para impressionar suas rainhas.

Minhas bochechas esquentaram com a insinuação óbvia em seu tom. Ele sabia que eu gostava de sua aparência no terno justo. E estava sugerindo que o usou para mim, e para mais ninguém.

Cam nunca se referiu a mim como membro da realeza antes. Era... uma mudança interessante.

Você não é mais um cisne, querida. Você é uma leoa. Rainha.

Suas palavras de momentos atrás voltaram a mim, e endireitei a coluna. Cam me via como alguém forte, não frágil e delicada. Ele me via como uma igual. Digna de ser uma vampira.

Digna de reinar ao seu lado.

O que quer que isso realmente significasse.

Uma parceira *com* quem ele poderia tomar decisões, e não *por* quem.

Toda essa informação permaneceu em sua cabeça, as palavras eram minhas para absorver e responder da maneira que eu desejasse.

Mas eu ainda não tinha ideia do que dizer, como reagir ou *compreender* tudo o que aconteceu.

Então optei por não tentar. Ainda não.

Tenho tempo para resolver esse assunto. Dê um passo de cada vez, repeti para mim mesma.

Cam estendeu a mão, mas não como uma oferta para pegar a minha. Em vez disso, estava apontando para a porta. Nenhuma palavra acompanhou seu movimento, apenas um olhar conhecedor.

Ele esperava que eu seguisse meu próprio conselho: *desse um passo.*

Endireitando a coluna mais uma vez, fiz exatamente isso e fui até a porta. Uma vez no corredor, olhei para ele esperando que liderasse o caminho, pois o ambiente era estranho para mim.

Em vez de ficar na minha frente, Cam colocou a mão na parte inferior das minhas costas e me guiou até o elevador. Sua mente me forneceu os detalhes do prédio à medida que avançávamos, os códigos e saídas que ele memorizou e agora estava me passando por segurança.

Keys se moveu atrás de nós. Sua presença parecia estranhamente protetora, como se ele tivesse assumido o papel de guarda-costas de forma instintiva. O que era estranho, já que ele era humano e muito mais vulnerável do que eu ou Cam. Mas talvez isso lhe viesse naturalmente como Vigília.

Ele se posicionou em frente ao elevador depois que entramos, de costas para nós enquanto olhava para as portas.

Cam manteve a mão contra na parte inferior da minha coluna, seu toque era gentil, mas não hesitante. As pontas dos dedos dele pareciam uma marca possessiva através do meu suéter e seus instintos protetores eram como um grunhido alto em sua mente.

No entanto, era diferente do Cam que eu conhecia. Porque esses instintos de proteção não eram resultado de ele me ver como alguém frágil ou que se magoava com facilidade. Suas ações pareciam de natureza mais selvagem, como se ele estivesse pronto para matar qualquer pessoa em nosso caminho por simplesmente respirar da maneira errada.

Ele me via como sua.

E não ia tolerar que ninguém tentasse interferir nessa afirmação.

Também não toleraria a tentativa de alguém de nos prejudicar.

Na sua cabeça, já havíamos passado por um inferno. Ele se recusava a nos deixar voltar para lá.

Só seguiríamos em frente.

Juntos.

Como um time.

Era um contraste tão surpreendente com o Cam que só queria me comer há poucos dias.

Contudo, ao observar essas lembranças do ponto de vista dele, descobri que aquilo foi mais do que prazeroso.

Foi um reavivamento de seu espírito. Uma conexão que ele não percebeu que estava perdendo.

Ele se inclinou para dar um beijo em meu pescoço, seu toque era ao mesmo tempo calmante e aterrorizante. Porque eu sabia o que aquela boca poderia fazer, a felicidade que poderia evocar. A dor também.

No entanto, me encontrei desejando esse homem. Sua língua. Seu conforto. Sua *mordida*.

Estremeci e contraí as coxas ao pensar em tudo que ele fez comigo e em tudo que ainda poderia fazer.

Infelizmente, ele apenas se endireitou e deu um leve empurrão nas minhas costas quando as portas se abriram para revelar um lobby opulento. O cômodo de três andares era decorado com janelas, permitindo que a lua banhasse o interior vermelho e preto com raios quentes de luz sutil.

Velas tremeluziam por toda parte, amplificando o ambiente romântico.

E parecia que apenas um trio de vampiros estava trabalhando no andar. Eles nos cumprimentaram quando entramos, e suas posições atrás de uma longa mesa sugeriram que eram recepcionistas.

Uma delas deu um passo à frente e inclinou a cabeça para Cam.

— Seu grupo está esperando na sala de conferências Lake View. Permita-me acompanhá-los.

Cam não disse nada, apenas esperou que a ruiva se movesse.

Assim que ela o fez, seguimos com Keys atrás novamente.

A sala de conferências ficava ao lado da área de recepção,

e o grande espaço parecia mais apropriado para um baile de gala do que para uma pequena reunião.

No entanto, parecia que nosso grupo consistia em mais de uma dúzia de pessoas. Alguns deles eu conhecia. Outros, só ouvi falar através de Luka.

Damien foi o primeiro a reagir à nossa entrada. Suas íris douradas encontraram as minhas enquanto ele atravessava a sala para me afastar de Cam.

Meu companheiro rosnou internamente, mas permaneceu estoico por fora.

Está tudo bem, eu disse a ele enquanto retribuía o abraço do meu irmão gêmeo. Ele tinha mais de um metro e oitenta e braços fortes, sua genética favorecendo nosso pai em vez de nossa mãe.

Olhando para nós, ninguém imaginaria que éramos parentes.

Seu cabelo era escuro, enquanto o meu lembrava o sol. Meus olhos eram verdes, os dele eram dourados. Eu era mais baixa e esbelta, enquanto ele possuía o corpo de um atleta profissional com bíceps grandes e coxas grossas.

Ele e Ryder seriam uma combinação melhor em termos de genética, os dois rivalizavam em tamanho e cabelo.

Exceto que os olhos de Ryder brilhavam como diamantes de obsidiana, especialmente agora, enquanto ele vinha em nossa direção.

Aprendi há muito tempo que um Ryder silencioso nunca era um bom sinal.

Mas Cam se manteve firme enquanto o vampiro se movia para seu espaço pessoal. Meu companheiro apenas arqueou uma sobrancelha.

— Você está bem? — Damien me perguntou.

— Estou. — Na verdade, não estava. Mas ele não precisava saber disso.

Infelizmente, ele parecia sentir a verdade, porque semicerrou os olhos antes de voltar sua atenção para Cam.

— No que é que você estava pensando? — ele questionou.

— Damien. Estou bem — repeti.

Mas ele me ignorou e perguntou:

— Você está feliz com o resultado de tudo isso?

— Ele não parece muito feliz — Ryder comentou. — Ainda parece presunçoso pra cacete.

— Sério. Estou bem. Deixe-o em paz.

Mas, claro, Damien continuou a me ignorar. Ryder também quando começaram a discutir sobre Cam e suas decisões arrogantes.

Eles estavam chateados por ele ter me abandonado e sentiram a necessidade de deixar isso claro.

Eu era a irmã que eles precisavam proteger. E embora os dois tenham me dado muitas lições sobre como me defender fisicamente, na verdade, nunca me permitiram tentar.

Sempre meus protetores.

Mas agora, eu não precisava que eles me protegessem de Cam. Eu precisava que eles ouvissem.

— Parem — ordenei, ficando na frente de Cam e capturando o foco dos dois. — Parem de agir como se eu não estivesse aqui. Parem de insinuar que não posso me proteger. *E parem de me tratar como uma boneca de porcelana.*

Ryder paralisou.

Assim como Damien.

Enquanto isso, Cam segurou meus quadris e um ronronar contente pareceu ressoar de sua mente para a minha. *Minha leoa sedutora*, ele elogiou. *Você ruge tão lindamente.*

Eu o ignorei e o calor ferveu em minhas bochechas em resposta ao seu comentário.

— Tenho mais de mil anos — eu disse, focando em Damien e Ryder. — Se eu fosse quebrar, já teria feito isso. E a única que tem o direito de ficar brava com Cam por me abandonar sou eu.

Olhei de Damien para Ryder, depois observei os outros rostos na sala, bem como a mesa solitária situada debaixo de um lustre.

Definitivamente, destinado a ser um salão de baile, decidi, notando as cortinas de veludo que cobriam o que presumi serem mais janelas que deviam dar para o lago. Daí o nome: sala de conferências Lake View.

Pigarreei e olhei para Jace.

— Podemos começar com as apresentações? Adoraria conhecer a sua *Erosita*, assim como as outras. — Em seguida, me concentrei em Hazel, depois em Khalid e nas três pessoas que estavam com ele.

Só reconheci um: Cedric. Um vampiro antigo que pensei que residia na região de Silvano.

Eu não tinha ideia de porque eles estavam aqui, mas esperava que alguém explicasse.

— E então? — perguntei quando ninguém falou. — Apresentações? — Parecia um bom ponto de partida e uma forma de acalmar a tensão crescente na sala.

— Vocês ouviram a minha rainha — Cam disse, a voz soando com autoridade. — Ela quer nomes. Forneçam-nos. De preferência, agora.

Não era a maneira mais eloquente de começar uma reunião, mas pareceu transmitir a ideia, porque Jace pigarreou.

— Izzy, Cam, esta é minha *Erosita*, Calina. — Ele deu à mulher loira ao lado dele um sorriso indulgente. — Calina, conheça Izzy e Cam.

Ryder grunhiu.

— Isso vai levar uma eternidade. — Ele recuou para ficar ao lado de outra mulher loira com olhos únicos. Presumi que fosse sua companheira, Willow.

Pelo que soube, ela era uma rara híbrida vampira-lycan. O que explicava o brilho amarelo que percebi em seus olhos azul-gelo.

— Willow, conheça a irmã gêmea de Damien, a Izzy — Ryder falou. — E aquele idiota ao lado dela é seu companheiro vampiro, Cam. Ele é quem vai consertar toda essa merda. Mas até agora, não estou muito impressionado.

Kylan bufou.

— Digo o mesmo.

Hazel pigarreou.

— Talvez devêssemos nos sentar? — ela sugeriu.

— Ah? Isso deveria facilitar esse truque de mágica? — Ryder perguntou. — Tudo bem. — Ele fez questão de pegar uma cadeira e puxar outra para Willow. — Venha se sentar, querida.

A fêmea semicerrou os olhos e pude ver algum tipo de conversa silenciosa fluir entre eles. Seja lá o que fosse, pareceu divertir Ryder.

Ele a beijou na bochecha enquanto ela se sentava ao seu lado, uma demonstração de afeto incomum para o notório solitário. O único carinho que já vi Ryder exalar foi por suas armas e facas.

E esse carinho tendia a ser acompanhado de intenção letal.

— Esqueci como você pode ser divertido — Khalid murmurou, sua atenção em Ryder. — Emine, você deveria fazer anotações. Viu como a Willow obedece lindamente ao seu mestre?

A mulher ao lado dele sorriu enquanto o olhava. Mas não foi um sorriso gentil. Foi algo que disse que seria melhor ele se esconder.

— Prefiro morrer, meu príncipe.

— Acredito que já passamos por isso — Khalid respondeu e desviou o olhar para Cedric. — Boas lembranças, humm?

Emine revirou os olhos.

Cedric não disse nada.

E Ryder, bem, ele estava olhando para Emine fascinado.

— Agora *isso* me impressionou. — Ele voltou seu olhar para Cam. — Sua vez. Conte-nos como você planeja consertar esse show de horror.

— Sim, Cam — Kylan repetiu enquanto se sentava ao lado de Ryder e puxava uma ruiva para seu colo. — Estamos muito ansiosos para saber como te encontrar é a solução para todos os nossos problemas.

Chega de apresentações. Mas pelo menos, o foco não estava mais em mim.

Infelizmente, estava em Cam agora. Porque todos queriam uma explicação para suas ações.

O que seria bastante difícil para ele fornecer sem suas memórias...

— Que problemas? — perguntei, olhando para o terno caro de Kylan e a linda vampira sentada em seu colo. — Você parece estar bem.

Mudei o foco para Ryder, catalogando automaticamente todas as armas potenciais escondidas em seu traje casual. Eu o conhecia há muito tempo. Mesmo sem todas as minhas memórias intactas, sabia que ele era a maior ameaça na sala. Os outros podiam rivalizar com ele em poder, velocidade e agilidade, mas geralmente colocavam as formalidades em primeiro lugar.

No entanto, Ryder não se importava com regras. Ele se preocupava com sobrevivência.

E claramente se importava com Ismerelda.

Se ele achava que eu a havia prejudicado de alguma

forma, o que parecia ser o caso dele e de Damien, então isso fazia de Ryder aquele em quem eu precisava ficar de olho.

Embora Khalid estivesse em segundo lugar na minha lista de observação. Principalmente porque ele era um mestre em mistérios e segredos. Ele nunca foi um aliado.

O que tornava sua presença ali surpreendente, embora um pouco intrigante.

— Hazel — eu disse, ignorando qualquer resposta espirituosa que Kylan tinha acabado de lançar em minha direção. Porque ele disse algo em resposta às minhas observações sobre seu conforto. Mas eu não estava interessado o suficiente para ouvi-lo.

Avaliar a sala foi mais importante.

Assim como recuperar a ordem.

— Você convocou esta reunião — continuei, direcionando minhas palavras para Hazel. — Talvez você queira liderá-la?

Seus olhos castanhos se fixaram os meus por um instante, sua expressão cuidadosamente inexpressiva.

— Não gosto de formalidades, Cam. Vamos chamar isso de discussão em vez de reunião. E eu adoraria que você começasse nos contando onde foi que esteve durante o último século ou algo assim.

— Bem, essa vai ser uma história muito curta — informei a ela. — Acordei há algumas semanas com apenas poucas lembranças do último milênio. Parece que meu cérebro foi danificado por algum tipo de arma.

— A Lilith o fez assistir à gravações em vídeo que sugeriam que ele era responsável por este mundo — Ismerelda acrescentou. — E Michael desempenhou um papel importante para garantir que tudo fosse executado de forma eficaz.

— Michael? — Jace repetiu, arqueando a sobrancelha escura lentamente.

— Ele está vivo — Ismerelda murmurou e a aversão pelo vampiro ecoou em sua mente.

Eu concordava com o sentimento dela. *Vamos localizá-lo e eu vou te ver matá-lo*, prometi a ela. *Só peço que você o faça sentir muita dor.* Porque ele merecia sofrer pelo que fez.

Ela enrijeceu em meus braços, depois olhou para mim, o choque se registrou em seus lindos olhos verdes. *Você vai me deixar matá-lo?*

Franzi a testa. *Eu não vou deixar você fazer nada. As escolhas são suas, Ismerelda. Apenas presumi que você gostaria de arrancar sua cabeça ou atear fogo nele.* As duas opções garantiriam que ele nunca mais acordasse.

Ela piscou para mim. *Ah.*

Eu a observei, sem entender sua confusão a princípio. Então percebi a causa: ela estava me comparando ao velho Cam novamente.

Ele nunca teria me deixado matar alguém, ela estava pensando.

Acredito que já estabelecemos que minha versão anterior era tola, respondi a ela. *Ficarei feliz em te ver destruir Michael. Puta merda, vou até segurá-lo para você. Te entregar a lâmina ou o fósforo. O que você desejar, minha rainha.*

Seus cílios tremularam novamente, sua surpresa era palpável.

Não te vejo como uma boneca frágil, lembrei a ela. *Você é a minha leoa. E as leoas gostam de caçar e matar suas presas. Não vou ficar no seu caminho, amor. Só vou ajudar.*

Alguém pigarreou, tirando Ismerelda e eu de nossa conversa mental.

— A morte de Michael foi o gatilho de Lilith — Jace disse, seu foco em Darius antes de retornar para Ismerelda e depois para mim. — Sabe como ele sobreviveu?

Ismerelda permaneceu em silêncio, me permitindo responder, pois ela não sabia.

Infelizmente, eu também não sabia.

— Ele afirma que eu o criei, mas venho me questionando isso há semanas. — Principalmente porque ele não parecia digno do meu tempo e energia. Eu também não me sentia conectado a ele. — Dito isto, os acontecimentos recentes tornaram evidente que ele não é meu progênie.

E por *acontecimentos recentes* eu quis dizer o que ele fez com Ismerelda.

Mas não achei necessário entrar em detalhes sobre isso. Ela também não parecia muito interessada em compartilhar os detalhes com o grupo.

— Talvez seja prudente começar com o que você se lembra e partir daí — Hazel sugeriu. — Não necessariamente memórias de mil anos atrás, mas as mais recentes? Depois que você... acordou? — Ela formulou a última parte como uma pergunta, provavelmente porque não tinha certeza do que exatamente aconteceu.

Para ser justo, eu também não tinha.

No entanto, sua sugestão parecia apropriada.

Mas não ia contar toda a história enquanto estava parado na porta deste espaço enorme. Era claramente destinado a ser um salão de baile, a mesa aleatória no centro ofuscada pela área aberta ao seu redor.

Embora fosse uma mesa redonda de bom tamanho, não pertencia àquele lugar. Hazel ou Deirdre provavelmente a colocaram ali no último minuto, precisando de um lugar para abrigar todos nós para uma discussão improvisada.

Os sofás do lobby seriam mais confortáveis, mas menos privados.

Mas quem poderia saber que tipo de dispositivos de escuta e câmeras se escondiam nesta grande sala?

Em vez de concordar abertamente com o pedido de Hazel, parei ao lado de Ismerelda e passei uma das mãos na parte inferior de suas costas, depois a guiei até uma das cadeiras.

Eu podia sentir os olhos de todos sobre nós, observando nosso comportamento como se fôssemos algum tipo de experimento. Foi uma sensação enervante, que também irritou minha *Erosita*.

Ela se sentou com a elegância de uma rainha enquanto eu me acomodava ao seu lado, com o braço pendurado no topo de sua cadeira. Então acenei para a mesa com a mão oposta, convidando a todos que ainda estavam de pé para se juntarem a nós para a hora da história.

Parecia um pouco infantil, embora um pouco redundante, mas atendi ao pedido de Hazel de compartilhar tudo o que sabia, começando por dizer que simplesmente estive dormindo nos últimos cento e dezoito anos ou mais.

Forneci um resumo dos registros de Lilith, como eles me informaram sobre o que aconteceu enquanto eu estava inconsciente. Não elaborei muito, pois imaginei que eles já conhecessem a própria história. Mas forneci mais detalhes quando contei sobre os experimentos de Lilith e sua busca para criar bolsas de sangue imortais.

Nenhum deles comentou enquanto eu falava, embora alguns estremeceram quando mencionei Lilith usando os Abençoados.

Jace e Darius já sabiam sobre os laboratórios de lycans, bem como alguns dos testes de *Erosita*, e eles viram um vídeo dos Abençoados, algo que eu sabia porque testemunhei as reações deles enquanto os observava através de um monitor de segurança, mas eles não estavam cientes de toda a extensão da pesquisa de Lilith.

Meu comentário final foi novamente sobre Michael, como ele me levou a acreditar que eu estava no comando, mas minha ligação com Ismerelda me fez perceber que era tudo mentira.

— Pelo menos, a maior parte — concluí.

O silêncio permaneceu no ar, os outros pareciam atordoados com tudo que compartilhei.

Passei o polegar para cima e para baixo no ombro de Ismerelda, o leve toque me prendeu ao seu lado enquanto estudava as expressões à mesa. Darius e Jace pareciam estar imersos em pensamentos. Khalid e Ryder pareciam entediados. Cedric não revelava nada. O foco de Kylan estava em sua companheira. Ismerelda parecia ser o foco da atenção de Damien.

E Hazel... estava olhando por cima do meu ombro.

Para Keys.

Ele escolheu ficar atrás de mim, mesmo que a cadeira ao meu lado estivesse vaga. Eu deveria ter dito a ele que ele poderia se sentar, mas pensei que estava implícito.

Olhei de volta para ele.

— Você pode se sentar.

— Estou bem, obrigado — ele respondeu.

— Eles não vão te morder — prometi. — Você está sob minha proteção.

— Prefiro ficar de pé — ele respondeu.

Dei de ombros.

— Tudo bem. — Eu não iria forçá-lo a se sentar se ele não quisesse.

Quando o silêncio continuou, eu disse:

— Escutem, não tenho certeza de qual é o objetivo desta pequena *discussão*, ou que plano vocês desejam desenvolver, mas meu único interesse agora é encontrar Michael para que Ismerelda possa matá-lo.

Jace e Darius me olharam boquiabertos enquanto Ryder inclinou a cabeça para o lado, seu olhar passando entre mim e minha companheira.

— Você quer que a Ismerelda o mate?

— Não se trata do que eu quero. — E eu não ia elaborar mais sobre o assunto. — Quando a Ismerelda estiver pronta, e se ela desejar, caçaremos o Michael. Essa é a nossa parte nisso. O resto fica a critério de vocês. — Porque eu não me importava com como tudo acabaria.

O conceito de bolsas de sangue imortais fazia sentido para mim, especialmente se os números que Lilith me deu fossem precisos.

Dito isto, o método para atingir esse objetivo precisa de certo esforço. Mas não seria eu quem refinaria a pesquisa ou faria sugestões sobre como seguir em frente.

Eu coloquei a humanidade em primeiro lugar há doze décadas.

E não faria isso mais uma vez.

— Precisávamos de um lugar seguro para descansar e considerar nossas opções — continuei, meu comentário era para Hazel. — Agradeço sua hospitalidade e por nos permitir ficar aqui. Forneci a você o que sei. Se não houver mais nada... — parei, permitindo que a frase se completasse.

Porque se tudo o que eles queriam era a minha história, então terminávamos aqui. Se Ismerelda quisesse ficar para uma reunião ou conversar com o irmão, eu entenderia. Mas, até agora, essa conversa não valeu a pena o tempo e o esforço que dediquei.

Felizmente, as acomodações de Hazel eram adequadas o suficiente para que eu ignorasse o desrespeito aos meus recursos pessoais.

Porém, se alguém não começasse a dizer algo importante logo, eu iria embora.

Eles estão em estado de choque, Ismerelda murmurou. *Dê-lhes um minuto.*

Dei a eles alguns minutos, respondi. *Eles parecem ter a ideia errada de que tenho um plano. E eu não tenho.*

É porque você parecia ter um no dia em que desapareceu, ela me informou, suas lembranças me fizeram recordar do momento em que a bloqueei da minha mente. *Você disse a Darius para continuar o que começou.*

Sua mente exibiu um momento entre ela e Darius, que aconteceu depois do meu desaparecimento.

— Por que você não me disse o que ele iria fazer? — ela exigiu.

— Presumi que você soubesse, Ismerelda — ele respondeu. — Ele... — Meu progênie suspirou, inclinando a cabeça enquanto a balançava com tristeza. Então ele engoliu em seco e compartilhou alguns dos meus comentários com ela.

— Eles estão chamando isso de um futuro harmonioso, dizendo que é a única maneira de lycans e vampiros viverem em paz... escravizando a humanidade — aparentemente, foi o que eu disse a ele. — Mas é um sistema classista destinado a beneficiar a realeza e os bandos alfa. É um jogo de poder, sangue e morte. Somos a raça superior, disso não tenho dúvidas. Mas não significa que devemos ser cruéis e torturar a nossa comida.

Isso realmente parecia algo que eu diria.

— Jogue o jogo, meu filho — aparentemente, eu também disse isso a ele. — Coloque todas as peças no lugar e ataque por dentro. Você conhece o tabuleiro de xadrez melhor que ninguém, inclusive eu. Use-o. Abrace-o. Assuma.

Se tudo isso for verdade, então ele certamente sabe que plano eu inventei? pensei, não só comigo mesmo, mas também para Ismerelda.

Pelo que ele disse, sua decisão de se sacrificar pareceu repentina.

— Sinto muito colocar esse fardo sobre você, Darius, mas é a única maneira — supostamente, disse isso a ele na última vez que nos vimos. — Você deve continuar o que comecei, ou tudo isso será em vão. Minha morte não significará nada. Meu sacrifício será à toa. Você entende? Você é o protetor da humanidade agora. Você é a única esperança do futuro.

Então eu esperava morrer...? Curvei os lábios. *Isso não parece certo.*

Você queria argumentar com Lilith e provavelmente pensou que ela não iria te matar, mas talvez estivesse se preparando para a chance de isso acontecer, Ismerelda respondeu com uma nota amarga em sua voz mental.

O que era totalmente justificado.

Porque, se eu soubesse que poderia morrer, isso significava que estava disposto a sacrificar não apenas a minha própria vida, mas a dela também.

E esta é a versão de mim que você sente falta?, perguntei a ela. *Aquela que colocou o destino do mundo inteiro acima do seu?* Eu disse algo semelhante antes, mas valia a pena repetir. *Nunca mais serei esse homem, Ismerelda. Nem mesmo para você.*

Prefiro queimar o mundo a sacrificar a vida dela por isso.

O herói que você amava está morto. Me considere o seu vilão, acrescentei, furioso com meu antigo eu por colocar nossas almas em risco dessa forma.

Ismerelda se contorceu ao meu lado, mas não respondeu, sua mente zumbia com tudo que eu disse e suas lembranças do passado.

Ela ficou furiosa com minhas escolhas em mais de uma ocasião. No entanto, disse a si mesma que o que eu fiz foi certo, que ela estava errada por estar chateada.

Agora parecia que ela estava em conflito com isso e questionando seu castigo mental.

Você tem todo o direito de estar com raiva, eu disse a ela. *O que eu fiz foi errado. Eu deveria pelo menos ter te dado voz na decisão.*

No entanto, eu não fiz isso.

Eu simplesmente saí correndo e agi sem me preocupar com o que mais importava para mim: *meu coração.*

Como deixei isso de lado?, me perguntei, estudando seu perfil. *Como estive tão cego quando você acordou no subsolo?*

Caramba, como eu perdi essa conexão quando ela chegou em Roma?

Eu estava muito envolvido com as besteiras de Lilith para perceber o que Ismerelda significava para mim.

Felizmente, minha leoa foi implacável e astuta quando se tratou de me lembrar de seu lugar ao meu lado.

Eu só esperava que meu comportamento não tivesse nos arruinado por completo.

— Eles vão adorar saber disso — Ryder falou e suas palavras me trouxeram de volta à mesa e à nossa companhia atual.

Aparentemente, eles escolheram conversar enquanto eu estava distraído com Ismerelda.

— Isso vai influenciá-los para o nosso lado — Jace apontou.

Influenciar quem? repeti, sem saber o que eles estavam discutindo, já que não estava prestando atenção.

Os lycans, Ismerelda sussurrou de volta para mim. *Eles estavam conversando sobre os experimentos de Lilith, especificamente aqueles envolvendo os metamorfos.*

Entendi. Passei o polegar por seu braço novamente. *Obrigado.*

— E que lado seria esse? — Ryder perguntou a ele. — O que acha que vamos fazer aqui? Seu rei está quebrado. — Ele gesticulou em minha direção, fazendo minha sobrancelha se levantar. — E todo o plano dependia dele nos dizer o que fazer.

— Nosso plano envolvia Cam reivindicar seu trono — Jace respondeu, e uma nota de irritação espreitava seu tom, aprofundando assim seu sotaque inglês. — Ele é o vampiro mais antigo, e Lilith mentiu sobre sua morte. A Aliança de Sangue não vai aceitar isso, especialmente quando descobrirem o que ela estava fazendo com ele.

— Sim, a arma vai afastar vários membros da realeza do reinado de Lilith — Darius acrescentou.

— O que isso significa exatamente? — Kylan interrompeu. — A Lilith está morta. Não há reinado para eles seguirem.

— Há o reinado de Cam — Jace enfatizou. — Ele é o mais velho. É a sua posição legítima. E quando ele contar o que Lilith estava fazendo, ninguém vai querer apoiar abertamente seu antigo governo. Eles serão mais receptivos à mudanças.

— Você está presumindo que eu quero liderar. — Algo que eu teria reivindicado ontem como meu direito, mas muita coisa aconteceu desde então. — Esta confusão não me pertence para que eu a arrume ou conserte tudo com magia. E se eu preferir mandar todos vocês se foderem?

Ismerelda enrijeceu ao meu lado, sua surpresa se espalhou por nosso vínculo. Ela não esperava que eu dissesse isso.

E parecia que esse sentimento era compartilhado por vários outros na sala.

— Você estava certo, Jace. Valeu a pena esperar por isso — Kylan brincou, gesticulando em minha direção. — Ele é um gênio político. Estamos salvos.

— O que você esperava que eu fizesse? — questionei. — Tirasse uma varinha mágica do traseiro e reescrevesse a história?

— Seria um truque divertido — Ryder pensou. — Mas, não. Acho que eles esperavam que você tivesse algum tipo de plano revolucionário sobre como liderar a aliança em direção a um futuro em que os humanos tivessem mais alguns direitos.

Quando Jace e Darius permaneceram em silêncio, presumi que o resumo de Ryder era preciso.

— Entendo — falei. — Bem, se eu tinha um plano, ele acabou. E não vou recuperar minhas memórias. Então, como devemos proceder? — Porque eu não iria sentar aqui e debater ideias sobre as quais não sabia de nada.

Os arquivos de Lilith me prepararam para liderar sua versão do mundo, e aconteceu de eu concordar com alguns de seus pontos. Talvez não todos, mas o suficiente para entender o que ela estava tentando realizar.

Vampiros precisavam de sangue para sobreviver. Lycans precisavam de fêmeas férteis para procriar.

Assim, sem humanos, todos nós eventualmente morreríamos.

E os mortais deste mundo estavam lentamente se extinguindo.

Criar fontes de sangue imortais era prático.

Mas nem estaríamos nesta situação se os lycans e os vampiros fossem um pouco mais conscientes do suprimento humano. Eles se tornaram gananciosos. Insaciáveis.

Portanto, isso levava a Aliança de Sangue ao seu dilema atual, algo que os arquivos de Lilith sugeriam que muitos dos membros nem estavam cientes.

— Onde você recomendaria que começássemos a consertar este desastre? — perguntei, genuinamente curioso para saber se alguém havia ou não considerado uma estratégia diferente daquela que eu supostamente inventei há doze décadas. — Além disso, o que exatamente você quer que façamos?

— Exatamente o que foi feito há cento e dezoito anos — Khalid respondeu. Sua intromissão foi inesperada, considerando que minhas perguntas foram direcionadas a Jace e Darius. — Reescrever a sociedade e implementar um novo modo de vida — ele esclareceu.

O resto da sala olhou para ele.

Bem, todos, exceto Hazel. Ela estava muito ocupada sorrindo.

— Acho que é hora de mostrar a eles, Khalid.

— Acho que você pode estar certa — ele murmurou, removendo o capuz, aquele atrás do qual ele estava se escondendo desde que entrei na sala. A luz das velas tremeluziu em seu olhar enquanto ele se levantava. — Venha comigo, Emine. É hora de um jogo de mostrar e contar.

DARIUS

Arrogante.

Frio.

Totalmente carente de humanidade.

Não era o Cam que perdemos.

Mas a maneira como ele olhou para Ismerelda dizia o contrário. Reconheci esse brilho possessivo em seu olhar. Eu o testemunhei inúmeras vezes ao longo do milênio em que estiveram juntos.

No entanto, todo o resto em seu comportamento me lembrou de uma vida anterior. Uma época em que ele era um pouco mais distante da espécie mortal. Ele via os humanos como um meio de prazer e comida.

Mas Ismerelda mudou isso.

Eu só não percebi o quanto até agora.

Suas memórias se foram, pensei. *Como isso é possível?*

Era óbvio que ele conseguia se lembrar de algumas coisas. Caso contrário, não estaria falando com um sotaque inglês tão suave. Estaria usando termos mais antigos, seria completamente inepto neste mundo movido pela tecnologia e perdido nos maneirismos do passado.

Porém, ele se apresentava como alguém que entendia a realidade atual, mesmo não sabendo como chegamos aqui.

Era confuso e quase enervante.

Embora Khalid parecesse estar tentando competir com Cam pelo título de rei da categoria *confusão*. Ele puxou uma tela de um dispositivo que parecia um pequeno disco, cujo tamanho rivalizava com o meu polegar. Não era uma tecnologia que já vi antes, mas evitei fazer perguntas.

Observar sempre foi minha especialidade.

Então foi o que fiz, estudando Khalid e Cam enquanto fingia desinteresse.

Emine me lembra um pouco Rae, minha *Erosita*, Juliet, sussurrou mentalmente para mim, enquanto a mulher ao lado de Khalid olhava para ele de maneira. Sendo que ela parece odiar Khalid enquanto Rae ama Kylan.

Confirmei em um murmúrio, o som que só ela conseguia ouvir.

Minha intriga também foi despertada em relação a dinâmica que existia entre Khalid e Emine. Eu não sabia dizer se era fachada ou se o relacionamento antagônico deles era real.

Independentemente disso, eles me fascinaram. Principalmente porque Khalid era um desconhecido neste novo mundo, seus gostos e desgostos não eram claros.

Ele favorecia o novo mundo? Odiava? Não se importava com nada?

Ou seus sentimentos eram outros?

Parecia que estávamos prestes a descobrir. No entanto, eu suspeitava, com base em seu comportamento, que seus desejos eram mais comparados aos meus do que aos de Lilith.

Parecia que Hazel também sentia o mesmo.

Porque nenhum deles forçou os humanos na sala a se curvarem.

E Khalid estava mais do que tolerando o desrespeito de Emine.

Seria diferente se ela fosse humana? me perguntei. Ela era vampira, com base em seu cheiro e comportamento. Embora eu não conseguisse prever a idade. Nem estava familiarizado com ela.

Claro, me mantive reservado até cerca de um ano e meio atrás. Talvez Emine tenha sido criada em algum momento durante minha era reclusa.

Ou talvez eu nunca a tenha encontrado.

Havia muitos lycans e vampiros neste mundo que eu não conhecia. Mas geralmente, eu conhecia ao menos alguns dos envolvidos na hierarquia política. Como Emine estava aqui com Khalid, isso sugeria que eu deveria reconhecê-la.

Mesmo assim, não o fiz.

E percebi que os outros também não a conheciam.

No entanto, todos nós conhecíamos Cedric. O que tornou sua chegada uma surpresa, principalmente porque ele trouxe uma *Erosita*, uma que nenhum de nós sabia que existia.

Esta viagem não está sendo o que eu esperava, pensei para Juliet.

Por um lado, eu esperava que Cam quisesse conhecê-la. Mas ele mal disse uma palavra a qualquer um de nós ao chegar, mantendo seu foco inteiramente em Ismerelda. Mesmo quando ele exigiu apresentações, não foram para ele, mas para sua *Erosita*.

Então, quando Ryder atrapalhou essas apresentações, exigindo que Cam se explicasse, meu criador nem tentou nos puxar de volta ao curso. Ele simplesmente sugeriu que Hazel liderasse.

Foi desconcertante. Depois de um milênio me contando o quanto era maravilhoso o vínculo *Erosita*, presumi que ele ficaria emocionado por eu ter arranjado uma companheira.

Infelizmente, ele não parecia tão interessado em mim ou em Juliet.

Parecia estar entediado. Como se ele nem quisesse estar aqui.

Sem suas memórias, era óbvio que ele não tinha interesse em uma revolução.

Então, onde isso nos deixa?, me perguntei.

Todos estavam se comportando de forma estranha nesta sala.

Jace e eu esperávamos que esta reunião fosse como todas as outras que participamos nesta nova era: uma demonstração pomposa de superioridade imortal.

No entanto, nada disso existia aqui.

Ah, Ryder e Kylan se posicionaram com Khalid na chegada, mas foi de natureza mais divertida. Menos formal.

E a postura foi dirigida uns aos outros e não aos humanos da nossa comitiva.

Juliet estava preparada para se curvar e suplicar, como a maioria da minha espécie exigiria, mas ela conseguiu se sentar ao meu lado com a cabeça erguida poucos momentos depois de chegarmos.

Foi revigorante.

Calmante.

Certo.

Ah, eu adorava fazê-la se submeter no quarto. Mas aqui? Com todos os outros? Queria que ela fosse minha igual, não um brinquedo. Ou uma *boneca de sexo*, como o pai do meu progênie, Trevor, gostava de chamá-la.

— E então? — Khalid perguntou, mantendo o foco intenso na mulher ao seu lado.

Ela lhe deu um olhar quase hostil.

— Você já sabe a informação.

— Sim. Mas eles, não. Daí o jogo de mostrar e contar,

querida miragem. Ele acenou para todos nós sentados à mesa. — Compartilhe o que você sabe.

Ela cerrou a mandíbula e seus olhos azul-acinzentados brilharam com violência mal contida.

A maioria dos membros da realeza no lugar de Khalid colocaria uma vampira de posição inferior em seu lugar por tal comportamento, principalmente para afirmar domínio e reforçar sua posição real. No entanto, Khalid apenas riu da demonstração de flagrante desafio dela.

— Devo contar como nos conhecemos, *habibi*? — ele perguntou a ela, roçando os nós dos dedos em sua bochecha. — Como transformei você em minha linda dragoa?

— Você vai fazer o que quiser, meu príncipe. Você sempre faz isso.

— Sim, é verdade — ele concordou, sorrindo. — Vocês acreditariam que Emine deveria ter participado do mais recente Dia de Sangue? Que há pouco mais de seis meses ela ainda era humana? — Ele olhou primeiro para Jace, depois para Ryder, os dois observando Khalid intrigados. — Claro, ela não era uma humana comum, não é, pequena miragem?

Ela olhou para ele.

Assim como Cedric e Hazel. O primeiro parecia entediado, enquanto a última arqueou a sobrancelha de forma sutil. Eu não tinha certeza se ela desaprovava o que Khalid pretendia revelar ou se ela não sabia.

De qualquer forma, meu interesse foi despertado.

— Vá em frente então, *habibi* — Khalid encorajou. — Mostre o que você pode fazer. — Com isso, ele se concentrou na tela e começou a puxar o que parecia ser um gráfico estatístico.

Emine suspirou antes de olhar para a sala. Sua atenção se voltou para Cedric e sua *Erosita*, Lily. A fêmea parecia uma flor delicada, tornando seu nome bastante apropriado. No entanto, ela sustentou o olhar de Emine por um longo momento, as duas pareciam estar tendo algum tipo de conversa silenciosa.

Isso me lembrou um pouco de como Rae, Willow e Silas se comunicavam às vezes. Como se elas se conhecessem há algum tempo e tivessem se acostumado a discussões furtivas que não exigiam falar em voz alta.

Eu costumava fazer algo semelhante com Cam. Como meu criador e amigo mais antigo, ele me conhecia melhor que ninguém.

No entanto, ele mal olhou em minha direção desde que chegou.

Tentei chamar sua atenção para ver o que ele pensava de tudo isso. Mas ele estava ocupado demais estudando o perfil de Ismerelda para notar.

Isso não seria estranho em um dia normal... ele sempre foi bastante focado em sua *Erosita*, mas nada sobre hoje poderia ser descrito como normal.

Emine pigarreou, atraindo meu olhar de volta para ela.

— Jace, filho de Johan e Livia — ela disse, fazendo com que a sobrancelha de Jace arqueasse. Provavelmente porque ela deu o nome à mãe dele, o que poucos vampiros faziam.

Os Abençoados eram bem conhecidos. Seus companheiros. não.

— Acasalado com Calina — ela continuou antes de olhar para a fêmea em questão. — Calina, filha de Mira e Michael. — Sua cabeça inclinou um pouco. — E Milania, uma falecida mortal de sangue dourado. Humm, ex-*Erosita* também. Uma barriga de aluguel, acredito. Linhagens mistas. Muito singular.

Khalid desviou o olhar da tela, arqueando a sobrancelha escura de uma maneira que combinava com a minha.

— Você não me disse isso — ele comentou, com surpresa evidente em seu tom.

— Não, não disse — Emine respondeu, uma pontada de

diversão tocou seus lábios antes que ela os apertasse e se aproximasse de mim. — Darius, filho de Armand e Junia. Acasalado com Juliet, filha do Criador Masculino Humano Número Vinte e Sete e da Virgem de Sangue Número Sessenta e Cinco.

Eu... meus pais? A voz mental baixa de Juliet apertou meu coração, sua admiração soou misturada com uma pontada de tristeza e dominada por um choque incomum. *Ela sabe quem... quem me criou?*

Não tive um segundo para responder, o foco de Emine voltou para mim.

— Darius foi criado por Cam. — Sua atenção se voltou para meu criador. — Cam, filho de Cronus e Cava. Acasalado com...

— Como você sabia o nome da minha genitora? — Calina interrompeu antes que Emine pudesse continuar.

— Você conhece meus... meus pais? — Juliet questionou em voz alta, seu comportamento moderado desapareceu diante dos comentários contundentes de Emine sobre as origens dela.

Olhei de novo para Cam, esperando algum tipo de reação. No entanto, ele ainda admirava sua *Erosita*, seu desinteresse por essa conversa era palpável.

Emine mencionou Cava, a *mãe* de Cam, e ele sequer vacilou.

O que está acontecendo aqui?

Cava era um ponto sensível para ele. Cam nunca gostou de falar sobre a mãe, muito menos de ouvir alguém mencionar o nome dela.

E como Emine sabia de todas essas coisas?

A mãe de Juliet estava anotada em seus registros, mas seu pai, não. Os campos de reprodução tornavam difícil saber de quem era o esperma. Geralmente havia uma dúzia ou mais de homens designados para mais de cem mulheres, e seu único trabalho era transar com as mulheres até engravidarem.

E os homens eram substituídos após a conclusão dos serviços.

Pelo que pude perceber, os registros quase não existiam.

No entanto, Emine sabe o nome do doador de esperma de Juliet...?

Sem mencionar o que ela acabou de dizer sobre a *Erosita* de Jace. Só recentemente soubemos da ascendência de Calina através de alguns registros informativos de Lilith.

E nenhum desses registos incluía o nome de sua genitora.

Como essa vampira recém-criada poderia saber de tal coisa?

— É fascinante, certo? — Khalid perguntou, contraindo os lábios. — Imagine minha surpresa quando ela se dirigiu a mim como *Meu Príncipe*, depois de eu ter vagado pelos terrenos da Universidade de Sangue por dias sem que ninguém me reconhecesse.

Franzi a testa. Imaginei que se alguém podia se movimentar sem ser reconhecido, esse alguém seria Khalid. Ele geralmente mascarava suas feições com capuz ou lenço. Mas eu o reconheceria mesmo sem esses itens, suas feições eram de natureza bastante notável.

Suas imagens em meus cursos de preparação política o retratavam com olhos pretos, cabelos longos e barba espessa, Juliet me informou, seu tom mental desprovido do choque anterior.

Ela se recuperou depressa, um hábito que lhe foi ensinado durante seus anos de formação. Ainda estava surpresa com a informação que Emine compartilhou, mas estava forçando a se acalmar.

Os humanos foram ensinados a suprimir emoções neste mundo.

E Juliet era uma mestra nessa supressão.

Ele não se parece em nada com as fotos que vi, acrescentou. *A barba aparada e o cabelo mais curto, eu entendo. Mas os olhos?*

Seus olhos são naturalmente turquesas. Eles só ficam pretos quando ele se alimenta, eu disse a ela, ciente das informações de Khalid por causa de Cam.

Cam me ensinou tudo que eu sabia sobre a realeza dos vampiros. Sobre política. Sobre como seria o mundo se humanos e sobrenaturais trabalhassem juntos.

No entanto, ele ainda estava sentado ali com um ar de desinteresse ao seu redor.

— Além de Cedric, todos os funcionários da Universidade de Sangue eram jovens demais para perceber quem eu era, principalmente porque optei por ficar sem minhas vestes habituais — Khalid continuou. — Mas Emine viu através de mim. Direto na minha linhagem.

Ele olhou para ela com ternura.

Ela olhou para ele com a expressão entediada.

— Minha Emine tem um talento raro, que pensei ter sido eliminado por nossa espécie há vários séculos. Ela é mais rara que um sangue dourado. Ela tem sangue de dragão. — Seus olhos brilharam com as palavras. — Ela é resistente à compulsão e outros truques vampíricos. E ela sente naturalmente as linhagens.

Olhei para Cam, a descrição familiar provocou um arrepio na minha coluna.

Conheci um sangue de dragão uma vez.

Uma humana com pele bronzeada, olhos castanhos escuros e longos cabelos negros.

Sedutora.

E mortal.

Ela tentou matar Cane, seus sentidos eram naturalmente aprimorados e lhe permitiram ver o predador escondido sob sua pele. No entanto, ele não reconheceu a verdadeira natureza dela a princípio, seu lado vampiro se apaixonou quase instantaneamente por ela.

Ela o usou durante meses, reunindo informações sobre

ninhos de vampiros conhecidos e assassinando criaturas da noite enquanto desempenhava o papel de sua amante.

Cane estava pensando em transformá-la, porque não poderia torná-la sua *Erosita*, já que ela não era virgem.

Mas ela tentou matá-lo.

Cam acabou tendo que rasgar sua garganta, logo depois que ela enfiou uma lâmina no coração de seu irmão.

Ele salvou Cane com poucos minutos de sobra, já que o próximo movimento da mulher seria cortar a cabeça de seu irmão.

Porque ela sabia como matar vampiros. E sua composição genética única lhe dava força e habilidades para fazer isso.

Uma humana? Juliet perguntou, sua mente conectada à minha enquanto ela absorvia as informações do meu passado.

Não uma humana qualquer, eu disse a ela.

— Uma matadora? — Jace perguntou, erguendo as sobrancelhas enquanto usava o termo que eu estava prestes a compartilhar com Juliet.

Khalid deu de ombros.

— Acredito que o termo varia de acordo com a realeza.

Uma matadora? Julieta repetiu.

Uma humana com forças e habilidades não naturais. Elas não são imortais, mas também não são necessariamente mortais. Eu só conheci uma. A maioria foi assassinada antes do meu tempo.

Foi Cam quem me ensinou sobre a existência deles, bem como demonstrou a necessidade de matá-los assim que os visse.

No entanto, ele permanecia à vontade agora. Como se a presença de uma humana letal não o incomodasse nem um pouco.

Ele não se lembra do que aconteceu? me perguntei. *Essa é uma de suas memórias perdidas?*

O incidente com Cane aconteceu depois que Cam

conheceu Ismerelda. A experiência foi o que levou seu irmão a escolher o sono eterno.

Cane queria matar todo e qualquer mortal que ele pensasse que poderia ser uma ameaça, o que infelizmente o levou a desconfiar e odiar a maior parte da humanidade.

— Devíamos escravizar todos eles. Fazê-los adorar nossos pés. Nos certificar de que vadias como essa nunca mais possam existir — seu irmão disse alguns meses após o incidente do assassinato.

Cane ficou furioso porque uma bela mulher o enganou de forma tão espetacular que ele quase morreu.

Quando começou a falar que as conexões mortais era uma fraqueza e a alegar que a ligação de Cam com Ismerelda era uma maldição, não um presente, Cam convenceu seu irmão a descansar.

— Ele está perdendo contato com sua humanidade — Cam me disse. — É a desvantagem de viver para a eternidade... muitas vezes perdemos de vista a razão pela qual existimos.

Por que são chamadas de matadoras?, Juliet me perguntou agora, me trazendo de volta ao presente.

Porque podem sentir vampiros naturalmente, respondi. *E usam seus talentos para caçar e matar minha espécie.*

Ela olhou para mim. *Humanos? Matando vampiros?*

Assenti em confirmação e depois voltei a me concentrar na conversa que fluía ao nosso redor.

Ryder chamou Emine de assassina em árabe, algo que fez Khalid sorrir.

— Isso também — ele concordou.

— Então você a transformou, criando assim uma escrava letal — Ryder traduziu, parecendo divertido com a perspectiva.

No entanto, ele parecia ser o único na mesa a se divertir com esse desenvolvimento.

Cedric não ficou surpreso, confirmando que já sabia. Os olhos de Hazel irradiavam surpresa, sugerindo que Khalid não compartilhou tudo isso com ela. O que era interessante, considerando tudo que ela parecia saber.

E Cam manteve um ar de indiferença. Ele não olhou em minha direção uma única vez, o que era bastante incomum da parte dele.

É como se eu nem o conhecesse, pensei, confuso com seu comportamento. *O que a Lilith fez com você?*

Tinha que ser mais do que a mera perda de memória.

Embora, eu suponha que nosso passado seja o que nos define. Sem nossa história para nos guiar, nos perdemos.

Mas ele pode recuperar algumas dessas memórias da Izzy, certo?, Juliet perguntou. *Pelo menos aquelas que eles compartilham?*

Sim, pensei para ela. *Talvez seja isso que lhes permitiu permanecerem conectados.*

E porque ele estava mantendo uma posição tão protetora ao lado dela agora, apesar de estar em uma sala cheia de aliados?

Ele podia estar exalando uma aura de desinteresse, mas a maneira como observava Ismerelda traía uma emoção muito diferente no que dizia respeito a ela.

Se eu estivesse no lugar dele, também seria protetor. Não apenas por ela ser sua *Erosita*, mas também porque ela era seu único elo com o último milênio.

— Eu não ia arriscar perder minha dragoa por causa das travessuras do Dia de Sangue — Khalid murmurou e sua resposta capturou meu foco mais uma vez.

Ele parecia estar respondendo a alguma pergunta sobre interferir no Dia de Sangue. Ou talvez sobre porque transformou Emine, algo que era uma violação direta das regras da Aliança de Sangue.

Eu não tinha certeza de quem fez a pergunta ou do que

exatamente se tratava, fiquei distraído com a revelação da matadora, mas a resposta de Khalid me intrigou.

— Do jeito que está — ele continuou —, tenho um uso muito melhor para ela na minha região.

— Fazendo o que? — Jace perguntou com a voz calma, apesar do fato de que ele estava sentado mais próximo da suposta caçadora de vampiros.

Claro, Emine parecia muito mais interessada em matar Khalid do que em se envolver com qualquer outra pessoa na sala.

Ela ao menos sabe como usar seus dons naturais?, me perguntei. *Ela ainda os tem agora que é vampira?*

A última resposta parecia ser sim, já que ela foi capaz de sentir as linhagens na mesa. Mas até onde se estendiam esses talentos?

— Ela está liderando o treinamento revisado dos Vigílias em meu território — Khalid respondeu enquanto se virava para a tela translúcida. — Embora não os chamemos de Vigílias na região de Khalid. Nós os chamamos de Matadores. E o único propósito deles é proteger os mortais dentro das minhas fronteiras de vampiros e lycans.

Izzy

O silêncio tomou a sala.

Matadores treinados para proteger humanos de vampiros e lycans.

Mas não eram assassinos *de verdade*. Não como aqueles que eu conhecia, os humanos sobrenaturais com habilidades para rastrear e matar vampiros.

Eles normalmente não perseguiam metamorfos, mas podiam. Pelo menos, foi o que Cam me disse uma vez.

Mas supostamente, todos foram caçados e mortos por vampiros. Pelo menos, de acordo com os registros de Lilith. Para começar, eram tão raros que não houve muitos para exterminar quando lycans e vampiros dominaram o mundo.

Cam também encontrou apenas alguns durante sua vida.

No entanto, ele não parecia se lembrar de seu encontro

mais recente com um deles. Embora eu não tivesse participado do incidente entre ele e Cane, sabia o suficiente sobre isso para compartilhar a informação agora.

Sua mente roçou a minha enquanto ele absorvia as memórias.

Cam voltando para casa coberto de sangue.

— *Aurelia tentou matar Cane. Ela é uma matadora. Ou era. Está morta agora.*

A finalidade com que ele pronunciou a última frase me assombrou, principalmente porque eu considerava Aurelia uma amiga na época.

Ela enganou a todos nós.

Mas foi Cane o mais impactado.

— Ele precisa dormir — Cam falou. — Isso vai ajudar a acalmar sua mente, a trazer de volta sua humanidade e a colocá-lo no caminho certo.

O que nos levou a ajudá-lo a cair em um sono imortal.

Mas ele não está mais no caixão, me lembrei, franzindo a testa ao perceber que ainda não contei a Cam o que descobri na cripta de sua família.

Mas ele me ouviu, sua psique estimulava a minha em busca de cada detalhe que observei.

Quando Cam terminou de seguir minha trilha de memórias, aprendendo tudo, desde o que eu vi até Michael chegar e me levar de volta ao laboratório subterrâneo, ele rosnou.

No entanto, por fora ele permaneceu estoico. Calmo até.

Assim como foi durante a demonstração de poder de Emine. Ele ficou desconfortável com o conhecimento dela e questionou internamente se ela foi treinada por Khalid.

Mas só quando Khalid anunciou quem ela era Cam a rotulou como uma ameaça.

A maioria dos vampiros conhecia Os Abençoados, sabia seus

nomes e onde descansavam. No entanto, suas companheiras, as mães dos vampiros reais, não eram tão conhecidas. Porque todas viveram vidas humanas normais, morrendo jovens.

Então não eram tão notáveis entre os vampiros, os nomes eram memória sussurradas carregadas por seus filhos e pelos Abençoados que elas deixaram para trás.

Para Emine saber os nomes delas, saber o que ela sabia sobre Calina, provava que ela era única.

Há algo de errado entre ela e Khalid, Cam pensou alguns minutos atrás. *Algo que sugere que essa animosidade entre eles é uma farsa.*

Você acha que eles estão acasalados?, perguntei a ele.

Possivelmente, ele respondeu.

Então Khalid lançou a bomba sobre Emine ser uma matadora e o propósito dela em sua região.

E a mente de Cam ficou em silêncio junto com o resto da sala.

Pelo menos, até eu informá-lo sobre o desaparecimento de Cane.

Agora sua mente estava percorrendo uma infinidade de cenários.

Lilith me fez acordá-lo?

Ele está preso em um laboratório em algum lugar?

Michael sabe onde ele está?

Cane ainda está vivo?

Essa última pergunta fez Cam estremecer internamente. Ele se arrependeu de não ter explorado mais o subsolo, por acreditar na palavra de Michael em vez de questionar cada detalhe da operação.

Deixei meu irmão para um destino pior que a morte? As memórias dele estão perdidas como as minhas?

Sua mente continuou a girar com perguntas, mas externamente ele permaneceu calmo, mesmo enquanto

Khalid continuava a falar com todos usando o gráfico que exibido na tela.

— Enquanto tenho vocês em silêncio — ele começou —, vamos revisar alguns números importantes.

Esses números acabaram sendo uma linha de tendência projetada para a vida mortal e quando ele previa que os humanos seriam oficialmente extintos.

— Esta foi minha projeção estatística de um ano no reinado dos lycans e vampiros — disse depois de terminar de explicar a tendência drástica de queda. — Esta é a nossa linha de tendência real. — Ele puxou outro gráfico que me fez estremecer.

Cam não ficou chocado, sua mente me disse que Lilith projetou cronogramas semelhantes.

Os outros vampiros na sala também não pareciam estar reagindo, algo que Khalid notou com um sorriso ao dizer:

— Mas todos vocês já sabem disso. Pelo menos, de acordo com Cedric.

— Damien traçou tendências semelhantes — Cedric respondeu, voltando os olhos quase negros para meu irmão gêmeo. — Os gráficos dele são mais legíveis que os de Khalid.

Damien arqueou uma sobrancelha para Cedric.

— Você os viu?

— Sim — Cedric repetiu, o que fez meu irmão semicerrar os olhos.

— Quando?

— Aqui e ali — Cedric respondeu vagamente. — A propósito, sua segurança é impressionante. Um bom desafio. Obrigado por isso.

Khalid sorriu.

— Sim, Cedric ficou muito impressionado, embora um pouco irritado com tudo isso. Felizmente, Kylan removeu o principal obstáculo no caminho dele, a cabeça de Silvano, criando assim uma entrada mais fácil quando Ryder assumiu a região.

— Há muitas funcionalidades ocultas na programação do Silvano. Talvez eu explique mais no futuro — Cedric acrescentou em tom enigmático.

Meu irmão o estudou, e vi uma pontada de respeito em suas íris douradas. Embora eu não soubesse muito sobre Cedric, sabia que os dois se conheciam. Eles não eram amigos, mas sim aliados que ocasionalmente trabalhavam juntos.

Parecia que Cedric estava espionando Damien. O que sugeria que ele poderia estar a par de muitas informações importantes... informações que Damien pensava estar protegendo para Ryder, Jace e os outros.

— Eu o encarreguei de ficar de olho em sua pequena rebelião por mim — Khalid acrescentou. — Precisava saber quando seria apropriado entrar em contato. No entanto, a aparição de Cam acelerou um pouco meu cronograma. — Ele olhou para Ryder. — Assim como seu trabalho com Lilith. — Seu foco foi para Jace. — E o seu com Lajos.

— Embora apreciemos os elogios, preferiria saber por que você estava nos espionando e quais são suas intenções com seus *matadores* — Jace respondeu em um tom de aço.

Ele raramente expressava raiva ou fazia exigências, a natureza descontraída era uma de suas características mais conhecidas.

Mas ele estava todo profissional agora, as íris cor de gelo transbordavam um poder mal contido.

A aprovação irradiava da mente de Cam, seus pensamentos refletiam os de seu primo. Mas externamente ele não demonstrou reação. Apenas observou enquanto mantinha o braço nas costas da minha cadeira, traçando o polegar em meu ombro e na parte superior do tríceps.

Khalid assentiu.

— Sim, estou chegando lá. — Ele puxou a perspectiva aérea de uma cidade, e os gráficos desapareceram. — Isto é Dubai, ou a cidade de Khalid, como é conhecida hoje. Mas na minha região chamamos de Cidade de Sangue. E isso é uma transmissão ao vivo.

Ele tocou na tela para aumentar o zoom, as ruas apareceram no que presumi serem câmeras de segurança de prédios. Ou talvez ele tivesse outro tipo de tecnologia que nenhum de nós conhecia. Era difícil dizer, porque tudo na tela parecia irreal.

Principalmente porque as ruas estavam movimentadas.

Durante o dia.

— São oito da manhã — Khalid murmurou. — Mas como vocês sabem, geralmente é quando os vampiros se retiram. — Ele clicou nas portas de prédio do outro lado da rua e a câmera se moveu junto com ele para entrar.

— Que tipo de tecnologia é essa? — Damien perguntou.

— Humm — Khalid murmurou. — Brinque bem com Cedric e talvez ele explique mais tarde. — Ele moveu o cursor para cima de um lance de escadas e para um saguão, depois em direção ao que parecia ser um restaurante. — *Brunch* — disse. — Mas talvez não seja do tipo com o qual vocês estão acostumados.

Ele parou em uma mesa de vampiros e humanos, todos conversando baixinho enquanto comiam. Embora os humanos parecessem mais subjugados que os vampiros ao lado deles, não estavam vestidos com roupas reveladoras ou eram forçados a se ajoelhar. Em vez disso, estavam comendo ao lado dos imortais.

A única diferença nas refeições parecia ser as bebidas na mesa. Vinho de sangue para os vampiros e várias outras bebidas para os humanos.

— Na Cidade de Sangue, impusemos um programa rigoroso de doação de sangue — Khalid informou. — Todos os mortais no meu território são obrigados a doar sangue a cada oito semanas. Eles também são obrigados a encontrar um emprego remunerado ou a frequentar escolas, a menos que tenham tido filho recentemente, caso em que prestamos todos os cuidados até que a criança atinja os dois anos de idade. Então um dos pais é obrigado a voltar a trabalhar enquanto o outro fica em casa.

— Tem crianças na sua região? — Jace perguntou.

Khalid sorriu.

— Sim. Muitas. E seus pais procriaram de boa vontade, não à força.

Ele se moveu para outra tela que deixou meus lábios entreabertos.

Porque parecia ser uma creche.

A tecnologia também escondeu os rostos das crianças, me surpreendendo ainda mais.

— Isso não pode ser real — Ryder comentou, seu tom e expressão indicavam desconfiança. Ele não era alguém que podia ser facilmente convencido por algum trabalho de câmera sofisticado. E nem meu irmão.

Nem eu, Cam murmurou. *Tudo isso poderia ser mentira.*

Sim, concordei. *Mas qual seria o propósito?*

Fornecer algum tipo de distração? ele sugeriu.

— É real — Hazel insistiu. — Eu já vi.

— Eu também — Cedric confirmou. — Também não acreditei no começo. Mas... — Ele parou, dando de ombros. — Vocês terão que ver para entender.

— Digamos que eu acredite em você — Jace falou. Seu tom sugeria que ele não acreditava, mas estava jogando por enquanto. — Como você escondeu isso da Lilith? Dos outros membros da realeza?

— Por ser conhecido por minha natureza inóspita, é claro — Khalid respondeu em tom arrastado.

A expressão de Jace transmitiu a necessidade de que

Khalid elaborasse. Estava tudo em seus olhos, na forma como eles se estreitaram apenas o suficiente para mostrar seu aborrecimento sem que ele realmente o expressasse.

— Quando um membro da realeza faz uma visita, o que é raro, eu o hospedo em uma das cidades soberanas. Nunca na Cidade de Sangue — ele prosseguiu. — As minhas cidades soberanas são pouco povoadas, mas mantêm uma aparência que rivaliza com a nossa ordem mundial atual.

— E a Lilith aceitou? — Jace pressionou.

— Nunca dei a ela a opção de recusar — Khalid respondeu. — Nem a recebia com frequência. Ela confiava na vigilância por satélite, assim como fazia para monitorar todos os outros. No entanto, como sabemos, câmeras de vídeo podem ser facilmente manipuladas.

— É por isso que ainda acho que isso não é real — Ryder falou. — Toda aquela tecnologia sofisticada que você acabou de mostrar? Humanos jantando com vampiros? É uma bela ideia, Khalid. Mas é fantasia demais para eu acreditar.

Khalid sorriu.

— Eu realmente esperava que você dissesse isso, velho amigo. É por esse motivo que já tenho um jato preparado e pronto para partir, caso você decida aceitar minha oferta de visita. Ou, para ser mais preciso, caso decida aceitar meu *desafio*.

A sala ficou em silêncio mais uma vez.

Ryder semicerrou os olhos.

Jace e Darius trocaram um olhar.

Cam apenas observou, como fez o tempo todo, sua mente já rejeitando a ideia de viajar para a região de Khalid. Ele não queria ir a lugar algum até discutirmos todas as nossas opções.

E ele não estava pensando em todos na mesa, mas em mim e nele.

— Você está nos convidando para a Cidade de Sangue? — Kylan perguntou em um tom repleto de incredulidade.

— Não. Apenas Ryder. Chamaria muita atenção receber a todos. — Ele mudou seu olhar para Damien. — Mas eu permitiria que você acompanhasse seu criador. Então vocês dois poderão relatar suas descobertas. — Ele olhou ao redor da sala. — Imagino que vocês acreditariam neles em vez de mim, Hazel e Cedric, certo?

Mais silêncio.

Ryder e Damien estavam se encarando agora, a antiga amizade permitia que eles se comunicassem sem palavras. Então a atenção de Ryder foi para Willow e seu olhar suavizou.

Depois de um instante, ele sorriu.

— Minha companheira aceita. Minha progênie também. Então acho que aceito também. Mas tenho uma condição.

Khalid apenas arqueou uma sobrancelha, parecendo esperar por isso.

— Você vai deixar a Emine aqui e nos acompanhar pessoalmente. Se algo acontecer comigo, Damien ou com minha companheira, sua escrava morrerá.

Todos os sinais de diversão de Khalid desapareceram.

— Não.

— Então recuso seu desafio — Ryder respondeu.

Khalid estudou Ryder por um longo momento, as íris turquesa brilharam à luz das velas.

— Tenho uma contraproposta.

Ryder se recostou na cadeira e um sorriso preguiçoso apareceu em seus lábios.

— Estou ouvindo.

— Ficarei aqui com Emine enquanto Cedric e Lily levam você e o Damien para conhecer a Cidade de Sangue. — Ele olhou ao redor da mesa. — Passaremos alguns dias revisando tudo o que vocês sabem e desenvolveremos uma abordagem para a próxima reunião da Aliança de Sangue.

— Que tipo de abordagem? — Jace perguntou. — O que você pretende alcançar?

— Mudança — ele respondeu sem hesitar. — O que deve ser relativamente fácil de realizar quando mostrarmos aos alfas os experimentos que Lilith estava realizando nos lycans. Também duvido que muitos de nossos irmãos fiquem entusiasmados com os experimentos envolvendo Os Abençoados.

Alguns grunhidos de concordância soaram à mesa.

— Mas, para compartilhar tudo isso, precisaremos de provas das travessuras dela. — O olhar dele pousou em Cam. — É por isso que você vai precisar fornecer detalhes e esquemas do subsolo de Lilith. Tenho informações sobre vários de seus antigos bunkers, mas nada dos laboratórios abaixo do antigo Vaticano.

Cam olhou para ele, sem dizer nada.

Mas eu o ouvi calcular uma resposta em sua mente.

Se o Cane estiver trancado em algum lugar, pode ser benéfico ter membros da realeza poderosos ao nosso lado.

Uma parte mais sombria dele sussurrou: *Também será interessante ver como esse jogo entre Ryder e Khalid termina. Talvez Khalid mate Ryder. Ou vice-versa.*

Isso seria um desperdício de sangue real, seu lado prático respondeu de forma seca. *Talvez precisemos deles para nos ajudar a encontrar Cane.*

Um grunhido baixo seguiu esse pensamento, e sua irritação aumentou com a possibilidade do que poderia estar acontecendo com seu irmão.

Que merda a Lilith fez? Ela era a progênie dele. O que ela estava pensando? ele questionou, mas palavras eram para si mesmo e não para mim.

Mas respondi mesmo assim. *Ela era uma vadia egoísta que queria destruir a humanidade. Não estava pensando em nada além disso.*

O que infelizmente foi robusto e completo, como

evidenciado pelo que ela fez com Cam. E como seu trabalho continuava sendo realizado, apesar de sua morte.

— A Willow virá comigo — Ryder falou, a negociação com Khalid em andamento.

— Certo. Sua escrava pode ir com você e Damien — Khalid concordou. — Temos...

— Minha *companheira* — Ryder interveio. — Posso chamá-la de "escrava" com carinho, mas você se referirá a ela como minha *companheira*.

Khalid o considerou por um instante.

— Então você vai se referir a Emine como minha dragoa.

— Tudo bem.

— Tudo bem — Khalid repetiu. — Temos um acordo?

— Sim. Quando partimos? — Ryder perguntou. Seu tom ainda mantinha um tom agressivo.

— Quando você quiser — Khalid disse. — O jato está pronto.

— Então iremos agora e nossas descobertas serão relatadas em dois dias. — Ryder se concentrou em Kylan enquanto falava.

O outro membro da realeza assentiu.

O que Ryder quis dizer foi que se ele não fizesse contato até então, Kylan deveria responder de acordo. Presumivelmente matando ou ferindo Khalid.

Mas dada a forma como Khalid sorriu com a troca, duvidei que ele cairia facilmente.

Damien pigarreou.

— Parece que vou para Dubai.

— Você gosta de palmeiras e areia — Ryder o lembrou. — Pense nisso como férias.

— Talvez eu não queira férias agora — meu irmão respondeu. — Talvez eu devesse ficar aqui com minha irmã.

Ryder abriu a boca, depois fechou enquanto mudava seu foco para mim.

— Não pensei nisso.

Meu irmão arqueou as sobrancelhas.

— Não brinca.

Revirei os olhos.

— Desde quando vocês fazem planos me levando em consideração? — questionei os dois. — Vivo por conta própria há um milênio. Vou ficar bem.

Damien me lançou um olhar que sugeria que ele sentia o contrário. O que só me fez olhar furiosa para ele. Porque eu não precisava de sua pena ou preocupação agora. Eu precisava do seu apoio. E a melhor maneira de fazer isso era reportar sobre a Cidade de Sangue.

Porque se o que Khalid acabou de nos mostrar era real... eu queria mais detalhes.

Talvez fosse perigoso depositar fé em um sonho assim. Mas passei as últimas doze décadas vivendo em uma nuvem de esperança constante, e vi essa esperança ser destruída a cada passo.

Seria bom que algo positivo florescesse neste pesadelo.

E se acontecesse de ser na forma de uma cidade onde vampiros e humanos tivessem descoberto como viver em harmonia, então eu aceitaria.

Porque talvez então toda essa dor e sofrimento teriam resultado em alguma coisa.

Qualquer coisa.

Um caminho a seguir.

Uma vida melhor.

Não para mim, mas para os outros. Esse era o objetivo de todo esse sacrifício, certo? Encontrar uma maneira para que imortais e mortais construíssem um futuro juntos, onde os dois lados se beneficiem um do outro.

Esse era o suposto objetivo de Cam.

Talvez Khalid fosse aquele que nos ajudaria a conseguir isso.

Damien passou os braços ao redor de Ismerelda e aproximou os lábios de sua orelha.

— Tem certeza de que está bem?

— Sim — ela sussurrou. — Agora vá ver se a Cidade de Sangue é real.

Os olhos dourados dele se ergueram para os meus com um aviso. Ou talvez fosse uma ameaça.

De qualquer forma, eu o ignorei.

Ismerelda poderia cuidar de si mesma. Ela não precisava de um irmão para mimá-la ou fazer o trabalho por ela.

Claro, Ryder deu um olhar semelhante em minha direção, uma promessa de me matar mais tarde. Sustentei seu olhar, aceitando o desafio.

Ele podia ser antigo e forte, mas eu era mais. Talvez ele e

Damien pudessem se juntar para me matar. Talvez eu os matasse. Independentemente disso, a dança seria letal.

E Ismerelda ficaria chateada.

O que não era aceitável.

— Tente não morrer — Kylan disse, distraindo Ryder de nossa troca de olhares.

Ele olhou por cima do ombro para o outro homem, arqueando a sobrancelha escura.

— Preocupado comigo?

— Na verdade, não — Kylan respondeu. — Mas você parece ser o único com bom senso, e eu odiaria perder um aliado poderoso. — Ele deu um tapinha nas costas de Ryder e foi embora antes que seu *aliado* pudesse responder.

— Acho que ele gosta de você — Damien murmurou. — Talvez você devesse levá-lo no meu lugar.

Ryder revirou os olhos.

— Já estabelecemos que você vem comigo. Considere isso como o que lhe é devido por Londres por todos aqueles anos atrás.

— Você quer dizer há mais de um século — Damien esclareceu. — E não pode trazer essa porcaria à tona agora.

— Eu posso e vou — Ryder o informou. — Agora vá arrumar a mala.

— Já está pronta — Damien retrucou. — Não tive oportunidade de desfazê-la.

— Então não sei por que está reclamando. Você costumava adorar Dubai.

As narinas de Damien se dilataram.

— Eu *odeio* Dubai e você sabe disso. Merda de umidade.

— Vivemos no Texas, Damien — Ryder enfatizou. — *No Texas tem umidade*.

— Não é a mesma coisa — Damien argumentou.

Ryder zombou.

— É a mesma coisa.

— Certo.

— Certo.

Os dois machos se enfrentaram, fazendo com que Ismerelda soltasse uma risadinha que foi direto ao meu coração.

— É bom saber que vocês não mudaram nada nesta nova era.

— É difícil mudar quando um de nós se escondeu durante a maior parte desse tempo — Damien murmurou.

— Eu me ofereci para deixar você se juntar a mim — Ryder o lembrou. — Você escolheu assimilar.

— Porque um de nós tinha que fazer isso. — Damien cruzou os braços, e seus músculos flexionaram com o movimento. — Não aja como se eu não tivesse feito um favor a nós dois ao *assimilar*.

— Me avisem quando vocês terminarem o que estão fazendo — Cedric interrompeu, seu tom era neutro. — Lily e eu esperaremos lá fora. — Ele me deu um leve aceno de cabeça ao passar, e sua demonstração de respeito não passou despercebida a mim ou aos outros dois homens.

— Sempre gostei do Cedric — comentei em voz alta, provocando Ryder e Damien de proposito. Os dois *não* tinham me mostrado um pingo de respeito desde que entrei na sala.

Ryder grunhiu.

— Respeito tem que ser conquistado. E depois do que você fez com a Izzy, vai demorar muito para ganhar algum respeito da minha parte.

— Digo o mesmo — Damien falou. Os dois decidiram se juntar e ficarem contra mim em vez de lutar um com o outro.

Imitei a postura de Damien cruzando os braços, mas não disse nada.

Ismerelda suspirou ao se colocar entre nós.

— Vão para a Cidade de Sangue e nos reportem. Quero saber se o que Khalid nos mostrou é real.

— Não é — Ryder respondeu. — É algum tipo de jogo. Mas estou ansioso para jogar. Além disso, seu irmão precisa de um pouco de treino de tiro. A mira dele não é tão boa quanto antigamente.

Damien fez um barulho no fundo da garganta.

— Minha mira está perfeita, idiota.

— Prove — Ryder o desafiou.

— Atirando em você aqui mesmo, agora? — Damien perguntou e uma arma apareceu em sua mão. Não que ele possuísse dom sobrenatural, ele foi apenas rápido. — Certo.

Ryder riu.

— Tem razão. Você está pronto para ir. — Ele apontou para a porta. — Bem, não deveríamos deixar Cedric esperando.

Damien balançou a cabeça e um grunhido baixo escapou dele.

— Vou acabar te deixando na Cidade de Sangue.

Ryder deu de ombros.

— Isso é bom. Você pode assumir a região de Ryder na minha ausência. Sei o quanto você ama política. — Com uma risada, ele se aproximou de Ismerelda e deu um beijo em sua bochecha. — Faça-o sofrer, Iz — ele murmurou, e seus olhos encontraram os meus enquanto dizia as palavras. — Voltaremos em alguns dias para matá-lo para você.

Ismerelda suspirou novamente.

— Fiquem em segurança.

— Nunca — Ryder respondeu com uma piscada, depois se concentrou em Willow, seus olhos cor de obsidiana brilhando. — Pronta para uma aventura, escrava?

— Posso levar um martelo?

— Não. Mas pode ficar com a arma do Damien. — Ele

tirou a arma das mãos de Damien, verificou a trava e entregou a ela sem piscar. — Considere isso um prazer pelo bom comportamento.

Os olhos azuis da mulher o observaram.

— Palavras corajosas para um homem que acabou de me entregar uma arma.

— Preliminares, companheira — ele ronronou de volta para ela. — São preliminares. — Ele passou o braço em volta dela e a puxou para si enquanto sussurrava: — Você é perfeita, querida. Muito perfeita.

Willow estremeceu. Seu corpo pareceu se derreteu no de Ryder enquanto ele a guiava para fora.

Damien os ignorou, se concentrando novamente em sua irmã gêmea.

— Tem certeza de que está bem?

— Se me perguntar isso mais uma vez, vou pegar aquela arma da Willow e atirar em você eu mesma — Ismerelda respondeu.

Ele soltou um longo suspiro.

— Tenho autorização para me preocupar com você, Izzy.

— E eu de dizer que estou bem — ela respondeu. — Além disso, sou eu quem deveria estar preocupada com você. — Sua expressão suavizou um pouco quando ela disse a última parte. — Você acha mesmo que é algum tipo de armadilha?

Damien a considerou por um momento. Seu olhar percorreu a sala até onde Khalid estava com sua matadora. Eles pareciam envolvidos em algum tipo de conversa, mas nenhum deles movia os lábios.

Com certeza acasalados, pensei. *Ou algo totalmente diferente.*

Khalid olhou para mim, seus olhos exibiam uma história que despertou meu interesse. Eu não poderia dizer que história era, mas poderia dizer que seria interessante ouvir.

Nós nos conhecíamos há muito tempo. Ele sempre foi um membro da realeza silencioso e intimidante, sua origem mais obscura do que outras. Principalmente porque havia rumores de que sua mãe tinha um tipo sanguíneo único. Ela era mortal, assim como nossas mães, mas viveu um pouco mais que as outras.

Ou foi o que me disseram.

Na verdade, a história de Khalid era desconhecida. Seu pai, Erinas, era um Abençoado. Mas não sabíamos nada além disso.

E parecia que ele ainda guardava muitos segredos.

Bem como uma cidade intrigante.

Talvez ele tivesse mesmo encontrado uma maneira de humanos e vampiros viverem em paz.

O conceito despertou interesse em minha companheira. Ela não tinha certeza se acreditava na apresentação de Khalid, mas isso despertou uma espécie de esperança em seus pensamentos, algo que aqueceu nosso vínculo.

Ismerelda queria acreditar que a mudança era possível, que toda aquela dor tinha valido alguma coisa.

Eu não tinha certeza de como responder ainda.

Parecia que ela precisava de algum resultado positivo, caso contrário, tudo o que ela sacrificou teria sido em vão.

O que isso significa para nós?, me perguntei. *O que ela precisa que eu faça para ajudar nesses desejos?*

Eram perguntas que ela ouviu, mas não respondeu. Não estava me ignorando. Ela só não sabia como responder ainda.

Era uma conversa que precisávamos ter, entre muitas outras.

No entanto, este não era o momento nem o lugar para isso. Especialmente porque minha progênie e meu primo estavam se aproximando de mim agora, e ela ainda discutia os riscos com seu irmão gêmeo. Ele sentia que a Cidade de

Sangue poderia ser uma armadilha, mas descobrir a verdade superava o potencial de perigo.

— Há também uma conexão interessante entre Lily e Willow — Damien continuou. — Quando pousamos, descobrimos que elas já se conheciam.

— Já? — Ismerelda pareceu surpresa. Achei que fazia sentido, considerando o quanto a vida humana se tornou regulamentada neste mundo. Não havia muitas oportunidades de socialização, mesmo dentro das universidades.

— Na fazenda de criação — Damien explicou. — A mesma em que encontrei Cedric no ano passado, depois que ele me pediu um favor.

Ela arqueou as sobrancelhas.

— Ele tirou Lily dos lycans?

— Sim. E eu o ajudei. Então ele me deve um favor. Também nos aliamos no passado. Suspeito que foi por isso que Khalid o ofereceu como contraproposta quando Ryder rejeitou o plano original.

— Então está me dizendo que confia em Cedric? — Ismerelda perguntou, com pensamentos esperançosos. Ela não deixaria o irmão ver, mas no fundo, estava preocupada com a segurança dele. E esse detalhe ajudou a diminuir suas preocupações.

Também tornou a perspectiva da Cidade de Sangue muito mais real. Porque, na opinião dela, se Cedric fosse mesmo um aliado, ele poderia querer um futuro semelhante ao que os outros desejavam.

E ela já testemunhou em primeira mão como o Majestic Clan tratava os humanos de maneira diferente de outros territórios.

Damien deu de ombros.

— A confiança é inconstante. Mas Ryder e eu já cuidamos de nós mesmos há muito tempo. Ficaremos bem.

Ela semicerrou os olhos.

— Acabei de dizer algo semelhante a você. Talvez você devesse considerar seguir seu próprio conselho.

Damien deu um olhar indulgente a ela. Sua expressão indicava que a situação deles era muito diferente. Felizmente, ele não falou isso em voz alta. Apenas lhe deu outro abraço.

— Voltaremos em breve. E então, nós dois vamos conversar. Já faz muito tempo, Iz.

— Sim — ela concordou, e uma pontada de emoção percorreu nosso vínculo. — Sinto sua falta.

— Eu também sinto a sua — ele sussurrou e deu um beijo em sua bochecha. Ele lhe deu outro aperto e depois olhou para mim. — Seja bom com minha irmã ou vou praticar tiro ao alvo com a sua cabeça.

Arqueei uma sobrancelha, desafiando-o a tentar.

— Vá antes que o Ryder te deixe aqui — Ismerelda disse a ele, suas mãos pareciam muito menores contra o peito do outro homem.

Era como se seu irmão tivesse herdado todos os músculos e altura dos genes que compartilhavam, deixando-a esbelta, mas curvilínea em todos os lugares certos.

Minhas mãos coçavam para tocá-la, mas me contive.

Depois de tudo que passamos, eu precisava ir com calma. Deixá-la vir até mim. *Permitir que ela tenha escolha.*

Eu já tirei isso dela antes, sem perceber o que significava. Ela era minha. Pensei que ela queria ficar comigo.

Agora que revivi algumas dessas memórias do ponto de vista dela, não tinha tanta certeza.

Precisava restabelecer a confiança. Nos reconstruir desde o início. Criar uma nova conexão, fundamentada no presente, não no passado.

Explorar quem poderíamos ser juntos, como um rei cortejando sua rainha, não como um predador superior tendo um romance com um delicado cisne.

Seus lindos olhos encontraram os meus, sua mente em sintonia com meus pensamentos.

Infelizmente, antes que ela pudesse comentar, Darius e Jace deram um passo à frente, com expressões sérias.

— Precisamos conversar — Jace me disse.

Reprimi a vontade de suspirar. A única pessoa com quem eu queria conversar agora era Ismerelda, mas considerando como Jace e eu deixamos as coisas durante nossa última conversa, não fiquei surpreso que ele quisesse discutir mais.

Quando conversamos há algumas semanas, tive a impressão de que os dois estavam tentando desfazer meu trabalho.

Agora, eu sabia a verdade: estávamos todos do mesmo lado.

Bem, em teoria pelo menos.

Eu não concordava com algumas das travessuras de Lilith e queria saber o que ela e Michael fizeram com meu irmão. Mas não iria me opor ao regime atual como um monarca concorrente.

Ismerelda era minha prioridade agora.

Junto com encontrar Cane, decidi. *E ajudar minha leoa a caçar e matar Michael.*

Jace pigarreou.

— Cam.

— Jace — retruquei. — Estou ouvindo.

Ele me olhou fixamente.

Retribui com um arquear de sobrancelha.

— Acho que ficaríamos mais confortáveis lá em cima — Darius sugeriu. — Hazel nos presenteou com uma caixa de vinho de sangue quando pousamos. Ela mencionou que humanos não fazem parte do menu comum da torre, já que a cidade de Deirdre tem poucos funcionários.

— Deirdre não mencionou isso quando cheguei — respondi, procurando por Hazel e encontrando-a perto de

Khalid. Os dois me observavam com interesse. — Foi por isso que Deirdre tentou levar Keys?

Hazel olhou de mim para o humano silencioso atrás de mim. Ele estava seguindo a mim e Ismerelda desde que entramos na sala. Seu instinto natural de proteger alguém poderia se tornar útil em algum momento.

Hazel pigarreou.

— Provavelmente ela queria garantir que ele tivesse acomodações adequadas.

— Ou planejava transformá-lo em vinho — respondi. — Se os problemas de pessoal são resultado da gula, considere que o problema é seu. Não é meu. E também não é de Keys. Ele fica comigo, a menos que escolha o contrário.

Khalid e Hazel trocaram um olhar.

Então ela deu de ombros.

— Está entre amigos aqui, Cam. Ou, se preferir, aliados. Queremos coisas semelhantes. Um mundo onde respeitamos nossas origens em vez de as explorarmos. Não tenho interesse em prejudicar ninguém, incluindo os humanos sob sua proteção.

— Concordo com esse sentimento — Khalid murmurou. — Mas sintam-se à vontade para conversar entre vocês. A tecnologia que Damien lhe deu vai verificar se há dispositivos de escuta nas salas. No entanto, recomendo que use este scanner para ajudar a remover o rastreador do seu pescoço.

Ele ergueu um pequeno item enquanto pronunciava a última frase e atravessou a sala para entregá-lo para mim.

— Você só vai precisar de uma lâmina. Talvez sua *Erosita* queira fazer as honras... — ele sugeriu. — Sei que a Emine gosta de me cortar.

Sua dragoa zombou do outro lado da sala, mas seus olhos azul-acinzentados brilharam com a perspectiva de fazer Khalid sangrar.

Eles têm uma dinâmica interessante, Ismerelda disse.

Gostaria de ter uma semelhante?, perguntei a ela. *Porque posso encontrar uma faca para você. Seria justo depois do quanto a fiz sangrar por mim nas últimas duas semanas.*

Ela murmurou, considerando minhas palavras. *Veremos. Mas não agora. Seu pescoço seria um pouco arriscado para a primeira vez.*

Preocupada que você possa cortar minha garganta?

Sim, ela admitiu.

Acho que eu mereceria. Eu a matei em nosso reencontro. Ela deveria retribuir o favor.

Isso não vai resolver nada, ela sussurrou para mim. *Além do mais, preciso de você vivo agora.*

Mesmo?

Sim. Existem muitas incógnitas. E você é o meu elo com a imortalidade.

Uma avaliação prática, murmurei enquanto pegava o item de Khalid.

— Como sabe que tenho um rastreador no pescoço? — perguntei a ele.

Ele olhou para minha mão.

— Escaneei cada um de vocês. É um brinquedo útil. Sinta-se à vontade para ficar com ele. — Com isso, ele voltou para Hazel e sua dragoa. — Vamos dar uma volta? Acho que há muita coisa que devemos discutir.

— Sim — Hazel concordou, conduzindo-o até a saída, mas parou na soleira. — Ah, se vocês precisarem de alguma coisa, sintam-se à vontade para pedir ao Vincient na recepção. Ele vai cuidar das necessidades de todos. Caso contrário, planejaremos nos encontrar novamente amanhã. Assim teremos tempo para discutir as coisas.

Os três desapareceram pela porta, me deixando com Jace e Darius.

Assim como as companheiras deles.

Kylan e Rae.

E minha *Erosita.*

Bem, isso deve ser interessante, pensei.

— Quem quer me ajudar a remover o rastreador? — perguntei em voz alta.

Jace sorriu.

— Uma oportunidade de te cortar? O prazer será todo meu.

IZZY

Observei a nuca de Cam, notando a pele lisa. Uma hora atrás, ele sangrou. Mas sua imortalidade o curou quase instantaneamente.

Foi rápido: um corte, um alicate para remover o pequeno disco, a lavagem das mãos e dos instrumentos e a destruição do dispositivo de rastreamento.

Depois, Jace usou o scanner de Khalid para garantir que Cam não tivesse outro rastreador embutido em sua pele.

Seus olhos azuis ficaram presos nos meus o tempo todo, e memórias de Cam examinando meu corpo nu inundou nossas mentes.

Ele ficou excitado e furioso com a lembrança. Excitado porque gostou de acariciar minha pele. Furioso por Michael ter armado tudo.

Mal posso esperar para ver você despedaçá-lo, Cam rosnou em minha mente. *Basta dizer, e eu te transformarei. E então você poderá destruí-lo com seus dentes de vampira.*

Seu comentário foi tão inesperado que quase ofeguei em voz alta.

E não consegui parar de pensar nisso desde então.

Porque ele falou sério. Se eu quisesse me tornar vampira, ele me transformaria.

Não era necessário discutir nada.

Não havia preocupação com a perda de seu suprimento de sangue imortal.

Nem mesmo um pensamento sobre o declínio da raça humana ou sobre como seria difícil para ele manter uma fonte de alimento sem mim.

Ele me transformaria. E partiríamos daí.

Isso garantiria minha independência e ao mesmo tempo me tornaria mais forte, algo que ele via como um benefício.

Não tenho ideia de porque não te ofereci a imortalidade antes, ele pensou para mim. *Mas me parece óbvio agora que você não deveria confiar na minha imortalidade para sobreviver.*

Eu queria falar mais sobre isso, mas Jace, Darius e Kylan estavam perguntando a ele sobre tudo o que aconteceu. Eles também estavam preenchendo muitas lacunas, contando o que os registros de Lilith não relataram.

Como o fato de Cam ter fingido minha morte e como Lilith forçou todos os aliados conhecidos a renegá-lo.

— Seu nome tem sido assunto proibido desde que ela apresentou suas cinzas à aliança — Jace estava dizendo. — Ela fez da sua rebelião um exemplo, dizendo que qualquer um que desafiasse a aliança teria destino semelhante.

— Ela alegou que você estava louco — Kylan acrescentou com uma risada. — Tentou fazer o mesmo comigo recentemente. Mas não funcionou.

Ele estava acomodado em um sofá, com Rae encostada

nele. Eu a conheci oficialmente no caminho para a suíte que Hazel deu a Cam.

Juliet liderou a apresentação e depois me puxou de lado para perguntar se eu estava bem.

Esse parecia ser o tema.

Todos ficavam perguntando como me sentia e eu estava começando a odiar responder à essa pergunta. Porque eu não sabia se estava bem ou não.

Muita coisa aconteceu.

Eu precisava de tempo para processar tudo, mas era esperado que eu tivesse um bom desempenho desde o momento em que acordei naquela banheira.

Bem, talvez não de imediato. Cam foi paciente. Mas ter meu irmão e todos os outros aparecendo logo depois de despertar do meu estado inconsciente...

Engoli em seco, sentindo um arrepio percorrer minha coluna.

Só preciso de alguns minutos de silêncio para pensar no que fazer a seguir, pensei.

Devo fazê-los ir embora? Cam questionou imediatamente. Embora seu foco parecesse estar em Jace, ele estava ouvindo minha mente divagar.

Não. Eles estão te procurando há mais de um século. Eles precisam disso. E eu não ia tirar isso deles. Não depois de tudo que passamos.

Não me importa o que eles precisam, Ismerelda. Eu me importo com o que você *precisa.*

Estou tentando descobrir isso, sussurrei de volta para ele. *Agora, preciso que você os ouça.*

Porque tínhamos que encontrar um caminho a seguir.

As memórias perdidas de Cam atrapalharam o plano. Ninguém sabia o que fazer.

Combinado com a morte de Lilith, tudo parecia incerto.

Quem estava liderando a Aliança de Sangue? Michael? Mira? Outra pessoa?

Qual era o plano deles? Terminar os experimentos de Lilith e apresentar bolsas de sangue imortais à Aliança?

Isso poderia conquistar os vampiros, mas não atrairia os lycans. Especialmente porque a espécie deles foi usada como ratos de laboratório na busca pelo aperfeiçoamento das fontes de alimento dos vampiros.

— Qual é o objetivo final aqui? — Cam perguntou, cortando algo que Jace estava dizendo sobre o desaparecimento dele. — Minhas memórias não serão desencadeadas por esta conversa. Não posso elaborar nenhum plano que possa ter tido. Então, como desejam seguir em frente? O que vocês precisam de mim?

Suas perguntas diretas tinham uma pontada de impaciência. Ele queria chegar a um ponto, não insistir no passado.

Jace pigarrou.

— Tem razão. Precisamos nos concentrar em nosso próximo passo, que acho que envolve trazer nossos aliados lycans. Os experimentos da Lilith são a chave para persuadir a aliança a nosso favor. Precisamos que os lobos ajudem com sugestões sobre como divulgar a informação.

— Não apenas como, mas para quem — Darius esclareceu. — Jolene saberá com quem interagir sobre o assunto. Assim como temos uma ideia razoável de com quais vampiros compartilhar.

— Só que julgamos Khalid totalmente errado — Kylan destacou. — Se ele realmente tem uma cidade onde os mortais são tratados de forma digna, então quantos mais nós confundimos como pró-Lilith?

— Um argumento justo — Jace concordou. — O que os registros de Lilith dizem sobre Khalid?

— Ela o descreveu como contente. Não havia nada em

seus arquivos que sugerisse o contrário. Então, se a Cidade de Sangue for real, não estava no radar dela — Cam respondeu. — Supondo que eu tenha acesso a todos os arquivos dela.

— Você tem motivos para acreditar que não tenha? — Jace perguntou.

— Sim. — Cam pigarreou e contou o que descobri na cripta de sua família. — Não tenho ideia de onde meu irmão está e não houve menção a ele nos relatórios de Lilith. Michael também nunca o mencionou.

— O que sugere que eles estavam escondendo coisas de você — Jace resumiu.

— Eles também limitaram o acesso ao laptop dele — acrescentei, lembrando sua incapacidade de sair da rede interna. — Tive que entrar no modo de administrador para ver algumas coisas, como as câmeras de segurança. Mas mesmo isso tinha limites.

Cam olhou para mim. Escolhi me sentar em uma poltrona em frente a eles enquanto Darius e Juliet compartilhavam uma semelhante ao meu lado.

Keys era o único que não estava na sala de estar. Ele pediu licença ao chegar, pegou um pouco de comida e levou-a para o que presumi ser um quarto.

O resto de nós estava sentado na ampla sala, observando o sol nascer do lado de fora das janelas.

A luz acabaria por incomodar os vampiros na sala. Não iria prejudicá-los, apenas irritaria seus sentidos aprimorados.

Pelo que vi, havia cortinas *blackout* nas janelas, sugerindo que um controle remoto as fecharia quando necessário. Ou talvez fosse automático.

Raios laranja e vermelhos apareciam agora, pintando a sala com um tom de crepúsculo sinistro em vez de luz solar matinal.

— Acha que a Lilith deixou notas para Michael e Mira seguirem? — Jace perguntou com o foco em Calina, não nos outros. — Ou existe um parceiro silencioso que ainda não descobrimos?

— Semelhante a Lajos? — ela sugeriu, franzindo a testa.

— É bem possível. Sabemos que ela tem outros aliados.

— Jasmine e Ayaz — Jace murmurou. — Helias e Sofia também.

— Talvez Robyn — Kylan acrescentou. — Sei que ela a puniu depois de tudo o que aconteceu com Raelyn, mas ainda não vimos a aplicação.

Jace assentiu.

— Sim, verdade. Também temos muitas incógnitas, como Khalid e Hazel. É difícil dizer de que lado eles realmente estão. Nós dominamos esse jogo de charadas.

— Então faça uma reunião e veja como todos reagem às notícias sobre os experimentos de Lilith — sugeri, pensando em voz alta. — Isso dirá de que lado todos estão. Mas vocês precisarão de várias estratégias para lidar com as reações deles.

— Também precisam de um objetivo — Cam enfatizou. — Algo que não me envolva na liderança.

Todos olharam para ele, inclusive eu.

Em vez de encontrar seus olhares, ele se concentrou em mim.

— Não vou repetir os erros do passado, e isso inclui escolher a humanidade em vez da minha *Erosita*. — Ele finalmente olhou para Darius e depois para Jace. — Eu não sou esse homem. Portanto, não sou o rei de vocês.

Pisquei para ele, sua declaração não correspondia ao que estava em seus pensamentos. Ele continuava me chamando de rainha, dizendo que éramos iguais nesta vida.

Mas agora ele proclamou que não era rei, embora fosse seu direito de nascença como o vampiro mais antigo.

Não sou o rei deles, ele sussurrou em minha mente. *Sou o seu rei, Ismerelda. Não vou servir a eles. Só vou servir a você.*

— Acho que já dissemos o suficiente por hoje — Cam concluiu em voz alta. — Ismerelda e eu temos coisas que precisamos discutir. Coisas que não envolvem vocês. Então façam suas ligações. Convidem seus aliados lycans. E nos encontraremos novamente depois do anoitecer.

Ele se levantou e saiu da sala.

Vou tomar um banho, ele me informou. *Você está convidada a vir. Ou pode ficar e conversar com os outros. Mas preciso de uma pausa.*

Sua mente estava repleta de declarações conflitantes, sua frustração com a perda de memória era palpável. No entanto, ele parecia estar mais irritado com seu antigo eu por colocá-lo – *a nós* – nesta posição.

Olhei para ele e para o corredor vazio por onde ele passou. No entanto, seu cheiro permaneceu. Sua presença também.

Quero segui-lo?, me perguntei. *Ou quero esperar?*

Jace pigarreou.

— Acho que deveríamos... ir embora.

— Foi o que eu percebi — Kylan falou, seus olhos escuros observando o nascer do sol. — Acredito que seja hora de nos retirarmos deste lado do mundo. Além disso, provavelmente não teremos notícias do Ryder por pelo menos mais algumas horas.

— Vou falar com ele — eu disse, me referindo a Cam. — Ele só precisa de um tempo... — parei. Porque não era só Cam quem precisava de tempo, mas eu também. — Eu... — Pigarreei. — Vamos dar um jeito nisso.

Espero, acrescentei para mim mesma. *Talvez.*

Eu queria dar um jeito nisso?

Queria lutar por nós?

Será que vale a pena salvar o que temos quando apenas um de nós se lembra do último milênio?

Seria como recomeçar. *Quero recomeçar?* Seria com esta versão do Cam, não com a antiga. *Eu quero essa versão?*

Não pude responder a nenhuma dessas perguntas, porque não sabia o que queria. Tudo estava muito recente, muito confuso... eu... engoli em seco. Eu só queria falar com Cam. Determinar quem ele era agora. Quem poderíamos nos tornar juntos.

Então eu decidiria.

Mas não poderia fazer nada disso em público.

O que eu ainda tinha, porque todos estavam olhando para mim.

— Nos encontraremos depois do anoitecer — falei, repetindo as palavras finais de Cam. — Mas se tiverem notícias de Ryder antes disso, por favor me avisem. Gostaria de saber se ele e Damien estão em segurança.

— Claro — Jace respondeu baixinho.

Assenti e me levantei, engolindo em seco enquanto lutava contra as emoções que invadiam meu interior.

— Izzy — ele me chamou.

Fiz uma pausa, mas não o encarei.

— Estamos aqui se você precisar — ele falou depois de um instante.

Assenti novamente. *Eu sei*, pensei para ele, as palavras de repente pesadas demais para falar. Ele não seria capaz de me ouvir, mas esperava que tivesse entendido.

Em vez de esperar para descobrir, segui os passos de Cam.

Eu também precisava de uma pausa.

Respirar.

Pensar.

Simplesmente existir.

E talvez até esquecer. Só por um tempo. Até o anoitecer.

Então poderíamos começar tudo isso de novo.

Porque parecia que a cidade de Deirdre tinha acabado de se tornar a base oficial do partido rebelde. *E assim começa...*

CAM

Apoiei o antebraço na parede de azulejos e deixei a água escorrer pelas minhas costas.

Estava quente. Quase escaldante. Era exatamente o que eu precisava.

Mas quando ouvi a decisão de Ismerelda de se juntar a mim, estendi a mão para me acalmar. Não queria queimá-la ou afastá-la. Ela estava parada no quarto há cinco minutos, debatendo sobre o que fazer.

Eu não disse nada, esperando que ela escolhesse por conta própria, o que acabou sendo *escapar*.

Ela queria esquecer tudo por um momento. Relaxar. Ser livre e existir apenas no presente.

Me virei quando ela entrou, memorizando automaticamente seu corpo sensual.

Linda, pensei. *Tão linda.*

— Não entendo por que nunca te transformei — pensei em voz alta, o comentário que já tinha feito, pelo menos em nossas mentes, mas que valia a pena repetir. — Você seria uma vampira deslumbrante.

— Mas o que você comeria? — ela perguntou, dando um passo hesitante em minha direção. — Sou sua fonte de sangue imortal.

Semicerrei os olhos.

— Você é muito mais que sangue, Ismerelda. — Passei a mão em volta de seu pescoço para puxá-la para mais perto. — Você é feroz. Ardilosa. Teimosa. Corajosa.

Me inclinei um pouco mais a cada palavra até que meus lábios pairassem sobre os dela.

— Sedutora — sussurrei contra sua boca. — Uma leoa escondida sob uma fachada frágil. — Mordi seu lábio inferior, não com força para romper a pele, apenas de brincadeira, para provocá-la. — Eu deveria ter te oferecido a imortalidade há muito tempo. Sangue pode ser facilmente substituído. Uma rainha, não.

Izzy estremeceu, sua mente me disse que a sobrecarreguei com meus comentários. Ela também estava lutando contra as lembranças de nossos banhos na semana passada, de como eu transei de forma intensa com ela e sem remorso. Ismerelda estava lutando para conciliar as diferenças, sua voz mental oscilava entre a esperança e medo.

E por baixo de tudo, havia uma camada de tristeza.

Tristeza pelo que ela perdeu.

Tristeza pelo que poderia nunca acontecer.

Tristeza por sua incapacidade de confiar no companheiro que conhecia há mais de mil anos.

Ouvir seu conflito causou uma pontada em meu coração e acalmou qualquer instinto que eu tinha de reivindicá-la.

Ela precisava de tempo. Conforto. *Adoração*.

Uma chance de me abraçar como seu companheiro. De ver o que poderíamos ser.

— Eu não sou ele — eu disse, algo que já havia confirmado antes. — Mas ele era um tolo.

Usei meu aperto em sua nuca para nos guiar para baixo da água.

Outros poderiam dizer que o que fiz foi heroico ou um ato de altruísmo, mas não foi, pensei para ela. *O que eu poderia esperar alcançar indo sozinho até Lilith? Foi uma decisão arrogante. A escolha errada. Não vou fazer de novo.*

— É por isso que você disse a Jace que não é o rei deles? — ela perguntou, a voz baixa sob o fluxo de água.

— Sim. — Soltei seu pescoço para passar os dedos por seu cabelo umedecido. — Não tenho intenção de liderar esta revolução.

Em vez de elaborar em voz alta, expressei mentalmente meus pensamentos para ela.

Não entendo o propósito. A humanidade já está praticamente morta. Os vampiros mataram sua fonte de alimento. Lycans... Soltei um suspiro e balancei a cabeça. *Eu sei que eles querem que eu lidere, mas a decisão não é deles.*

Era *nossa*... minha e de Ismerelda.

Eu a deixei fora das minhas decisões há doze décadas. Não faria isso de novo.

— Eu deveria ter te transformado — repeti, irritado com meu antigo eu por decisões que não conseguia entender hoje. — Talvez eu quisesse manter você neste estado frágil, deixá-la em seu pedestal. Mas foi uma escolha egoísta. Eu deveria ter te dado o poder de fortalecê-la, não de mimá-la.

Ela estremeceu quando passei a mão por sua coluna e fechou os olhos enquanto absorvia minhas palavras e meu toque.

Sua mente me disse que ela não sabia como responder. Ela

nunca considerou se tornar vampira antes, seu propósito sempre foi alimentar minha fome. Ser minha companheira.

Transformá-la destruiria nosso vínculo de acasalamento.

Ou assim ela sempre pensou.

Mas parece que Rae e Kylan conseguiram fazer dar certo, ela estava pensando agora. *Talvez Cam e eu pudéssemos fazer o mesmo. Supondo que eu possa ficar com ele... depois de tudo.*

Não respondi, só a deixei entregue aos enigmas de sua mente. Ela podia ouvir minhas intenções, sabia que eu pretendia consertar tudo.

Mas muitas vezes as ações valiam mais que palavras.

Então optei por demonstrar, colocando as mãos em seus quadris e virando-a em direção à parede.

Ela enrijeceu, sem dúvida esperando que eu a inclinasse e transasse com ela. Embora eu não pudesse negar que uma parte de mim – uma parte muito dura de mim – ansiasse por fazer exatamente isso, optei por ignorá-la e me concentrei em Ismerelda e em suas necessidades.

Seus braços se arrepiaram quando me estendi ao seu redor para pegar um frasco de shampoo. O movimento colocou meu pau bem contra sua bunda arrebitada, minha excitação impossível de esconder.

Ela estava nua e molhada.

Claro que eu a queria.

Mas eu era mais do que capaz de domar minha fome, algo que provei ao passar shampoo em seu cabelo.

Ela não relaxou de imediato, suas memórias a mantiveram como refém enquanto ela recordava comportamentos semelhantes de outro dia. Momentos em que cuidei dela para transar de forma brutal em seguida.

Eu a ouvi contar os acontecimentos, minha mente vasculhava seus pensamentos e encontrava suaves admissões de desejo lá no fundo.

Sim, eu a machucaria. Mas ela também gostaria.

O que estava faltando em tudo isso era confiança. Uma conexão aberta. Nosso vínculo.

Tínhamos isso agora.

A próxima vez que eu a tomasse seria diferente, porque ela ouviria minhas intenções tão bem quanto eu ouviria suas necessidades.

Com nossas mentes abertas um para o outro, seríamos cataclísmicos juntos. Combustível. De outro mundo.

Mas ela ainda não estava pronta para isso.

Precisávamos continuar a reconstruir a confiança, e isso levaria tempo.

Transmiti esse conhecimento a ela através do meu toque enquanto enxaguava seu cabelo e substituía o shampoo pelo condicionador. Comecei a massagear seu corpo com um sabonete com aroma floral, que criou espuma por sua pele enquanto nos envolvíamos em uma dança sensual no chuveiro.

Não apressei nossos movimentos. Tomei cuidado com cada centímetro de seu corpo. Ela olhou para mim quando me ajoelhei para massagear seus tornozelos e panturrilhas com ternura, depois ela apoiou as mãos em meus ombros para se equilibrar.

Quando terminei, seu olhar cintilava com uma combinação de exaustão e desejo.

Ela não comeu muito, mas pude ouvir em seus pensamentos que não estava com fome. Ismerelda mordiscou algumas coisas durante nosso encontro improvisado na suíte. E agora, estava pronta para dormir.

Me levantei e a coloquei sob o jato de água, depois peguei um dos outros chuveiros – eram três – e comecei a enxaguá-la novamente.

Devagar.

Por completo.

Com carinho.

No final, seu corpo estava tão relaxado que ela já estava quase dormindo.

Me movi para trás dela e pressionei a mão na parte inferior de suas costas para mantê-la de pé, depois me inclinei para beijar seu pescoço.

— Vou te adorar por toda a eternidade — prometi. — Se você me permitir.

Mais arrepios responderam às minhas palavras, seu corpo ficou mole contra o meu. *Eu nem me importo com o que você pode fazer comigo agora. Estou relaxada demais para sentir.*

Minha risada não foi exatamente divertida, mas também não foi autodepreciativa.

— As únicas coisas que vou fazer com você é te secar e te levar para a cama... para dormir. — Beijei seu pescoço de novo e estendi a mão ao seu redor para alcançar o registro, mas ela fechou a água antes de mim.

Esperei para ver o que ela faria, seus pensamentos proporcionaram uma infinidade de possibilidades.

Ela passou a unha pelo topo da minha mão e se virou em minha direção. Seus olhos verdes suaves encontraram os meus. Estudei seu lindo rosto, sentindo meu coração doer por todas as memórias que perdi.

Todos aqueles momentos dos quais nunca me lembraria.

Os sentimentos que adquiri ao longo de mil anos.

Cada sensação que ela já despertou dentro de mim.

Nada disso seria meu novamente.

Mas eu poderia construir novas experiências com ela. Criar tudo de novo, só que desta vez faria melhor.

Não repetiria meus erros.

Não a abandonaria. Não nos *abandonaria.*

Ela estendeu a mão para minha bochecha, com o olhar ainda no meu.

— Se você não os liderar, toda essa perda terá sido em vão, Cam. — Suas palavras eram baixas, quase um sussurro.

— Não tenho certeza se posso viver com isso. Viver sabendo que desistimos de tanta coisa... por nada.

Essas não eram as palavras que eu esperava que ela dissesse. No entanto, ouvi uma variante delas misturada com outros pensamentos.

Ela ficou na ponta dos pés para pressionar os lábios nos meus. Foi um beijo carinhoso, cheio de emoções conflitantes.

Anseio.

Temor.

Uma chance de um novo começo.

Um possível adeus.

Esperança.

Desolação.

Senti cada uma dessas sensações como se fossem minhas.

Mas foi a resolução em sua mente que falou mais alto, a voz mental dizendo: *Preciso ter um propósito. Temos que levar isto até o fim, ou o último século de dor não terá tido qualquer significado. E eu teria sobrevivido a tudo que passei... por nada.*

— Você está me pedindo para ser o rei deles — traduzi.

Não, ela não estava me pedindo. Estava implorando. Dizendo que precisava que eu aceitasse a tarefa para ajudá-la a se curar. Para dar um propósito ao nosso sacrifício.

Não se tratava de ter sucesso ou não, tratava-se de tentar criar um resultado positivo com toda essa dor.

Eu nos coloquei neste caminho com minhas escolhas. E agora ela queria – *precisava* – que eu terminasse.

Engoli em seco, o conceito de liderar esta revolução fez meu interior se apertar com desconforto. Principalmente porque não tínhamos estratégia, nem *plano*.

Porque eu, de maneira egoísta, nunca o compartilhei com ninguém, apenas forneci noções vagas e fui lidar com Lilith sozinho.

E veja como acabou, me repreendi.

Infelizmente, eu poderia me ridicularizar dia e noite, e não resolveria nada.

Ismerelda queria que eu liderasse, acalmasse a agonia do nosso passado e guiasse todos nós para um novo futuro.

Eu não tinha ideia de como fazer isso.

Mas por ela, eu tentaria.

— Farei isso por você — repeti em voz alta. — Se eu me tornar rei deles, será porque você é minha rainha e me pediu. Por nenhuma outra razão. Nenhum motivo de orgulho. Nem senso de dever. Será porque você desejou. Entendeu?

Eu precisava que ela soubesse que seria diferente de cento e dezoito anos atrás. Se eu liderasse a revolução agora, não seria por uma necessidade equivocada de salvar a humanidade ou por uma escolha egoísta disfarçada de ato altruísta.

Seria porque Ismerelda me pediu.

E ela ditaria minha renúncia também.

— Toda decisão será nossa, não minha — continuei. — Não vou sacrificar sua segurança novamente. — Segurei sua bochecha. — E se quiser que eu te transforme, eu o farei. Basta dizer as palavras, Ismerelda, e pararei tudo o que estiver fazendo para realizar seus desejos. Porque, embora eu possa me tornar o rei deles, sempre servirei a você primeiro, não a eles.

Seus cílios claros tremularam, suas bochechas estavam rosadas pelo calor do banho. Ou talvez ela estivesse corando com minhas palavras.

Apesar de tudo, parecia ser a coisa certa a se dizer, porque ela me beijou de novo, desta vez com mais de pressão.

Esperei um pouco antes de aprofundar nosso abraço, meu desejo de sentir sua língua contra a minha era uma necessidade absoluta que não podia ignorar. Não com seus seios pressionando meu peito e os sinais de necessidade em seus pensamentos.

Ela entreabriu os lábios para mim, suas unhas encontraram meus ombros enquanto me puxava para mais perto.

Segurei a parte inferior de suas costas, fechando o espaço entre nós, e agarrei seu cabelo com a outra mão.

Nosso abraço parecia desesperado. Sobrecarregado. *Intencional.* Como se estivéssemos nos encontrando pela primeira vez, mas também nos despedindo.

Era distorcido, sombrio e inebriante.

Eu queria mais. *Muito mais.*

Mas minha conexão com os pensamentos de Ismerelda fundamentou meus instintos. Ela precisava desse beijo, dessa promessa sutil de um novo começo.

E eu pretendia dar isso a ela.

Pressionei-a contra a parede de azulejos, senti meu pau se aninhar em seu ventre enquanto a devorava com a boca. Serviu como uma promessa do que poderíamos ser, de como meu domínio sempre existiria entre nós, mas ela era a única verdadeiramente responsável pelo nosso destino.

Uma palavra sua e eu pararia. Um pensamento e eu recuaria.

Ela era minha para sexo, mas também minha para valorizar. E eu poderia fazer as duas coisas. *Faria* as duas coisas.

Eu me curvaria a todas as suas necessidades, incluindo seu pedido para que eu lidere. Faria o que fosse necessário para conquistar seu amor, para reacender esse fogo entre nossas almas e ser o homem com quem ela podia passar a eternidade.

Ela viveu mil anos com alguém que a tratou como frágil, tomando todas as decisões por ela e, inevitavelmente, a deixou se defender sozinha durante o período mais sombrio de sua vida.

Aquele homem não a preparou para sobreviver. Ele a preparou para confiar nos outros.

Mas o cisne que ele deixou para trás renasceu como uma leoa. Uma rainha. *Minha companheira pretendida.*

E eu evoluí para o homem que ela precisava ao seu lado, não na sua frente.

Eu nunca a confundiria com um brinquedo quebrável. Sempre a veria como minha igual. Inteligente. Obstinada. Persistente.

Essa mulher era meu tudo ideal.

Assim como eu provaria a ela que também era seu par perfeito.

Começando com esse beijo.

Gravei cada promessa, cada intenção, em sua boca com minha língua. Dominando-a com minha destreza enquanto amolecia sua vontade.

Ela gemeu, sua forma flexível pressionando a minha enquanto suas unhas cravavam minha pele.

Deixei-a se agarrar a mim enquanto a devorava.

Então cortei minha própria língua e a alimentei com meu sangue, a oferta destinada a selar meus votos. Um exemplo de quem eu seria ao seu lado.

Eu sangraria por ela, e não o contrário.

Ela aceitou minha essência de maneira hesitante, seus pensamentos estavam em guarda enquanto suspeitava que eu a estava encorajando para que pudesse devastá-la.

Mas essa não era minha intenção.

Eu só queria que ela se sentisse confortável. Viva. *Forte.*

Meu aperto suavizou em seu cabelo enquanto eu diminuía o ritmo do nosso beijo, minha língua menos vigorosa, minha boca não tão exigente.

Se tornou sensual. Sedutor. *Adorador.*

Ela estremeceu. Seu corpo se derreteu no meu enquanto o poder do meu sangue aumentava seus sentidos. Não aproveitei essa reação, apenas a beijei até que estávamos ofegantes com a necessidade de respirar.

Então estendi a mão para desligar a água.

Ela piscou assustada, sua mente ainda antecipava uma transa brutal.

Não importava que meus pensamentos transmitissem o contrário. Ela esperava isso durante nosso curto período de tempo juntos. E uma parte mais sombria dela ansiava que acontecesse.

No entanto, este não era o momento.

Eu precisava restaurar sua fé em mim antes de libertar minha fera novamente.

Com um último roçar dos lábios nos dela, eu a guiei até a saída do box e peguei uma toalha. Ela estremeceu quando a enrolei no algodão recém-aquecido no toalheiro.

Então peguei outra para mim antes de segurá-la no colo e carregá-la para a cama.

Ela não protestou quando a deitei. Sua mente e corpo estavam exaustos demais do dia para se importar que seu cabelo estava molhado nos travesseiros.

Embora meu sangue revigorasse sua alma, não poderia curá-la do cansaço.

Me inclinei para beijar sua bochecha, e meus lábios permaneceram em sua orelha.

— Durma, minha rainha. Esta noite, diremos aos outros que eles têm um rei. E juntos, vamos afugentar a dor. Definir nosso futuro e dar propósito ao nosso passado.

KYLAN

— Humm — murmurei, pressionando os quadris nos de Raelyn no colchão abaixo de nós. — Gosto muito de você nesta posição.

Olhos azul-gelo olharam para mim.

— Boa noite para você também.

Eu ri e rocei o nariz no dela.

— Ainda não está boa, cordeirinho. Mas está prestes a ficar *ótima*. — Prendi seu lábio inferior entre os dentes antes que ela pudesse comentar, penetrando meu pau em seu calor escorregadio.

Ela se arqueou para mim, o corpo respondeu ao meu como sempre fazia, com sua boceta pronta para ser comida. Para receber prazer. Para ser *possuída*.

Eu a penetrei, arrancando um grito delicioso de sua boca.

Ela estava dormindo quando o jogo começou, meus lábios acariciavam seu pescoço enquanto minhas mãos estavam em seus seios. Eu estava atrás dela, meu corpo duro contra suas curvas suaves.

E quando ela gemeu, eu a coloquei de costas.

Então a acordei com meu pau bem contra seu clitóris.

Preliminares sonolentas era uma das favoritas entre nós, seu corpo ganhava vida para mim de uma forma que me fazia querer torná-la minha várias vezes.

Eu nunca me cansaria dessa mulher.

Minha Raelyn.

Minha companheira vampira.

— *Mais* — ela sussurrou. — Por favor, Kylan. Eu preciso de...

O som de uma porta se abrindo em nossa suíte me fez rolar para fora dela e ficar de pé em um instante, levando a mão automaticamente à faca na mesa de cabeceira.

— Se vamos dividir este quarto com vocês, vou precisar que você não transe com a minha melhor amiga por alguns dias — uma voz profunda anunciou do lado de fora do nosso quarto.

Franzi a testa quando olhei para Rae, que estava com as bochechas rosadas.

— Você percebe que ele vai exigir o mesmo de você, certo? — outra voz masculina respondeu. — Estava planejando passar esses dias sozinho no sofá? Porque não vou concordar com a política anti sexo. E suspeito que a Luna também não.

— Silas — Raelyn sussurrou, e sua expressão se iluminou quando ela começou a se vestir.

— Não me lembro de ter te dado permissão para se vestir — eu disse a ela.

— Não me lembro de ter *pedido* — ela respondeu, com a calça jeans já na metade das pernas.

Estava pensando em agarrá-la, prendê-la e transar com ela só para mostrar meu ponto de vista. Mas um zumbido na mesa de cabeceira interrompeu meu desejo.

— O mundo inteiro está cheio de idiotas — murmurei, pegando o relógio descartado.

Raelyn riu e deu a volta na cama enquanto vestia o suéter. Era o oposto do que eu queria, mas pelo menos ela estava sem sutiã.

— Vou te compensar no banho — ela sussurrou e beijou meu queixo.

Segurei seu cabelo antes que ela pudesse se afastar e capturei sua boca com a minha, ignorando o zumbido secundário vindo da minha mão. Ela se derreteu em mim, permitindo que minha língua a dominasse enquanto colocava os braços em volta da minha cintura.

Você vai fazer muito mais que me compensar, eu disse em sua mente. *E essa sua boca vai provar seu valor.*

Ainda bem que estou bem treinada, ela respondeu, afundando os dentes em meu lábio inferior, assim como fiz momentos atrás. *Mas se vou me ajoelhar diante de você, espero que retribua o favor.*

Ah, eu vou, prometi. *Vamos expulsar aquele seu melhor amigo desta suíte com seus gritos.*

O objeto na minha mão vibrou pela terceira vez.

Eu ignorei.

Se aquele vira-lata acha que pode me dizer o que fazer, vai ficar extremamente surpreso com a minha reação, continuei. *Avise-o antes que eu demonstre.*

Ela sorriu contra minha boca. *Nada de brigar com os lobos. Eles acabaram de chegar.*

Seu melhor amigo *começou.*

Ela mordeu meu lábio de novo.

— Você é meu melhor amigo, Kylan. Vou garantir que ele saiba disso.

Semicerrei os olhos para seu tom brincalhão.

— Certifique-se de fazer isso. *Companheira*.

Seu olhar cor de gelo brilhou.

— Eu também te amo — ela brincou.

Aumentei o aperto em seu cabelo.

— Acredito que te amo mais.

— Veremos.

— Sim, veremos — concordei, liberando-a. — Agora vá brincar com seu *amigo*. Diga a ele para se comportar como um bom lobinho. Ele ainda me deve de quando salvei sua vida.

Ela balançou a cabeça para mim, mas a inclinação de seus lábios me disse que ela estava achando graça.

— Você deveria atender — ela disse enquanto o aparelho vibrava pela quarta vez.

Com um suspiro, olhei para ele.

— Não é ligação. São mensagens de texto. — E pareciam ser de Ryder.

Me sentei na beira da cama, ainda nu, e puxei uma tela translúcida para ler as mensagens.

É verdade, foi a primeira mensagem.

Tudo, foi a segunda.

E há muito mais.

Nos falamos em breve.

Semicerrei os olhos para a tela. *Como posso saber que é o Ryder?* digitei de volta. *Você deveria ligar para confirmar.*

A tecnologia visual é tão manipulável quanto as mensagens de texto, Ryder respondeu em segundos. *Além disso, odeio telefonemas. Toda aquele falatório quando tudo pode ser resumido em poucas frases. Como fiz acima.*

Foram muitas palavras para alguém que afirma não gostar de falar, respondi.

Porque você continua enviando mensagens.

Porque não acredito que seja você. O que era mentira. Eu praticamente podia ouvir o sarcasmo sair de cada palavra.

Olhei para a tela com expectativa, antecipando a aparição

do rosto de Ryder. Em vez de sair do quarto, Raelyn se juntou a mim na cama. Os lobos murmuravam entre si na suíte, escolhendo um dos quartos.

Eram três no total, mestres à sua maneira.

Raelyn e eu escolhemos o quarto com o terraço à beira do lago. Eu suspeitava que os metamorfos iam querer a opção com vista para a floresta, já que estávamos no térreo e eles poderiam querer sair para correr.

A Willow quer saber se a Rae se lembra de como elas costumavam tentar superar o Silas nas provas antes de todos se tornarem amigos.

A mensagem apareceu na tela, fazendo Raelyn rir, e sua mente liberou uma variedade de lembranças das duas tentando sabotar os esforços de Silas nas provas. Quando se tornaram de natureza sexual, rosnei.

Raelyn pigarreou.

— Diga a ela que me lembro de ter dito que ela e Silas eram a mesma pessoa.

Lutei contra a vontade de sorrir, entendendo por que ela escolheu aquela resposta enquanto eu digitava para Ryder.

A resposta veio alguns segundos depois. *Sim, só que era Silas e Rae que eram parecidos, e foi Willow quem disse isso. O que levou à amizade deles.*

Raelyn assentiu.

— Pelo menos, você sabe que está conversando com o Ryder agora. Ninguém mais se importaria com esses detalhes ou saberia sobre eles.

— Eu me importo — argumentei.

— Você sabe o que eu quero dizer.

Sabia, mas valia a pena dizer a ela.

Quando você vai voltar?, mandei para Ryder, nos levando de volta ao ponto da conversa.

Em vinte e quatro horas, ele respondeu imediatamente.

Não morra, disse a ele.

Estou começando a achar que você gosta de mim, Kylan. Como mais do que apenas um aliado.

Volte e descubra, eu o provoquei.

Isso soa como uma ameaça, além de um encontro, ele refletiu.

Eu só tenho encontros com a Raelyn.

Eu só tenho encontros com a Willow, ele imediatamente me mandou de volta.

Por que ainda estamos conversando?, questionei.

Porque você continua respondendo.

Desliguei a tela com um grunhido e vi Raelyn sorrindo para mim, seu humor aqueceu nosso vínculo. Semicerrei os olhos para ela em vez de para Ryder.

— Continue me olhando assim, cordeirinho, e eu vou te comer.

— Promete? — ela perguntou antes de sair do meu alcance e correr para a porta.

Fui atrás, mas ela já estava fora da quarto, seus talentos de vampira rivalizavam com os meus. *Vou te fazer pagar mais tarde.*

Estou ansiosa por isso, Meu Príncipe.

Curvei os lábios ao ouvir o título, principalmente porque eu sabia o que significava. Raelyn usava *Meu Príncipe* quando concordava com meus termos. Era a maneira dela de dizer que aprovava e consentia com tudo o que eu fazia, algo que se revelou particularmente útil em situações sexuais. Vossa Alteza era sua palavra de segurança, a que ela pronunciava quando estava inquieta.

Assim, *Meu Príncipe* era um convite para brincar.

E nós brincaríamos.

Depois que nos encontrássemos com os lobos e os atualizássemos.

Porque agora íamos dividir espaço com Edon, Silas e Luna. A tríade acasalada do Clã Clemente.

Suspirei e fui procurar um terno.

Seria uma longa noite de reuniões.

Mas pelo menos eu tinha um encontro pelo qual ansiar...

CAM

Os lycans andavam de um lado para outro, a agitação adicionava uma corrente de tensão ao ar.

Uma tendência que não gostei.

Estávamos neste espaço há muito tempo. Ontem, pensei que este salão de baile era grande demais para uma reunião deste tamanho. Hoje, parecia muito pequeno.

Depois de horas de discussão, eu estava mais do que pronto para uma pausa.

Mas fiquei quieto e permaneci paciente por Ismerelda. Ela se sentou ao meu lado, com o foco em dois dos lycans que andavam sem parar. Fui reapresentado a ambos, embora já os tivesse conhecido antes.

Um era Jolene, um alfa mais velho do Clã Clemente. O outro era Luka, o lycan a quem confiei a segurança de Ismerelda. Ele deu um abraço em minha *Erosita* no momento em que a viu mais cedo, sua preocupação com o bem-estar dela era notável. Principalmente porque foi a companheira dele quem traiu a todos e levou Ismerelda para mim.

Ismerelda sussurrou seu perdão, dizendo que não era culpa dele.

E agora, ele estava em pleno debate com Jolene.

Jace e Darius faziam comentários de vez em quando. Assim como Khalid e Hazel.

Kylan parecia entediado, seu foco estava mais em sua companheira ruiva do que nos lycans que rondavam.

E eu só queria que tudo acabasse.

Concordei em ser o líder deles, algo que ainda não havia mencionado em voz alta. Mas até que alguém me desse um objetivo, eu não tinha nada a fazer. Principalmente porque todo o meu conhecimento estava desatualizado ou foi manipulado.

Praticamente a única coisa que me interessou até agora foi a necessidade de vingança de Luka contra sua companheira, Mira.

— Quando a encontrarmos, cuidarei dela — ele rosnou uma hora atrás. — Sem exceções.

Não discuti seu desejo de matar a vadia traiçoeira. Apenas acrescentei:

— E é a Ismerelda quem irá lidar com o Michael.

O que atraiu alguns olhares curiosos, mas ninguém contestou minha afirmação.

Parecia que o consenso geral era que precisávamos nos infiltrar no complexo abaixo das catacumbas, matar todos e capturar provas do trabalho de Lilith.

Então convocaríamos uma reunião da aliança para apresentar tudo à realeza e aos alfas.

Mas Jolene sentiu que precisávamos de mais aliados lycans para garantir que nosso ataque fosse bem-sucedido, o que levou à conversa sobre quem chamar.

Felizmente, eles pareciam ter chegado a um acordo sobre a lista.

— Fantástico. Temos um plano. Você os quer aqui antes de discutirmos os esquemas subterrâneos, ou podemos começar essa conversa agora? — Jace perguntou.

— Preciso de uma pausa antes de fazermos isso — Kylan interveio, seu comentário rivalizando com meu pensamento.

— Também deveríamos esperar que Ryder e Damien fizessem parte dessa conversa. Eles são hábeis em infiltrações e ataques.

— Assim como Cedric — Khalid murmurou. — Concordo que devemos esperar e nos concentrar em trazer os aliados lycans por enquanto.

Vários acenaram ao redor da mesa, e Hazel se levantou primeiro.

— Mais vinho de sangue será entregue nos quartos. A comida também pode ser encomendada. Além disso, minha hospitalidade permanece à disposição de vocês.

Ela abriu as mãos e baixou ligeiramente a cabeça, depois saiu da sala.

Khalid e Emine logo a seguiram, deixando a maior parte da unidade revolucionária para trás.

— Começaremos a fazer ligações imediatamente — Jolene falou, seu foco foi para Edon, o novo alfa do Clã Clemente. — Seu quarto ou o meu?

— Seu — Kylan respondeu por ele. — Raelyn e eu temos planos.

Silas grunhiu.

Edon sorriu.

Quer dar um passeio comigo?, perguntei a Ismerelda, ignorando os outros. *Assistir ao nascer do sol sobre o lago?*

Eu a peguei olhando de forma melancólica para fora em mais de uma ocasião. Pelo que percebi, ela nunca esteve aqui. Eu estive uma vez, há muito tempo. Muito antes de existirem resorts.

Antes de conhecê-la.

Ela olhou para mim. *Sim, eu gostaria.*

Me levantei e segurei a mão dela, só então percebi que a sala ficou em silêncio e todos estavam olhando para nós.

— Perdi alguma pergunta? — perguntei, com a sobrancelha arqueada.

Jace pigarreou.

— Não.

— Bom. — Fechei os dedos ao redor dos de Ismerelda e a puxei para o meu lado. — Vamos dar uma volta. Vejo vocês amanhã. — Fui em direção à porta, então parei para olhar para meu primo. — Ah, decidi que vou liderar. Não por vocês, mas pela minha rainha. Qualquer coisa que queiram que eu faça, ela terá que aprovar.

Com isso, puxei minha companheira para o corredor e segui em direção à saída.

— Nos encontramos com você no quarto, Keys — falei.

Ele assumiu o papel de guarda-costas, mas não precisávamos de um agora. Eu queria ficar sozinho com minha companheira. Sem audiência. E sem interferência.

— Sinta-se à vontade para pedir o jantar. O que você quiser — acrescentei.

— Obrigado — ele respondeu, pausando em nosso rastro.

Senti aquela pausa mais do que vi, meu foco estava na saída e em minha companheira.

O ar frio me envolveu nos próximos passos quando uma das portas de vidro se abriu automaticamente, revelando a paisagem deslumbrante do lado de fora.

Não era exatamente um clima bom para passear, as montanhas nevadas ao longe proporcionavam uma atmosfera mais fresca.

Na verdade, eu não tinha ideia de que mês era, não que isso importasse muito. Pelo que entendi, as expectativas climáticas mudaram de forma drástica ao longo do último milénio. Junte isso à destruição, depois à deserção humana, e tudo mudou.

Ismerelda entrelaçou os dedos nos meus, sua atenção estava voltada para um caminho à frente que levava direto ao lago.

Eu a deixei liderar, roçando o polegar em sua pele para testar sua temperatura. Parecia que o suéter e o jeans que ela usava forneciam calor suficiente por enquanto. Ela também usava meias grossas e botas, e um chapéu de inverno, algo que ela chamou anteriormente de *gorro*.

Depois de viver no antigo Canadá durante as últimas doze décadas, ela parecia bastante satisfeita com o clima daqui.

Vagamos sem falar. Sua mente estava perdida na paisagem enquanto eu observava sua diversão.

Talvez seja por essa inocência humana que eu nunca a transformei, pensei comigo mesmo. *É encantadora.*

Mas seria uma razão egoísta mantê-la mortal.

Ela não disse nada, seus pensamentos ficaram quietos enquanto caminhávamos.

Depois de mais de meia hora vagando, ela parou e olhou para mim.

— Costumávamos fazer isso quando nos conhecemos.

Arqueei uma sobrancelha.

— Mesmo? — Não ouvi nenhuma lembrança dela, mas as captei quando ela começou a se lembrar de certos passeios.

Um em particular chamou minha atenção, porque terminou comigo transando com ela contra uma árvore.

Suas bochechas já rosadas coraram mais, ciente de que vi aquela joia.

Infelizmente, ela pigarreou e desviou o olhar.

— Deveríamos voltar. Mas gostaria de fazer isso de novo antes da reunião de amanhã. Ficar sentada o dia todo é exaustivo.

— Ouvi-los debater é exaustivo — retruquei.

Ela me olhou fixamente.

— Eles estão tentando mudar a Aliança, Cam. Isso requer estratégia e conversa.

— Foi assim que a Lilith fez? — perguntei.

— Sim — uma voz profunda respondeu, atraindo meu foco para meu primo que se aproximava. Calina estava com ele, seu olhar estava cheio de admiração enquanto olhava para o lago como se nunca tivesse visto água antes. — Ela fez alianças, daí o nome, e persuadiu os membros da realeza e os alfas a seguirem seu exemplo.

— Humm — murmurei. — Mais como os intimidou. Esse foi o motivo da minha morte pública, certo?

— Verdade. É isso que você propõe que façamos, então? Jogar a cabeça de Lilith na mesa ao lado dos restos mortais do Michael?

— Seria um quadro lindo — admiti.

— Então esse é o tipo de líder que você quer ser? — Jace pressionou.

— E se for? — retruquei.

Ele semicerrou os olhos.

— Então acho que precisamos discutir mais a respeito.

Dei de ombros.

— Claro. Faremos isso amanhã. — Passei o braço em volta dos ombros de Ismerelda e a levei dali, com a intenção de evitar mais discussões.

Deu certo.

Por um dia.

Então Jace tocou no assunto de novo. E de novo. E de novo.

No quinto dia de reuniões, eu estava pronto para matar todo mundo e ir embora. Mas Ismerelda estava engajada no plano, e sua esperança se aprofundava a cada conversa.

Eu a observei enquanto ela oferecia sugestões, contava o

que viu nas câmeras e revisava a pouca informação que Damien e Cedric tinham sobre o complexo subterrâneo.

Parecia que os dois estavam tentando invadir a rede, mas o trabalho não foi tão bem-sucedido quanto esperavam. Principalmente porque parecia não haver câmeras em todo o bunker.

O que confirmou que havia áreas, talvez até andares inteiros, que não vi enquanto estava na Cidade do Vaticano.

Ismerelda estava na minha frente agora, focada nos esquemas que a equipe elaborou nos últimos dias desde o retorno de Ryder e Damien.

O salão de baile foi transformado em uma sala de guerra nos últimos dias, com as paredes cobertas de imagens. Algumas eram de potenciais aliados reais. Outra área continha apoiadores conhecidos de Lilith.

E do outro lado, havia anotações elaboradas pelos lycans, as listas giravam principalmente em torno daqueles que eles ainda precisavam convencer do trabalho de laboratório de Lilith.

Sem provas, era difícil trazer muitos para a mesa de negociações.

O que levou à urgência de atacar o complexo e às estratégias espalhadas pela mesa de reunião.

Esperei, observando enquanto Ismerelda se inclinava para estudar um dos itens. Era uma imagem do interior de Coventus, que Juliet esboçou com base em seu tempo lá.

Ismerelda a estava comparando mentalmente com os vídeos que viu no meu laptop.

Ela parecia sentir que havia algo faltando, como se as imagens que viu fossem de outra área.

Era algo que ela precisaria perguntar a Juliet amanhã, já que éramos os únicos que restavam na sala, todos os outros já tinham retornado para os quartos para o jantar da manhã.

Eu esperava fazer outra caminhada, já que essa era nossa rotina desde o primeiro dia.

A caminhada geralmente levava ao jantar, que terminava com um banho. Onde eu a adorava com as mãos de maneira casta, e depois a colocava na cama.

No entanto, observá-la curvada sobre esta mesa me fez querer fazer algo diferente esta noite.

Não era apenas a posição sensual, mas também os pensamentos em sua mente inteligente. Minha leoa astuta era um pequeno gênio estratégico.

No entanto, os outros não pareciam recorrer muito a ela. Eles ouviam quando ela falava, mas continuavam me procurando em busca de respostas... e isso apesar da óbvia insatisfação de Jace com meus planos de liderança.

Não que eu tivesse planos. Eu só gostei da ideia de entregar os restos mortais de Lilith e Michael à Aliança.

Ismerelda murmurou, o som foi uma doce bênção para meus ouvidos. Me atraiu para mais perto dela, e minha necessidade de tocá-la aumentou a cada segundo que passava.

Eu queria segurar sua mão. Puxá-la para fora da sala. Distraí-a com a vista. Então tirar sua roupa e lhe dar banho. Assim como fiz durante toda a semana.

No entanto, ela se curvou novamente, desviando esse desejo e inspirando uma fome sombria. Algo que envolvia despi-la aqui. Devorando-a. Fazendo-a gritar naquela mesma mesa. E deixando o cheiro do prazer da minha rainha para trás.

Uma marca.

Uma reivindicação.

Um *acasalamento*.

Minha besta rosnou por dentro, aprovando esse desejo.

Mas cerrei os punhos ao lado do corpo, determinado a moderar o desejo. A respeitar minha *Erosita*. A ganhar a confiança dela. *Esperar*.

Pelo menos, essa era minha intenção.

Até que seus pensamentos começaram a responder aos meus.

Visões de mim entre as pernas dela, olhando em seus olhos enquanto a lambia. Seu corpo ficou sutilmente tenso com a lembrança e suas coxas pareceram tremer.

Mas então a memória evoluiu para um encontro mais recente, onde eu a mordi e a deixei sofrer.

Outra quando fui longe demais, fazendo-a desmaiar.

E, finalmente, a todas as vezes em que me alimentei dela sem remorso. Tirando. Forçando. *Machucando.*

Agarrei seus quadris por trás, enterrando meu rosto em seus cabelos enquanto aceitava sua agonia. Em vez de comentar, compartilhei a experiência do meu ponto de vista, mostrei como achei que ela estava gostando. Como eu queria dar prazer a ela. Sim, foi para mim. Mas queria que fosse para ela também.

E ainda queria.

Eu ansiava por senti-la gozar na minha língua. Fazer isso da forma correta, sem morder. Fazê-la implorar por mais, não porque ela estivesse superestimulada ou drogada pelo meu beijo vampírico, mas porque ela precisava disso.

Porque ela *queria.*

Não vou te pressionar, prometi. *Mas quando estiver pronta, vou te consumir. Vou te fazer voar. Vou mostrar o que os reis devem fazer com suas rainhas.*

Era mais profundo do que a adoração. Tratava-se de fazer minha companheira se sentir como uma deusa. Apresentá-la a um êxtase que ela nunca experimentou antes.

Não vou pegar leve com você. Vou te tratar como igual, provar que você não é quebrável e liberar toda a adoração que sinto por você. Você sentirá o que eu sinto, nossas mentes estarão conectadas, nossos corações batendo como um só, nossos corpos em sincronia. Será intenso. Mas vai doer da melhor maneira.

Não haveria mordida. A menos que ela pedisse.

Eu só memorizaria seu corpo com a boca. Acariciaria. Protegeria. Superaria seus limites e ao mesmo tempo garantiria que ela se sentisse segura.

Eu a *amaria*.

Ela era minha.

Faria qualquer coisa para provar isso a ela. Para ajudar a reconstruir essa confiança entre nós. Mas ela tinha que me deixar tentar. Ela tinha que me deixar entrar.

E pude ouvir em sua mente que ela ainda não estava pronta.

O que significava que eu precisava dar espaço. Dar tempo a ela. Deixá-la vir até mim em vez de forçá-la.

Passei os braços em volta dela, com o peito contra suas costas enquanto aproximava os lábios de sua orelha.

— Não vou desistir, Izzy. Estou aqui. Sou seu. E vou esperar o tempo que for necessário para você me deixar entrar. — Pressionei a boca em seu pescoço, seu pulso latejou sob meu toque. — O futuro é nosso se você quiser.

Ela engoliu em seco, sem dizer nada.

Mas ela não precisava falar.

Já ouvi seus pensamentos, seu desejo de pensar.

Ela queria ficar sozinha. Não por um tempo, apenas alguns minutos. E era um presente que eu poderia dar a ela.

— Vou pedir nosso jantar e te encontro no quarto — disse a ela baixinho. — A escolha de como procederemos aqui é sua, minha rainha. Não vou te pressionar. E não espero uma resposta esta noite. Então não tenha pressa. Se cure. Só saiba que estou aqui se precisar de mim, certo?

Ela assentiu, sua mente me agradeceu enquanto as palavras pareciam falhar.

Com outro beijo no pulso, eu a deixei na sala de guerra improvisada.

Keys estava do lado de fora com uma postura protetora.

Eu não o tinha dispensado, não porque queria que ele ficasse, mas porque esqueci que ele ainda estava aqui.

Pensei em dizer para vir comigo, mas me pareceu sensato deixá-lo com Ismerelda. Apenas por garantia. Não custava nada ser cauteloso.

— Acompanhe-a de volta quando ela estiver pronta — disse a ele.

Seus olhos castanhos brilharam de prazer, a tarefa era claramente uma que ele desejava.

— Considere isso feito.

Dei um aceno e fui em direção aos elevadores. Eu pediria comida para ele também.

Então, com sorte, Ismerelda me deixaria dar banho nela novamente.

Ou, se fosse possível acreditar em seus pensamentos acalorados, talvez ela me deixasse fazer um pouco mais.

Talvez ela me deixasse brincar.

Parecia que eu disse algo certo.

Porque ela estava imaginando o mesmo que eu e lutando para não vir atrás de mim.

Curvei os lábios. *Você pode me caçar quando quiser, doce leoa. Sempre serei uma presa fácil. Para você. E só você.*

IZZY

As palavras de Cam zumbiram em minha mente, provocando calor em meu ser.

Suas promessas foram tão sensuais. Tão atraentes. Tão perfeitas.

Por que estou lutando contra elas? pensei. *Cam é meu. Eu o quero. Ele me quer. Estamos acasalados...*

Ele podia não ser o homem de quem eu me lembrava, o homem por quem me apaixonei, mas talvez estivesse certo. Talvez pudéssemos ser algo novo. Algo ainda mais poderoso.

Se eu puder confiar nele novamente.

Eu posso?, me perguntei. *Posso confiar nele novamente?*

Fazia apenas alguns dias desde que nosso vínculo foi restaurado, mas Cam era uma pessoa diferente. Não era a mesma versão anterior, mas também não era a que conheci há poucas semanas.

Ele era... assumidamente dominante. Atencioso. Cuidadoso. *Protetor*. E ele me tratava como igual, não como um peão ou brinquedo. Não como um cisne delicado ou uma boneca quebrável. Mas uma mulher. *Uma rainha*.

Meu coração acelerou, suas palavras aqueceram minha pele mais uma vez.

Mas quando estiver pronta, vou te consumir. Vou te fazer voar. Vou mostrar o que os reis devem fazer com suas rainhas.

Ele foi direto. Bem no ponto. Honesto. E respeitoso.

A escolha de como procederemos aqui é sua, minha rainha.

Ele não me pressionou. Não me mordeu. Nem tentou me usar de forma alguma. Ele simplesmente esteve ao meu lado, me alimentando, me dando banho, me abraçando enquanto eu dormia, sussurrando as afirmações certas em minha mente.

E não eram mentiras. Eram verdades. Ele queria fazer isso dar certo, avançar para o futuro e ser mais forte que o nosso passado.

Embora ele pudesse não ser o antigo Cam, ele ainda era o *meu* Cam. Apenas uma versão revisada dele.

Talvez até uma versão melhor, pensei, curvando os lábios ao me lembrar da certeza de que ele era uma versão superior de si mesmo.

Eu não concordei na época.

Mas agora, me perguntava se ele estava certo.

Nenhum de nós era quem costumávamos ser. Eu também mudei. Cresci de uma forma que não apreciei totalmente até que Cam começou a me chamar de sua rainha. Sua *leoa*.

Eu costumava ser a frágil do grupo, sempre ouvindo em vez de falar.

Mas esta semana, expressei minhas ideias. Forneci minha opinião. Dei sugestões. Servi como líder de uma forma que eu nunca poderia ter previsto.

E fiz isso com Cam ao meu lado. Sua presença silenciosa era uma força de apoio que ninguém poderia negar. Ele cedeu a mim, pediu meus pensamentos em vez de expressar os seus, e deixou claro para todos que éramos uma equipe.

Foi... surreal. Lindo. *Empoderador*.

Olhei para os mapas sobre a mesa, sem realmente vê-los. Porque tudo que eu conseguia imaginar era Cam me levantando naquele espaço bagunçado, abrindo minhas pernas e me dando prazer. Assim como ele considerou fazer alguns momentos atrás.

Mesmo assim, deixei-o ir embora.

Por que fiz isso?

Por que não estou indo atrás dele?

Ele era meu companheiro. Meu vampiro. *Meu Cam.*

Me afastei da mesa e ouvi a voz dele na minha cabeça: *Você pode me caçar quando quiser, doce leoa. Sempre serei uma presa fácil. Para você. E só você.*

Seu tom profundo provocou um tremor na minha coluna e apertei as coxas com a insinuação em suas palavras.

Por que ainda estou parada aqui?, me perguntei. *Vá caçá-lo.*

Era a única maneira de determinar se tínhamos um caminho a seguir. Ou ele mantinha suas palavras e intenções ou me machucava. Mas eu não saberia a menos que tentasse confiar nele novamente.

Ficar aqui e chafurdar no passado nunca nos levaria ao futuro.

Cam sabia disso.

E já era hora de eu saber também.

Endireitei a coluna e fui em direção à porta. *Estou rondando atrás de você*, eu disse usando propositalmente um verbo que poderia ser usado para se referir ao ato de uma leoa.

Sua diversão aqueceu minha mente. *Esperarei você atacar, minha rainha.*

Meus braços se arrepiaram com essa ideia. Talvez eu

montasse em seu rosto novamente. Mas desta vez, eu pediria para ele não me morder. Não estava pronta para isso ainda.

Eu... só queria experimentar essa versão dele. Mas sem a ameaça subjacente de violência.

Ou talvez com apenas uma sugestão dela.

Seu predador interior me encantou. Aquela fera me tentou a querer coisas que não deveria.

Eu só precisava ser capaz de confiar nele para não me prejudicar no processo.

Só há uma maneira de saber com certeza, decidi ao chegar ao corredor. *Tenho que tentar. É a única maneira de perdoar...* Franzi a testa e meus pensamentos se dispersaram. — Keys?

Ele estava contra a parede, a cabeça inclinada em um ângulo estranho.

Franzi a testa e fui em direção a ele, meu cérebro lutando para processar o que estava vendo. *Sua camisa está molhada.* A luz das velas parecia refletir no tecido preto.

E a gravata dele estava... torta.

Sua jaqueta, rasgada.

Faltava um sapato.

Mas o pescoço dele foi o que manteve meu foco. Sua pele escura também estava úmida.

Não, não está úmida. Ensanguentada.

Ismerelda, Cam disse em minha mente. *Volte para a sala e tranque a porta. Agora.*

A urgência em sua voz me fez paralisar no meio do caminho, minha mente processou seu comando em câmera lenta. Eu o entendi. Foi apenas a... a cena na minha frente... eu...

Ismerelda!

Pisquei e movi os pés para trás em um movimento frenético até bater na parede.

Espere, não... não é uma parede. Era muito mole. Muito flexível.

Estou indo, Cam prometeu. *Estou quase aí!*

Eu...

A dor percorreu meu crânio, escurecendo minha visão. A forma sem vida de Keys ficou borrada. A luz das velas escureceu.

Silenciou o rugido de Cam...

Cam?, sussurrei. *Não consigo ver. Não posso...*

Vibrações sacudiram meus membros enquanto o mundo girava ao meu redor. Muito rápido.

Então a única coisa que pude sentir foi nada.

Tudo ficou silencioso.

Frio.

Mortalmente quieto.

Cam...?

Nada.

Nem mesmo o som do meu coração batendo.

Estou morrendo, percebi. *Assim como antes...*

Mas desta vez, não foi Cam quem me matou. Foi alguém completamente diferente.

Mas quem?, me perguntei, minha mente apagando. *Quem nos traiu agora?*

— Puta merda!

Atravessei o corredor, o sangue de Ismerelda era como um farol para minha fera. Mas no momento em que saí, a doce essência diminuiu.

Eu o persegui até um estacionamento, onde desapareceu por completo.

Menos de noventa segundos foi o suficiente para alguém sequestrar Ismerelda.

Soquei uma parede e um rugido saiu da minha garganta. Eu tinha que descobrir quem estava com ela. Que carro o culpado usou. *Qualquer coisa.*

Também precisava que ela falasse comigo. Que me dissesse que estava bem.

Não deveria ter te deixado naquela sala, disse a ela, furioso comigo mesmo. Eu deveria ter ficado no corredor com Keys.

Pensar no humano me fez estremecer.

Deixei um mortal encarregado da segurança dela.

Foi um grande erro.

Mas eu não tinha pensado...

— *Puta merda.* — Esse era o problema. Eu não pensei em nada. Confiei cegamente.

Fiz suposições.

E agora...

Agora Ismerelda se foi.

Grunhi e voltei para o corredor, com as narinas dilatadas enquanto procurava por algum cheiro familiar. Mas tudo que consegui sentir foi o sangue de Ismerelda.

E o sangue de Keys também.

Me ajoelhei ao lado dele, seu pulso era quase inexistente. Quem quer que o tenha mordido o fez ao acaso. O ferimento era mais parecido com algo provocado por um lycan do que por vampiro. No entanto, as marcas de caninos em sua veia eram do último.

Um vampiro inexperiente, deduzi. *Jovem. Sem prática. Impaciente.*

Havia certa sutileza quando se tratava de matar um humano. E quem quer que tenha feito isso com Keys não tinha a arte de uma mordida limpa.

Afundei as presas em meu pulso e coloquei-o em sua boca.

— *Beba* — ordenei, a palavra sublinhada com compulsão. Era necessário, sua mente e corpo estavam muito esgotados para seguir meu comando de forma voluntária.

Agarrei um pouco de seu cabelo escuro e puxei sua cabeça para trás, com seus lábios contra minha ferida sangrando. Ele não sugou nem tentou puxar minha essência, mas esse ângulo permitiria que algumas gotas caíssem sobre sua língua.

Com a minha idade e poder, isso era tudo que ele precisava.

Sua garganta finalmente funcionou e minha compulsão o

forçou a engolir. Infelizmente, demoraria um pouco para ele se recuperar. E eu não tinha tempo a perder.

Olhei ao redor procurando por qualquer sinal de câmeras de segurança. Keys podia ou não ser capaz de me dizer quem tentou matá-lo quando acordasse. Eu esperava que sim. Mas, nesse ínterim, precisaria buscar outros caminhos para obter informações.

Em seu quinto gole, interrompi a persuasão e o coloquei no chão lentamente. Ele acabaria acordando com dor de cabeça, mas estaria vivo.

Deixando-o se curar, fui para a área de recepção.

— Existem câmeras de segurança na área do salão de baile? — questionei, sem me preocupar com formalidades.

Três vampiros me encararam boquiabertos, nenhum deles falou.

— Não me façam repetir — avisei. — Não sou conhecido pela minha paciência.

— O que está acontecendo, Cam? — A voz feminina veio de cima, atraindo meu olhar para um alto-falante.

Um desses vampiros deve ter apertado algum tipo de botão para avisar Hazel sobre minha aparição.

Eu ficaria irritado se não tivesse sido tão eficiente. Porque se alguém pudesse me conseguir o que eu precisava, seria o membro da realeza desta região.

— Ismerelda foi sequestrada — gritei. — Quero acesso a todas as câmeras disponíveis na cidade de Deirdre, e quero agora mesmo.

O silêncio tomou conta da sala, a falta de movimento imediato me irritou.

— Estou descendo — Hazel anunciou, e suas palavras me acalmaram momentaneamente.

Andei pelo piso de azulejos da recepção enquanto esperava, tentando desesperadamente me conectar com os pensamentos da minha *Erosita*. Mas sua psique permaneceu silenciosa, seu estado inconsciente criava uma quietude misteriosa que odiei.

Foi assim que você se sentiu por mais de cem anos? me perguntei. *Perdida e sozinha neste abismo desconectado?*

Só de pensar nisso fiquei com muito mais raiva de meu antigo eu.

Mas eu estava igualmente furioso comigo por decepcioná-la.

Onde você está?, pensei para ela. *Quem te levou?*

— O que aconteceu? — Hazel perguntou no momento em que o elevador se abriu. Então ela enrijeceu quando seu olhar foi para o corredor do salão de baile.

E ela desapareceu.

Franzi a testa e fui atrás dela, encontrando-a agachada sobre Keys, com o pulso pressionado em sua boca.

—Já fiz isso — eu disse a ela. — Ele vai ficar bem.

Seus olhos castanhos brilharam com um poder furioso quando ela me olhou.

— Quem fez isto?

— Espero que ele acorde e nos diga — respondi, um pouco surpreso com a sua fúria. Se alguém tinha o direito de ficar com raiva aqui, era eu. — Presumo que quem o mordeu também levou Ismerelda.

Hazel observou o estado do pescoço dele, a ferida já começando a se fechar enquanto minha essência vampírica fazia magia em suas veias.

— Um novato. Alguém que nunca se alimentou antes.

— Sim — concordei. — Ou alguém com pouca experiência.

Ela soltou um som que era parte rosnado e parte murmúrio, com o pulso ainda na boca de Keys. A garganta dele parecia estar funcionando com muito mais vigor agora, sua cura bem encaminhada. Mas claramente não era bom o suficiente para Hazel.

Ela o levantou nos braços com o tipo de cuidado que eu só teria com Ismerelda e o carregou para um salão. A sala escura ostentava cortinas *blackout* na parede dos fundos e tinha um palco na extremidade oposta.

Não perguntei para que servia esse espaço, pois não importava.

— Preciso de acesso às câmeras de segurança — reiterei.

— Eu sei. Cedric está vindo para fazer isso. — Ela colocou Keys em um sofá e apoiou a cabeça dele em um travesseiro antes de se ajoelhar ao lado do homem. — Você está seguro — ela disse baixinho. — Vai ficar bem.

Eu estava começando a questionar a quem esse humano pertencia: a mim ou a Hazel.

— O que aconteceu? — uma voz profunda exigiu naquele tipo de tom que só um irmão poderia transmitir. — Por que ela estava sozinha? — Damien entrou direto no meu espaço, suas íris douradas brilhando como chamas gêmeas. — Nem mesmo três semanas sob seus cuidados e...

— Estou com as gravações — Cedric interrompeu, entrando atrás de Damien com um disco na mão.

A luz floresceu além dele enquanto uma tela gigante ganhava vida. Uma série de pequenas imagens logo se seguiu, criando um console de segurança improvisado. Porém, em vez de estar em diversos computadores, como vi no complexo, ocupava uma parede inteira.

Cedric subiu no palco e pegou imagens com as mãos para movê-las, a tela manipulável.

— Pronto — disse, trazendo à tona a imagem de quando me afastei de Keys.

Deixei Damien na entrada e passei pelos vários sofás e cadeiras luxuosas para seguir Cedric.

Quando cheguei às escadas que levavam ao palco, uma figura encapuzada apareceu na tela. Ele ou ela parecia ter vindo de fora. Seu casaco era um acessório típico, o que explicava que Keys não identificasse de imediato a pessoa como uma ameaça.

No entanto, ele se curvou. Então determinou claramente que o culpado era um vampiro.

Provavelmente porque podia ver seu rosto daquele ângulo. O vampiro continuou se afastando da câmera, sugerindo que ele ou ela sabia sobre as câmeras de segurança no corredor.

Estremeci quando o ser encapuzado foi para o pescoço de Keys, o golpe brutal sendo uma visão desagradável.

Keys ergueu as mãos em uma manobra defensiva, pegando o culpado de surpresa quando quase derrubou o agressor. Mas não foi rápido o suficiente para impedir o vampiro de atacar de novo, cobrindo sua boca com uma mão enluvada antes que ele pudesse gritar.

Eles lutaram, mas o humano caiu rápida e silenciosamente.

Embora tenha sido rápido, certamente não foi indolor.

O culpado colocou Keys no chão, deixando-o esparramado em um ângulo estranho enquanto o apoiava contra a parede.

Keys segurou o pescoço e abriu a boca em um suspiro... ou talvez ainda estivesse tentando gritar, talvez para avisar Ismerelda, mas logo perdeu a consciência.

Então a figura avançou pelo corredor para esperar em uma porta.

— Dada a estatura, eu diria que era uma mulher. — A voz de Khalid veio de trás. — Ela era muito menor que Keys.

Considerando que o humano era mais alto do que eu, com um metro e noventa de altura, era bastante fácil para a maioria das pessoas ser mais baixa que ele.

Mas concordei com a avaliação de Khalid, principalmente porque a figura encapuzada não parecia alcançar o queixo do homem. Ela também parecia bem pequena por baixo do casaco.

Ainda assim, eu não descartaria ninguém.

Ismerelda apareceu, e a expressão em seu rosto me deixou sem fôlego. Porque ela estava sorrindo. Determinada. Tão linda.

Mas ficou preocupada ao ver Keys no chão. Ela avançou como se estivesse em transe, dando à vilã a oportunidade de se aproximar por trás dela.

Foi rápido, mas pareceu prolongado em câmera lenta.

A compreensão de Ismerelda sobre a situação. Seu medo crescente. Ela tropeçando na figura encapuzada.

O vampiro batendo a coronha de uma pistola na cabeça da minha Erosita.

Fechei as mãos em punhos com a visão e minha fúria aumentou ainda mais.

— Quem quer que seja, veio aqui com um propósito muito específico — grunhi, plenamente consciente de que só havia um motivo para ter uma arma: desacelerar outros imortais.

A culpada pegou Ismerelda antes que ela caísse no chão, mas os movimentos não foram suaves. Foram eficientes e executados sem cuidado.

E tudo concluído sem revelar o rosto sob o capuz.

Cerrei os dentes quando a vampira desapareceu de vista. O próximo movimento captado pela câmera foi a minha chegada.

Cedric cortou a transmissão e puxou outra do lado de fora, suas mãos de alguma forma pareceram rebobinar a filmagem para mostrar a culpada correndo em direção ao estacionamento.

Onde a mulher desapareceu de vista novamente.

Mais vídeos apareceram, mas não havia sinal da vampira ou de Ismerelda.

— Ela deve ter estacionado em algum lugar fora da área de vigilância — Cedric concluiu após vários minutos de busca. Ele retrocedeu os vídeos para exibir a entrada dela no prédio e balançou a cabeça. — Isso é inútil. Ela sabia onde estavam todas as câmeras e escondeu o rosto.

— Não necessariamente — Khalid murmurou. — Tem que ser alguém familiarizado com a configuração da segurança ou com o prédio. Certamente isso restringe a lista.

— Sim — Hazel respondeu. — Já chamei a Deirdre. Ela estará aqui em breve.

Breve quando?, eu queria exigir, mas em vez disso me concentrei nas telas, procurando qualquer ângulo que pudesse revelar o rosto da culpada.

Durante todo o tempo, permaneci conectado à mente silenciosa de Ismerelda, esperando que ela acordasse.

Eu podia *senti-la*, e era a única razão pela qual sabia que ela estava viva. Mas não ouvi-la foi uma experiência debilitante. Parecia que eu estava desconectado de parte do meu cérebro, sentindo falta de um grande pedaço da minha alma.

Vivendo sem coração.

Se eu tivesse alguma dúvida de que Ismerelda era meu único elo com a humanidade, ela já havia desaparecido. Porque sem a psique dela equilibrando a minha, eu não dava a mínima para ninguém ou qualquer outra coisa.

O plano.

Esse lugar.

Essas pessoas.

Tudo o que importava era a sobrevivência. *E Ismerelda.*

Não salvei Keys porque gostava ou me importava com ele. Eu o salvei porque ele poderia ter informações úteis. Assim como tolerei todos os outros nesta sala porque poderiam ser úteis.

Talvez isso tenha me deixado frio. Ancestral. *Insensível.* Mas sem a minha ligação com Ismerelda, meu foco mudou para o modo de sobrevivência. Comer. Transar. Viver. Isso era tudo que importava para minha besta interior: satisfazer seus apetites sensuais e físicos.

Ismerelda me deu *coração.* Ela me fez ver o mundo de uma maneira que de outra forma eu não veria.

Acordei do meu sono sem nenhum objetivo verdadeiro em mente. Os registros de Lilith me convenceram a ser rei, a terminar o que comecei. No entanto, eu não estava apaixonado pelo projeto.

Criar bolsas de sangue imortais saciaria meus gostos vampíricos. Fazia sentido levar isso até o fim.

Mas eu não estava casado com o conceito.

Liderar era uma inclinação natural para alguém na minha posição, meu sangue antigo me marcava como rei. Isso não significava que eu queria ser monarca. Eu simplesmente era um.

Ismerelda mudou tudo.

Ela era minha rainha. Minha razão para buscar o trono. Meu propósito para governar todos os outros.

Porque ela queria que eu fizesse isso.

Mas ela não quis que eu desaparecesse todos aqueles anos. Então por que fiz isso? Interpretei mal seus desejos?

Ou era algo totalmente diferente?

Estou perdendo algum detalhe importante, decidi. *Minha ligação com a humanidade dela me deu um complexo de herói? Mudou minha mentalidade ao longo dos séculos para o desejo de encontrar a paz entre imortais e mortais? Por que eu escolheria liderar dessa forma?*

Porque eu não tinha nenhum desejo desse tipo agora, mesmo com meu vínculo reacendido com Ismerelda. Na verdade, desejava o oposto. Só queria encontrá-la e nos proteger da loucura do mundo. Nos esconder e existir em nossa própria paz tranquila e que o mundo inteiro fosse para o inferno.

— Aqui está uma lista de todos os carros registrados no estacionamento — Cedric estava dizendo a Damien, a conversa deles me tirou dos meus pensamentos.

— Ainda estão todos lá — Damien respondeu, com o foco na tela, uma das quais ele estava manipulando como Cedric fez. Os dois pareciam estar examinando amplos conjuntos de dados e câmeras de vídeo, demonstrando o talento para a tecnologia.

Quase me fez sorrir. Principalmente porque Ismerelda fingiu não entender de computadores há apenas algumas semanas, e isso era mentira.

Ela possuía habilidades semelhantes às do irmão. Talvez fosse até melhor que ele se devidamente treinada.

— Aqui. — Damien ampliou um sedã preto com vidros escuros. — Passou pela câmera do posto de controle sete, mas não alcançou o ponto de controle oito. O estacionamento fica entre eles.

Cedric afastou a imagem e avançou rapidamente para mostrar o mesmo sedã voltando pela câmera.

— Isso foi treze minutos depois — disse. — Parou em algum lugar entre os dois e depois retornou. — Ele fez um movimento que devolveu a imagem para Damien enquanto puxava outra tela. — Vou acompanhá-lo enquanto você analisa o vídeo para ver se há um indicador claro em algum lugar. Um número de identificação do veículo. Uma foto da motorista. Qualquer coisa.

Damien já estava ampliando a filmagem antes mesmo de Cedric terminar de falar, enquanto o resto de nós assistia.

O resto de nós é Ryder, Darius, Jace e vários outros, pensei, olhando ao redor da sala. Eu não tinha ideia de quando chegaram, mas estavam aqui e já informados.

Examinei o grupo, procurando por alguém que não estivesse ali. Porque o lycan ou vampiro podia ser nosso culpado, ou talvez estar relacionado ao incidente.

Os lycans estavam todos juntos, conversando baixinho entre si sobre os cheiros do corredor. Aparentemente, nada se destacou para eles, assim como nenhum deles se destacou para mim também. Todos pareciam estar presentes, com Jolene e Luka liderando as discussões.

Darius e Jace conversavam em voz baixa com Kylan e Khalid, os quatro revisando os próximos passos, a maioria dos quais incluía caçar Ismerelda.

Mas também havia um toque de estratégia à espreita na conversa deles, a necessidade de seguir em frente e encontrar um caminho para o submundo era uma importan...

Um zumbido em minha mente acalmou instantaneamente todos os meus pensamentos, minha psique procurando a fonte.

Não. Não é um zumbido, pensei, franzindo a testa. *Um motor?*

Olhei ao redor, vendo se mais alguém conseguia ouvir.

Ninguém parecia estar reagindo a nada em particular, as posições e discussões permaneceram inalteradas. Cedric e Damien ainda estavam focados nas telas, as palavras soavam entrecortadas enquanto passavam as coisas de um lado para outro.

Enquanto isso, o estrondo ficou mais alto em minha mente, o som lembrando um rosnado. *O que é isso?* pensei. Era muito impactante para ser um motor de carro. Muito parecido com uma explosão, mas controlada.

Rugiu através dos meus sentidos, me fazendo estremecer.

Então uma voz suave e doce sussurrou grogue: *Avião...*

Ismerelda? Eu me endireitei. *Você está acordada?*

Eu... eu não... Suas palavras foram sumindo, e aquele som estrondoso desapareceu.

— O que foi? — O questionamento veio diretamente na

minha frente, me fazendo piscar quando percebi que Ryder estava bem diante de mim.

— Afaste-se — grunhi, precisando me concentrar em minha companheira. *Ismerelda?*

Mas ela ficou quieta novamente, perdida na inconsciência mais uma vez.

Uma vibração atingiu meu peito, minha irritação com seu silêncio e a intrusão de Ryder me fez olhar carrancudo para o homem diante de mim.

— Eu a perdi.

— Estou ciente disso — ele disse, embora seu tom não tivesse o humor habitual e fosse entonado por uma sensação de violência que parecia ser dirigida a mim.

— Não, quero dizer, ela estava falando comigo e agora se foi — eu disse entre dentes. — Você me distraiu.

Ele arqueou as sobrancelhas.

— Se minha presença te distrai tanto, então isso não fala muito bem de sua conexão com Ismerelda, não é?

Meus punhos coçaram para encontrar seu rosto arrogante.

Mas o ignorei e procurei o som estrondoso.

Avião, Ismerelda disse, fazendo com que meus lábios se curvassem.

Você está em um avião?, perguntei a ela, começando a seguir.

Sem resposta.

Flexionei os antebraços e minha irritação aumentou. *Fale comigo, minha rainha. Me diga onde você está. Me diga como te encontrar.*

Silêncio.

Outro grunhido reverberou dentro de mim, algo que Ryder seguiu, me forçando a voltar meu foco para ele.

Sendo que ele não estava na minha frente agora, mas na frente das telas.

— Abigail — reconheci em voz alta. — Por que...? — parei quando Damien tirou uma foto de dentro do carro que ele estava rastreando, o cabelo castanho encaracolado da mulher era identificável.

— Ela usou o cartão de acesso para entrar na cidade há uma hora — Deirdre disse ao lado de Hazel. Parece que ela entrou no quarto sem que eu percebesse também. — Achei que ela estava vindo me ver.

— Você claramente pensou errado — Ryder respondeu, com a atenção ainda na tela. — Para onde ela está indo?

— Já estou procurando — Damien disse a ele.

— Vou precisar do seu carro mais rápido — Ryder continuou, me fazendo arquear as sobrancelhas.

— *Vamos* precisar do seu carro mais rápido — eu o corrigi.

Também considerei dizer que ele não iria comigo, mas optei por não fazê-lo, pois a tendência de Ryder de matar primeiro e fazer perguntas depois poderia ser útil.

Ele me ignorou, o que foi bom. Eu me juntaria a ele no carro ou o tiraria dele.

Suspeitei que seria a primeira opção, pois ele chegaria a uma conclusão semelhante em relação à minha utilidade. Afinal, eu era o único mentalmente ligado a Ismerelda, o que me tornava o maior trunfo nesta situação.

— Já estou organizando tudo — Deirdre disse, com uma daquelas telas translúcidas pairando na frente dela.

O qu...? O zumbido suave da voz de Ismerelda sussurrou em minha mente de novo, seguido por mais daquele estrondo. *Onde...?*

Ismerelda. Você pode me ouvir?

C-Cam? ela respondeu. *Onde...? Eu não...*

Shh, reserve um minuto para reunir forças, eu disse a ela. *Tente não se mover. Apenas... concentre-se na respiração constante. E me conte tudo o que está ouvindo.*

Se ela conseguisse fingir que estava inconsciente por mais alguns momentos, talvez pudesse me fornecer detalhes suficientes para localizá-la. E, com sorte, isso evitaria que ela fosse nocauteada mais uma vez.

Eu... Ela parou novamente.

Tudo bem. Não tenha pressa, amor. Estou aqui. Talvez não fisicamente, mas estaria sempre lá mentalmente.

Mais daquele rosnado veio através do nosso vínculo, sua mente tentando decifrar o som. *Avião*, ecoou em seus pensamentos mais uma vez.

Esperei e ouvi seu raciocínio sobre o ambiente.

Estou em um avião? Ela parecia estar ficando mais lúcida. *Eu acho... um jato. É alto. Mas o que está abaixo de mim? É macio. Uma cama? Um sofá? E que cheiro é esse?*

Cravei as unhas nas palmas das mãos, que ainda estavam cerradas. Eu precisava de mais informações. Uma localização. Um ponto de referência. *Qualquer coisa* para me ajudar a encontrá-la.

É... metálico? ela continuou, o cheiro fazendo sua cabeça girar. *Sangue...*

Enrijeci. *Seu sangue? Do ferimento na cabeça?*

Que ferimento na cabeça? ela perguntou.

Fiz uma careta. *Sua cabeça dói?*

Não.

Talvez meu sangue tenha te curado? Eu lhe dava um pouco todos os dias em cada refeição, minha necessidade de fortalecê-la era uma compulsão que não podia ignorar. *Abigail bateu em você com a coronha de uma arma.*

Abigail? ela repetiu, confusa. *Quem é Abigail?*

Mas ela me seguiu no segundo seguinte enquanto tirava a informação da minha mente.

Ela ficou ainda mais confusa, porque não entendia por que Abigail iria bater nela ou por que tudo ao seu redor estava estrondoso.

Eu... Ela fez uma pausa, o choque rasgando nosso vínculo. *Cane?*

Fiz uma careta. *Cane?*

Não houve resposta.

Mas não era necessário.

Porque eu podia ouvir sua mente processar o que estava vendo.

Meu irmão em um terno todo preto.

Sentado em frente a ela.

Em um jato.

IZZY

Pisquei, meu cérebro não conseguiu processar por completo a visão diante de mim. Principalmente porque eu parecia estar deitada.

Mas a visão distorcida não foi o que me deixou confusa. Foi a cena que fez minha mente lutar para focar – *compreender* – o que eu estava vendo.

Cane. Eu o reconheci. Eu só... eu só não podia acreditar que ele estava aqui.

E sentado ao lado de Michael.

Em duas cadeiras opulentas estilo executivo.

Enquanto bebia o que parecia ser vinho de sangue.

— Delicioso — Cane elogiou, seu olhar cintilou sobre mim quando ele terminou a bebida.

Uma mulher nua apareceu um instante depois, com uma

faca pronta para o pulso. Eu me encolhi quando ela se cortou e começou a reabastecer o copo dele.

Ela olhou fixamente para o líquido se acumulando na taça de cristal, com a pele cinzenta... a única indicação da reação de seu corpo às suas ações.

Ou ele a está obrigando, ou ela é treinada para não sentir, pensei, meu estômago se apertando.

Ismerelda, Cam sussurrou em minha mente. *Eu...*

— Chega — Cane afirmou de forma categórica, com o olhar em mim. Mas as palavras pareciam ser para a humana. — Agora se ajoelhe e sirva ao seu propósito.

— Sim, meu soberano — ela respondeu, robótica, os membros trêmulos se inclinando enquanto atendia ao pedido dele.

— Tem certeza, meu soberano? — Michael questionou. — Ela parece bastante... fantasmagórica.

Cane finalmente olhou para a mulher de cabelos castanhos. Então deu de ombros.

— Parece capaz o suficiente para mim.

Engoli em seco e uma sensação de pavor se agitou no meu interior. Não pelo ato que se desenrolava diante de mim, mas por causa dessa voz. Eu a reconheci.

Ouvi-a repetidamente na minha cabeça pelo que parecia anos. Mas foram apenas dias.

— *Parece capaz o suficiente para mim...*

— Se ela falhar, talvez eu prove a prostituta do meu irmão e descubra por que ele gosta tanto dela — Cane continuou.

Michael sorriu.

— Estou morrendo de vontade de determinar isso, meu soberano. Infelizmente, perdi minha oportunidade.

— Sim, perdeu — Cane respondeu, seus olhos verdes – uma das poucas diferenças físicas entre ele e Cam – analisando os meus.

Cane... foi Cane quem me enviou para ser... não consegui terminar o pensamento. Mas eu não precisava.

Cam seguiu o conceito até a conclusão, seu rosnado soou agudo e alto em minha mente. *Não era um holograma. Era a porra do meu irmão.*

Tremei, incapaz de lidar com a raiva dele e o escrutínio de Cane. Os dois eram muito intensos, esmagadores demais, mas de maneiras totalmente diferentes.

Controle-se, eu disse a mim mesma. *É o Cane. Você o conhece. Ele é o irmão do Cam. Ele nunca me machucaria...*

Quase franzi a testa, esse último pensamento era uma mentira flagrante. Porque Cane tentou me machucar. Ele personificou Cam e me deixou com Michael, suas intenções claras.

Talvez esse não seja realmente o Cane? Essa consideração solta estava muito próxima da que eu conceituei sobre Cam.

E Cam acabou sendo muito real.

As íris verdes de Cane brilhavam enquanto ele segurava meu olhar, as mãos da fêmea subiram por suas coxas quando ela abriu o cinto dele. Da minha posição, eu tinha uma visão perfeita dela puxando seu pênis.

O que eu *não* queria ver.

Tentei me sentar, sentindo meu estômago embrulhar com o movimento.

— Você deveria estar se curvando — Michael observou, sua expressão irritada.

— E você deveria estar morto — retruquei, sem conseguir me conter. — Por que estou aqui?

Para ser lembrada do que nosso mundo se tornou?, pensei em tom sombrio. *Para assistir a uma humana servir um vampiro da maneira mais degradante?*

Cane não disse nada, seu corpo estava completamente relaxado enquanto tomava o vinho. Ele não parecia tão interessado na mulher entre suas coxas.

Michael se levantou e uma energia malévola emanou dele enquanto avançava.

— *Se curve.*

— Está tudo bem — Cane falou. — Deixe-a se comportar mal. Vou gostar de puni-la por isso mais tarde.

Cam rosnou na minha cabeça, obviamente me ouvindo absorver esse comentário, por que eu me perguntei *como?*

Michael deu outro passo à frente, e sua mão desapareceu sob a jaqueta.

— Sente-se. — A ordem de Cane fez Michael paralisar bem na minha frente.

Embora esse comando possa ter interrompido a progressão do vampiro, não apagou sua expressão letal ou a promessa de morte à espreita em seu olhar.

Mas não foi a morte de Cane que esse olhar prometia, e sim a minha.

Sua mandíbula quadrada tensionou enquanto ele atendia ao comando de seu mestre, fazendo com que minha sobrancelha arqueasse. Michael se curvou ao seu comando como faria a um Sire. *Ou um rei,* supus. *Mas e se...? E se Cane realmente criou Michael?*

Isso explicaria minha falta de conexão com ele, Cam respondeu de imediato, sua mente em sintonia com a minha. *Também sugeriria que Lilith trabalhou com meu irmão o tempo todo. Ou melhor, para meu irmão.*

Mas por que ele faria isso? eu me perguntei, confusa sobre o que levaria Cane a desejar esta vida.

Ele nunca dormiu, Cam sussurrou de volta para mim. *Ou a Lilith me fez acordá-lo. Independentemente disso, é a humanidade dele. Ele não tem nenhuma.*

Engoli em seco enquanto os pensamentos de Cam se desenrolavam através do nosso vínculo, pois ele me mostrou como sabia disso... porque entendia.

Ele também não tinha humanidade. Mortais eram

alimentos. Escravos. Seres que forneciam prazer e sustento. Eles não eram iguais, eram inferiores.

Como os humanos costumavam enxergar os animais, traduzi. *Só que não transamos com eles. Também não precisamos deles para sobreviver.*

Sim, Cam concordou. *Mas se houvesse uma espécie abaixo da sua que você pudesse usar dessa maneira, sua espécie consideraria escravizá-las. A história prova isso.*

Sua mente me disse que não estava se referindo a eventos recentes, mas situações que ele testemunhou ao longo dos milhares de anos em que esteve vivo.

Tremi, suas visões do passado pintaram um futuro horrível diante dos meus olhos.

Porque ele estava certo.

A humanidade faria isso. Eles *fizeram* isso.

E os vampiros tecnicamente vinham dessas raízes. Eles estavam seguindo a mesma trajetória que um mortal faria se tivesse habilidades superiores e poderes sobrenaturais.

Só porque entendo, não significa que eu desejo, Cam sussurrou em minha mente.

Mas uma parte de você deseja, respondi.

Uma parte de mim concorda com o conceito de uma fonte de sangue imortal, ele admitiu. No entanto, *a parte de mim vinculada a você quer que seja humana.*

E sem mim?

Sem você... ele se interrompeu. *Sinceramente, não tenho certeza, Ismerelda. Não sou herói e não vou fingir ser. Mas eu não me oporia a uma coexistência pacífica, desde que os vampiros fossem providos do que precisavam para sobreviver.*

E quanto aos lycans?, perguntei.

Acredito que meus irmãos diriam: "não somos Lycans. Os lobos podem se defender".

— O que meu irmão está dizendo? — Cane perguntou, me lembrando de sua presença. — Para você permanecer calma? Que ele vai te salvar?

Eu pisquei.

— Não — respondi honestamente. — Ele está me dizendo que entende sua decisão.

Ele arqueou a sobrancelha.

— Minha decisão?

— Sua decisão de liderar essa nova era — esclareci, testando nossa teoria em voz alta. — Ele está me dizendo por que os vampiros precisam de uma fonte de sangue imortal e como os humanos fariam o mesmo com um ser inferior se tivessem os meios e a oportunidade.

Cane me estudou por um momento.

— Interessante. E eu que presumi que ele pretendia renovar sua busca contra o meu reinado.

Eu transmiti essa resposta a Cam, as palavras pareciam confirmar nossa compreensão da situação.

Meu companheiro permaneceu quieto ao avaliar como agir, sua mentalidade estratégica ganhando vida. *Diga ao meu irmão que não tenho vontade de liderar*, ele finalmente disse. *Então pergunte o que ele quer de mim.*

— Cam não deseja liderar — eu disse a Cane, permitindo que ele absorvesse a declaração.

— É? — Cane deixou a taça de lado, levando a mão para a parte de trás da cabeça da mulher enquanto puxava o cabelo dela. — Acho isso difícil de acreditar. — Ele começou a orientar os movimentos da mulher e sua mandíbula apertou um pouco enquanto ela se movia.

Foi uma representação muito clara desse mundo atual, suas ações falavam muito mais alto do que as palavras jamais poderiam. Porque ele estava me mostrando como ele controlava a raça humana. Como os mortais se *curvavam* e *serviam*.

Pior, aquele brilho em seu olhar sugeria que ele estava me imaginando naquela posição.

E só de pensar, meu interior se agitou em desconforto.

De jeito *nenhum* eu faria aquilo.

Eu nunca me ajoelharia para ele ou para qualquer outra pessoa.

Ismerelda, Cam murmurou em minha mente. *Pergunte o que ele quer de mim.*

Engoli em seco para forçar a bile de volta e meu estômago se revoltou com o ato que se desenrolava diante de mim. Principalmente porque a humana estava lutando para respirar, com o corpo tenso, trêmulo e esgotado de energia enquanto Cane estocava em sua boca como se ela fosse apenas uma boneca.

Uma coisa a ser usada.

Assim como Cam fez comigo outro dia, pensei, sentindo meu coração acelerar. Mas ao contrário de Cam, eu suspeitava que Cane não alimentava essa mulher com sangue para ajudar a revivê-la depois.

Se ela morresse, permaneceria assim.

Uma boneca descartada.

Sem vida.

Eu odiava isso. Eu os odiava.

Podemos ser fisicamente inferiores, mas nossas mentes... nossos espíritos... são iguais.

Cam não me respondeu, mas o ouvi processar minhas palavras e debater o mérito delas.

— O que você quer do Cam? — me forcei a perguntar, precisando me concentrar na conversa e não nas ações grosseiras de Cane. — Cam está perguntando, não eu — esclareci. Eu também queria saber a resposta, mas suspeitei que ele responderia melhor se eu fingisse ser uma intermediária e não parte interessada.

— Humm — Cane murmurou. — Diga ao meu irmão que vou garantir pessoalmente que seu vínculo esteja quebrado, assim como deveria ter acontecido no outro dia.

Suas palavras provocaram um calafrio na minha coluna e meu cérebro transmitiu automaticamente a frase para Cam.

— A menos que... — Cane continuou. — A menos que ele me encontre no complexo.

Ele relaxou na cadeira, seu aperto na mulher pareceu aumentar enquanto a movia em seu pau, o olhar nunca deixando o meu.

Me concentrei em repetir o comentário dele para Cam, e não na vista.

— Ele tem três horas — Cane continuou. — Sugiro que pegue o jato de Kylan emprestado. Diga a ele que Damien pode pilotar. Mas só os dois podem vir.

Tensionei a mandíbula quando reiterei tudo isso para Cam.

Ele está falando sério, acrescentei. *Posso ver nos olhos dele, Cam. Ele...* parei, as palavras se tornaram desnecessárias. Porque Cam, sem dúvida, ouviu o medo florescer em minha mente.

Não pude deixar de imaginar.

Cane emitindo comandos destinados a selar meu destino. Comandos sobre meu propósito e a maneira como eu deveria ter morrido mil anos atrás.

Mas quando Michael me arrasta para o quarto, é Cane quem está esperando. O sorriso sádico. O olhar frio. As mãos rasgando e despedaçando. O pau na minha garganta.

— Ah, essa é uma boa prostituta de sangue, transmitindo tudo para o meu irmão, exatamente como eu mandei — Cane comentou, seu sotaque acentuado provocou outro calafrio na minha coluna. — O que ele está dizendo? Está concordando com minha exigência?

— Ele ainda não respondeu — admiti com a voz rouca. O que eu odiei. Precisava ser mais forte. Mas ver Cane comer aquela pobre mulher... ouvir suas palavras cruéis... era difícil manter a compostura.

Não seria preciso muito para que ele acabasse com meu vínculo com Cam.

Me *estuprar*.

Me *matar*.

Mas desta vez, eu não acordaria. Meus vínculos com a imortalidade de Cam seriam quebrados para sempre. *Eu vou morrer.*

Não vou deixar isso acontecer, Cam me prometeu. *Diga ao meu irmão que estou a caminho, mas se meu vínculo com você for cortado a qualquer momento, vou reconsiderar fortemente meu papel de liderança neste mundo e assumir o trono.*

Você vai... você vai para o complexo? Era uma pergunta estúpida para fazer, mas eu não conseguia me impedir de pensar. Em especial porque as repercussões dessa escolha estavam começando a se estabelecer no meu cérebro, nossa posição precária ficando clara.

Cane me pegou como um item de barganha. Um peão. Uma maneira de atrair Cam de volta para as catacumbas... e o quê? Aprisioná-lo de novo?

Cane o aprisionou na primeira vez? me perguntei. *Ele está por trás de tudo isso? a Lilith estava trabalhando para ele? Ou ela o acordou de uma maneira semelhante a como acordou Cam?*

Ismerelda, Cam disse, tentando chamar minha atenção.

Mas agora que meu cérebro estava decifrando nossa situação, eu não conseguia parar de pensar. Comecei a conversar com Cam em vez de mim.

E se o Cane usar a arma da Lilith contra você? perguntei a ele, e outro pensamento imediatamente se seguiu. *E se? Deus, e se não foi a arma de Lilith, mas a dele o tempo todo? Se ela estava trabalhando para ele... então... então ele é o mentor. Certo? Cam, e se...*

Transmita a ele o que eu disse, Ismerelda, ele interrompeu, seu tom agudo me fez encolher.

Mas...

Aquela arma já comprometeu meu cérebro. Provavelmente não vai funcionar de novo. A firmeza de seu tom me disse que ele já havia considerado a possibilidade e decidiu que valia o risco.

Mas isso não foi suficiente. *É um risco grande demais, Cam. Você não pode ir ao complexo. Se o Cane esteve no comando todo o tempo, ou mesmo se ele tiver sofrido uma lavagem cerebral, é muito perigoso. Eles poderiam apagar sua memória novamente.*

Transmita a ele o que falei, Ismerelda, ele repetiu. Fechei as mãos com força.

Nós nem vamos discutir isso? questionei.

O que há para discutir, Ismerelda? Ele está com você. Ele me deu seus termos. Aceito o convite dele para um encontro, mas apenas se ele garantir que não vai quebrar nosso vínculo.

Certo, você está concordando com o encontro, mas a que custo? questionei. *A última vez que foi se encontrar com alguém, você desapareceu por quase doze décadas!*

Sim, mas desta vez, não estou tentando ser o herói da humanidade. Estou fazendo isso porque é o recurso prático. Meu irmão quer um encontro. Então é o que vou dar a ele.

Tensionei a mandíbula.

— Ismerelda? — Cane perguntou. — O que meu irmão disse?

Diga a ele, Cam reiterou. *Diga que aceito os termos dele, mas apenas se sua mente permanecer conectada à minha.*

Cerrei os dentes. A mente de Cam me disse que ele não mudaria sua decisão. Principalmente porque ele não via outra maneira de deixar isso acontecer.

E ainda que eu odiasse essa escolha, não conseguia pensar em uma alternativa.

Além de deixar Cane me estuprar e me matar, pensei, estremecendo.

Essa não é uma opção, Cam rosnou para mim.

Tecnicamente, era. Mas não era algo que eu queria enfrentar.

Izzy, Cam murmurou. *Não é como da última vez. Minha mente está aberta para a sua. Você pode ver porque cheguei a essa decisão. E não vou te deixar para trás. Vou até você. É uma situação diferente.*

Ainda é uma situação desconhecida.

Concordo. É por isso que quero este encontro: para determinar o papel de meu irmão nisso. Talvez a Lilith tenha ferrado com a mente dele tanto quanto ferrou com a minha. Ou talvez ele tenha se mantido lúcido o tempo todo. Não saberei até vê-lo.

Afundei as unhas nas mãos, sentindo a frustração aumentar. Principalmente porque ele estava certo. Não tínhamos outra escolha.

E isso era diferente da última vez.

Muito diferente.

Vamos, leoa. Jogue seu jogo, Cam sussurrou para mim. *Se lembre de sua posição nesta partida, minha rainha. É a mais poderosa de todas. E juntos, faremos todos se curvarem.*

Suas palavras ajudaram a descongelar alguns dos meus pensamentos frios. Sua confiança derreteu a cobertura de gelo na minha coluna e me permitiu me endireitar mais uma vez.

Cam estava certo... tínhamos que jogar o jogo.

Os vampiros agiam de acordo com movimentos estratégicos e negociações políticas. Eles não reagiam de forma impulsiva. E adoravam operar em enigmas.

Meu sequestro foi planejado por Cane com cuidado. Ele não estragaria tudo me matando.

Ele queria Cam para alguma coisa.

Eu não tinha certeza do quê.

Mas descobriríamos em breve.

Cedendo à Cane nesta partida perigosa.

Encontrei o olhar de maneira corajosa e reiterei o que Cam disse.

Seus lábios se curvaram.

— Eu aceito esse termo. — Com isso, ele gemeu e fechou os olhos quando apertou mais os cabelos da mulher, fazendo-a se contorcer de dor.

Ou talvez ela estivesse convulsionando devido à falta de ar.

Eu não sabia dizer, e Cane não se importava. Ele apenas rosnou, seu êxtase reverberou enquanto a mulher perdia a consciência entre suas pernas.

Não houve consideração a seu estado moribundo.

Nem um olhar.

Nem mesmo um estremecimento.

Apenas o movimento de seus quadris enquanto se esvaziava dentro dela, literalmente afogando-a em seu sêmen.

Michael riu enquanto observava. Sua diversão parecia ser resultado da minha expressão mais do que do ato em si. Provavelmente porque eu não conseguia esconder o nojo.

— Será você em breve, pequena prostituta — Michael me informou.

Respirei fundo, uma visão de mim sufocando-o substituíram o que suas palavras ameaçavam evocar.

— Você ainda não pode tocá-la — Cane murmurou com os olhos ainda fechados. — Mas vou te deixar tomá-la na frente do Cam, se esse for seu desejo.

— Eu só quero matá-la — Michael respondeu.

— Humm — Cane murmurou e o som me lembrou de Cam.

Diga ao meu irmão que o vejo em breve, Cam sussurrou, me distraindo momentaneamente.

Repeti suas palavras com a voz desprovida de emoção.

Os lábios de Cane se curvaram, seus olhos se abriram quando ele soltou os cabelos da mulher e o corpo dela caiu morto no chão.

— Estou ansioso por isso.

SILAS

Caos.

Caos completo e absoluto.

Fiquei no canto do clube... ou do que presumi ser um clube. Os sofás e o palco eram semelhantes aos de uma sala de estar, mas as paredes escuras me lembravam da boate luxuosa apresentada em um filme que Rae me fez assistir no mês passado. Era de uma época que eu não conhecia, sobre a qual ela vinha aprendendo mais com Kylan.

Tudo o que a atmosfera precisava era de uma iluminação vermelha suave, e combinaria perfeitamente.

Infelizmente, o único vermelho aqui parecia estar no rosto de alguns lycans, a raiva era um cheiro viril que chamava meu lobo.

— Você acha que ele sofreu uma lavagem cerebral? — Jace estava perguntando. — Semelhante ao que Lilith tentou fazer com você?

— Não sei — Cam respondeu. — E a única maneira de descobrir é entrando naquele jato com o Damien.

Darius colocou a mão no ombro de Cam, segurando o homem antes que ele pudesse ir para longe do grupo.

— Você se esqueceu de parte da história, algo que acho que precisa saber antes de enfrentá-lo.

— Posso ouvir todas as memórias de Ismerelda, Darius. Estou atualizado.

— Com todo o respeito, não está. Você tem o ponto de vista *dela*, não o meu. E suspeito que sei muito mais sobre o verdadeiro Cane que ela.

O silêncio caiu e os dois vampiros travaram algum tipo de conversa silenciosa. Pelo que aprendi, Cam era o Sire de Darius, o que o tornava o dominante do par.

Mas os dois exalavam energia alfa, o suficiente para que os pelos dos meus braços se arrepiassem em alerta.

— Isso é insano — Rae murmurou ao se juntar a mim.

— Loucura — Willow repetiu, as duas se aproximando.

Dizia muito o fato de ninguém olhar em nossa direção, esses comentários perdidos nos debates em andamento na sala.

— Você ao menos se lembra de Aurelia? — Darius questionou. — Ou o que ela fez com seu irmão?

— Não me lembro dela, mas Ismerelda preencheu as lacunas — Cam respondeu. — O incidente com Aurélia levou ao sono imortal de Cane.

Darius sorriu, mas faltou humor.

— Aurelia foi muito mais que um incidente instigante, Cam. A traição dela mudou seu irmão. Livrou-o de sua humanidade. O fez querer escravizar a raça humana, assim como a Lilith fez.

— Não posso acreditar que não o consideramos — Jace disse, andando de um lado para outro. — Ele é o criador dela.

— E deveria estar dormindo — Darius apontou. — Ele

nem estava no nosso radar. E nós presumimos que um pouco de descanso iria curar o problema de falta de humanidade.

— Sim, acho que tirar uma soneca muitas vezes me cura do ódio pelos outros — Ryder brincou. — Honestamente, como vocês esperavam liderar com noções como essa guiando seus princípios?

Rae e Willow trocaram um olhar, mas foram distraídas por um rosnado vindo do círculo de lycans. Eles pareciam estar fazendo pose um com o outro, algo que estava deixando meus companheiros, que estavam participando daquela conversa, desconfortáveis.

— É um costume antigo que usado há milênios pelos Abençoados — Jace rebateu, chamando minha atenção mais uma vez. — Foi demonstrado que isso ajuda o senso de humanidade a prosperar.

Kylan bufou.

— É uma desculpa para evitar *viver*.

— Exato — Ryder ecoou. — Não adianta nada.

Kylan assentiu.

— Meu criador, ou suponho que você o chamaria de meu *pai*, escolheu o descanso eterno logo após meu renascimento imortal ou como você queira chamar quando paramos de envelhecer. Independentemente do termo, Kratos escapou da realidade e me deixou sozinho por séculos antes de acordar mais uma vez. E sabe o que aconteceu depois?

— Eu poderia adivinhar — Ryder falou, o sarcasmo ecoou nessas três palavras.

— Ele acordou com as mesmas lembranças e sentimentos que o seguiram até o sono eterno — Kylan informou a todos.

— E escolheu o descanso indefinido. Nunca mais vou incomodá-lo. Ele está morto para mim.

— Então você quer dizer que ele não recuperou o senso de humanidade? — Ryder perguntou. — De amar a vida de novo? De sentir como um homem novo?

— Não — Kylan respondeu, com a voz irreverente.

Ryder fingiu choque e cobriu o coração com a mão.

— Isso é surpreendente demais.

Kylan sorriu, mas faltou seu habitual tom despreocupado, os olhos intensos demais para completar a aparência.

A falsa surpresa de Ryder se transformou em uma expressão severa enquanto ele voltava a se concentrar nos outros.

— Se Cane dormiu sem sua humanidade, ele acordou sem ela também. Todo o conceito de descanso eterno é apenas para passar o tempo e acordar para algo novo. É isso. Nossos motivos e desejos permanecem inalterados.

— Ou seja, se Cane foi dormir com o desejo de escravizar a humanidade, ele acordou com o mesmo desejo — Damien concluiu.

Parece certo, concordei.

O quê? Edon perguntou, sua voz mental estava tensa pelas discussões sobre lycans.

Resumi o que os vampiros estavam discutindo. Meu papel no canto era observar e ouvir enquanto ele e Luna interagiam com nossos colegas lycans.

A tensão entre o grupo nos deixou inquietos por dias.

— A menos que ele nunca tenha dormido — Darius disse, e suas palavras pareceram silenciar o grupo de vampiros quando ele encontrou o olhar de Cam. — Ele nunca quis descansar. Essa ideia foi sua. E se ele concordou para te aplacar? Talvez ele tivesse um plano de contingência para garantir que não dormiria de verdade.

Cam olhou para ele por um longo momento antes de responder:

— Pode ser esse o caso, mas não resolve o problema atual. Cane está com a Ismerelda e quer que eu o encontre sob a Cidade do Vaticano em menos de três horas. O que significa que Damien e eu precisamos ir embora. Agora.

— Que gentil Cane recomendar meu jato — Kylan brincou.

Cam o encarou.

— Ele está com a minha *Erosita*. Se ele estivesse com a sua Raelyn, o que você faria?

Kylan enrijeceu, suas narinas dilatadas.

— Eu o mataria.

— Então você entende porque eu preciso do seu jato — Cam respondeu.

Os dois membros da realeza se encararam de uma forma semelhante à dos lycans do outro lado da sala.

Estamos deixando passar alguma coisa, Edon me disse, sua atenção ainda nos lycans discutindo. *Só não consigo descobrir o que é, e Jolene não compartilha.*

Nós três suspeitamos que algo estava errado – além da tensão – há dias. Mas não conseguíamos definir, e o avô de Edon, Jolene, não estava ajudando. Nem o irmão de Luna, Logan.

Era como se tivéssemos ficado do lado de fora, servindo como terceiros na sala.

Essa sensação piorou à medida que os lycans e vampiros se concentravam apenas em si mesmos, todos desconsiderando completamente o futuro da humanidade.

O objetivo era derrubar a antiga operação de Lilith. *Ou talvez seja a operação de Cane*, pensei, olhando de volta para os vampiros.

Queriam convencer a Aliança a entrar numa nova fase, a se desviar do seu rumo anterior. No entanto, ninguém definiu como seria, a não ser seguir o modelo da Cidade de Sangue.

Mas esse modelo não satisfez os lycans, especialmente depois de tudo que descobriram. Eles queriam sangue. *Sangue* de vampiro.

Isso deixou as duas espécies divididas, algo que Jace vinha tentando resolver com Edon e Luka.

No entanto, os esforços pareciam, na melhor das hipóteses, frustrados. Embora os lycans parecessem respeitar os membros da realeza presente aqui, não prometeram respeitar toda a Aliança.

Na verdade, alguns dos lycans pareciam estar se reunindo às escondidas, e as discussões aconteciam longe da Torre Deirdre.

Só sabíamos disso porque encontramos um grupo durante uma corrida.

Os alfas ficaram em silêncio quando nos aproximamos, os corpos tensos traíam a conversa séria. Mas eles agiram como se estivessem apenas jogando conversa fora.

Edon sentiu o cheiro da mentira, mas deixou passar.

Nós três decidimos que algo estava acontecendo. Algo grande. Só não tínhamos ideia do quê.

E a bomba que Cam acabou de lançar sobre todos – a informação sobre o possível envolvimento de seu irmão, não estava ajudando em nada.

Os lobos já estavam lutando para confiar em Cam, em sua falta de memória e comportamento indiferente, marcando-o como inelegível para liderança.

— Por que deveríamos segui-lo? — Ouvi um deles perguntar em um sussurro.

— Não deveríamos — outro respondeu.

Mas os vampiros estavam ocupados demais debatendo entre si para ouvir.

Assim como os lycans estavam muito consumidos com as próprias conversas para perceberem Cam e Damien saindo com Ryder e Kylan logo atrás deles.

Rae pigarreou ao meu lado.

— Kylan disse que devemos segui-lo. — O comentário foi para Willow, não para mim.

— Não — Willow respondeu. — Está tudo muito tenso. Muito... — Ela curvou os lábios. — Eles só falam de si mesmos, de quem pode se opor a eles e do potencial de vingança. Não vejo um plano para o futuro. Estão focados no presente.

— É — uma voz concordou. *Khalid*. Ele passou seu olhar turquesa sobre Willow. — Entendo porque Ryder escolheu você.

Emine fez um som que o fez passar o braço em volta de seus ombros atléticos, porém magros.

— Não se preocupe, querida miragem. Não estou querendo trocar, apenas apreciando o gosto de Ryder.

A matadora, um título que me fascinou quando soube disso no outro dia, lançou um olhar furioso para ele.

— Sinta-se à vontade para trocar, Meu Príncipe. Eu poderia aproveitar uma folga da sua companhia.

O vampiro real riu.

— Você diz isso agora, habibi. Mas vou lembrá-la mais tarde do porquê você não falou sério.

Ele se inclinou para beijar o pescoço dela, fazendo a mulher enrijecer.

Eu não conseguia entender o relacionamento deles. *Antagônico, mas claramente apaixonado. Porque eu podia sentir o cheiro do interesse de um pelo outro.*

Pare de brincar com vampiros e junte-se a mim, Luna sussurrou em minha mente. *Esses alfas estão me dando dor de cabeça.*

Encontrei seu olhar castanho-mel do outro lado da sala e meu coração quase parou de bater. *Tudo bem, pequena lua.* Eu jamais poderia dizer não para ela, minha companheira, dona do meu coração e alma.

Você nunca me obedece assim, Edon murmurou.

Porque você gosta do desafio, Alfa, respondi antes de acenar para Willow e Rae, a ação pretendia significar minha saída.

Elas não responderam, porque os vampiros membros da realeza retornaram para a sala. E não pareciam satisfeitos por terem que voltar para suas *Erositas*.

Gosto de fazer você se ajoelhar, Executor, Edon respondeu.

Ignorei sua provocação sensual e fiquei atrás dele e de Luna. *Os vampiros saíram da sala*, disse a eles. *Acredito que para ir ao campo de aviação.*

Cam tivesse dito que apenas ele e Damien tinham permissão para voar para o complexo. Então, eu não tinha certeza do motivo pelo qual todos foram embora. Talvez estivessem trabalhando em um plano de contingência.

Ou talvez Darius tivesse continuado a discussão com Cam sobre Cane.

Até Khalid foi embora. Hazel também. E o humano que foi ferido, *Keys*, não estava em lugar nenhum.

No entanto, os lobos permaneceram alheios, o debate parecia ser sobre quem deveria liderar o ataque inevitável.

Quando ficou claro que não seria alcançado um consenso, eles finalmente perceberam que os vampiros partiram.

Luka e Jolene rosnaram instantaneamente.

— Típico — Finn murmurou, o Alfa do Clã Ström de mais de dois metros de altura era um dos mais intimidadores do grupo. Eu o vi de forma breve no Dia de Sangue e o conhecia por causa dos meus estudos. Mas nada disso me preparou para sua presença física.

— Acredito que eles saíram para preparar o jato de Kylan — Edon falou. — Eles estavam discutindo sobre Cane enquanto seguiam.

— Ótimo da parte deles nos avisar — Polka comentou, com os olhos negros brilhando com seu lobo mal contido. Ele era o Alfa do Clã Apinya e quase meio metro mais baixo que Finn.

Vários lobos grunhiram de aborrecimento.

Jace disse algo quando estava saindo, mas os alfas estavam muito consumidos para ouvi-lo, Luna murmurou através de nossa conexão mental. *É como se eles desligassem completamente os vampiros.*

Sim, essa divisão é... um problema, Edon respondeu.

É, concordei. *E não tenho ideia de como solucionar a questão.* Porque parecia ser uma ferida antiga, a animosidade lycan era muito robusta para ser inspirada pelos eventos desta semana.

É claro que os eventos recentes não ajudaram em nada. Na verdade, fizeram a situação piorar. E agora, os lycans encerraram a fase de manter a calma. Encerraram a parceria com vampiros. Pararam de colocar os sobrenaturais como um todo acima de tudo.

Porque a maior parte beneficiava vampiros, não lycans.

Percebi nas poucas conversas que ouvi.

Algo grande estava por vir. Algo que alteraria o mundo. E parecia ir mais fundo do que simplesmente influenciar a aliança.

Porque os lycans pareciam estar planejando alguma coisa.

Eu não sabia o que era, nem Luna ou Edon.

Mas íamos descobrir.

Então decidiríamos como proceder.

No entanto, nossa tríade sempre viria em primeiro lugar. Porque enquanto tivéssemos um ao outro, sobreviveríamos.

Para todo o sempre, Luna sussurrou para nós, era sua maneira de expressar seu amor.

Para todo o sempre, ecoei.

Por toda a eternidade, Edon jurou.

Por toda a eternidade, Luna e eu concordamos.

IZZY

Damien e eu estamos a caminho, Cam me informou, seu tom mental sem emoção.

Tentei replicar esse tom ao responder: *Estamos descendo agora.*

Ou foi o que pareceu.

Ninguém confirmou. Mas não era de se surpreender, dada a minha condição de refém neste jato.

Cane ficou em silêncio durante os últimos minutos, concentrado em terminar sua taça de vinho de sangue enquanto a humana que o forneceu estava morta a seus pés.

Sua escolha de mantê-la ali parecia proposital, como se ele quisesse que eu a visse morrer. Em vez de me concentrar no cadáver, eu o observei.

Notei seus olhos verdes. Suas feições nítidas. O ângulo

cruel de sua mandíbula. Seu cabelo grosso e escuro. O mesmo nariz aristocrático do irmão.

Cam e Cane quase poderiam se passar por gêmeos.

Não era de se admirar que eu tivesse caído nesse ato outro dia. Mas eu deveria ter notado o sotaque. Ou, pelo menos, ter percebido que aquela melodia suave significava alguma coisa.

Mas estava tão envolvida com o comportamento de Cam que aceitei meu destino. Acreditei na armação. Porque tudo o que ele fez sugeria que me substituiria por um brinquedo novo e me deixaria morrer.

Se você estivesse dentro da minha mente, saberia o quanto era falso, Cam sussurrou. *Eu pediria desculpas por não derrubar o muro antes, mas não sabia. Achei que existia como uma forma de manter você fora dos meus pensamentos. E estou começando a me perguntar se isso era verdade, apenas por motivos que inicialmente interpretei mal.*

Meus lábios ameaçaram se curvar, mas os forcei a permanecerem retos. A última coisa que eu queria era demonstrar minhas emoções para Cane.

O que você quer dizer? perguntei a Cam.

Originalmente, presumi que te bloqueei por um complexo de superioridade. Mas agora parece que fiz isso para te proteger, e suspeito fortemente que o incidente com Lilith não foi a primeira vez.

A confusão curvou minha boca e o instinto de franzir a testa me atingiu novamente e me forçou a olhar pela janela escura ao meu lado. Cane provavelmente viu, frustrando o propósito de tentar esconder dele, mas não pude evitar minha reação.

Eu estava tão focada em Cane que não estava tão sintonizada com os pensamentos de Cam. Isso mudou em um instante, sua mente imediatamente me forneceu o que eu perdi: Cam estava procurando em minhas memórias o que eu sabia sobre o comportamento e comentários de Cane após a traição de Aurelia.

A conclusão a que ele chegou foi que ou eu não tinha a história completa ou Darius estava mentindo para ele.

Cam suspeitava muito do primeiro.

Acho que meu eu anterior bloqueou certas coisas de você, Cam murmurou. *Provavelmente no meu esforço para te mimar e preservar seu estado frágil.* A última frase foi pronunciada com um toque sarcástico, que dizia que o próprio conceito daquilo o irritava.

Se você fez isso, eu não estava ciente. Engoli em seco. *Você acha que acontecia com frequência?*

Porque seria... preocupante.

Cam e eu já estávamos andando na corda bamba emocional. Se ele pensasse por um segundo que sua versão antiga não confiava em mim ou não me amava, poderia mudar toda a nossa dinâmica.

Além disso, o próprio conceito de Cam manter segredos de mim ia contra tudo que eu pensava que existia entre nós.

Meu palpite é que não bloqueei as coisas a longo, mas sim a curto prazo, ele respondeu. *Provavelmente presumi que se você não soubesse que a memória estava lá, não iria procurar.*

O que eu não teria feito, porque teria confiado em você para me contar tudo, admiti. Talvez isso me tornasse ingênua, mas Cam era dono de minha mente, corpo e alma. Eu nunca tive motivo para questioná-lo.

Algo de que claramente tirei vantagem nesta situação. Aquela irritação apareceu em seu tom novamente. *Suas memórias de Cane o pintam como alguém com o coração partido e irritado com a traição de Aurelia. Eu avisei que a humanidade dele estava por um fio devido ao atentado contra a vida dele.*

Sim. Foi isso que me lembrei da situação. *Eu não o vi mais depois que aconteceu. Você disse que ele queria ficar sozinho. E ele já estava descansando em seu caixão quando chegamos para o ritual do sono. Ele nem abriu os olhos.*

Humm, bem, parece que eu menti. De acordo com Darius, meu irmão era obcecado pelo conceito de vampiros e lycans governarem o mundo.

Parece que tudo começou com ele querendo garantir o extermínio de todos os matadores, mas o conceito cresceu para um desejo de escravizar a raça humana.

Olhei pela janela e me concentrei em minha respiração enquanto tentava acalmar meu coração. Não estava funcionando. Eu sabia que Cane podia me ouvir. Mas me recusei a olhar em sua direção e deixei que ele adivinhasse minha crescente ansiedade.

Porque o que Cam estava dizendo agora implicava, ou talvez até *confirmasse*, que seu irmão estava por trás de tudo isso. E Lilith foi apenas o rosto de sua operação.

Darius contou que eu disse ao meu irmão que a ideia era falha porque os lycans nunca concordariam com ela. Muitos dos clãs de lobos encontraram maneiras de coexistir com os humanos. Eles não tinham motivos para provocar mudanças.

Engoli em seco novamente. *Isso é verdade. Muitos tinham acordos de trabalho em pequenos assentamentos humanos. Eles forneciam proteção em troca de sigilo.*

Era assim que o Clã Majestic operava ainda hoje, exceto que os humanos que residiam lá foram designados para o território em vez de nascerem lá.

No geral, os lycans ainda eram desconhecidos no mundo, pois escolheram com cuidado seus assentamentos humanos.

Mas tudo mudou quando os humanos errados descobriram a existência deles. Tudo porque um lycan roubou uma mortal.

E então os governos humanos tentaram encontrar uma maneira de transformar a raça metamorfa em arma.

O que levou à revolução e ao nosso mundo hoje.

Eu me pergunto se esse incidente instigante foi planejado... o que levou à descoberta dos lycans, Cam murmurou, pensativo. *É o que eu teria feito.*

Desta vez, não consegui controlar minha vontade de

tremer. Porque a mente de Cam... a estratégia que ele revelou... era assustadora.

Principalmente porque era bem possível que estivesse correto.

E também porque pude ouvir seu apreço pela diligência do irmão.

Cam não culpava Cane por seus métodos ou objetivos. Ele os entendia e quase admirava seu trabalho.

Até que ele se lembrou de todos os gráficos no momento seguinte, do uso descuidado de recursos e da diminuição do suprimento de sangue e suspirou. *Foi aí que ele cometeu seu erro.*

Você acha que esse é o único erro dele? perguntei. *E quanto a remover o direito humano de escolha?*

Os humanos nunca escolheriam ser comida, Ismerelda. Assim como vacas e porcos nunca pediriam para serem abatidos.

Mas a Cidade de Sangue demonstra uma maneira de os humanos doarem sangue de boa vontade, ao mesmo tempo que vivem de forma decente.

É verdade, ele concordou. *No entanto, mesmo esse sistema tem falhas. Vampiros e lycans gostam de caçar. Somos predadores que desejam presas. Não um banco de sangue.*

O mesmo poderia ser dito sobre os humanos hoje serem escravos de sangue voluntários. Onde está a caça? Os humanos são despidos e forçados a se deitarem nas mesas como comida glorificada, comentei. *Isso excita seus instintos predatórios?*

Um argumento justo, minha rainha, ele respondeu. *Não estou dizendo que a Cidade de Sangue não tenha méritos ou que a sociedade atual seja perfeita. As duas têm suas vantagens e desvantagens.*

Mas você só vê o suprimento de sangue como importante nessa avaliação, não o aspecto humano, murmurei. *Eu...*

— O que meu irmão está dizendo? — Cane interrompeu. Sua voz me lembrou de sua presença e provocou um arrepio na minha coluna.

Eu tinha me esquecido quase que por completo de que ele

estava aqui, apesar de ser o assunto principal na minha conversa mental.

— Ele está prometendo te salvar? — Cane continuou, parecendo achar graça. — Me fazer pagar pelo que fiz?

Pisquei para longe da janela e me forcei a encontrar o olhar dele.

— Não. Ele está avaliando seu trabalho e dizendo o que teria feito de diferente.

Cane ergueu a sobrancelha escura lentamente.

— É mesmo? — Ele inclinou a cabeça para o lado. — De que maneira?

Diga a ele, Cam sussurrou em minha mente. *Quero a confirmação de que tudo foi obra dele.*

Segui a linha de pensamento de Cam, observando que ele também queria saber mais sobre os motivos e planos de Cane, fornecendo assim ainda mais motivos para que eu fosse sincera.

Ele queria fazer o irmão falar.

E suspeitava que essa poderia ser a forma de conseguir.

Pigarreei e contei a Cane o que Cam disse sobre os lycans, como Cane encontrou uma maneira de convencer os lobos a ajudarem os vampiros a liderarem.

— Ou ele presume que foi você, de qualquer maneira, pois é o que ele teria feito — acrescentei antes de abordar o fracasso de Cane em encontrar uma fonte de sangue estável.

Não mencionei a Cidade de Sangue, pois não queria revelar a versão utópica de Khalid. Se Cane soubesse sobre a cidade, eu o deixaria falar.

— E agora Cam está pensando em como resolveria a falta de sangue — concluí. — Além do potencial para bolsas de sangue imortais, quero dizer.

Cane olhou para mim por um longo momento.

— Interessante. — Ele compartilhou um olhar com Michael. — O que acha?

— Acho que seu experimento pode ter sido mais bem-sucedido do que pensávamos inicialmente. Presumindo que ela esteja dizendo a verdade — Michael respondeu.

— Claro — Cane murmurou em concordância.

— Sim, você ainda deveria matá-la para garantir o resultado — Michael acrescentou. — Ou transformá-la como fez com a Lilith.

Cane assentiu.

— Sim, funcionou bem. O aspecto traumático da morte dela também ajudou na minha situação.

Os lábios de Michael se curvaram.

— Uma manobra brilhante, meu soberano.

— Sim. — Cane sorriu e voltou seu olhar para o meu. — A Lilith não estava totalmente despojada de sua humanidade incômoda, então orquestrei um evento informativo para mostrar a ela do que os mortais eram capazes quando deixados por conta própria. Os resultados foram bastante imediatos.

Pisquei para os dois.

— Você providenciou para que Michael... fosse morto? — traduzi.

— Humm, criei uma situação que levou à sua morte brutal. Aquele em que os mortais poderiam tê-lo deixado em paz, mas optaram por seguir a mentalidade de rebanho. — Ele deu de ombros. — Os mortais sempre foram facilmente manipuláveis, as mentes deles... são frágeis.

Significando que ele obrigou os humanos, percebi.

Ou talvez tenha compelido um humano, provocando assim os outros ao seu redor a seguirem o exemplo, Cam respondeu. *Pergunte o que aconteceu. Diga a ele que quero saber.*

Pigarreei de novo e repeti o pedido de Cam.

O que resultou no brilho de triunfo no olhar de Cane.

— Michael era *Erosita* de Lilith. Consequentemente, ele sobreviveu ao ataque violento. Mas Lilith sentiu a morte dele.

E, mais importante, ela viu como ele morreu. O que aqueles humanos fizeram. Então, quando sua compaixão pelos mortais estava começando a se fragmentar, eu fiz Cam ser o Sire de Michael, cortando os laços de Lilith com sua humanidade.

Engoli em seco e repeti a explicação para Cam. Não que parecesse necessário, ele estava tão sintonizado com minha mente que era quase como se estivesse sentado ao meu lado neste sofá.

Eu não ficaria surpresa se ele pudesse sentir tudo, inclusive o barulho do jato enquanto fazíamos nossa aproximação final.

Foi alto. Rápido. Avassalador. *Preocupante.*

Porque eu podia ver o brilho calculista se formar no olhar de Cane, a vontade de repetir as ações comigo. Me matar. Forçar Cam a sentir. Então me transformar.

Ou me deixar morrer.

— Cam disse para você não fazer nada precipitado — eu disse a Cane, a mentira saiu com facilidade. — Ele já está chateado por você ter mentido, por tê-lo feito acreditar que ele era o Soberano. Tirar essa escolha dele o enfureceria.

Humm, Cam murmurou.

Eu o ignorei, meu foco estava em Cane enquanto ele dizia:

— Ou o libertaria.

Balancei a cabeça.

— Não. Você tirou as memórias dele, Cane. Agora sou seu único elo com o passado. E ele ainda não terminou de me usar.

Cam grunhiu, mas não fez nenhum comentário, porque estava muito ocupado acompanhando meus pensamentos frenéticos até a conclusão inevitável.

Uma conclusão que eu sabia que Cane apreciaria.

— Sou um meio para ele agora — informei-o de forma categórica. — Nosso vínculo foi quebrado no segundo em que a arma atingiu aquela parte do cérebro dele, mas sou a única conexão com o passado. Se você me remover antes que ele termine, seu irmão vai ficar ainda mais irritado.

Cam ficou em silêncio. Minhas palavras se repetiram em seus pensamentos enquanto uma parte sombria dele se perguntava se o que eu acabei de dizer poderia ser verdade.

Ele estava usando minha mente para descobrir informações de seu passado, sua psique constantemente acariciando a minha em busca de respostas e experiências conforme necessário.

Mas desconsiderou tudo no instante seguinte. *É um dos muitos benefícios de se ter uma companheira*, disse a si mesmo. *E não foi por isso que mantive Ismerelda por tanto tempo.*

— O Cam não é a Lilith — eu disse enquanto as rodas do jato batiam na pista e meu corpo inteiro foi empurrado para trás com o impacto. — O que funcionou para ela não irá funcionar para ele. Especialmente depois de tudo que você já fez.

Cane ainda não confirmou oficialmente que ele foi o responsável pela prisão e tratamento de Cam. Mas o alargamento de suas narinas quando pronunciei a última frase confirmou tudo.

Ele estava preocupado.

Como deveria estar, Cam murmurou em minha mente. *Estou começando a me perguntar se não era Lilith que eu pretendia encontrar naquele dia predestinado, mas sim meu irmão. E não contei a ninguém sobre isso, pois minha arrogância me fez presumir que poderia lidar com tudo sozinho.*

Se estava escondendo outras coisas de mim sobre Cane, poderia explicar o fato de você ter me bloqueado por completo. As palavras soaram como pedras raspando em meus ouvidos, e minha irritação aumentou.

Porque Cam deveria ter confiado em mim.

Ele deveria ter dito alguma coisa. *Qualquer coisa.*

No entanto, ele me deixou para trás. Preocupada. Sofrendo. *Sozinha.*

Sim, ele concordou. *Não cometerei esse erro novamente, Ismerelda.*

E ele provou isso mantendo a mente bem aberta enquanto seu lado analítico analisava uma dúzia de cenários ao mesmo tempo.

Diga a ele que quero saber mais, que estou disposto a ouvi-lo. Mas só se ele me permitir escolher o seu destino.

Cerrei os dentes. Meu instinto de dizer que só eu escolheria meu futuro era muito real em meus pensamentos. No entanto, engoli o desejo e, em vez disso, permiti que a agitação envolvesse meu tom enquanto entregava a mensagem de Cam ao irmão.

Cane me considerou por um longo momento.

— Eu já disse que seu vínculo permaneceria intacto desde que meu irmão chegasse em paz. Manterei minha parte no acordo, presumindo que ele também o faça.

Eu vou, Cam disse antes que eu pudesse transmitir o comentário.

— Ele concorda.

— Então está resolvido. — Cane sorriu. — Que tal um passeio pelo complexo enquanto esperamos? Adoraria mostrar o que realmente conquistei nas últimas décadas. Talvez isso amenize algumas das preocupações do meu irmão em relação à nossa escassez global de sangue.

Ele passou a mão sobre a gravata ao se levantar, depois passou por cima da humana morta e estendeu a mão para mim.

— Vamos, querida?

Jogue o jogo dele, Cam me disse.

Não que eu precisasse de sua orientação.

Eu já estava aceitando a mão de Cane porque não tinha outra escolha.

Ele me colocou de pé e me conduziu à saída do jato, apenas para parar e olhar para Michael.

— Ah, coloque meu brinquedinho de volta na gaiola. Assim que acordar, ela poderá se juntar aos outros na sala de jogos.

Franzi a testa. *Brinquedinho?*

Segui seu olhar até onde Michael estava, pegando a mulher morta.

— Não deve demorar muito agora — Cane continuou. — Já posso ouvir o coração dela tentando bater de novo.

Michael sorriu.

— Ela parece se regenerar mais rápido a cada vez que você a mata.

Os lábios de Cane se curvaram em um sorriso.

— Depende do método de morte.

— É verdade — Michael concordou, seu foco indo para mim. — Depende da força com que ela foi comida também.

Meu abdômen gelou e minhas veias congelaram. *Ele... Cane... ele tem uma... Erosita?*

Não, Cam respondeu, sua mente processou a cena de uma maneira totalmente diferente.

Algo que eu não conseguia nem imaginar, mas foi quase imediato em seus pensamentos.

Ela é uma escrava de sangue imortal, Cam falou, seu tom mental continha um toque de curiosidade... algo que fez meu interior se revirar.

Cane riu ao meu lado.

— Meu irmão está intrigado, não está?

Cam não disse nada.

Mas ele não precisava.

Ele estava tentando criar uma bolsa de sangue imortal há semanas.

E parecia que seu irmão já havia conseguido.

Cane passou os nós dos dedos pela minha bochecha até o pescoço.

— Ela é um brinquedo imortal. Que sangra. Grita. Morre. E se regenera.

Cam ainda não disse nada.

Mas ele estava ouvindo, algo de que seu irmão parecia estar bem ciente.

— Diga ao meu irmão que tenho dezenas deles — Cane murmurou. — Consortes perfeitas. Talvez ele *escolha* uma dessas para te substituir e se liberte de sua humanidade. Reinar ao meu lado ou no meu lugar. Eu não me importo. Só quero que ele se junte a mim de uma vez por todas.

A REPULSA DE ISMERELDA AZEDOU NOSSO VÍNCULO, E SEU desgosto ficava mais forte a cada minuto que passava.

Meu irmão basicamente transformou minha *Erosita* em um dispositivo de comunicação vivo. Cada detalhe que ele forneceu a ela no caminho para o complexo era destinado a mim, assim como cada palavra que ele pronunciava enquanto conduzia Ismerelda para um prédio localizado no térreo. Não era o Coventus, mas perto.

Ismerelda permaneceu quieta, apenas respondendo tudo o que eu pedia para que ela dissesse, e seu comportamento obediente parecia apaziguar meu irmão.

No entanto, eu a ouvi ferver por dentro. Senti sua raiva. Sua descrença. Sua *desconfiança*.

Não consegui esconder a curiosidade. A conquista do meu irmão era algo de que queria saber mais. Mas isso não significava que eu aprovasse o que ele fez, apenas que desejava mais detalhes.

Dito isto, estava começando a entender como e por que meu antigo eu compartimentalizou e escondeu certos detalhes de Ismerelda.

Não tinha nada a ver com querer mentir para ela e tudo a ver com protegê-la.

Neste momento, suas emoções e reações precisavam ser verossímeis. Manter minha mente aberta para ela poderia impactar isso, pois bastaria alguns momentos na minha cabeça para saber que eu não tolerava o que meu irmão estava fazendo. E isso seria suficiente para proporcionar alívio, algo que Ismerelda não poderia se dar ao luxo de demonstrar.

Assim, meus instintos me diziam para esconder meus sentimentos dela, e eu sabia exatamente como fazer isso... algo que provava que eu já tinha feito muitas vezes antes. Provavelmente pela necessidade de proteger da minha *Erosita*.

Mas me recusava a fazer isso agora.

Eu não poderia bloqueá-la. Seria contraproducente para nós sermos iguais.

Fui muito sincero no que disse: Ismerelda era minha rainha.

E agora, eu estava confiando nela para agir como tal. Para gerenciar suas reações externas enquanto conhecia a verdade sobre mim a fundo.

Nosso vínculo estava aberto, e meus pensamentos e desejos eram dela para decifrar.

— Estaremos no solo em três minutos — Damien anunciou da cabine.

Assenti, embora ele não pudesse me ver, e passei a informação para Ismerelda.

Ela repetiu minha declaração para meu irmão em um tom entediado enquanto ele a levava para um quarto. Sua voz mental me disse que era semelhante àquele que compartilhamos no subsolo, mas esse não era subterrâneo, pois tinha janelas escuras que davam para um pátio ensolarado.

Porque agora é de manhã, resmunguei para mim mesmo, irritado com a escolha do momento do sequestro e do encontro forçado do meu irmão.

Mas imaginei que era o que eu teria feito na situação dele.

Aquelas horas crepusculares eram as mais vulneráveis para um vampiro, principalmente porque era quando todos nós nos aconchegávamos para evitar o brilho do sol.

Embora os raios não me prejudicassem, certamente me irritavam.

Que surpreendente, Ismerelda murmurou, chamando minha atenção de volta para sua avaliação do quarto. *Não há câmeras de vigilância aqui. Pelo menos, não no mesmo lugar.*

Cane deve ter seguido seu olhar ou notado seu escrutínio porque comentou sua observação, dizendo algo sobre ter gostado de me ver transar com Ismerelda quase até a morte.

— Se ele ao menos tivesse conseguido — concluiu, e suas palavras ecoaram na mente de Ismerelda.

Diga a ele que foi bom eu não ter feito isso e lembre-o de que você é meu único elo com minhas memórias. Porque ele apagou todas com aquela porcaria de arma.

Meu irmão ainda não confirmou que foi ele, mas sua falta de negação parecia ser prova suficiente.

Fiz o que precisava ser feito para consertar você, ele disse antes de seguir com a ordem de repetir suas palavras por meio de nosso vínculo.

Ele não parecia entender que eu já podia ouvi-lo através dos pensamentos de Ismerelda. Claro, a voz dele era a interpretação dela enquanto absorvia as palavras em sua mente. Mas o conceito geral de suas declarações foi traduzido perfeitamente.

Humm, discutiremos mais sobre isso em breve, pensei para

Ismerelda, minhas palavras para meu irmão. Ela as repetiu em voz alta assim que o jato tocou o solo, e um som estrondoso me envolveu.

Apenas para o silêncio cair no instante seguinte, a brusquidão me deixou tonto.

Embora provavelmente já tivesse voado antes, não me lembrava. Pelo que Damien falou, o jato de Kylan era diferente de tudo que conhecia.

Mas eu não tinha nada com que comparar.

Graças a Cane.

Seu joguinho me tirou mil anos de memórias. E eu queria saber por quê.

O que ele esperava realizar? Foi tudo uma forma de romper meus laços com Ismerelda?

Se fosse o caso, ele deveria tê-la matado. Teria sido mais rápido e eficiente.

Não que eu quisesse que ela morresse. Muito pelo contrário, eu estava preparado para fazer o que fosse necessário para mantê-la viva.

Mas algo nos motivos do meu irmão não se encaixava.

— Parece que Helias, Ayaz e Robyn estão aqui — Damien disse. No entanto, suas palavras não pareciam ser para mim, porque ele não as pronunciou pelo sistema de som. — Sim, há um quarto jato também. Mas não há adesivo nele. Será que foi esse o que Cane usou?

Desafivelei o cinto e o encontrei na cabine com o olhar fixo na pista enquanto observava o campo de aviação. Ele murmurou em concordância com quem o estava ouvindo através do fone de ouvido. A frequência era muito baixa para eu captar as palavras.

— Estou ansioso por isso — ele falou e seus lábios se curvaram enquanto tocava o dispositivo com o polegar. — Ryder quer brincar. — Essa afirmação parecia ser para mim.

— Ele vai ter que esperar.

Damien bufou enquanto mudava sua atenção para mim.

— Sei que você teve os últimos mil anos arrancados da sua cabeça, então talvez não esteja ciente, mas o Ryder não é um homem paciente. Ele não *espera*.

— Bem, então é melhor você torcer para que eu consiga alcançar a sua irmã antes que a impaciência de seu criador mate Ismerelda — eu disse a ele.

Ele semicerrou os olhos.

— Você quer dizer quando *nós* alcançarmos a Izzy.

— Não, eu quis dizer *eu*. — Eu o encarei. — Você precisa ficar aqui e garantir que ninguém mexa no jato. Provavelmente precisaremos dele, e em breve. — Porque eu pretendia pegar Ismerelda e levá-la para Damien. Então determinaria a melhor forma de lidar com meu irmão.

Mas não cometeria o erro de tentar lidar com ele sozinho.

Jace e Darius eram capazes de me ajudar.

Assim como Damien e Ryder.

Contudo, minha prioridade era proteger Ismerelda.

Se ela fosse vampira, nada disso seria problema, pensei, mais uma vez furioso comigo mesmo por nunca tê-la transformado.

Ela era um deleite divino? Sim.

Será que uma parte obscura de mim gostava de sua fragilidade? Sim.

Mas minha Ismerelda estava destinada a ser uma rainha vampira. Não uma boneca dócil projetada apenas para ser exibida.

— O que você planeja fazer? — Damien perguntou, a expressão dura combinava com seu tom.

— Tudo o que for necessário para garantir a segurança de Ismerelda. — Me virei para sair, mas meu braço estava preso em sua mão forte.

— A última vez que você saiu sozinho, minha irmã acabou pagando o preço por sua arrogância. — Ele me empurrou de volta para a cabine e me encarou. — Você vai usar um comunicador.

— Um o quê?

— Um fone de ouvido — ele falou, apontando para o dispositivo em seu ouvido. — Vai permitir que a gente se comunique enquanto você estiver executando seu plano.

Cruzei os braços, mas não discuti quando ele encontrou o que precisava em uma bolsa que trouxe.

Cane provavelmente me faria removê-lo. Ou talvez ele não se importasse.

Se ele queria que eu fosse seu parceiro nesse empreendimento, então precisava me deixar tomar minhas próprias decisões.

Claro, ele estava tentando fazer todas as minhas escolhas por mim, então isso provavelmente não iria mudar.

O que me leva de volta às suas verdadeiras intenções, murmurei para mim mesmo enquanto aceitava o fone de ouvido de Damien. Coloquei-o, apertei um botão – conforme sua exigência – e arqueei uma sobrancelha. — Posso ir salvar sua irmã agora?

Ele revirou os olhos e apertou o botão da minha camisa.

Franzi a testa e olhei para baixo, tentando descobrir o que aquele gesto significava.

— É o seu microfone — ele disse, me fazendo piscar.

— Onde?

— Aí. — Ele apontou para o botão. — É fino e transparente como um adesivo translúcido. É incrível, na verdade. Assim como o seu fone de ouvido.

— É muito provável que Cane me faça removê-lo.

— Supondo que ele o detecte.

— Ele parece estar familiarizado com sua tecnologia — lembrei a ele, pensando em suas tentativas de hackeá-lo.

Damien se abaixou para pegar mais alguma coisa de sua sacola.

— Então é bom que a tecnologia não seja minha. — Ele ergueu um espelho para me mostrar minha orelha. — É do Khalid.

Arqueei as sobrancelhas.

— Fascinante. — Não consegui ver nenhuma evidência da unidade de comunicação.

— Como eu disse, incrível — ele murmurou. — A frequência do som também é baixa, fazendo com que só você possa me ouvir.

Olhei para o objeto em sua orelha. Era claramente um tipo diferente de unidade de comunicação, já que pude vê-la. No entanto, não consegui ouvir nada há poucos momentos, então talvez fossem tecnologias relacionadas.

Ou talvez ele tivesse deixado visível por algum motivo.

— Não sei se esta tecnologia foi testada com lycans, então um lobo pode detectar o fone de ouvido — Damien continuou enquanto clicava em algo que abria a porta do jato. — Certo. É melhor você manter minha irmã viva, ou eu mesmo vou te matar.

Eu grunhi. Não havia nada útil ou relevante a dizer em resposta a isso.

Então não disse nada.

Saí do avião, sem me preocupar em esperar pelas escadas que estavam sendo levadas até a porta pela qual acabei de pular.

Ignorando tudo, me teletransportei para fora do campo de aviação, apenas para fazer uma pausa quando Ismerelda disse: *Cane disse que há um carro te esperando no hangar.*

Entendo. Eu deveria ter esperado por isso.

Com um grunhido baixo, voltei para a pista onde as escadas estavam sendo fixadas no jato.

— Ótimo trabalho até agora — Damien brincou. Sua voz era um som indesejável em meu ouvido.

Desconsiderando-o, fui até um vampiro que estava de

sentinela perto de um carro preto. Ele abriu a porta de trás para mim, com o olhar abatido.

Pergunte ao meu irmão se os relatórios de pessoal do complexo eram mentira, pedi a Ismerelda. Não havia vampiros suficientes para fornecer segurança adequada, mas aqui havia um como acompanhante. Parecia um pouco conflitante, dado o que Mira me disse.

Não é mentira, Ismerelda respondeu depois de um instante. *Ele disse que este vampiro pertence a Robyn.*

Robyn? Foi inesperado.

Mas à medida que meu irmão começou a se explicar para Ismerelda, comecei a entender.

— Cane recrutou reforços de seus aliados reais — eu disse a Damien. — Vários vampiros estão na cidade agora.

O motorista encontrou meu olhar no espelho e pigarreou.

— Ah, sim — ele disse, parecendo acreditar que eu estava falando com ele.

O que suponho que fazia sentido, já que ele não conseguia ver o microfone ou fone de ouvido. Na cabeça dele, com quem mais eu estaria falando?

— Cinco de nós viemos com Robyn — ele continuou, felizmente a informação foi útil. — Não tenho certeza de quantos vieram com Ayaz, Helias e Jasmine.

— Jasmine? — Damien repetiu, com aborrecimento em seu tom. — Talvez esse seja o quarto jato...

Se o vampiro no banco da frente ouviu o outro homem, o que, segundo Damien, ele não deveria ter conseguido, não demonstrou.

Ele pigarreou novamente e começou a dirigir.

Ao contrário de Keys, esse homem obviamente sabia quem estava no banco de trás. Porque ele estava suando... uma reação física rara para um vampiro.

Mas este parecia ser jovem.

Semelhante a Abigail. Fiz uma careta. *Onde está a Abigail? Ela estava no avião com você e Cane?*

Não que eu tenha visto, Ismerelda respondeu. *Devo perguntar ao seu irmão?*

Não. Vou perguntar a ele quando chegar. O que aconteceria em breve, já que o aeroporto não ficava longe do complexo... algo que Lilith fez enquanto reformava Roma. O campo de aviação construído pelos homens ficava longe demais para o seu gosto.

— Ah, também há alguns lycans — o motorista acrescentou, o que me fez arquear a sobrancelha. — Eles vieram com os Alfas dos Clãs Thida e Tómasson.

Meu irmão está trabalhando com lycans?, perguntei, meu choque fez parecer que eu estava exigindo que Ismerelda me explicasse.

Felizmente, ela entendeu o que eu quis dizer expressou meu espanto como uma pergunta para Cane.

A resposta dele soou alto em sua mente.

De onde você acha que vieram nossas cobaias, irmão? A pergunta possuía uma mistura irritante de escárnio e superioridade.

Puta merda, pensei.

— Ou... ou é o Clã Winter? — o vampiro divagou. — Eu... muitas vezes fico confuso com o nome. Acho que o alfa Jenkins se refere a ele como Clã Tómasson agora.

— Seu motorista parece ser um idiota útil — Ryder disse em meu ouvido. Sua voz inesperada quase fez minha sobrancelha saltar.

— É Clã Tómasson, mas muitos vampiros ainda se referem a ele como Clã Winter — Damien esclareceu. — Se você quiser ensinar ao idiota útil.

Eu não queria.

Estava muito ocupado processando essas informações.

É incrível o que os lycans estão dispostos a oferecer por apenas um pouquinho do favor prometido, meu irmão estava dizendo a

Ismerelda. *Claro, a Lilith me ajudou a identificar os alfas mais dispostos. Aqueles que ansiavam por poder sobre o amor.*

Minha *Erosita* fez careta em resposta ao sorriso arrepiante de meu irmão, sua mente o repreendeu por transformar os lobos em peões.

Infelizmente, direi que quebrar a propensão dos lycans por laços familiares se provou ser bastante complicado, ele continuou. *Uma vez, meu irmão me disse que esse seria meu maior obstáculo para convencer os lobos a se juntarem à minha situação. Além de virá-los contra a humanidade, quero dizer. No geral, ele estava certo. Mas degradar as matriarcas do clã — as fêmeas alfa — ajudou um pouco.*

Eu me pergunto como Mira se sente em relação a isso, Ismerelda murmurou para si mesma.

Ela provavelmente não se considera uma das mulheres alfa, respondi. *Ela é uma lycan imortal. A única da espécie. Portanto, ela é superior a todas as outras.*

Ismerelda ficou em silêncio enquanto considerava minha resposta.

— Estamos procurando Luka e Jolene agora para atualizá-los sobre este último desenvolvimento — Darius disse em meu ouvido.

Pelo que parecia, Damien me conectou com todos os vampiros em que conseguiu pensar.

Eu teria que agradecê-lo mais tarde pelo aviso.

— Foi uma coisa boa eu ter feito Cam usar um comunicador — Damien acrescentou, me fazendo quase grunhir. Porque ele não me obrigou a fazer nada.

— Sim, que bom que você não o deixou fugir sozinho de novo — Ryder falou.

Seu irmão e o criador dele estão me dando uma dor de cabeça absurda, reclamei para Ismerelda.

Quando ela não respondeu, cutuquei um pouco mais sua psique, curioso para saber o que meu irmão estava dizendo agora.

Nada, pensei, me permitindo franzir a testa. *Ismerelda?*

Silêncio.

Nem um único lampejo de emoção ou sentimento através do vínculo.

Sem vínculo. Sem memórias. Sem *Erosita.*

— Pare o carro — exigi.

Mas já era tarde demais.

Estávamos dentro dos antigos muros da Cidade do Vaticano.

E meu irmão estava me esperando perto de uma entrada.

Com minha companheira morta a seus pés.

CAM

— Não fui claro, Cane? — exigi, quase arrancando a porta do carro das dobradiças. — Corte nosso vínculo e eu assumirei seu trono.

Cane franziu a testa, olhando para Ismerelda e depois para mim enquanto eu me posicionava diante dele.

— Eu não cortei nada. Apenas quebrei o pescoço dela.

— O que significa que não consigo ouvi-la — eu disse entre dentes. — O que corta o nosso vínculo.

— Hum. — Ele olhou para baixo novamente. — Bem, presumi que sua chegada significava que a consciência dela não era mais necessária. Não sabia que ela precisava estar consciente para você usá-la. — Ele fez uma pausa e depois deu de ombros. — Ela vai acordar em breve. Enquanto isso, podemos conversar.

Ele se virou em direção à porta, deixando minha *Erosita* morta no chão frio.

Rosnei e a peguei em meus braços, fazendo meu irmão se virar com um brilho de conhecimento em seus olhos verdes.

— Então você ainda se importa com ela?

Um teste, percebi, irritado com as travessuras do meu irmão.

Permiti que um pouco dessa irritação aparecesse em meu tom quando respondi:

— Eu me importo com o que está na cabeça dela, irmão. Como as memórias que você e a Lilith roubaram de mim.

Obviamente, essa não era toda a verdade. Mas era a que mais importava para ele.

Cane me estudou por um momento, talvez avaliando a veracidade de minhas palavras. Ou talvez ele estivesse tentando discernir o quanto me deixou irritado com suas ações.

Fosse o que fosse, não permiti que ele visse. Olhei para ele com uma sobrancelha arqueada.

— Ela não sentiu — ele me informou. — Pedi que ela viesse comigo te encontrar e quebrei seu pescoço no momento em que ela passou pela porta. Então a deixei cair no chão. A cabeça dela vai ficar bem quando ela acordar.

Fiz uma exibição ao verificar seu cabelo, fingindo que estava procurando por algum ferimento em potencial que pudesse ter danificado a parte dela que eu mais precisava.

A ação me proporcionou os preciosos segundos necessários para controlar meu temperamento.

Porque tudo que eu queria era dar um soco na cara do idiota do meu irmão.

Mas fazer isso garantiria retaliação.

Infelizmente, eu não poderia pagar por isso no momento. Não com Ismerelda inconsciente. E não sem algumas respostas.

Ah, eu poderia pegá-la e correr para o aeroporto. No entanto, meu irmão era quase tão poderoso quanto eu. Aparentemente, também era dono deste complexo. Quem sabia que surpresas esperariam por mim se eu decidisse atacá-lo?

Outra arma?

Lycans e vampiros?

Companheiros da realeza?

Algum outro tipo de escravo imortal?

O que quer que fosse, eu pretendia descobrir.

— Preciso de um lugar seguro para colocá-la — disse a ele. — Então podemos conversar.

Ele assentiu.

— Claro. Me siga.

Michael ficou esperando lá dentro, com a cabeça baixa. *Ficaria muito melhor no chão e removida do pescoço*, pensei de forma sombria, imaginando a cena. *Assim que minha leoa acordar, garantirei que a imagem ganhe vida de uma forma muito vívida.*

Seguido talvez pela cabeça do meu irmão.

Apenas quebrei o pescoço dela, ele disse.

Que tal se eu apenas quebrasse seu pescoço, hein?

Foi preciso muito esforço para manter uma expressão entediada enquanto o seguia pelo corredor até uma porta de um quarto que vi na mente de Ismerelda.

— Faz parte do meu complexo pessoal — meu irmão explicou. — Se você aprovar, pode tornar esta suíte sua até escolher seu próprio prédio dentro dos muros da cidade.

— Um upgrade do local onde você mantém seus experimentos de laboratório? — perguntei, me referindo à minha antiga suíte no subsolo.

Seus lábios se curvaram.

— Este é o prédio que reformei para meus aliados. Dez suítes equipadas com todo luxo imaginável. — Ele apontou para as escadas ornamentadas no corredor. — Além disso, há acesso direto aos brinquedos imortais. Talvez façamos um passeio depois que você descartar sua bagagem.

Murmurei de forma evasiva e entrei na suíte.

— Há respostas que eu gostaria de ouvir antes de concordar com um passeio.

— Por exemplo, por que apaguei suas memórias?

— Seria um bom começo — respondi enquanto colocava Ismerelda na cama. Tomei muito cuidado com a cabeça dela, principalmente porque queria garantir que o pescoço estivesse alinhado para a melhor posição de cura possível.

Encarei meu irmão e arqueei uma sobrancelha, dizendo sem palavras para começar a falar.

Porque esta não era a porcaria de uma reunião ou um momento familiar feliz.

Era um teste para mim, uma forma de determinar se eu poderia permitir que meu irmão continuasse existindo ou não.

Ah, eu poderia não matá-lo imediatamente. Poderia enterrá-lo vivo por um século e ver se isso resolveria seu problema de humanidade ou o pioraria.

E então poderia acabar com ele.

Ou poderia encontrar outra forma criativa de puni-lo. Talvez eu até usasse aquela arma para ver se ele gostaria.

Talvez destruir suas memórias resolva seu problema de humanidade, pensei.

Alguns provavelmente me diriam para não descer ao nível dele.

Mas eu estava bem abaixo do nível dele. Estava no fundo do submundo onde a luz não existia.

Ismerelda foi quem conseguiu me tirar das profundezas.

E meu irmão quebrou a porra do pescoço dela.

Assim, todos nós caímos em cascata na escuridão da noite.

Nem mesmo o sol escaldante poderia salvar meu irmão da minha escuridão agora.

— Foi um acidente — Cane falou enquanto caminhava

até o bar da suíte para servir uma bebida cor de âmbar para nós dois.

Michael deve ter interpretado isso como uma deixa para ir embora, porque fechou a porta, me prendendo lá dentro apenas com meu irmão e Ismerelda.

— Suponho que deveria começar do início — ele esclareceu enquanto me entregava um dos copos de cristal. — Como você provavelmente já percebeu, eu nunca dormi. Acontece que você precisa ser um participante disposto para que o ritual funcione. Mas você me nocauteou antes de fazer isso e eu acordei.

Escolhi uma das cadeiras na área de estar, mantendo o foco em meu irmão enquanto monitorava minha ligação mental com Ismerelda.

Nada ainda.

O que eu achava que era de se esperar, já que ela morreu há poucos minutos. Mas esse conhecimento não acalmou meus nervos. Estar isolado dela assim era ainda pior do que quando ela caiu em seu estado catatônico.

E pensar que a matei há poucas semanas.

Se eu estivesse conectado a ela quando isso aconteceu... *merda.*

— Você sabe por que me nocauteou? — meu irmão perguntou conforme permaneci em silêncio.

— Não. Só estou ciente do que vi na mente de Ismerelda, bem como do breve resumo que Darius me forneceu sobre Aurelia e sua humanidade em declínio.

Cane tensionou a mandíbula e semicerrou os olhos.

— Tenho certeza de que faltaram alguns elementos-chave naquele resumo.

Relaxei na cadeira e cruzei as pernas.

— Pelo que ele me contou, seu desprezo pelo mundo se fortaleceu depois que a matadora te seduziu e tentou te matar. No entanto, eu avisei que os lycans nunca concordariam.

Parece que eu estava errado.

— Ah, não, você estava certo. Mas encontrei uma maneira de convencê-los.

— Sim, você revelou a espécie lycan, fazendo com que os humanos respondessem da maneira usual... baseada em inseguranças e tendências violentas — resumi.

— Não exatamente. — Ele se sentou no sofá à minha frente. — Fiz algumas sugestões, ou suponho que podemos chamá-las de compulsões, que levaram os humanos a tentarem militarizar os lycans. Achei que isso ia irritar os lobos e forçá-los a agir. Então os vampiros seriam creditados por ajudar os metamorfos a revidarem.

Tomei um gole da bebida e murmurei, aprovando seus métodos.

Bem, não exatamente aprovando, mas apreciando-os. Foi uma estratégia inteligente para atrair os lobos para o seu lado e permitir que eles fizessem todo o trabalho para ele.

E, francamente, funcionou.

— Mas não foram apenas os lycans que discutimos naquele dia fatídico, irmão, mas também sobre *Erositas*.

Tomei outro gole e girei o conteúdo no copo.

— E o que tem elas?

— Eu disse que elas são perigosas, que protege sua ligação com a humanidade e inicia falsos instintos. Quando recomendei que você matasse Ismerelda, você me nocauteou. E a próxima coisa que percebi foi que acordei na cripta de nossa família no momento em que você estava fechando o caixão.

— Entendo.

— É claro que suspeitei que esse poderia ser o seu próximo passo — ele continuou, ignorando minha resposta.

— Eu tinha planos de contingência em vigor, incluindo um frasco com meu sangue e a promessa da Lilith de fazer o que fosse necessário para me reanimar. Mas testar a força da cerimônia não foi necessário. Ela não funcionou.

— E você passou a viver em segredo? — concluí.

— Passei a aperfeiçoar meus planos. Então entrei em contato com você para te oferecer o trono como membro mais velho da realeza. Bem, tecnicamente, a Lilith entrou em contato. Mas você não ficou surpreso ao me ver naquele dia. No fundo, você sabia que eu era o responsável.

Sim, comecei a suspeitar disso.

Mas meu eu arrogante pensava que eu poderia cuidar do meu irmão sozinho.

Claramente, tudo correu bem, murmurei para mim mesmo.

— Você rejeitou minha oferta — Cane continuou. — Na verdade, ameaçou me trancar, contar a verdade a todos e resolver as coisas antes que eu destruísse o mundo.

Ele riu e terminou a bebida, colocando o copo na mesa de centro entre nós. Então se recostou e abriu os braços no encosto do sofá.

— Você tinha a impressão de que eu precisava ser reabilitado. Mas era você, querido irmão, quem precisava ser libertado do seu vínculo. O que eu tentei e não consegui fazer.

Olhei para Ismerelda antes de me concentrar novamente em Cane.

— Foi esse o objetivo da arma que você usou para me subjugar? Me libertar do meu vínculo?

— O que você chama de arma, eu chamo de ferramenta. O objetivo é bloquear a parte de nossas mentes suscetível à ligação *Erosita*. Mas não é perfeita. E quanto mais antigo for o vínculo, mais difícil será destruí-lo. Infelizmente para você, acabou removendo suas memórias. O que, como eu disse, foi um acidente.

Hum. Compreender o que fizeram comigo evocou um novo pensamento, que expressei em voz alta.

— Então eu não deveria ser capaz de curar essa parte da minha mente?

Eu poderia regenerar todas as outras partes de mim. Por que não essa?

Cane curvou os lábios.

— Era de se pensar assim. Mas a ligação com a *Erosita* não é exatamente tangível. Qualquer que seja a magia que nos permita existir, também permite que o vínculo seja criado. E esse encantamento funciona de maneiras que não entendemos totalmente. Daí a razão pela qual é tão perigoso.

— Bem, neste momento essa ligação perigosa é a única que tenho com os últimos mil anos. Então preciso dela viva, Cane.

Ele me estudou, seu olhar astuto e direto.

— Essa é a única razão pela qual você a quer viva?

Considerei a pergunta e olhei novamente para Ismerelda, processando as respostas que eu sabia que meu irmão gostaria de ouvir.

— É o principal motivo — eu disse. — Mas o sangue e a boceta dela também são motivos excelentes.

Foi uma declaração grosseira, mas a inclinação dos lábios do meu irmão me disse que era a frase certa a usar.

— Talvez minha ferramenta tenha funcionado melhor do que eu imaginava — ele refletiu. — Quando você saiu abruptamente com Ismerelda na semana passada, no dia em que decidi me revelar a você, pensei que tinha falhado. Mas talvez eu não tenha. Talvez você esteja curado.

Eu bufei. Principalmente porque não havia nada em mim que exigisse *cura*.

Mas transformei esse escárnio em zombaria ao responder:

— Ismerelda conseguiu desmantelar a barreira entre nossas mentes. Quando isso aconteceu, suas memórias se tornaram subitamente minhas para explorar. Fiquei encantado e depois chateado ao perceber que meu acesso ao passado estava prestes a chegar a um fim abrupto. Eu reagi de acordo.

Ele assentiu.

— Compreensível. Eu não tinha considerado o que ela poderia te oferecer além do óbvio. Eu só a trouxe aqui para testar sua humanidade. Se eu tivesse percebido que ela poderia ajudar com o problema de memória, teria encorajado isso muito antes.

— Você não estava preocupado que as memórias dela pudessem desencadear minha humanidade? — perguntei a ele.

Ele deu de ombros.

— Sempre foi uma possibilidade. Tenho planos em vigor caso isso aconteça.

— E esses planos envolvem matá-la? — adivinhei, meu tom cuidadosamente desprovido de emoção.

— Sim. — Uma resposta enfática que não exigiu elaboração, o que explicava por que ele não continuou depois de pronunciá-la.

Na sua opinião, remover Ismerelda da equação me livraria imediatamente dos meus laços com a humanidade. Ele podia estar certo. O que ele não percebeu foi o que eu faria com ele se removesse meu coração.

Porque Ismerelda era muito mais do que um elo com a humanidade.

Ela era *minha*.

E eu não aceitaria que ele a machucasse de forma alguma.

Ainda assim, precisava jogar da maneira certa. Descobrir quais medidas de segurança ele pode ter em vigor. Descobrir exatamente o que ele realizou e o que pretendia fazer.

Então eu atacaria. *Com minha rainha ao meu lado.*

O que significava que eu tinha que continuar a satisfazê-lo neste jogo.

— Não posso dizer se sua experiência funcionou ou não

— disse a ele. — Não consigo me lembrar quem eu era há cerca de um século. Mas sei quem sou hoje. E a única parte disso que realmente me irrita é como você me fez acreditar que eu era o Soberano quando acordei.

Ele arqueou a sobrancelha escura.

— E quanto às suas memórias perdidas e o que a ferramenta fez com você nas últimas doze décadas?

— Não me lembro de nada disso. Se eu me lembrasse, poderia me sentir diferente. Mas o que me lembro é de ter acordado com diversas informações que se revelaram mentiras. Não gosto de ser manipulado, Cane.

— Não eram mentiras. Os registros de Lilith foram feitos para mim, mas eu os alterei para que você pudesse ter um propósito. Se quer o trono, ele é seu. Eu não quero liderar. Essa não é minha habilidade. Eu trabalho muito melhor nos bastidores, e é por isso que a Lilith foi o rosto enquanto eu me concentrava em te curar.

Ali estava aquela palavra novamente: *cura*.

Meu irmão realmente acreditava que estava me ajudando.

— Vou precisar de algum tempo para processar isso — eu disse a ele com honestidade. — O sol também está me dando uma dor de cabeça muito forte.

Essa última parte não era verdade, mas eu queria passar algum tempo com Ismerelda. Eu podia senti-la começar a se mexer, nossa ligação mental vibrava com a vida enquanto seu corpo começava a se curar.

— Sei que ainda temos muito o que discutir e estou muito interessado em saber como você criou seus brinquedos imortais. Mas foi uma noite longa. Eu quero sangue. Talvez uma boa transa para descarregar um pouco dessa agressividade. E dormir.

Ele assentiu.

— Já comecei a mostrar como os criei... usando os Abençoados. Eu prepararia tudo para você replicar o processo, mas você foi embora antes de eu terminar a demonstração.

Ele se levantou antes que eu pudesse responder, não que eu soubesse o que dizer.

— O que ainda não determinei é como prolongar a vida dos lycans. Mas essa parte não tem sido minha prioridade. Coloquei a Mira no comando, já que esse é o desejo dela mais do que o meu. — Ele passou as mãos pelo paletó. — No entanto, podemos revisar tudo em profundidade em poucas horas.

Me juntei a ele, principalmente porque pude sentir Ismerelda começar a respirar novamente. Isso me fez querer estar mais perto dela, abraçá-la enquanto ela recuperava a consciência.

Embora fosse complicado.

Porque eu não tinha dúvidas de que havia câmeras neste quarto. Elas podiam não estar no mesmo lugar que estavam em meu alojamento anterior, mas meu irmão não confiaria em meu comportamento.

Tudo isso era outro experimento.

A única diferença é que agora eu sabia.

Jogue o jogo, disse a mim mesmo as palavras semelhantes às que disse a Ismerelda algumas horas atrás. *Nós dois teremos que jogar juntos.*

O que significava que acordar não seria muito agradável. Para ela, pelo menos.

— Vou deixar você se alimentar e transar — meu irmão murmurou. — Se quiser um sabor diferente, basta usar a escada que indiquei anteriormente. Você encontrará uma sala inteira cheia de guloseimas. Talvez elas te atraiam mais do que as virgens de sangue.

Ele me lançou um olhar astuto ao emitir a última frase, me dizendo que observou meu tempo com as virgens de sangue e sabia que não toquei em nenhuma delas.

— Aproveite o seu dia, irmão — acrescentou.

Ele saiu com um sorriso aparecendo nos cantos de sua boca.

Tranquei a porta. Não que isso fizesse muita diferença.

Rosnando baixinho, vaguei pelo quarto observando o conteúdo da geladeira, verifiquei o banheiro, que continha as necessidades básicas, e me vi de pé ao lado da cama, com o foco em Ismerelda.

— Acorde — exigi. A raiva em meu tom era dirigida ao meu irmão, não a ela. Mas ele não saberia disso. Ele leria isso como impaciência.

Porque esse era o propósito: fornecer a Cane a prova de que seu pequeno experimento funcionou. Que eu não possuía mais minha humanidade.

Que Ismerelda não significava nada para mim.

Ah, eu poderia fugir com ela.

Mas ele encontraria uma maneira de nos trazer de volta. Ou pior, caçaria Ismerelda e tentaria matá-la.

Não. A solução era ficar aqui e satisfazê-lo. Para coletar informações e formar um plano. Trabalhar com Ismerelda para resolver esta situação, não fugir dela.

Eu já tentei lidar com meu irmão sozinho uma vez. Falhei. Agora era hora de confiar em minha companheira para me ajudar a superar isso.

E nesse ínterim, eu daria a Cane o que ele queria: uma demonstração de quem eu me tornei.

O tempo todo, eu tentava ao máximo manter Ismerelda calma.

Preciso que você seja minha rainha, sussurrei para ela enquanto tirava o paletó. *Não uma boneca quebrável.*

Ela estaria ciente em breve.

Então o show começaria.

KHALID

— ABIGAIL ESTÁ MORTA. — O TOM NEUTRO DE HAZEL precedeu sua entrada em minha suíte. Sua irritação era palpável. — Deirdre a encontrou perto da fronteira. A cabeça foi arrancada. Uma morte muito fácil.

— Entendo — murmurei, meu pescoço atualmente estava enfrentando uma ameaça semelhante da lâmina de Emine.

Seus olhos azul-acinzentados brilharam em triunfo.

Pelo menos, até eu sair de debaixo dela e prendê-la no chão com meus quadris, os pulsos em uma das minhas mãos sobre a cabeça.

— Solte isso — eu disse, apertando um pouco seus pulsos.

Ela rosnou, fazendo meus lábios se curvarem.

— Ah, eu amo o jeito que você luta comigo, habibi.

Ela mordeu meu lábio inferior no instante seguinte, suas presas tiraram sangue.

Também não foi uma mordida de amor.

Isso não impediu meu pau de ficar duro. Na verdade, só me fez desejá-la ainda mais.

Lambi a ferida e a beijei, forçando-a a engolir a vitória.

Ela gemeu de contentamento. Meu sangue era um vício para seus sentidos assassinos.

Minha querida dragoa foi a primeira de sua espécie... uma matadora que virou vampira. Isso a tornou muito mais letal. E, muito divertida de brincar.

Acabei deitado de costas no segundo seguinte, e ela montada em mim.

Curvei os lábios, meu corpo estava muito ansioso pelo que estava por vir. Eu me movi exatamente quando a lâmina dela teria cortado minha garganta, desta vez me coloquei no lado oposto da sala e de pé.

Ela rosnou de frustração, mas não avançou quando se juntou a mim. Em vez disso, guardou a adaga, seu olhar desafiador me dizia o tempo todo que ela estava orgulhosa de si mesma por ter resistido ao meu comando.

Nós dois estávamos.

Emine possivelmente era a joia mais atraente da minha coleção de objetos raros.

Sua expressão ficou sombria quando ela me olhou, seus olhos me diziam como ela se sentia sobre minha óbvia admiração.

Você é minha, habibi, sussurrei em sua mente, esse dom entre nós que existia desde muito cedo.

Vá se foder, meu príncipe, ela respondeu.

Mais tarde, querida miragem. Bem mais tarde. Pisquei para ela antes de dar a Hazel todo o meu foco.

O humano de Cam, Keys, estava logo atrás dela, com o terno preto impecável e limpo, e parecendo saudável.

— Você se curou bem — eu disse a ele.

— Obrigado, Meu Príncipe — ele respondeu em tom obediente.

Hazel revirou os olhos.

— Pode chamá-lo de Khalid.

Eu ri.

— Tentando despojar o pobre humano de seu treinamento?

— Sim. — A resposta enfática destacou seu aborrecimento. — Precisamos conversar sobre Cane.

Humm, sim, suponho que precisamos.

— Ouvimos tudo o que ele disse a Cam. O Cedric gravou. Também desligamos o microfone quando percebemos que poderia haver lycans presentes.

Minha avançada tecnologia de comunicação foi testada ao redor de vampiros, não de metamorfos. Então, embora eu soubesse que meus irmãos não poderiam ouvir conversas nos fones de ouvido, não tinha certeza sobre lobos.

Foi mais fácil simplesmente desligar por completo e entrar no modo de escuta.

— Sim, estou ciente — Hazel respondeu. Suas palavras eram em resposta aos meus comentários sobre a gravação.

Ela se sentou no sofá mais próximo de Emine, sem nenhum medo de ter minha dragoa mortal atrás dela.

— Precisamos descobrir o que Cane sabe sobre a Cidade de Sangue — Hazel falou sem rodeios.

— Bem, a Abigail não estava a par de nenhuma de nossas conversas, e Deirdre desligou todas as câmeras de vigilância na sala. Então ela não deve ter contado muito a ele, se é que contou alguma coisa. — Fui até a geladeira para pegar uma garrafa de água para Emine enquanto falava.

Minha querida miragem continuou a semicerrar os olhos para mim enquanto aceitava a oferta. Sua voz interior transmitiu gratidão enquanto seu rosto exibia ódio.

Beijei sua bochecha, o gesto era uma provocação. Ela rosnou em resposta, buscando uma lâmina enquanto eu me aproximava e me sentava em uma cadeira em frente a Hazel.

Emine olhou para mim.

Em seguida, abriu a tampa da garrafa e bebeu todo o conteúdo.

Agora você está me provocando, habibi.

Você se diverte com comportamentos estúpidos, Khalid.

Como ver você engolir? sugeri. *Acho isso muito divertido.*

Ela quase se engasgou.

Cuidado, querida. Tenho planos para essa garganta mais tarde.

Continue sonhando.

Continue lutando, respondi.

Ela revirou os olhos e foi pegar outro frasco. Sua genética única tornava a hidratação um requisito. Ela precisava de mais do que sangue para sobreviver.

Mas esse era um segredo que não divulgávamos a ninguém.

— Embora seja verdade, não sabemos o que Cane descobriu através de sua própria vigilância — Hazel me disse, chamando minha atenção. — Ele sabia que o Kylan estava aqui, já que recomendou que o Cam pegasse o jato dele. O que significa que ele também sabe sobre você.

— Provavelmente — concordei. — Imagino que ele pense que os revolucionários estão tentando me atrair para o lado deles.

— E considerando há quanto tempo você está aqui, deve achar que eles tiveram sucesso — Hazel concluiu.

Dei de ombros.

— Ele pode pensar o que quiser.

— Não está preocupado?

— Se eu estivesse, seria um indicador de que não planejei bem o suficiente para essa inevitabilidade — falei enquanto

Emine caminhava em minha direção. Em vez de se sentar na cadeira ao meu lado, ela se acomodou no meu colo.

Bem no meu pau duro.

Tentadora, acusei.

Ela se inclinou para trás, com o pescoço exposto enquanto eu passava o braço em sua cintura. *Você precisa de sangue.*

Beberei da sua boceta mais tarde.

Ela zombou, mas seu corpo permaneceu relaxado contra o meu.

Beijei seu pulso assim que Cedric e Lily entraram, seus rostos corados não deixavam dúvidas sobre o que estavam fazendo enquanto Emine e eu lutávamos.

Quando eles ocuparam a cadeira ao meu lado, o pobre Keys era o único de pé.

— Você deveria se sentar ao lado de Hazel — eu disse a ele. — Ela ajudou a salvar sua vida, afinal.

— Ele é livre para fazer suas próprias escolhas — Hazel me informou antes que ele pudesse responder. — Então, se você não está preocupado com a possibilidade de Cane descobrir a Cidade de Sangue, o que o preocupa?

Espertinha, pensei, quase contraindo os lábios novamente.

Estou começando a entender porque ela é sua amiga, Emine falou. Seu tom mental se manteve tenso. *Ela te lê bem.*

Ciúme, pequena miragem?

Ela se mexeu no meu colo, suas curvas deliciosas acariciaram minha excitação. *Dificilmente.*

Eu sorri. *Amo o quanto você amadureceu, Emine.*

Ela bufou. *É óbvio que não foi o suficiente, meu príncipe.*

Gemi, dando outro beijo em seu pescoço. *Eu te disse, amor. Não vou te comer até que você me implore.*

E eu te disse que isso nunca vai acontecer.

Portanto, aqui estamos, murmurei de volta para ela.

Ela não disse nada, mas senti sua irritação. Eu não

conseguia ler sua mente, nossa conexão era mais telepática do que qualquer outra coisa.

No entanto, eu já estava com ela há tempo suficiente para perceber seus sentimentos.

— Khalid — Hazel solicitou. — Sei que algo está te preocupando. É por isso que você está acordado, apesar do sol do meio-dia batendo sobre nós. Se você se sentisse seguro ou à vontade, estaria dormindo agora.

— Talvez eu quisesse brincar com minha dragoa — sugeri.

Hazel me olhou fixamente.

— Eu te conheço há milhares de anos. Essa mania de desviar do assunto com brincadeiras não funciona comigo.

— Bem, isso não é verdade — murmurei. — Brincamos verbalmente o tempo todo.

— *Khalid.*

Suspirei. Hazel era um dos poucos seres na Terra de quem eu aceitaria esse tom de advertência. Emine também estava nessa pequena lista.

— Estou preocupado com os lycans, Hazel — eu disse a ela. — Eles estão tramando alguma coisa.

— Você pode culpá-los? — Cedric perguntou, arqueando a sobrancelha imperiosa. — Eles são peões há mais de um século. E ouvir que Cane orquestrou o rompimento deles com a humanidade não deve ter ajudado em nada.

— Tenho certeza de que não — admiti. — É por isso que estou preocupado. Estou esperando para ver o que eles vão fazer.

— Você acha que eles poderiam invadir o complexo sem nós? — Hazel perguntou.

— Sim. — Porque era o que eu faria na posição deles. — Embora possamos não ter culpa aqui, nossos irmãos têm. Eles têm o direito de retaliar e eu não os culparia se não confiassem em nós.

Essa era a minha preocupação.

Lycans eram propensos a reações emocionais. Eles eram animais de coração, os sentimentos eram passionais e agressivos.

E Cane os acertou em cheio no coração.

Ele orquestrou toda essa loucura, garantiu que os lycans fossem descobertos pelos humanos, praticamente facilitou a escravização temporária nos exércitos mortais e vinha fazendo experiências com eles há mais de um século.

O fato de os lycans da Torre Deirdre não parecerem muito interessados em discutir nada disso conosco só piorava as coisas.

— Eu me ofereceria para vigiá-los, mas suspeito que isso pioraria o problema — Hazel comentou.

— Sim, pioraria mesmo — concordei. — Neste momento, tudo o que podemos fazer é esperar que eles venham até nós e torcer para que nos incluam em seus planos.

— Poderíamos tentar falar com eles — Cedric ofereceu. — Reforçar nossa postura de apoio.

— Eles já sabem que não somos como Cane — respondi. — Mas o fato é que tudo o que fizemos foi cuidar de nós mesmos. A Cidade de Sangue é a prova disso. — Pelo menos, em termos do que os lycans daqui sabiam.

Ah, eu tinha alguns lobos no meu território. Mas eram todos solitários, que não teriam interesse em se apresentar para discutir as atuais situações de vida. No que dizia respeito aos lycans desta torre, construí minha cidade apenas para vampiros.

Assim como Jace e os outros só se concentraram em uma revolução com vampiros em mente. Rações de sangue. Proteger a fonte de alimento. Nunca houve discussões verdadeiras sobre lycans e suas necessidades.

Não que eles quisessem excluir os lobos, era apenas natural fazê-lo.

E esse tipo de divisão estava chegando ao auge.

Já estava assim há dias.

Desde que os vampiros chegaram primeiro, apenas para convidar os lobos mais tarde. Quase como se fossem um pensamento tardio, não um parceiro primário nesta iniciativa.

Eu não tinha ideia se Jace comandava o lado revolucionário assim o tempo todo ou não, já que não prestei muita atenção aos movimentos deles. Embora eu estivesse ciente de parte disso através da espionagem de Cedric, não estava a par de tudo.

— O que vai acontecer se eles avançarem para o complexo sem nós? — Lily perguntou com o olhar em Cedric enquanto falava.

— Provavelmente vão matar todos os vampiros lá dentro — Emine respondeu, e seus olhos azul-acinzentados encontraram os meus. — Certo?

Assenti.

— Sim. E é muito provável que isso inicie uma guerra entre vampiros e lycans.

— Ou que termine antes mesmo de começar — Cedric murmurou, atraindo meu foco para ele. — Acho que precisamos discutir um plano secundário que leve em consideração a possibilidade muito real de um ataque liderado por lycans e como precisamos responder a ele.

Inclinei a cabeça para o lado.

— Parece que você já tem uma sugestão.

— Sim — ele respondeu, me fazendo sorrir.

Quando Cedric provou estar entediado com o atual regime mundial, ofereci a ele um lugar na Cidade de Sangue.

Bem, isso não era bem verdade. Exigi que ele se juntasse a mim na Cidade de Sangue. Como membro da realeza e seu superior, eu poderia fazer isso. Mas havia uma razão para o meu comportamento severo, e não era apenas porque ele era um espião habilidoso.

Foi porque ele apresentava ideias razoáveis com resultados justos com frequência, sua mentalidade prática era antiga e estratégica.

Olhei para ele, curioso para saber o que recomendaria.

— Vamos ouvir, Cedric — murmurei. — O que deveríamos fazer?

Sua resposta era uma solução simples que provava ser eternamente sábia.

— Isso pode dar certo — admiti, captando o olhar de Hazel. — Precisamos ligar para Jace e os outros.

Ela assentiu, mudando o foco para a tela que acabou de abrir do relógio.

— Já estou enviando um aviso para que eles nos encontrem lá embaixo em uma hora.

— Envie aos lobos também — eu disse a ela. Embora esperasse que eles não fossem aparecer.

Estávamos em desacordo agora.

Lutando pela nossa própria espécie.

Buscando vingança por razões totalmente diferentes.

Éramos vampiros. Eles eram lycans.

Os humanos eram efeito colateral.

E a Aliança de Sangue... era um meio para um fim.

IZZY

A ÁGUA ESCORRIA PELO MEU PESCOÇO, PROVOCANDO UMA sensação quente e confusa contra a minha pele.

Como...?, pensei meio grogue, tonta com a carícia inesperada.

Shh, alguém silenciou em minha mente. *Sou eu. Você está segura, Ismerelda.*

Hum?, murmurei de volta, perdida no calor que inundava minhas veias. *O que é isso?*

Um banho.

Franzi a testa e meus membros ficaram tensos.

Me sacudi quando algo duro pressionou minha bunda.

Uma faixa dura de músculos envolveu meu estômago enquanto eu tentava me levantar. O ar deixou meus pulmões em um sopro, minha cabeça imediatamente se afogou em pensamentos vertiginosos e uma pontada aguda atingiu minha coluna.

Eu gritei e me contorci, meu instinto de fugir quase me sufocou.

Mas não conseguia me mover.

Eu estava me afogando.

Presa contra uma parede de aço fervendo.

Presa no abraço de um homem.

— Ismerelda — ele grunhiu em meu ouvido. *Sou eu.*

Quem?, eu queria questionar, meu cérebro não conseguiu me fornecer uma identidade ou qualquer aparência de realidade. *Onde estou? Quem sou? Por que...?*

Presas morderam meu pescoço, e a picada provocou um arrepio familiar em meu ser. Meu grito se transformou em gemido e meu corpo relaxou instantaneamente.

Cam, minha alma parecia sussurrar.

Sim, ele respondeu, sua forma resplandecente marcava minhas costas. *Cane quebrou seu pescoço. Você apagou por algumas horas.*

Franzi a testa e processei suas palavras através da confusão em minha mente.

Ele me deu um dia... que agora é apenas uma tarde, para processar tudo o que me disse. Mas suspeito que há câmeras aqui, então preciso que você faça a sua parte.

M-minha parte?, repeti, ainda confusa com tudo o que ele disse.

Sim, amor. Sua parte como minha rainha. Seus lábios acariciaram meu pulso, me lembrando das presas em meu pescoço.

Você me mordeu, pensei. *Você... você não me mordeu...* Franzi ainda mais a testa enquanto as memórias se entrelaçavam em minha cabeça.

Cam me matando.

Eu acordando em seu covil subterrâneo.

Minha busca para fazê-lo se lembrar de mim.

Nosso vínculo que quase se desfez.

Suas emoções e intenções me atingindo. O objetivo de me tornar sua rainha. Os comentários sobre o velho Cam não ser digno de mim.

Eu sendo sequestrada.

Cane...

Abri os olhos e me deparei com a parede de azulejos que era estranha e fria. No entanto, o corpo abaixo de mim era completamente o oposto: familiar e *quente*.

Estremeci, a justaposição da nossa situação me atingiu e roubou o ar dos meus pulmões.

A boca de Cam se moveu em meu pescoço, seus braços musculosos ainda pareciam faixas em volta de mim.

— Foi uma noite longa, Ismerelda. E estou prestes a transformá-la em um dia ainda mais longo.

A mente de Cam elaborou o que ele quis dizer, suas intenções sombrias ganharam vida através do nosso vínculo.

Esta era a nova versão de Cam. Aquela que não se continha. O predador impenitente.

Um arrepio passou por mim quando percebi o que isso implicaria.

Ele vai me usar de novo.

Me comer.

Me fazer sangrar até me drenar.

Porque estávamos diante das câmeras.

E provavelmente estávamos sendo espionados por seu irmão neste exato momento.

Essa constatação causou um arrepio no meu corpo, as provocações anteriores de Cane ecoaram em meus pensamentos. Ele assistiu Cam me comer. Disse o quanto gostou do show e de me ver à beira da morte.

Ele esperaria uma demonstração semelhante.

E Cam estava pronto para atendê-lo.

Minha ideia original era te levar de volta ao jato, Cam

sussurrou para mim, e seus pensamentos confirmaram a veracidade de suas palavras. *Para seu irmão, onde você estaria segura. Mas seria temporário, Izzy. Se o Cane achar que não pode me curar de minha humanidade, ele vai te matar. E não posso deixar isso acontecer.*

Sua mente revelou como ele chegou a essa conclusão, a conversa com Cane se repetiu para eu ouvir. Foi uma versão resumida que abordou todas as partes importantes e rapidamente me atualizou.

Com base no que observei sobre seu irmão, concordei com a avaliação de Cam.

Eu vou te comer, ele continuou. *Vou beber de você. Provavelmente vai doer. Eu pediria desculpas, mas isso não significaria muito.*

Engoli em seco, ciente do motivo pelo qual ele disse aquela última parte. Isso tudo eram coisas que ele queria fazer.

Eu podia sentir sua fome.

Seu desejo de me despedaçar. De se alimentar até que seu predador estivesse completamente saciado.

Se ele cedesse, me mataria.

Sua besta demoraria demais.

E ele estava deixando essa parte agir, fazendo um show para as câmeras enquanto mantinha seu controle interior.

Eu tremi e meu coração deu um pulo.

Este não era meu antigo Cam, a versão segura.

Era o novo, aquele que me tratava como igual. Que não me considerava frágil, e sim poderosa. O homem que me tratava como se eu pudesse aceitar qualquer coisa. Mas a princípio, ele agiu dessa maneira sem se importar com meus sentimentos e emoções.

Agora... *agora* era diferente.

Eu podia *ouvi-lo. Senti-lo. Entendê-lo.*

Este era meu novo Cam. O macho com quem eu estava ligada por toda a eternidade. Eu o aceitaria ou o rejeitaria.

Mas primeiro, queria experimentá-lo. *Nos* experimentar. E abraçar o que poderíamos ser juntos.

Inclinei a cabeça, afastando o pescoço de sua boca enquanto me forçava a olhar para ele por cima do ombro.

Suas íris azuis irradiavam violência sensual, sua fera estava à espreita.

A versão antiga de Cam nunca me olhou assim. Ele escondia esse lado de mim, nunca satisfazendo verdadeiramente seus desejos.

E talvez nunca satisfaça verdadeiramente meus desejos também.

Agora eu entendia. Todos os toques gentis. Movimentos contidos. Considerações cuidadosas.

Ele nunca me deu chance de conhecer sua fera.

Mas agora, eu estava olhando diretamente para ela.

O peito de Cam retumbou, seu rosnado era uma vibração promissora que fez meus lábios se entreabrirem. Aqueles olhos azuis escuros olharam para baixo, depois para cima enquanto sua mão serpenteava na lateral do meu corpo.

Ofeguei quando ele segurou meu cabelo úmido com os dedos fortes e meu pescoço protestou enquanto ele reposicionava o ângulo da minha cabeça para melhor atender às suas necessidades.

Então ele me beijou.

De forma *intensa*.

Sua língua não perdeu tempo em exigir entrada, o gosto de seu sangue instantaneamente atingiu meus sentidos e me fez gemer.

Beba, Ismerelda, ele ordenou em minha mente. *Você vai precisar.*

Não havia perguntas. Nenhuma preocupação. Nenhuma dúvida sobre minha disposição para participar.

Este era Cam assumindo o comando e declarando suas intenções com a língua.

Ele entendeu que já tinha me machucado antes, que

poderia muito bem fazer isso de novo. Mas não podia mudar essa parte dele. O novo Cam se recusava a me tratar como uma boneca.

E, francamente, eu também não queria que ele fizesse isso.

Eu precisava disso, precisava *dele*. Era a única maneira de saber se poderia aceitar esta nova versão. Se eu podia *lidar* com ele.

Ele rosnou novamente, a aprovação irradiou através do nosso vínculo enquanto ele sentia minha aceitação. E não só isso, mas também a minha vontade de seguir em frente. Ver se isso poderia dar certo. Entrar em sua escuridão.

Talvez eu pudesse até perdoá-lo.

Este lugar parecia apropriado para este fim. Uma maneira de curar minhas feridas. Reviver nossas experiências anteriores e criar novas camadas.

Significativas.

Impactantes.

— Humm, isso é muito melhor que a última vez que você morreu — ele comentou contra minha boca. — Quando você me acusou de ser outra pessoa.

Você é outra pessoa. No entanto, ainda é meu, respondi em sua mente, sem saber se havia microfone aqui. Não havia em seus antigos aposentos, mas quem poderia saber o que Cane fez com aquele espaço?

Sou? ele questionou através do nosso vínculo e seus lábios se curvaram contra os meus antes de soltar outro grunhido.

Estremeci quando seu aperto aumentou, e sua besta ameaçou assumir o controle.

— Não vai me negar desta vez, vai? — Cam continuou em voz alta, claramente fazendo um show para seu irmão. — Humm, mas posso tentar fazer você lutar comigo.

Suas palavras provocaram um arrepio profundo.

Ele disse que precisávamos desempenhar o nosso papel, e eu sabia exatamente como fazer minha parte.

— O que o agradar, meu soberano — respondi em tom obediente e minha voz soou quase rouca.

Seu rosnado quase se transformou em um ronronar, mas era muito profundo e cruel para provocar contentamento.

— Te morder me agrada — ele me disse em tom sombrio. — Quero me banquetear com sua boceta. Te fazer gozar até desmaiar e depois te trazer de volta à consciência.

Engoli em seco.

Porque nada disso foi para exibição.

Cam quis dizer cada palavra.

E embora a perspectiva de tudo isso fosse devastadora há uma semana, eu... gostei bastante do potencial agora.

Por quê?, pensei. *O que mudou?*

Confiança, Cam sussurrou de volta para mim. *Você confia em mim agora, porque sabe que eu me importo. Sabe que é minha. E, talvez mais importante, sabe que sou seu. Seu Cam. Talvez não o homem que você amou antes, mas uma versão melhorada que está disposta a fazer o que for preciso para ser o homem certo para você.*

Seu aperto aumentou ainda mais, e ele arrastou os dentes pelo meu lábio inferior.

— Implore, leoa — ele murmurou, falando em voz alta novamente. — Me implore para te fazer gozar.

Entreabri os lábios para expirar quando ele mordeu, e a sensação viajou para todas as minhas terminações nervosas e fez minhas coxas apertarem.

— Cam...

— Humm — ele murmurou. — Isso não é bom o suficiente, leoa. *Implore.*

Suas presas perfuraram meu lábio inferior mais uma vez, me fazendo estremecer enquanto a dor se transformava em êxtase e roubava minha capacidade de falar.

Beijos vampíricos eram viciantes, especialmente aqueles dados por este homem. E ele também sabia disso.

Ele estava brincando comigo.

Aumentando minha necessidade.

Garantindo que eu iria gostar do que ele estava prestes a fazer comigo.

Seu sangue serviu tanto como agente de cura quanto como afrodisíaco. Eu não sentia nada além de prazer agora. As lembranças do meu pescoço sendo quebrado eram inexistentes. E não apenas porque eu não conseguia me lembrar de Cane me matando, mas porque a dor com a qual acordei já havia passado.

Tudo em que conseguia me concentrar era nele.

— Você não é muito boa em implorar — ele advertiu e sua voz aprofundou enquanto puxava meu cabelo. — Preciso aceitar a oferta do meu irmão para encontrar uma substituta lá embaixo?

Essas palavras foram proferidas para Cane, não para mim, algo que Cam me disse mentalmente. Mas não significava que *gostei* da pergunta.

Semicerrei os olhos e endireitei a coluna, apesar da minha estranha posição em seu colo.

Ele arqueou uma sobrancelha e sua impaciência acendeu uma chama dentro de mim.

Que se foda. Que se foda tudo isso. Este homem era meu. Ele *não* iria me substituir por uma boneca imortal. Como ele ousava dizer isso?

Cravei as unhas no braço que estava ao redor do meu abdômen e ignorei a água espirrando enquanto o forçava a me deixar virar. Para enfrentá-lo. *Montar* nele. Olhá-lo bem nos olhos.

— Você não vai me substituir.

— É? — Ele inclinou a cabeça para o lado e seu pau pulsou contra meu centro escorregadio. — E o que te faz pensar isso, hein?

— Eu não *acho* nada — eu disse a ele. — Sei que você não vai.

Uma rainha tão boa, ele respondeu em minha mente. *Você vai me ajudar a mostrar ao meu irmão por que nunca vou te substituir?*

Ele agarrou meu cabelo mais uma vez, flexionando seu torso enquanto pressionava o peito duro no meu.

Demonstrar por que nenhuma daquelas virgens de sangue jamais me atraiu? Nem mesmo quando eu não me lembrava de você?, continuou.

Ele mordiscou meu lábio inferior, a pele já curada apesar da mordida recente.

Provar de uma vez por todas por que você é minha companheira? Minha igual? Ele pontuou essas perguntas passando a língua em minha boca, com os olhos nos meus enquanto me devorava.

Eu o mordi, com raiva por ele ter feito aquela pergunta sobre me substituir em voz alta. Não me importava que seu irmão estivesse ouvindo. *Eu* não queria ouvir isso.

E nem sequer consideraria essa merda.

Não depois de tudo que ouvi entre ele e Mira. A conversa sobre ele brincar com virgens de sangue. A insinuação de que ele esteve com outras mulheres antes da minha chegada.

Nada aconteceu, Cam me garantiu, e suas memórias confirmaram ser verdade. Mordi uma delas e quase não bebi. Foi um desperdício completo.

Como você se sentiria se eu fizesse o mesmo com outro homem?

Seu peito ronronou, seu braço musculoso envolveu minhas costas. *Eu mataria o homem.*

Então você sabe o que sinto pelas virgens de sangue. No plural. Certo? Porque Mira insinuou que Cam havia provado várias.

Me ofereceram algumas, sim. Eu só mordi uma, ele reiterou. *Se quiser que ela morra, será feito.*

Era uma oferta atraente, mesmo que fosse errado considerá-la. A virgem de sangue era inocente. Assim como não foi culpa de Cam ele ter ficado tentado a mordê-la.

Eu não queria nenhuma delas, Izzy, ele sussurrou em minha mente. *Meu corpo as rejeitou porque minha alma pertence a você. Como sempre pertencerá. Mesmo que você não me queira mais, ainda sou seu.*

Ele fechou os olhos com as declarações e seu beijo se tornou mais gentil do que faminto, as palavras eram uma promessa em minha mente enquanto ele tentava curar a ferida que reabriu com sua pergunta dolorosa.

E foi a resposta errada.

Eu queria lutar com ele.

Liberar um pouco da raiva que ele despertou nas últimas semanas.

Fazê-lo entender meu lugar ao seu lado, *conquistar* essa posição e testar se eu poderia realmente aceitá-la ou não.

Eu precisava do Cam malvado. A fera. O predador escondido sob sua pele. O vampiro.

Transmiti isso mordendo de novo, desta vez tirei sangue de sua língua e o fiz estremecer. *Considere isso uma marca*, rosnei em sua mente. *Você. É. Meu.*

Então posso retribuir o favor, minha rainha, ele respondeu. *Mas vou te marcar bem entre as coxas.*

Balancei a cabeça.

— Saia.

Ele se afastou, erguendo as sobrancelhas.

— O quê?

— Saia. — Não queria que ele saísse do banheiro, apenas da banheira. — Você quer ver por que não vai me *substituir*? — perguntei a ele. — Sente-se ali — apontei para a borda — e eu vou te mostrar.

Ele olhou para mim por um instante, e sua mente rapidamente alcançou a minha enquanto seus lábios se curvavam em um sorriso.

— Como quiser. Mas vou te afogar no meu sêmen. Depois vou beber até me fartar enquanto você me implora por misericórdia.

CAM

O OLHAR FELINO DE ISMERELDA ACOMPANHOU MEUS movimentos enquanto eu me acomodava na borda de mármore da banheira.

Ela parecia pronta para me comer.

Ou talvez me matar.

De qualquer forma, antecipei sua ferocidade.

Eu não tinha ideia do tipo de equipamento de gravação que meu irmão instalou aqui e não me importava mais. Se ele quisesse ver minha rainha me devorar, eu o deixaria. Talvez então ele entendesse porque eu tinha que acabar com ele.

Porque ele machucou minha rainha. Minha companheira. *Minha Ismerelda.*

Ninguém fodia a minha leoa.

Ninguém além de mim, de qualquer maneira.

Ela semicerrou os olhos quando se ajoelhou entre minhas coxas abertas, e aquele olhar irradiava intenção violenta.

Eu o acolhi. Sabia que merecia. E mais, eu *ansiava* por isso.

Ela precisava dessa experiência para reacender nosso relacionamento. Para confiar em mim. Para ter fé em nosso futuro juntos.

Era estranho. No entanto, era certo. Esse lugar. Esse cômodo. Estas circunstâncias. Eles estabeleciam os limites de quem seríamos um com o outro. Quanto poderíamos realizar juntos, não importava a situação.

E o mais importante, nos apresentaria a paixão que nossas almas deveriam ter experimentado há muito tempo.

Não haveria como se esconder.

Não haveria limites.

Não haveria como recuar.

Apenas nós.

Suas narinas se alargaram e suas íris verdes brilharam enquanto ela repetia o sentimento para mim ao abaixar a cabeça.

Meu pau pulsou em antecipação, o líquido pré ejaculatório já se acumulou para ela na ponta.

Ela não pediu permissão, nem me perguntou como proceder. Apenas lambeu a oferta do meu pau enquanto mantinha o olhar no meu.

Lutei contra a vontade de agarrar seu cabelo e forçá-la a fazer mais. Tomar mais.

Eu seguiria esse instinto se ela continuasse me provocando. Mas a deixaria tentar liderar.

Tratava-se de confiança. E eu confiava nela para saber o que nós dois precisávamos quando ela abriu os lábios em volta do meu pau.

Ela gemeu e as vibrações provocaram minha ereção enquanto suas íris felinas transmitiam seus pensamentos.

Raiva. Luxúria. Determinação. *Posse.*

Seus dentes roçaram a pele sensível. Sua ameaça era clara. Prometi marcá-la entre as coxas, e ela prometeu fazer o mesmo de uma maneira muito diferente.

Puta merda, mas isso era bom. Sua língua aveludada contra minha pele. Seus incisivos ameaçando me morder. Sua garganta em volta da cabeça, engolindo e massageando meu pau de uma forma que me fez querer explodir.

Deuses, Ismerelda, pensei para ela, levando a mão para seus cabelos. Não para guiá-la, mas para tocá-la. Para me firmar. Para me entregar ao paraíso que ela estava criando com a boca.

— Você é minha dona — gemi em voz alta. — *Puta merda*.

Ela mal começou, e eu estava pronto para gozar.

Agarrei seus cabelos, mantendo-a no lugar enquanto recuperava o controle.

Seus dentes apertaram meu pau em resposta, sua mordida provocou um grunhido da minha besta interior. Ele queria que eu a arrancasse da água e afundasse as presas em seu pescoço. Seus seios. Sua *boceta*. Possuí-la. Reivindicá-la. Me certificar de que ela entendesse que ele era tão possessivo com ela quanto ela com ele. Talvez ainda mais.

Em vez disso, me recostei na parede de azulejos atrás de mim e absorvi a dor.

Sua boca quente instantaneamente me proporcionou alívio e aumentou ainda mais minha necessidade.

Foi uma noite longa. Uma semana ainda mais longa. Tudo o que eu queria era me perder nesta mulher, deixá-la me chupar até gozar e depois comê-la assim que terminasse de me recuperar.

Ela era minha companheira.

Minha rainha.

Minha deusa.

Eu queria adorar seu altar e orar entre suas coxas.

No entanto, ela estava ajoelhada para mim agora, o que tornava isso ainda mais poderoso.

Passei o polegar por seu lindo pescoço, notando o pulso latejante. *Você é tão perfeita*, sussurrei para ela. *Você me mata, minha rainha. Me mata mesmo.*

A frase não passou despercebida por mim. Mas eu ficaria feliz em morrer por esta mulher. Especialmente assim, com meu pau no fundo de sua garganta, suas unhas arranhando minhas coxas e seus olhos presos nos meus.

Tão linda, eu disse a ela. *Deuses, sou viciado na sua boca.*

A maneira como ela se movia para cima e para baixo. Esvaziando as bochechas. Massageando a ponta com a língua apenas para me tomar na garganta novamente.

Flexionei os dedos em seu cabelo e estiquei as coxas se esticaram sob seu ataque sensual.

Séculos de necessidade se acumularam dentro de mim, ameaçando afogá-la, assim como prometi fazer.

Sua mente aceitou prontamente o desafio e seus olhos me desafiaram a tentar.

— É melhor você engolir tudo — eu disse a ela, apertando novamente seus fios emaranhados enquanto a segurava contra mim. — Cada gota pertence a você.

Marcando-a.

Reivindicando-a como minha.

Em todos os sentidos.

Ela gemeu ao meu redor, a vibração foi direto para minhas bolas e tirando um xingamento da minha boca. Então a pequena megera mordeu, a pontada aguda em desacordo com o tormento sensual, mas ao mesmo tempo aumentando-o.

Me substitua, ela sibilou em minha mente. *Se atreva.*

Quase ri, mas esse instinto se transformou em um grunhido quando ela me chupou tão profundamente que não consegui me concentrar em nada além de estocar sua boca.

Ela recebeu cada estocada, com os olhos lacrimejando com o impacto enquanto sua garganta permanecia aberta para mim.

Foi intenso. Incrível pra cacete. E muito poderoso.

Prendi a mão em seu cabelo, meu corpo forçando-a a tomá-lo. A engolir. A me aceitar. Minha brutalidade. Minha força. Meu desejo. Meu *sêmen*.

E Ismerelda fez exatamente isso. Ela aceitou tudo, com os olhos lacrimejantes olhando para mim com uma determinação muito sedutora o tempo todo.

Quando terminei, ela estava morrendo de vontade de respirar, as bochechas estavam com uma cor pálida muito perto da morte.

Eu a soltei e me deleitei com seu som ofegante. Não apenas porque significava que ela estava viva, mas porque representava a sua capacidade de me tomar de verdade. De aceitar isso. De nos abraçar.

Eu poderia não ser a versão antiga de mim mesmo que a tratava com cuidado. Isso seria um desserviço para nós dois. Caramba, já tinha sido um desserviço para nós.

Este era o nosso caminho a seguir.

E ela acabou de me mostrar que poderia aceitar.

Usando meu aperto em seu cabelo, eu a puxei para mim, precisando dos lábios dela. Ela gritou em resposta, então gemeu quando a puxei para perto, e minha língua já estava sangrando e pronta para revitalizá-la para a próxima rodada.

Porque não terminamos.

Eu ainda tinha uma oração para fazer a ela.

Uma que pretendia entregar contra seu clitóris.

Ela ofegou quando nos girei, minha velocidade vampírica fez com que a água se espalhasse por todo o banheiro enquanto a colocava na borda onde estava sentado.

Então me ajoelhei diante dela, como um rei deveria fazer com sua rainha.

Seus seios subiam e desciam com sua respiração ofegante. Seu corpo ainda não se recuperou do esforço. Em vez de forçá-la a continuar, concedi-lhe um momento de paz e concentrei a minha atenção em seus seios.

Minha língua traçou seu mamilo, que intumesceu lindamente em resposta. Então mudei para o outro, mantendo os olhos em seu rosto enquanto avançava.

Suas bochechas estavam rosadas novamente, os lábios inchados e entreabertos.

Você é deslumbrante, minha rainha, murmurei através do nosso vínculo. *Nunca vou me cansar de te ver assim.*

E provei mostrando a ela minhas memórias anteriores, as que eu possuía das últimas semanas. Cada uma exibia meus pensamentos, minha análise contínua do motivo pelo qual a mantive por mil anos.

Tantas características atraentes.

Tanta coisa para amar e valorizar.

A companheira perfeita em todos os sentidos imagináveis.

Ela me testou. Ela me fortaleceu. Ela me aceitou.

Eu não te mereço, reconheci. *Mas passarei a eternidade te adorando.*

Não entrei em detalhes sobre o que quis dizer, em vez disso, fiz um caminhos de beijos até seu centro quente. Ela paralisou quando meus lábios encontraram sua carne íntima e sua mente instantaneamente antecipou minha mordida.

Mas isto era para ela e seu prazer.

Não para mim.

Ainda não.

Lambi da abertura ao clitóris, meu olhar encontrando e se mantendo fixo no dela. Eu pretendia fazê-la gozar na minha língua antes de me entregar ao seu sangue sensual.

Ela estremeceu e suas pupilas dilataram enquanto eu envolvia a boca ao redor da sua área sensível.

Embora pudesse ouvir minhas intenções, ela ainda

esperava que eu mordesse.

Brinquei com essa expectativa mordiscando-a de leve em resposta, depois afastei a sensação com a língua.

Ela gemeu e passou os dedos pelo meu cabelo enquanto me segurava contra si.

Você tem um gosto tão bom, Izzy, murmurei para ela. *Eu poderia me banquetear com você por dias e nunca me fartar.*

Cam...

Shh, eu a silenciei. *Me deixe te adorar, minha rainha. Me deixe te fazer sentir prazer.*

Suas pernas tremiam ao meu redor, a palma da mão agarrou a borda da banheira para se manter em pé enquanto a mão oposta permanecia em meu cabelo.

Cada lambida parecia curar suas preocupações, sua mente sucumbia lentamente à nuvem de luxúria que crescia dentro dela. *Mais*, ela sussurrou. Não como exigência, apenas seu corpo me implorando para continuar. Para nunca parar. Para lhe dar o que ela precisava.

Penetrei um dedo nela, curvando-o de uma maneira que eu sabia que ela ia gostar. Quando isso não pareceu suficiente, acrescentei um segundo. Ela me apertou, fazendo meu pau inchar mais uma vez com interesse, ansioso para estar dentro dela. Ansioso para transar com ela.

Não íamos dormir muito hoje, se é que dormiríamos.

Esse desejo era muito denso, muito intenso para descansarmos.

Nós precisávamos disso. Servia como um voto entre nossos corpos para corresponder ao que nossas almas fizeram há um milênio.

Minha língua sussurrou promessas contra sua carne. Prometeu adorá-la. Prometeu protegê-la. Prometeu ser igual a ela, não superior. Prometeu matar qualquer um que a tocasse, inclusive meu irmão. Prometeu nunca mais deixá-la no escuro.

Ela era minha em todos os sentidos.

E eu era dela.

Um dia, eu a transformaria. Mas seria nos termos dela, não nos meus.

Então ela seria minha rainha vampira. Imortal. Inquebrável. Feroz. Uma deusa destinada a ser reverenciada.

Todos se curvariam diante dela, inclusive eu.

Como eu estava fazendo agora.

Dando prazer a ela.

De joelhos.

Minha companheira...

Suas pernas tremiam, sua mão apertava meu cabelo enquanto seus lábios se abriam em um suspiro. Ela estava perto, sua boceta pulsava contra meus dedos, fazendo meu pau latejar de desejo de estar dentro dela.

Ainda não, disse a mim mesmo. *Ah, mas logo. Muito... muito... em breve.*

Mas eu precisava que ela gozasse primeiro. Com força. Por um período prolongado de tempo. Várias vezes. Até que ela enlouquecesse.

Então, e só então, eu transaria com ela.

— Cam — ela murmurou.

— Humm — murmurei de volta. — Quero que você goze para mim, querida leoa. Me dê o que eu desejo. Adoce seu sangue. Me convide para te morder. Bem. Aqui.

Chupei com mais força e o impacto foi quase imediato, seu grito ecoou no cômodo. Puta merda, provavelmente poderia ser ouvido em todos os lugares do prédio.

E foi *meu* nome ela gritou, fazendo meus lábios se curvarem em triunfo.

É isso, minha rainha. Deixe que todos saibam que seu rei está ajoelhado diante de você. Te dando prazer. Te fazendo gritar...

Seu tremor instantaneamente a levou a um clímax prolongado, minha pequena leoa gostou de minhas palavras.

Mas ela estava prestes a gostar muito mais da minha mordida.

Esperei até que ela estivesse quase terminando, seu orgasmo se transformando em tremores secundários enquanto seus membros se desvencilhavam de seu estado trêmulo.

Então a mordi, meu veneno de vampiro penetrou seu clitóris e a forçou a outra espiral aquecida de intensidade. Eu podia sentir seu êxtase como se fosse meu, nosso vínculo se abriu enquanto ela gritava com o impacto.

Seus gemidos eram música para meus ouvidos quando finalmente me permiti beber. Chupar. *Morder.*

Meu predador interior rosnou em aprovação enquanto Ismerelda se contorcia, e sua mente se apagou do ataque eufórico aos seus sentidos.

Ela começou a tremer, seu corpo querendo rejeitar a natureza avassaladora de seu clímax. Mas eu a persuadi, minha língua substituindo as presas enquanto acalmava seu clitóris latejante.

Apenas para mordê-la novamente e levá-la ao ápice mais uma vez.

Sua voz ficou rouca por causa de seus gritos. Seus dedos puxaram meu cabelo. Suas unhas se cravaram em meu ombro. Meu nome era um apelo em sua mente.

No entanto, ela não me pediu para parar.

Ela estava aceitando seu prazer e lutando através dele, minha leoa provando ser igual a mim em todos os sentidos. Talvez porque ela pudesse ouvir o quanto eu adorava fazer isso com ela. Ou talvez porque ela realmente gostava. Provavelmente uma combinação dos dois.

Você é linda, eu a elogiei. *Aceitando meu ataque assim. Abraçando isso. me deixando te devorar.*

Eu a mordi de novo, o que me rendeu um grito silencioso. Sua voz estava tão rouca que ela parecia incapaz de emitir qualquer som.

Continue voando, Ismerelda. Voe até não conseguir mais respirar. Então vou transar com você até te trazer de volta à vida.

Suas coxas se apertaram ao meu redor, sua mente aceitou abertamente meu desafio.

Bebi de sua doce boceta enquanto ela apertava meus dedos, seu peito arfava, sua pressão era quase letal.

Até que lentamente ela começou a esmaecer, o prazer a embalou em um estado submisso. Um onde ela flutuava, sua mente perdia a consciência e a levava para algum lugar seguro. Em algum lugar quente. Em um lugar onde ninguém além de mim poderia ouvi-la.

Dei uma última lambida enquanto a segurava. Seu corpo ficou mole no instante seguinte. Eu a segurei com firmeza enquanto curava a ferida que criei, endireitei a coluna e pressionei os lábios nos dela.

Ela não retribuiu o beijo, muito perdida em seu estado de êxtase para processar meus movimentos. Eu sorri, satisfeito com sua satisfação.

— Mal posso esperar para te comer de costas — eu disse contra sua boca.

Sem resposta.

Mas eu não precisava de uma.

Ouvi a aceitação em sua mente mais cedo, quando lhe contei minhas intenções. Ela sabia o que eu queria. E estava mais do que disposta a obedecer.

De pé, eu a peguei no colo e peguei uma toalha, enquanto ela permanecia mole contra mim, seu peso apoiado em um dos meus braços.

Eu nos sequei ao acaso. Meu corpo estava ansioso demais para que eu fosse minucioso.

Não importava.

Tudo que eu queria era a boceta gostosa da Ismerelda em volta do meu pau.

CAM

Ismerelda não se mexeu enquanto eu nos acomodava na cama, com ela de costas para mim.

— Hummm — murmurei em seu ouvido e passei a mão para cima e para baixo na lateral do seu corpo. — Seus mamilos estão duros, minha rainha. Aposto que sua boceta ainda está molhada.

Permiti que meu toque alcançasse sua barriga lisa e subisse até seus seios. Eles se encaixavam perfeitamente na palma da minha mão. Cheios e firmes.

Seu mamilo intumesceu ainda mais em resposta ao meu toque, a respiração pareceu falhar também.

Sinto você se recuperar do ápice, sussurrei em sua mente. *Tente não se mover ao acordar. Quero que fique quieta. Em silêncio. Como se estivesse dormindo.*

Havia algo proibido nisso. Algo sombrio.

E saber que meu irmão estava assistindo tornava tudo muito mais apropriado.

Ele queria que eu fosse uma fera. Não me importasse com a humanidade. Desconsiderasse os desejos e necessidades da minha *Erosita*. Então, eu fingiria fazer exatamente isso, sabendo o tempo todo que minha companheira não apenas estava gostando, mas também desejando.

Como evidenciado pelos arrepios em seus braços.

Não se mova, amor, repeti em sua mente. *Se concentre apenas na respiração.* Circulei um pico rígido com o dedo. *Inspire e respire, minha rainha. Sim, assim mesmo.*

Seu corpo ameaçou ficar tenso contra o meu, seus instintos se revoltaram por dentro. No entanto, ela permaneceu firme. Quieta. Minha rainha perfeita.

Você é magnífica, eu disse contra seu pescoço. *Eu só quero beber de você o dia todo enquanto te como várias vezes.*

Mordi para tirar sangue enquanto espalmava seu peito perfeito.

Ela estremeceu ligeiramente, e uma onda de excitação atacou suas terminações nervosas.

Não faça barulho, eu a avisei. *Estamos fazendo um show, lembra?*

Ela não respondeu. Pelo menos, não com sua voz mental. Mas a ouvi gemer por dentro, sua mente à beira do precipício da consciência.

Era inebriante ouvi-la processar as sensações que queimavam seu corpo. Ela entendeu minhas palavras, podia sentir o que eu estava fazendo, mas ainda não estava totalmente consciente. Suas reações foram instintivas. E logo, ela estaria lutando para mantê-las sob controle. Era então que a verdadeira diversão começaria.

Tomei outro gole de sua veia, levando a mão em direção a sua barriga e descendo até o calor entre suas coxas.

— Tão molhada para mim — eu disse a ela, muito satisfeito. — Apertada também — acrescentei enquanto penetrava um dedo nela. — Deuses, adoro como você fica depois de gozar, Ismerelda. É como preliminares para o sexo.

Não só porque pude *sentir* seu prazer, mas por causa do que isso fazia a sua boceta.

— Prometi te comer até você voltar à consciência, não foi? — Minha mão deslizou de seu calor úmido para seu quadril e coxa. — Vou fazer exatamente isso.

E você vai ficar em silêncio por mim, acrescentei em sua mente enquanto guiava sua perna de volta sobre a minha. *Não grite ou se mova até que eu dê permissão.*

Porque algo nisso deixava tudo ainda mais excitante.

Movi os quadris um pouco para trás para reorganizar onde nossos corpos se conectavam. Em vez de pressionar meu pau em sua bunda, mudei para alinhar a cabeça em sua entrada molhada.

Não se mova, eu disse novamente enquanto a penetrava por trás. *Finja que está dormindo para mim.*

Foi uma reminiscência do que fizemos algumas vezes na semana passada. Mas agora era diferente porque ela podia sentir minha necessidade. Ouvir minhas intenções. Entender que isso não era apenas sobre mim. Isso era sobre nós. Nosso prazer mútuo. Nossa diversão.

Sempre foi assim, mesmo quando tentei vê-la como uma boneca. No entanto, não fui capaz de atuar quando senti seu medo. Não parecia certo.

Mas agora... agora eu podia sentir sua excitação. Sentir o cheiro da sua necessidade. Ouvir sua intriga interna.

Ela queria isso. A mim. *Nós.*

E eu dei a ela com um impulso.

Caramba, ela murmurou. *Eu... eu não... eu não posso...*

Shh, eu a silenciei. *Você está indo muito bem, Ismerelda. Fique parada. Me deixe te comer. Te usar.*

Eu disse essa última parte de propósito. Porque ela achava

que era isso que eu desejava. Que tudo o que me importava era fazê-la gozar para minha própria satisfação.

Ela não estava errada.

Mas também não estava certa.

Adorava fazê-la gozar porque isso significava que eu a agradava. E não havia maior excitação do que saber que fiz meu trabalho.

O que sua boceta confirmou agora, enquanto ela se apertava ao meu redor, as paredes lisas apertadas, quentes e deliciosas.

Rosnei contra seu pescoço, meus quadris batendo contra ela enquanto eu estocava, minha mão segurando seu quadril.

Cam...

Ainda não, eu disse a ela. *Fique parada.*

Seu corpo ficou imóvel, o suor se formou em sua testa enquanto ela lutava contra a vontade de pressionar de volta para mim.

Minhas presas deslizaram em seu pescoço novamente, tornando muito mais difícil para ela controlar suas reações.

Um grito soou em sua mente, seu clímax a percorreu e a deixou ofegante contra mim. Mas ela não se moveu, seu corpo estava tenso, perfeito e incrível.

Você é tão boa, Ismerelda. Você também é incrível. Continue gozando para mim, amor. Movi a mão para acariciar seu clitóris. *Hum, sim. Bem desse jeito.*

Eu... eu... ah... eu não posso... Cam!

Você pode, garanti a ela. Mas em vez de forçá-la a tomar mais, usei a língua para fechar o ferimento em seu pescoço e concedi um alívio temporário da minha mordida.

Mas não parei de acariciá-la ou de transar com ela.

Sua boceta apertada pulsou à minha volta, sufocando meu pau enquanto eu estocava dentro dela.

Várias vezes.

— Você está me recebendo bem — sussurrei em seu ouvido. — Bem pra cacete, minha rainha. Maravilhoso.

Ela estremeceu, ainda tentando fingir que estava inconsciente para mim.

Beijei sua têmpora e saí dela. Em seguida, virei-a de costas e a penetrei de volta para.

Um suspiro assustado a deixou, ela abriu os olhos e depois os fechou.

Eu sorri.

— Eu vi isso. — Meus lábios capturaram os dela. — Me beije de volta, Ismerelda. Me dê sua língua e me envolva com suas pernas.

Nosso jogo estava terminado. Ela desempenhou seu papel lindamente. Agora, eu a queria consciente e engajada.

E sua resposta rápida à minha exigência confirmou que ela também queria isso.

Suas pernas longas e atléticas envolveram meus quadris, suas mãos agarraram meus ombros enquanto sua língua escorregava em minha boca.

Foi agressivo. Sensual. *Irritado*.

Tudo isso repleto de paixão, que retribuí com alegria.

Seus lábios machucaram os meus, sua língua buscou domínio e persuadiu minha besta a brincar. Agarrei seus quadris e estoquei nela, meu vampiro interior lembrando-a de quem estava no comando aqui. E a pequena megera mordeu minha língua em resposta.

Eu rosnei.

Ela gemeu.

E a nossa dança apaixonada se tornou selvagem.

Sangue. Suor. Lágrimas. *Sexo*.

Foi tão inebriante que quase perdi a cabeça.

Ela cravou as unhas na minha pele, arranhando minhas costas, me encorajando a ir mais forte. Mais rápido. Bem mais rápido.

Devorei sua boca enquanto estocava sua boceta, minhas mãos machucando seus quadris. Mas ela não se importou. Ela pegou e exigiu mais.

Minha rainha.

Minha companheira.

Minha Ismerelda.

Meu Cam, ela sussurrou de volta. *Me faça apagar de novo. Me faça ver as estrelas.*

Minha fera interior grunhiu em aprovação, o som vibrou em meu torso e no dela.

E então não houve como nos parar, minha ferocidade assumiu o controle enquanto meu predador se tornava selvagem.

Ela sangrou.

Eu sangrei.

Nossas essências se misturaram em nossas bocas.

Seus quadris arquearam em cada uma das minhas estocadas. Seus seios apoiados em meu peito. Suas pequenas garras marcando minha pele. Minhas mãos marcando as dela.

Até que nós dois caímos em uma escuridão intensa, o calor insuportável nos desequilibrou e provocou um som estranho em nossas cabeças.

Rosnei, perdido nas sensações – tanto as dela quanto as minhas –, porque eu podia sentir tudo, assim como ela.

Foi fantástico.

Esplêndido.

Insanidade absoluta.

E incrivelmente prazeroso, pensei, delirando com o orgasmo que destruía meu ser.

Meus quadris continuaram a estocar, meu pau determinado a cobrir cada centímetro de seu interior com meu esperma.

O tempo todo, aquele som estridente coçava meus sentidos.

Isso... não parecia certo. Parecia *enervante*.

Ismerelda gemeu, suas sensibilidades mortais a embalaram em um estado de embriaguez, enquanto minha besta rugia em triunfo.

Não. Não é triunfo. *Alarme.*

Abri os olhos, a escuridão se dissipou imediatamente quando a realidade desabou ao meu redor.

Alarme, repeti para mim mesmo. *Há a porra de um alarme soando.*

Era algo que reconheci pelos registros.

Um dos protocolos foi acionado.

E não era algo de Lilith, porque ela não foi a mentora desta operação.

Meu irmão sempre esteve no comando.

O que significava que este protocolo poderia ter sido acionado por qualquer coisa.

Incluindo eu e Ismerelda.

Ou algo totalmente diferente.

Segurei o pescoço da minha rainha, notei sua expressão sonolenta e imediatamente a beijei. Meu sangue se derramou em sua boca e minha mente a obrigou a engolir.

Porque eu precisava dela acordada. Consciente. *E pronta para lutar.*

EDON

Merda de Kylan, Silas reclamou através de nosso vínculo mental. *Eu deveria ter aceitado a oferta de Luna para trocar de lugar.*

Se eu não estivesse na forma de lobo, teria contraído os lábios. *Ele está reivindicando sua propriedade novamente?*, perguntei, achando graça.

Kylan fez questão de garantir que Silas soubesse a quem Rae pertencia nos últimos dias. Ele parecia gostar de fazer a companheira gritar seu nome, provavelmente porque era o nome de Silas que ela gemia enquanto estava na universidade, há um ano.

Não que eles tivessem gostado um do outro dessa forma. Eles formaram pares na aula e sabiam como fingir afeto, algo que parecia agitar o vampiro real.

O tempo todo, Silas murmurou. *Estou prestes a procurar outro quarto para dormir.*

Vamos te compensar quando voltarmos, Luna respondeu. Sua

voz doce fez meu lobo quase ronronar de alegria. Estávamos há cerca de oitocentos metros de distância um do outro, caçando os outros lycans em nossas formas animais. Mas ouvi-la em minha mente quase distraiu minha fera de sua tarefa.

Quase sendo o termo operativo.

Infelizmente, embora transar fosse uma tarefa muito mais agradável, precisávamos descobrir o que estava acontecendo com os outros lycans.

Eles desapareceram horas atrás, deixando a nós três como os únicos metamorfos perto da torre.

Os idiotas organizaram reuniões em particular, e meus companheiros e eu estávamos cansados de ser deixados de fora dessas conversas secretas.

Meu lobo baixou o focinho para a terra novamente, procurando cheiros familiares e encontrando uma mistura deles viajando em direções opostas.

Era como se os lycans tivessem saído para caçar, se espalhando pela área arborizada além do lago. *Uma distração,* rosnei para mim mesmo. *Uma forma de confundir nossos sentidos.*

Porque eles não queriam ser encontrados. Não por nós ou pelos vampiros que deixamos na torre.

Tem algo acontecendo mesmo, pensei, minha mente aberta tanto para Luna quanto para Silas. *Algo grande.*

Quer que eu faça uma varredura na torre mais uma vez?, Silas perguntou, sua irritação ficou de lado em favor de nossa discussão mais séria.

Não. Eles não voltaram. Eu tinha certeza disso. Porque, caso contrário, Luna ou eu teríamos sentido um deles. Era como se eles estivessem se afastando cada vez mais da torre.

Em direção a um local de encontro, ou...

Meu lobo levantou a cabeça. *Para que lado fica o campo de aviação?,* perguntei, procurando ao nosso redor. *Leste? Oeste?*

Sudeste, Luna respondeu, sua mente me dizendo que ela

seguiu meus pensamentos e estava farejando naquela direção também. *Você não acha...*

Ela parou.

Porque *pensei* exatamente no que ela estava prestes a perguntar.

Nós dois partimos em direção ao campo de aviação no segundo seguinte, deixando Silas rosnando em nossas cabeças. *Não diga nada para o Kylan ainda*, eu disse a ele. *Precisamos saber com certeza.*

Não brinca, ele murmurou de volta para mim.

Cuidado, Executor, eu o avisei.

Me morda, Alfa, ele respondeu.

Eu vou, prometi. *Bem na sua bunda antes de te comer.*

Caramba, juro que tudo o que vocês dois pensam é em sexo, Luna comentou. *Estamos tentando encontrar um bando de lycans que podem ou não terem se tornado rebeldes, e vocês dois estão flertando.*

Ciúme, pequena companheira?, perguntei a ela. *Prefere que flertemos com você?*

Prefiro que se concentrem na tarefa em questão, ela respondeu.

Mentirosa, murmurei para ela. *Você quer que falemos sobre sua doce boceta e o que planejamos...*

Meu lobo paralisou. Um cheiro familiar de cipreste nos envolveu e forçou nossa atenção para a esquerda.

Vovô, pensei, encontrando os olhos escuros do meu avô através de um galho baixo de uma árvore. Seu pelo prateado brilhava ao sol, a cor semelhante ao seu cabelo em forma humana.

Mas pude sentir imediatamente o erro que emanava quando ele deu um passo à frente, sua expressão severa era algo que ele raramente me concedia.

Continue indo para o campo de aviação, eu disse a Luna, ciente de sua hesitação. Ela diminuiu a velocidade no momento em que percebeu que eu encontrei meu avô. *Suspeito que ele esteja aqui para me distrair.*

Estou indo, Silas disse, as palavras para Luna.

Posso cuidar de mim mesma, ela disse a ele.

Eu sei. Só quero observar, pequena lua. Até eu pude ouvir a mentira nas palavras de Silas. Ah, ele queria assistir, mas também queria protegê-la.

Luna suspirou, ciente de que não havia nada que pudesse fazer para frustrar os instintos protetores de Silas. Era por isso que eu o chamava de nosso executor.

Bem, uma das muitas razões, pelo menos.

Meu avô começou a se transformar, fazendo com que eu fizesse o mesmo. Meus membros se transformaram facilmente, meu lobo se curvou ao meu comando para seguir em frente.

— Edon — meu avô disse, endireitando as costas enquanto alcançava sua altura total de um metro e oitenta.

Eu correspondia à posição dele, sendo que tinha alguns centímetros a mais. Uns bons dez ou quinze quilos a mais em músculos também. No entanto, embora eu o vencesse fisicamente, ele me vencia mentalmente. Com quase setecentos anos de idade, meu avô possuía uma riqueza de conhecimentos.

E fui ensinado desde muito jovem – por ele – a respeitar os mais velhos.

— Avô — respondi, inclinando a cabeça para baixo na necessária demonstração de cortesia. Posso ser o Alfa do Clã Clemente, mas só alcancei essa posição com a ajuda deste homem. Eu sempre me curvaria a ele.

Ele me observou por um longo momento, seus olhos escuros, da mesma cor que os meus, irradiavam uma intensidade que senti em minha alma. *Alguma coisa já aconteceu*, contei para Silas e Luna. *Ou está em andamento.*

Ainda estou a pelo menos oito quilômetros do campo de aviação, Luna disse, sua voz mental continha um tom de exaustão.

Lobos eram rápidos.

Mas correr consumia muita energia.

E não conseguíamos manter a velocidade máxima por muito tempo.

Tenha cuidado, murmurei para ela.

Estou bem, ela retrucou.

Sei que está, pequena companheira. Isso não significa que não possa me preocupar com você.

Entre você e Silas, é uma maravilha que eu tenha permissão para sair por conta própria, ela resmungou para mim.

Vou pegá-la, Silas me disse. *Nada acontecerá com ela sob minha supervisão.*

Eu ouvi isso, ela rosnou para ele.

Eu sei que sim, pequena lua. Sua voz suavizou para ela, deixando clara a sua adoração.

Eu teria sorrido, mas a expressão severa do meu avô me prendeu no presente, capturando todo o meu foco.

— O que está acontecendo? — perguntei a ele. — E não me diga *nada*. Sou jovem, não ingênuo.

Ele assentiu, franzindo os lábios enquanto me avaliava.

— Você tem uma decisão a tomar, filho. Sei que não será fácil para você e sua tríade. Mas espero que siga o caminho certo. O único, na minha opinião.

Minha sobrancelha avançou.

— Você vai ter que me explicar um pouco mais antes que eu possa concordar de uma forma ou de outra.

Ele soltou um suspiro e deu outro aceno de cabeça.

— Eu sei. — Ele olhou ao redor da floresta, sua atenção foi para um espaço entre as árvores que revelava um raio de luz solar. — Vamos.

Fiz uma careta, mas o segui.

Essa carranca se aprofundou quando entramos em uma pequena clareira.

Meu avô se abaixou para pegar uma mochila preta que devia ter trazido até aqui. Se foi na forma humana ou na forma de lobo, eu não tinha certeza. Mas qualquer que fosse o caminho que ele tenha tomado, meu animal não o sentiu até que ele tornou sua presença conhecida.

Como antigo alfa do clã, ele era poderoso. Talvez até mais do que ele deixava transparecer.

— Aqui — ele disse, me jogando uma calça jeans. A etiqueta mostrava que era do meu tamanho, confirmando que meu avô organizou esse pequeno encontro.

Ele vestiu uma calça também, e a mochila caiu no chão, revelando roupas adicionais dentro. Eu não sabia se eram para ele ou para meus companheiros. Suspeitei que pudesse ser o último, mas não perguntei.

Porque não importava.

Ele estava tentando desviar minha atenção. Mas faria isso de uma maneira que também me fornecesse informações. Esse era o jeito do meu avô: distrair com propósito.

— Ensinei a você os métodos antigos — ele começou. — Como as alcateias costumavam ser sobre família. Amor. *Lealdade.*

— Sim. Pares alfa eram reverenciados. Companheiros eram adorados em vez de reprovados. Tríades aceitas abertamente. — Muito diferente do modo de vida atual, mas eu estava determinado a ajudar nosso clã a retornar ao cerne de ser lobo. Abraçar nossas emoções. Sermos um bando verdadeiro de novo.

— Exatamente. — Ele se sentou no chão, seus movimentos ágeis confirmaram sua saúde. A maioria dos lobos da idade dele já seriam geriátricos. Mas não meu avô. Ele era tão ágil quanto um metamorfo centenário.

Me juntei a ele no chão, minha mente parcialmente sintonizada com os pensamentos de Luna. Ela estava a menos de um quilômetro do campo de aviação agora. Silas não estava muito atrás dela, sua forma atlética muito mais rápida agora do que quando ele se transformou.

— Vampiros não valorizam a família. Eles não estão

programados dessa forma. Não há psique de alcateia. Nem capacidade de conceber. Existe apenas um único desejo de beber sangue e sobreviver.

Eu não tinha certeza de onde ele queria chegar com isso, mas me senti obrigado a apontar:

— Alguns têm companheiras.

— Sim. E os poucos que têm são bastante possessivos com suas metades humanas. Mas essa posse – esse *cuidado* – não se estende além da sua *Erositas*. Caramba, mesmo os laços entre Sire e progênie carecem de parentesco verdadeiro.

— Por que você está me contando isso? — perguntei, não precisando de uma explicação sobre a espécie dos vampiros. Eu estava plenamente consciente da tendência ao distanciamento emocional.

— Porque preciso que você entenda que lycans e vampiros sempre tiveram objetivos diferentes. Relacionamentos diferentes. Modos de vida diferentes. Pelo menos, até cerca de doze décadas atrás, quando os humanos se tornaram um inimigo comum entre nós. Tudo mudou depois disso.

Sua expressão ficou sombria e seu olhar pareceu focar em uma árvore à nossa frente.

— Os lycans se sentiram obrigados a se conformar. Para fugir da nossa humanidade. Para sermos mais parecidos com nossos pares vampiros. Para não se importarem mais. — Ele finalmente olhou para mim novamente. — A família era vista como um ponto fraco. A família foi a razão pela qual perdemos tantos lycans durante a revolução.

Franzi a testa.

— O que você quer dizer?

— Nossas emoções ditaram nossas ações. Pensamos em nossas alcateias e entes queridos, não em nós mesmos. E os humanos se aproveitaram disso. Eles mataram nossos filhotes. Nossas fêmeas. Nos deixando sem coração e arrasados. Incapazes de lutar de maneira adequada, porque estávamos devastados demais para pensar com clareza. Então os vampiros intervieram e acabaram com tudo com uma eficiência impecável.

Engoli em seco, a imagem que ele pintou era vívida em minha mente.

— É por isso que tantos de nossa espécie assimilaram à regra dos vampiros, optando por seguir o exemplo deles e adotar suas preferências, em vez de abraçar quem costumávamos ser. É mais fácil sobreviver quando tudo o que importa é você mesmo. Sem dor. Sem sofrimento. Sem potencial fraqueza.

Fiz careta.

— Discordo. Eu sobrevivi todo esse tempo por sua causa. Por causa da Luna e do Silas. Eles não são pontos fracos. Você não é uma fraqueza. Todos vocês me dão força.

— Sim. E esse é o coração de um lycan. Mas agora, imagine nos perder. Quem você seria sem o seu coração?

— Eu mataria qualquer um que tocasse no que é meu — respondi imediatamente. — Eu os *destruiria*.

— E foi exatamente o que muitos de nossa espécie fizeram. Mas os humanos estavam prontos para eles. Os lycans estavam tão cegos pela raiva que não pensaram de maneira estratégica. E muitos perderam a vida.

— Como? — questionei. — Os mortais não são tão fortes ou tão rápidos quanto a nossa espécie.

— Não, mas as armas eram mortais. E eles sabiam como usá-las. — Sua mandíbula tensionou com as palavras e ele semicerrou os olhos. — Foi quase como se alguém lhes dissesse como nos matar.

Edon, Luna sussurrou em minha mente. *Os jatos... desapareceram. Não há ninguém aqui. Ninguém.*

— Não podíamos provar — meu avô continuou. Meu coração disparou enquanto minha mente processava tudo o que ele estava dizendo junto com o que Luna acabou de revelar. — Mas agora sabemos que foi o Cane quem revelou nossa espécie. Foi ele quem sugeriu que os mortais tentassem nos transformar em armas. E muito provavelmente ele disse como nos desabilitar também.

Até o jato do Jace sumiu, Luna disse. *Também não está em nenhum dos hangares.*

Pegamos o jato do vampiro real até aqui porque o do Clã Clemente era muito lento.

— Assim que tivermos provas do que ele fez, quem são seus aliados e tudo o mais envolvido, poderemos finalmente recuperar nossas alcateias devastadas — meu avô continuou.

— Poderemos ser quem deveríamos ser. Poderemos liderar como quisermos. E parar de residir nas sombras dos vampiros.

— Os outros alfas foram buscar o Cane — me dei conta e falei em voz alta. — Para juntar as próprias provas.

— Sim. Eles foram matá-lo e a seus aliados.

— E quanto ao Cam? Ismerelda? Os vampiros que lideram esta revolução? — A maioria deles ainda estava na torre, todos trabalhando em um plano para invadir o complexo e salvar seus entes queridos.

Ou o equivalente vampiro de *entes queridos.*

— Cam é o líder deles — enfatizei. — Eles não vão reagir bem se ele morrer devido ao nosso ataque.

— Eu sei. É por isso que você tem uma decisão a tomar, filho. Ou você se junta a nós ou se junta a eles. Porque independentemente de como isso aconteça, não vai acabar bem.

— Por que não pedir ajuda a eles? Trabalhar em conjunto? Não precisa haver dois lados aqui. Acho que eles provaram isso. — Eles nos incluíram em cada etapa do caminho nos últimos meses. Por que ir contra eles agora?

— A única coisa que provaram é o quanto são diferentes — ele respondeu. — Eles não se importam em coexistir com a humanidade. Eles se preocupam com seu suprimento de sangue. Em tratar a comida de maneira um tanto humana. Mas é tudo uma questão de necessidades. Eles são imortais. Como tal, precisam de sua comida para prosperar. É isso.

Acabei de encontrar dois vampiros mortos, Silas me informou. *Não permanentemente, mas baleados no coração e se regenerando.*

Puta merda, murmurei, não apenas em resposta a Silas, mas também em resposta ao que meu avô estava dizendo.

— Eles passaram as últimas doze décadas aperfeiçoando a fonte de alimento às custas das vidas dos lycans. E não serão ridicularizados por isso. Eles serão elogiados. Até os nossos supostos aliados podem ver a importância do que Cane realizou. Eles estão intrigados, Edon. E não estão escondendo isso.

Cerrei os dentes. Porque ele não estava errado.

— Também não os culpo por isso — meu avô acrescentou. — Mas nossos objetivos não estão alinhados. Os lycans costumavam viver entre os humanos em paz. Cane mudou tudo isso. Os *vampiros* mudaram tudo. Não podemos deixar isso passar.

— E a Cidade de Sangue? — perguntei a ele. — A visão de Khalid mostra humanos e vampiros vivendo juntos e em paz.

— Sim, com alguns lobos solitários entrelaçados em sua sociedade — ele respondeu, com o tom cheio de escárnio. — Ele não construiu aquela cidade para lycans. Ele a construiu para vampiros, porque ele é um vampiro. Que utilidade temos para um imposto de sangue?

— Que utilidade temos para os humanos em geral? — retruquei.

Os mortais foram tratados como brinquedos para a caça à lua. Potenciais bonecos reprodutores para procriação. Nada mais.

— Os lobos podem acasalar entre si — acrescentei. — Na verdade, é o que deveriam fazer. Nossos filhos nascem lobos.

— E não tinham que passar pelo doloroso processo de transformação.

Ao contrário de Silas, que teve que ser mordido e forçado a se transformar.

Foi doloroso para ele. Tanto que teve sorte de ter sobrevivido.

— Esse é exatamente o ponto.

Pisquei, surpreso com sua resposta.

— O quê?

— Não precisamos de humanos. Nunca precisamos. Certa vez, vivemos com eles em harmonia, porque nos deixaram entregues à nossa própria sorte. Mas tudo mudou quando Cane – um *vampiro* – revelou nossa presença ao mundo. Os mortais se tornaram violentos e nos machucaram. Queríamos vingança. No entanto, esse desejo já passou há muito tempo.

Eu olhei para ele.

— O que nos deixa onde, exatamente?

— Em uma fase de renascimento. Em um lugar onde os lycans possam prosperar novamente como alcateia. Mas precisamos que os vampiros parem de tentar nos controlar primeiro. Também precisamos de garantias de que os humanos não serão capazes de nos prejudicar novamente.

— E quais são essas garantias? — perguntei. — Como os lycans lidariam com a humanidade?

— Esse é o debate, não é? — ele murmurou, voltando seu olhar para o sol antes de retornar à terra. — Podemos não precisar de humanos agora, mas se nossa espécie não conseguir procriar, os mortais serviriam a um propósito. Portanto, exterminá-los não é uma opção. No entanto, regulamentá-los é uma obrigação. Eles não podem obter ou possuir armas novamente.

Olhei para ele.

— E os vampiros?

Ele soltou um longo suspiro, balançando a cabeça.

— Isso é complicado.

— Não brinca.

Seus olhos escuros cintilaram para mim, seu olhar era de desaprovação.

Dane-se.

Ele basicamente me disse que os lycans queriam se rebelar contra os vampiros e começar uma guerra. No mínimo, ele poderia me contar o plano.

— Por que me contar tudo isso agora? — questionei. — Por que não antes? Por que não me incluir nessas discussões?

— Porque você não estava pronto — ele respondeu. — E um de seus companheiros é o melhor amigo de uma vampira e de uma híbrida, as duas acasaladas com membros da realeza. Sem mencionar seus próprios laços com a híbrida. Suas lealdades são instáveis.

Arqueei as sobrancelhas.

— Minhas lealdades foram guiadas por você desde o dia em que nasci.

— E agora elas são influenciadas por seus companheiros — ele respondeu. — Silas e Luna sempre virão em primeiro lugar. Eu respeito isso. Mas complica as coisas, Edon. É por isso que os lycans votaram para manter você no escuro.

— Eu sou seu neto.

— É exatamente por isso que estou aqui agora, conversando com você, em vez de ajudar os outros.

Semicerrei os olhos.

— Ajudá-los a fazer o quê, exatamente? Atacar o complexo? Começar uma guerra com vampiros?

— É inevitável — ele respondeu.

Zombei de suas palavras, pronto para apontar que alguns de nossos aliados poderiam pensar de forma diferente.

Mas meu avô não terminou de falar.

— Estamos vivendo em um mundo governado por vampiros, Edon. Eles nos deram restos para nos manter satisfeitos nos últimos cem anos. Restos que incluíam brinquedos humanos e caçadas sangrentas. Mas nunca seria suficiente. E, francamente, nunca foi concebido para ser suficiente.

O que significava que meu avô sentiu que esse destino era inevitável desde o início.

— Então por que trabalhar com Jace e os outros? Por que fingir serem seus aliados?

— Não estávamos fingindo, filho. Estávamos trabalhando com eles enquanto convinha aos nossos propósitos, assim como a espécie deles fez conosco. No entanto, agora que sabemos onde encontrar provas das manipulações, os nossos propósitos já não estão alinhados.

Kylan acabou de aparecer, Silas disse em minha mente. *Parece que ele me seguiu até aqui.* Sua irritação era palpável, mas ele não parecia tão surpreso. Ele saiu com pressa, querendo proteger Luna e não se preocupou em ser furtivo.

Kylan provavelmente presumiu que algo ia acontecer.

E, bem, ele não estava errado.

Isso vai ser uma merda, Luna sussurrou, suas palavras eram as que eu teria pronunciado em voz alta se eles estivessem aqui.

— É tarde demais para avisá-los, filho — meu avô me informou, obviamente ciente de que eu estava falando mentalmente com meus companheiros. — Os lycans pousaram nos arredores de Roma há uma hora. A guerra já começou. Só permaneci aqui para te dar uma escolha: o nosso lado ou o deles. A decisão cabe a você.

RYDER

— Tudo bem, Willow. É exatamente como praticamos — eu disse em seu ouvido. — Olhe para a mira e me diga o que vê.

Ela soltou um suspiro constante, um olho pressionado a mira. Não respondeu de imediato, minha escrava paciente e minuciosa enquanto estudava a cena diante de nós.

Estávamos a cerca de três andares de altura e fora dos antigos muros da Cidade do Vaticano. Eu nos ofereci como voluntários para o reconhecimento enquanto Khalid e sua dragoa optaram pelo subterrâneo. E Cedric escolheu localizar Damien.

A qualquer momento, eu ouviria o tom raivoso de minha progênie em meu ouvido. Mal podia esperar.

Claro, Jace e Kylan provavelmente ficariam mais irritados. Mas eu precisava deles vivos caso esta missão falhasse.

Não que isso fosse acontecer.

Afinal, Khalid me envolveu em suas brincadeiras e diversão. Uma jogada inteligente. Também me salvou de um mundo de tédio.

Reunião após reunião.

Uma enorme perda de tempo.

A reunião improvisada que Hazel convocou anteriormente se concentrou em uma futura reunião da Aliança, além de uma discussão detalhada sobre as notáveis ausências dos metamorfos. Edon, Silas e Luna foram os únicos lycans presentes.

Eles foram encarregados de encontrar os outros.

Enquanto isso, Khalid e Cedric tinham outros planos.

— Você ainda quer jogar? — Khalid me perguntou logo após a conversa chata com os outros.

Arqueei a sobrancelha.

— Depende do que você tem em mente.

— Uma missão de vigilância. Ou talvez uma oportunidade de parar uma guerra. — Ele deu de ombros. — Isso ainda está sendo pensado.

— Parar uma guerra? — repeti, arqueando a sobrancelha. — Não parece algo que eu faria.

— Provavelmente envolverá matar vampiros e lycans — ele se esquivou, seu olhar turquesa brilhou com conhecimento sombrio.

— Isso é um pouco mais atraente. Continue falando — eu disse enquanto ele levava a mim e Willow para um carro que nos esperava.

Uma hora depois, embarcamos em seu jato particular.

Khalid suspeitava que os lycans estavam vindo para cá.

E estava certo.

Cerca de trinta minutos depois de nossa chegada, os lycans pousaram em um antigo aeroporto nos arredores de Roma, algo que sabíamos por causa da tecnologia sofisticada de Khalid. Ele colocou um rastreador em cada jato no campo de aviação da Cidade de Deirdre e depois monitorou os dispositivos.

Vimos todos decolarem e seguirem nossa trajetória de voo. Pousamos em uma estrada abandonada nos arredores da cidade, e não no antigo aeroporto.

Então passamos pela linha de segurança dos Vigílias e nos separamos em equipes. Nosso foco era evitar a detecção de lycans, já que sabíamos que Thida e Jenkins tinham alguns lobos no terreno.

Enquanto isso, Lily, Hazel e Keys permaneceram no jato. A presença deles estava escondida por algum tipo de escudo protetor.

A propensão de Khalid para tecnologia avançada estava começando a me impressionar.

Incluindo este lindo brinquedinho que ele me emprestou para Willow usar.

Muito melhor que a porcaria da inteligência artificial e os imitadores de voz de Lilith.

— Não vejo nada, nem ninguém — Willow sussurrou, sua voz quase inaudível.

Como híbrida, ela sabia como modular seus tons para uma audição sobrenatural. Estávamos suficientemente no alto e longe das correntes de vento para evitar que nossos cheiros fossem detectados. Mas também precisávamos ter cuidado com o som.

— É como se todos estivessem no subsolo... — Ela parou, franzindo a testa. — Eu entendo os vampiros, porque o sol ainda está alto. Mas onde estão os lycans de Thida e Jenkins? No subsolo também?

Murmurei em seu ouvido. Meu corpo estava deitado ao lado do dela enquanto minha companheira olhava através da mira. Ela parecia forte e sensual debaixo de mim, com minha perna casualmente apoiada sobre uma das dela.

Era uma pena que tínhamos que trabalhar. Transar com ela aqui seria muito agradável.

— Ryder...

— Willow...

— Posso te sentir — ela me disse. — Você deveria estar me ensinando a explorar.

— Estou te treinando, escrava — murmurei, mudando propositalmente o verbo em minha frase. — Tenho te treinado desde o momento em que nos conhecemos.

Ela bufou e desviou o olhar da mira para me encarar.

— Luka e os lycans já deveriam estar aqui.

— Eles devem estar traçando um plano de ataque. Ou você não está explorando o suficiente.

Ela me deu uma olhada.

Eu a olhei de volta.

— Por exemplo, você está olhando para mim, não para a cidade. Essa não é uma maneira muito boa de explorar, companheira.

Ela rosnou e o som foi direto para o meu pau.

— Se você preferir jogar de outras maneiras, terei prazer em atender esse pedido, já que parece que temos tempo de sobra — eu disse a ela.

— Espero que o sol te cause queimaduras — ela respondeu, me fazendo rir baixo.

— Estamos nos escondendo sob um beiral, pequena guerreira. Mas sua preocupação com minha pele é notada.

Ela revirou os olhos e voltou para a mira enquanto eu mordia seu pescoço de brincadeira. Talvez eu pudesse testar sua capacidade de concentração enquanto...

— Onde é que você está? — uma voz exigiu de repente em meu ouvido.

E lá se vai a minha diversão, pensei com um suspiro.

— Em um telhado com a minha companheira — murmurei. — Estou ensinando-a a explorar com um rifle de precisão. Ou estou tentando. E espero mostrar a ela como atirar também. Mas o vento...

— Um aviso teria sido apreciado — Damien interveio. — Eu quase matei o Cedric.

Um bufo soou em resposta.

— Assim como você, não sou fácil de matar.

— Quase testamos essa teoria hoje — Damien retrucou. Cedric bufou novamente.

— Você é bom, Damien. Mas eu sou melhor.

— Quer apostar?

— Claro. — A confiança na aceitação de única palavra de Cedric me lembrou um pouco de mim mesmo.

— Nomeie seu alvo Damien exigiu.

— Cane.

— Esse é o alvo de todos — Damien retrucou. — Me dê outra coisa.

— Vocês dois terminaram de flertar? — interrompi.

— Ciúme? — Damien perguntou.

— Do seu romance com o Cedric? Não. Alguns de nós está ocupado tentando trabalhar — lembrei a ele.

Willow grunhiu.

Mordi sua garganta novamente.

Ela empurrou o quadril de lado na minha virilha, me fazendo rosnar. *Talvez eu possa me divertir um pouco*, pensei com meus incisivos provocando seu pulso.

Mas o gemido que ela soltou em resposta não foi de excitação. Parecia dor, o que me fez recuar e olhar para o perfil dela.

Seus olhos estavam fechados.

Sua testa franzida.

— Willow? — perguntei, levando a mão para sua nuca. — O que houve? O que está acontecendo?

Ela gemeu em vez de responder. Seu rosto ficou pálido enquanto ondas de agonia pareciam tremer por seu ser.

— *Willow.*

Eu estava vagamente consciente de Damien falando em meu ouvido. Todo o meu foco – meu mundo todo – girava em torno da minha companheira que se contorcia. Ela se aninhou em mim, seus gritos partiram meu coração.

— Fale comigo — implorei, com a mão ainda em sua nuca. — Fale comigo, Willow.

— A-alar... me... — ela conseguiu falar, levando as mãos para os ouvidos. — D-dói...

Semicerrei os olhos.

— Outra arma. — Tinha que ser. Mas esta parecia ter um design diferente da que Lilith usou em mim.

Ou talvez fosse a mesma. No entanto, a frequência usada estava machucando Willow em vez de mim.

Mas, na última vez, ela ouviu o zumbido antes. O zumbido sutil irritou seus sentidos de lycan. Ela sentiu a arma de Lilith enquanto a configurava para ser usada em mim, mas eu não senti nada até que ela me derrubou.

É isso que ela está sentindo agora?, me perguntei com uma carranca. *Cane está revelando uma arma ainda pior? Algo destinado a destruir uma cidade inteira?*

— Damien, precisamos nos mover — eu disse a ele. — Envie um aviso aos outros. Diga o que está acontecendo aqui. E tente entrar em contato com o Cam. — A comunicação com o vampiro foi interrompida esta manhã, quando ficou claro que ele pretendia transar intensamente com Izzy. Nenhum de nós queria ouvir.

Na verdade, isso só me fez querer ainda mais matar o cretino.

Mas era tarefa para outro dia.

Agora, eu precisava tirar minha companheira deste telhado e levá-la para algum lugar seguro.

Ela se enrolou em uma bola. Sua pele ficou com um

estranho tom azulado, como se ela tivesse esquecido de como respirar.

Forçando-a a ficar de costas, observei sua expressão, notando o pânico selvagem em seus olhos. Minha boca imediatamente cobriu a dela, meu ar se tornou dela enquanto eu a forçava a inspirar.

Seu peito se moveu, mas apenas através do meu empurrão insistente.

Que merda é essa? Isso não aconteceu comigo quando Lilith me derrubou. Eu ainda era capaz de respirar. Mas a voz dela controlava tudo em minha mente, me deixando paralisado enquanto falava comigo.

Com Willow nos braços, pulei do prédio, sem me importar com a queda de três andares, e caí de pé. Nos afastei gradualmente dos antigos muros do Vaticano.

Os segundos pareciam minutos, que pareciam horas.

Mas no momento em que ouvi minha companheira suspirar, fiz uma pausa, procurando os olhos dela. Ela permaneceu enrolada em meu peito, estremecendo enquanto recuperava o fôlego.

Só então senti dores nos tornozelos, o que me disse que aquela queda foi um pouco demais. Felizmente, minha idade e experiência me permitiam me curar rapidamente.

E eu jamais deixaria alguns hematomas me impedirem de salvar Willow.

— Ryder — Damien rosnou em meu ouvido.

Eu o silenciei, minha atenção ainda estava focada na híbrida em meus braços.

— Não consigo falar com o Khalid — Cedric disse. Sua voz estava mais distante, como se ele estivesse falando com Damien ao fundo, e não em sua unidade de comunicação. — A última vez que ouvi falar dele, estava entrando no subsolo.

— E quanto ao rastreador? Alguma coisa? — Damien perguntou.

Um momento se passou antes que Cedric respondesse:

— Nada. A Hazel disse que o rastreador desapareceu quando perdemos o áudio.

— Merda — Damien murmurou.

Willow tossiu e levou as mãos aos ouvidos novamente enquanto balançava a cabeça com violência.

Não pensei. Me movi rapidamente, me afastando mais cinco quilômetros do complexo. Estávamos em algum lugar bem no coração da antiga Roma, onde todos os edifícios estavam se deteriorando por falta de uso e reparos. A vida selvagem retornou à cidade na forma de animais e vegetação, dando uma sensação distópica, assim como a maior parte do mundo.

Não há Vigílias aqui, pensei, olhando ao redor. Eles estabeleceram vários bloqueios pela cidade, além de algumas mudanças arquitetônicas que impossibilitaram dirigir sem passar por um posto de controle. Mas isso não impediu os vampiros de se teletransportarem para dentro e para fora.

Os humanos, no entanto, enfrentariam os obstáculos, e esse era o ponto principal: esta cidade foi reestruturada para manter os mortais dentro dela. Vampiros e lycans eram livres para ir e vir como quisessem, da maneira que desejassem.

Se eu estivesse construindo uma fortaleza para minha dinastia, eu a teria feito de forma que ninguém pudesse entrar. Mas Lilith não pensou assim. Nem Cane.

Essa arrogância foi a queda de Lilith e, em breve, seria a causa da morte de Cane também.

Assim que minha companheira se recuperasse e me contasse o que estava acontecendo.

Ela estava respirando de novo, felizmente, mas desmaiou, a dor parecia tê-la feito perder a consciência.

Andei mais alguns quilômetros, só por segurança, e então encontrei uma área de grama macia para me sentar com ela no colo.

Passando os dedos pelos cabelos dela, eu disse:

— Vamos, escrava. Temos sangue para derramar e preciso de você de pé.

Infelizmente, minha companheira teimosa não me ouviu, me fazendo rosnar de irritação.

— Não sei o que fez isso com você, mas vou destruir a arma e quem a usou. — De preferência, com minhas próprias mãos. Mas se Willow não acordasse, eu escolheria uma arma, porque assim poderia manter uma mão sobre ela enquanto usava a outra para *matar*.

— Droga, Ryder — Damien rosnou em meu ouvido. — Acabei de receber um sermão de Kylan e Jace. Cada palavra destinada a você.

Eu grunhi.

— Diga a eles para agendarem uma reunião para discutirmos. Eles parecem gostar. — Bem, Jace gostava. Kylan... Kylan só queria brincar com Rae.

Uma preferência que eu entendia, assim como sentia o mesmo em relação a Willow. Mas eu também tinha quem pensar em Damien, assim como em Izzy.

O que, naturalmente, tornou a vinda para cá uma escolha sábia, pois eu queria garantir a segurança deles. E talvez matar pessoas ao longo do caminho. Willow também poderia usar a prática de tiro ao alvo.

Mas precisava que ela acordasse para que isso acontecesse.

— Merda de arma — murmurei.

— Que arma? — Damien perguntou.

— O que quer que tenha nocauteado a Willow. — Algo que ainda não expliquei a ele, pois minhas ações foram consumidas para fazer minha companheira voltar a respirar. — Parece semelhante ao dispositivo que Lilith usou em mim, mas desta vez impactou a Willow. Você ou Cedric conseguem ouvir alguma coisa?

— Não. — Ele não deu mais detalhes, apenas ficou em silêncio.

Esperei alguns segundos antes de chamar:

— Damien?

— Ele está falando com o Jace de novo — Cedric respondeu. — Bem, não, ele está *ouvindo*. Parece que o rei rebelde não é fã da nossa missão de vigilância.

— Então diga a ele que é uma missão para matar e veja se ele prefere isso — sugeri, encerrando essa conversa e todo o resto. — Hora de acordar, companheira — eu disse a Willow antes de morder o pulso e segurá-lo contra sua boca.

Seu lado vampírico assumiu o controle no segundo seguinte, fazendo com que seus lábios se entreabrissem e me permitindo alimentá-la.

— Boa escrava — elogiei. — Pegue o que você...

Os pelo em minha nuca se arrepiaram, meus instintos dispararam.

Não perdi um segundo olhando, saí da área gramada para a lateral de um prédio.

Willow gritou quando um estalo mortal atravessou o ar.

E meu mundo ficou preto.

CAM

Aquela merda de alarme está me dando dor de cabeça, pensei enquanto terminava de abotoar a camisa limpa que apareceu no meu quarto enquanto eu estava no banho com Ismerelda, a antiga não estava à vista.

Eu deveria ter sido mais cuidadoso com isso, mas se tivesse tentado escondê-la em algum lugar, meu irmão teria ficado desconfiado. Então, joguei-a no cesto de roupa suja, como faria normalmente, peguei Izzy de maneira semelhante e carreguei-a para o banheiro.

Foi então que perdi o fone de ouvido. Eu o coloquei em um dos armários enquanto procurava materiais de banho. E agora precisava encontrar uma maneira de recuperá-lo sutilmente.

Embora Damien não fosse capaz de me ouvir, poderia ser útil ouvi-lo.

— Vou procurar uma escova para você — eu disse a Ismerelda enquanto ela terminava de colocar o vestido de seda que foi deixado para ela no armário. Ou talvez fosse algo que já estivesse lá.

Independentemente disso, era a única coisa que ela poderia usar, já que suas roupas também desapareceram. O mesmo aconteceu com os sapatos, deixando-a com apenas um par de sapatos de salto agulha para os pés delicados.

Fui em direção ao banheiro, mas parei quando a porta da suíte se abriu. Michael estava parado, com o cabelo loiro preso na nuca.

— Meu soberano — ele cumprimentou. — O príncipe Cane pediu que eu o levasse ao subsolo, onde todos os outros membros da realeza da propriedade estão reunidos.

— Príncipe Cane? — repeti, arqueando uma sobrancelha. — E você ousa se referir a mim como soberano depois de tudo o que foi revelado?

Michael piscou com uma expressão inocente que eu não acreditei nem por um segundo.

— O Príncipe Cane deixou claro seus desejos, meu soberano. Você é o líder escolhido dele e meu também. Portanto, vou me dirigir a você como tal.

— Humm — murmurei, tentado a dizer a ele para se referir a Ismerelda como minha rainha. Porque se ele quisesse seguir a lógica de que eu era seu rei, então ele poderia ver minha companheira como o que ela era.

Mas isso anularia qualquer jogo que meu irmão tivesse reservado para nós.

Então, em vez disso, cedi sem dizer nada, e olhei para Ismerelda.

— Vá ao banheiro e encontre uma escova. — *Também preciso que você tente localizar o fone de ouvido no gabinete*, acrescentei mentalmente enquanto mostrava a ela onde depositei o dispositivo. *Coloque no seu ouvido enquanto eu distraio Michael.*

Pode haver câmeras lá dentro, ela disse enquanto se dirigia ao banheiro, com a cabeça baixa de maneira obediente diante do nosso hóspede.

Tente usar o armário para mascarar seus movimentos, eu disse a ela. *Não seria tão fácil, já que ela tinha que colocar o dispositivo dentro do ouvido, mas eu tinha fé que ela conseguiria fazer isso.*

— Qual protocolo foi acionado? — perguntei a Michael, optando por adquirir informações como forma de distração.

— Presumo que seja por isso que todos os membros da realeza estão se reunindo no subsolo, como você disse. Mas para que fim?

— Os rebeldes estão chegando. O Príncipe Cane precisa que todos se juntem a ele no bunker antes de implantar nossa resposta de segurança.

Arqueei a sobrancelha.

— Rebeldes? Jace e os outros?

— Não. Ryder e Khalid, assim como os lycans.

Fone de ouvido no lugar, Ismerelda sussurrou para mim. *Está silencioso.*

Me avise se a situação mudar, respondi enquanto absorvia o comentário de Michael sobre os rebeldes. *Parece que Ryder não pôde ficar de fora.*

Você está surpreso? Ismerelda perguntou ao voltar para o quarto com o cabelo loiro penteado e emoldurando seu lindo rosto. Minha única reclamação foi a maneira como ela baixou o olhar. Ela estava interpretando um papel para Michael e não para mim.

Quando ela se aproximou, segurei seu queixo e a puxei para um beijo destinado a marcar. A possuir. *A reivindicar. Essa* era a minha versão de me *curvar* para Michael.

Ela deveria ser meu brinquedo? Sim. Mas isso ainda a

tornava minha, algo que eu precisava que minha *progênie* entendesse.

Ismerelda se derreteu contra mim, com o coração disparado através do tecido fino do vestido. Me inclinei para afundar as presas em seu pescoço, marcando-a abertamente e dando um longo gole em sua veia. *Não vou te curar*, avisei. *Quero que todos saibam que você é minha.*

O sangue que você me deu esta tarde vai me curar rapidamente, ela respondeu.

Então vou te morder de novo, eu disse a ela.

Ela estremeceu, quase me fazendo sorrir em seu pescoço. Mas eu não podia permitir que Michael me visse reagir daquela maneira.

Com isso, me afastei e encontrei o olhar dele.

— Toque nela e eu te mato. Ela é meu brinquedo, não seu. Agora mostre o caminho.

Michael pigarreou e baixou a cabeça.

— Claro, meu soberano.

Ele passou pela porta enquanto Ismerelda imaginava todas as maneiras como gostaria de matá-lo. Isso tornou a viagem divertida até lá embaixo. *Eu não tinha ideia de que você era tão criativa, minha rainha.*

Nem eu, ela respondeu quando entramos em um elevador no final do corredor. *Mas quero que ele morra.*

Eu também, amor. Eu também.

Eu precisava determinar se o mesmo poderia ser dito sobre meu irmão. Ele machucou Ismerelda, o que precisava ser resolvido. O problema era que eu não conseguia determinar como garantir que isso não acontecesse novamente.

Além de matá-lo.

O que uma parte obscura de mim desejava fazer.

No entanto, ele era meu irmão. Meu único parente. Se eu

pudesse encontrar uma alternativa, aceitaria. Só temia que não houvesse uma.

O sono obviamente não funcionou.

Nem funcionaria... um ponto que Ryder e Kylan defenderam no início desta semana.

Então, qual a alternativa?, me perguntei quando chegamos a um andar subterrâneo. Não reconheci o código que Michael usou para nos trazer até aqui, confirmando que estávamos em uma parte diferente do complexo.

Esse fato ficou ainda mais evidente quando as portas se abriram e apareceu um corredor vermelho iluminado por velas de aparência gótica.

Uau. Fale sobre vampiros estereotipados, Ismerelda disse.

Estereotipados? repeti, não seguindo sua lógica. Mas suas memórias de uma era mais moderna, uma que eu não reconhecia nem lembrava, ajudaram a preencher as lacunas. *Entendi.*

Não parecia tão estereotipado para mim quanto sombrio e mortal. A cor carmesim me lembrava sangue.

Esse foi o tema que continuou quando entramos em uma grande sala decorada com luminárias vermelhas e pretas.

Em vez de mesa, havia sofás de couro com detalhes dourados. Mesas de centro em vidro e pedra. Velas tremeluzindo com chamas baixas. Humanos seminus em todos os cantos.

E um grupo de vampiros e lycans antigos vagando por ali, alguns com mulheres no colo, outras com homens nos joelhos.

Todos os membros da realeza usavam ternos e vestidos, enquanto os lycans usavam jeans e suéteres.

— Rei Cam — Michael anunciou para a sala, me fazendo olhar para ele enquanto ele se curvava.

Meu irmão se levantou, jogando uma humana no chão. Sua cabeça caiu com um baque que sugeria que ela já estava morta ou perto disso.

O corte no peito da mulher me disse o porquê, assim como o sangue nos lábios do meu irmão. Ele os lambeu e descartou Michael com um movimento da mão.

— Vá ajudar a Mira.

— Como desejar, Meu Príncipe — ele falou com reverência, saindo da sala, enquanto Cane se aproximava de um homem nu segurando uma bandeja com taças de champanhe e uma faca ensanguentada.

Michael o chamou de "meu soberano" no avião, Ismerelda me informou. *Sei que ele explicou isso na suíte, mas ainda parece repentino para mim.*

Sim, concordei, examinando a sala mais uma vez. *Ou estão brincando comigo ou meu irmão acredita que já aceitei meu papel de rei.*

Ninguém parecia tão intrigado com a nossa aparição. Na verdade, a maioria nem notou minha chegada, perdidos demais em seu frenesi alimentar para se importar.

Se sou o rei deles, não são muito respeitosos, comentei com Ismerelda enquanto Cane voltava em nossa direção com duas taças nas mãos.

Pelo que Luka me contou, a realeza e os alfas se consideram iguais. Portanto, o fato de eles ignorarem você não confirma nada.

Hum.

— Irmão — Cane me cumprimentou, me entregando uma das taças de cristal. O líquido dentro parecia ser sangue fresco do pulso do garçom humano, algo que percebi porque o homem agora parecia pálido e pronto para desmaiar. No entanto, ele permaneceu de pé como se fosse obrigado a fazê-lo. — Desculpe pelo alarme. Parece que estamos esperando companhia.

— Foi o que ouvi dizer — murmurei, apertando ainda mais a mão de Ismerelda enquanto a outra segurava a taça. — Lycans?

Ele assentiu.

— Sim, minha fonte diz que eles estão se reunindo. Há

alguns membros da realeza rebeldes a caminho também. — Seu tom sugeria excitação em vez de pavor, algo que não era um bom presságio para a situação. — Esperei por uma chance de testar nosso sistema de defesa e parece que essa chance finalmente chegou.

— Não me lembro de ter visto registro desse *sistema de defesa* — eu disse a ele.

— Não, não chegamos a esse ponto no processo de aprendizagem. Em vez disso, te concentrei nas bolsas de sangue imortais, na esperança de recriar a alegria que experimentei ao aperfeiçoar a solução. — Ele olhou para os mortais expostos pela sala, seu orgulho evidente.

Ismerelda não fez comentários ao meu lado, mas sua mente zumbia de desconforto. Principalmente por causa da minha provocação há poucas horas, bem como pelos comentários que uma vez troquei com Mira.

Eu não vou te substituir.

Eu sei, ela respondeu instantaneamente. *Eu não vou te deixar fazer isso.*

Soltei sua mão para apoiar na parte inferior de suas costas, e o movimento a atraiu para mais perto de mim.

Meu irmão observou o movimento com interesse.

— Presumo que estamos aqui para receber um tutorial sobre este sistema de defesa — eu disse, atraindo o foco de Cane de volta para o tópico em questão.

— Não, só você — ele murmurou. — Os outros estão aproveitando a sala de jogos. Nós dois revisaremos a segurança da cidade, pois é nossa, não deles.

— Entendo. — Tracei um círculo com o polegar na coluna de Ismerelda enquanto observava a sala mais uma vez, notando todos os membros da realeza e alfas satisfeitos. — O alarme é um indicador de que não é seguro acima do solo?

Eu estava tentando determinar o motivo pelo qual ele convidou todos para sua *sala de jogos*. Se não fosse para uma demonstração esquemática, então teria outro motivo. Talvez algo que envolvesse a mim e minha *Erosita*. Ou só a mim.

Uma demonstração de força, por assim dizer. Uma forma de dizer: *estes são meus aliados, então é melhor você se comportar.*

— O alarme só tocou na sua suíte; todos os outros já estavam no subsolo. Eles preferem estar seguros enquanto jogam, principalmente porque não querem ser interrompidos. Mas eu os convidei aqui para te ver.

Arqueei as sobrancelhas.

— Eles não parecem muito interessados na minha chegada.

Ele deu de ombros.

— Estou ocupados com outra coisa, mas quando terminarem, espero que digam olá. Eles estão esperando por esta oportunidade há muito tempo.

— Oportunidade? — repeti.

— De observar os resultados do meu experimento. — Quando apenas o olhei, ele acrescentou: — De te curar, quero dizer.

Ismerelda fez um som através do nosso vínculo mental, que parecia muito com um bufo irônico. No entanto, ela permaneceu submissa, com os olhos baixos de uma forma que ela sabia que Cane apreciaria.

Infelizmente, *eu* não apreciei.

Puta merda, não apreciei nada disso.

Mas tínhamos nossos papéis a manter.

Papéis que não poderíamos ignorar. Especialmente agora. *Lycans e vampiros reais estão chegando. Cane tem uma fonte. Quem?*

A unidade de comunicação ainda está em silêncio, Ismerelda respondeu. *Ou não coloquei direito ou cortaram nossa transmissão.*

Suspeitei que estivesse desligado porque Damien e os outros haviam descoberto que perdi o microfone.

Ou Cane estava interferindo de alguma forma.

Talvez sua demonstração de segurança explicasse isso.

Meu irmão pigarreou.

— Posso pedir que saiam — ele ofereceu, interpretando meu silêncio como irritação. Sendo que minha irritação não foi dirigida tanto ao nosso público quanto a esta situação.

— Desde que não interfiram em nossos negócios, eles podem ficar e brincar — eu disse a ele. — Mas quero um tour completo pelo seu sistema de defesa.

— Claro — ele concordou. — Vou fornecer um em breve. Só precisamos das peças no lugar primeiro.

Fiz uma careta, sem saber o que ele queria dizer com isso.

— Enquanto isso, estaria interessado em provar um dos meus brinquedos imortais? — ele apontou para a variedade de carne exposta em toda a sala.

— Tenho o que preciso no momento, mas talvez eu aceite isso depois da demonstração de segurança — respondi, provocando outro suspiro mental de Ismerelda. — Talvez você possa me contar mais sobre essa sua fonte enquanto esperamos que suas *peças* se encaixem.

— Tudo no devido tempo, eu prometo — ele murmurou, sorrindo. — Vá encontrar um lugar primeiro. Relaxe um pouco. Vai levar cerca de vinte minutos antes de começarmos, então fique à vontade para beber seu champanhe de sangue, fazer um lanche, observar. O que desejar, irmão. Tudo isso é seu.

Ele tomou um gole do próprio champanhe e saiu da sala, deixando Ismerelda e eu no meio de um frenesi sexualmente carregado.

Seu irmão é lunático, Ismerelda pensou enquanto eu flexionava a palma da mão na parte inferior de suas costas. *Lunático e delirante.*

Ele é imortal, respondi enquanto examinava a sala em busca de um lugar para nos sentarmos. *E muito, muito antigo.*

Você também é, mas não está fazendo uma orgia enquanto se prepara para... seja lá o que ele está planejando fazer.

Quando se tem a nossa idade, se processa o tempo e as ameaças de maneira diferente. Ele acha isso divertido, respondi e comecei a guiá-la em direção a um sofá de couro perto dos fundos da sala. *Ele está obviamente muito entediado.*

Não que eu considerasse o tédio uma desculpa aceitável – apenas pretendia oferecer uma explicação. Ou, ao menos, a única razão que consegui imaginar para seu comportamento.

Ele foi traído, sim. Mas isto ia muito além da vingança ou da necessidade de garantir a segurança da nossa espécie.

Hora de brincar, minha rainha, murmurei em sua mente enquanto minha mão deixava sua coluna.

Ela fez uma pausa quando me acomodei no centro do sofá.

— Monte em mim — eu disse em voz alta, com autoridade.

Tínhamos um show para fazer.

E, felizmente, minha companheira entendeu melhor o seu papel.

Ela deslizou para o meu colo, seu vestido se abriu nas duas pernas quase até os quadris enquanto ela se acomodava em minhas coxas.

Agarrei seu cabelo com uma mão e usei a outra para levar a taça em meus lábios. Com o olhar no seu, tomei um gole e permiti que ela, e todos os outros, vissem o desgosto em minhas feições.

— Com certeza não é o que estou desejando — murmurei, colocando-a na mesa antes de afundar as presas em seu pescoço.

Ela se agarrou aos meus ombros, apertando minhas coxas com as suas, enquanto eu dava goles profundos em sua veia.

— *Muito* melhor — eu disse a ela, estremecendo quando o gosto do sangue do humano permaneceu em minha boca. Só tomei um gole para pacificar meu irmão. *E agora estava fazendo uma declaração: nada nem ninguém pode substituir minha* Erosita. *Então não toque nela.*

Ismerelda se arqueou para mim. Seu prazer nos envolveu enquanto eu absorvia sua essência. Forneceu a cobertura perfeita para que eu pudesse observar a sala, olhar para os outros membros da realeza enquanto devorava minha companheira.

Os outros veriam meu movimento como algo imparcial, um vampiro desfrutando de sua refeição enquanto observa a cena.

Na realidade, fiz isso como um movimento proprietário. Uma forma de reivindicar publicamente minha *Erosita*.

Também me permitiu avaliar cada participante.

Helias.

Robin.

Ayaz.

Jenkins.

Nenhum sinal de Thida ou Jasmine.

Talvez estivessem em seus quartos privados, onde quer que fossem nesta parte do subsolo. Eu nunca estive nesta área antes, o que me deixou um pouco incerto sobre o que meu irmão reservou.

Ele disse que todos os membros da realeza queriam me ver.

Uma grande mentira, decidi, observando as travessuras sensuais deles.

Cane podia ser lunático, mas era brilhante. Isso ficou claro depois de seu tutorial de dez minutos sobre a vigilância da cidade e todos os mecanismos de segurança que ele possuía.

— Você pode ver aqui — ele dizia, apontando para a imagem de uma porta externa que presumi que levava ao subsolo. — Temos câmeras embutidas no revestimento de cimento. Mas elas fazem mais do que apenas observar. Elas detectam movimento e...

Ele parou quando outra tela apareceu com uma película vermelha brilhante sobre ela.

— Ah, momento perfeito. Aqui. Você pode ver uma demonstração real. — Ele selecionou a imagem carmesim e a colocou na frente das outras, fazendo com que a cor desaparecesse. — Isso é o que acontece quando os protocolos de segurança da cidade são acionados. Os detectores ganham vida e reagem ao movimento, ao som e ao calor corporal.

Ele começou a mostrar a logística ao irmão, explicando como o detector foi programado, tudo isso enquanto eu observava ao lado de Cam.

Cane não pareceu me notar. Ou talvez ele não se importasse que eu estivesse assistindo. Porque ele não me olhou nenhuma vez, nem mesmo quando saí do colo de Cam.

— Vê essas assinaturas de calor? — Cane perguntou, apontando para uma imagem infravermelha mostrando cinco sombras avermelhadas. — Esses são alguns dos rebeldes que chegaram. Embora pareça que estão se separando...

Mais três telas se abriram diante de nós, as mãos de Cane reagiram imediatamente para trazê-las à vista.

— O sistema verifica automaticamente os invasores, detectando a origem e até mesmo os nome, caso sejam uma entidade conhecida no sistema. — Ele desenhou um dos focos no centro, deixando os outros atrás, e tocou em um dos borrões vermelhos. — Identificar.

— Vampiro — uma voz feminina disse. — Nome: Khalid. Idade: mais de quatro mil anos. Lealdade: incerta. Por favor, atualize as preferências do sistema em relação à força letal.

— Não é permitida força letal — Cane respondeu antes de colocar o dedo contra a outra figura na tela. — Identificar.

A tela piscou.

— Vampira fêmea. Idade: desconhecida. Tipo sanguíneo: desconhecido. Origem: desconhecida. Nome: desconhecido.

Emine, imaginei.

As narinas de Cane se dilataram.

— Matadora vadia.

Quase fiz uma careta. *Como ele sabe disso?*

Suponho que a fonte dele tenha contado, Cam respondeu com

interesse despertado. No entanto, ele permaneceu em silêncio enquanto o irmão acessava o perfil de Emine no computador.

Cane selecionou um botão abaixo de uma imagem difusa de Emine e disse:

— Ativar força letal para a vampira desconhecida.

— Protocolos de força letal ativados — o sistema retornou.

Meu sangue gelou.

Ah, merda...

O perfil ficou preto, iniciando uma contagem regressiva.

— Dez, nove...

Cam, falei.

Mas ele já estava alcançando o mesmo botão.

— Desative a força letal para a vampira desconhecida. — Seu sotaque soou exatamente como o do irmão, os dois parecidos demais para meu conforto.

— Protocolos de força letal desativados — o sistema respondeu, concordando claramente que as assinaturas de voz eram as mesmas.

Ou talvez Cam já tivesse acesso administrativo.

A menos que isso não fosse necessário neste modo.

— Que merda é essa? — Cane questionou. — Ela não pode ter permissão para entrar.

— Ela tem que ter permissão para entrar — Cam respondeu. — Quero amostras de sangue antes de você matá-la. E quero que sejam retirados de uma fonte viva.

Cane olhou para ele, tensionando a mandíbula.

Cam apenas olhou de volta, com aquela sobrancelha arrogante arqueada para cima.

— Ela é uma excelente cobaia.

— Eu já aperfeiçoei as bolsas de sangue imortais, irmão.

— Isso ainda está para ser visto — Cam respondeu de maneira categórica. — Vou precisar de tempo para testar seu produto. Até então, quero a matadora viva, caso ela possa ser útil para nós. Certamente o seu sistema tem alguma maneira de detê-la?

Engoli em seco, ao mesmo tempo fascinada e mortificada pelo funcionamento da mente de Cam.

Seu processamento estratégico da situação foi praticamente imediato, e sua capacidade de lidar com o irmão e contrariar suas palavras beirava o extraordinário. Em especial a maneira como ele encerrou sua resposta desafiando o irmão a provar as capacidades de seu sistema.

Mas a razão pela qual Cam era tão bom neste combate verbal era fundamentada em sua profunda compreensão dos objetivos de Cane.

Uma parte de Cam respeitava os desejos do irmão, até concordando parcialmente com suas escolhas.

Manter Emine viva fazia sentido para Cam, e não por causa de quaisquer laços ou lealdade que sentisse por Khalid, mas porque a existência dela o intrigava.

O que significava que ele estava dizendo a verdade sobre querer o sangue dela. Ou, pelo menos, pensando no que poderia fazer com isso em um ambiente de pesquisa.

Pensar em algo e agir de acordo são duas ações completamente diferentes, Ismerelda, Cam murmurou em minha mente. *Só porque tenho a ideia de fazer algo, não significa que realmente queira fazê-lo.*

Ele estava certo.

Mas não gostei de ouvir essas ideias na cabeça dele.

Porém, preferia saber. Ser incluída em seu processo de pensamento, em vez de bloqueada. Manter um diálogo aberto e ter uma opinião sobre como procedemos, em vez de ser deixada para trás para minha própria "proteção".

— Sim — Cane finalmente disse. — Os protocolos permitem uma variedade de respostas. Vou te mostrar.

Cam acenou para ele continuar.

— Por favor faça. Mas a mantenha viva.

Cane considerou-o por mais um momento e depois concordou com um aceno de cabeça.

— Tudo bem. Mas quero ser o responsável por acabar com ela.

Cam deu de ombros.

— Não me importo com a forma como ela vai morrer. Só não quero desperdiçar um produto potencialmente útil.

O tom descuidado nas palavras de Cam pareceu apaziguar o irmão, porque ele assentiu pela segunda vez.

E a sala... pareceu relaxar também.

Eu não tinha percebido, minha atenção estava mais na mente de Cam do que nos outros vampiros, mas tudo ficou quieto enquanto os dois homens conversavam.

Cam percebeu, mas estava mais focado no irmão do que nos outros. Embora agora eu pudesse ouvi-lo zombar do comentário de Cane sobre como todos queriam observar seu experimento.

Eles não estão aqui para me receber como seu líder. Eles estão aqui para garantir que esteja do lado do líder deles.

O que acontecerá se eles descobrirem que você não está?, perguntei.

Só o tempo dirá, ele respondeu. Mas sua mente já estava identificando todas as respostas potenciais, e a maioria delas eram mortais. *Ele convidou a todos por um de dois motivos: organizar uma celebração ou uma execução. Só pode ser uma coisa ou outra.*

Assim, tudo isso foi um teste.

Uma forma de ver como Cam respondia à demonstração de seu irmão.

E a realeza, assim como o único alfa presente, estava se divertindo enquanto esperavam.

Mas um movimento errado e nos encontraríamos enfrentando alguns dos sobrenaturais mais antigos do mundo.

Eu não teria chance contra eles. Não como humana. Nem mesmo como companheira de Cam.

Sua oferta para me transformar surgiu de novo em meus

pensamentos enquanto Cane reorganizava as exibições de vídeo. Falei sério há pouco sobre aceitar a proposta de Cam de me tornar vampira.

Isso me proporcionaria certa independência, algo que nunca experimentei de verdade em minha longa existência.

Eu estaria livre de meus vínculos com a imortalidade de Cam, capaz de sobreviver por meus méritos e me tornar minha própria pessoa. Viver para mim e para mais ninguém.

Então eu poderia *escolher* meu futuro. Me tornar uma versão melhor de mim mesma. *Abraçar esta Cam como meu companheiro.*

Você não será uma versão melhor, Ismerelda. *Você ainda será quem é agora, apenas mais durável. Você é perfeita. Mas também preciso me concentrar*, Cam sussurrou através do nosso vínculo, enquanto a palma da sua mão alcançava minha coxa por baixo do tecido do meu vestido. *E você está me distraindo, minha rainha.*

Desculpe. Não percebi que estava pensando tão alto ou o quanto me distraí.

Porque Cane estava no meio de uma demonstração completa, seu vídeo mostrava uma visão clara de Khalid e Emine enquanto se dirigiam para o que parecia ser um túnel.

Ele também tinha uma segunda imagem de Ryder e Willow, os dois subindo com cautela até o topo de um prédio. Conhecendo Ryder, ele usaria isso como um momento de ensino para Willow.

Mas este não era o momento para um exercício de treinamento.

No entanto, Ryder não entenderia isso.

Porque ele não tem ideia do que Cane é capaz, pensei, e o medo fez meu estômago apertar.

Cam apertou minha coxa de forma sutil enquanto perguntava a Cane algo sobre um neutralizador.

Que neutralizador?, me perguntei, quase balançando a

cabeça. Eu estava tão perdida em minhas reflexões internas que claramente perdi muita coisa.

— É semelhante ao que foi usado em você — Cane explicou. — Só não requer tantos ajustes, pois é um desestabilizador temporário e não uma ferramenta de cura a longo prazo.

Ferramenta de cura, Cam repetiu mentalmente, seu tom me dizendo como ele se sentia sobre o termo que o irmão cunhou para a arma que usou para subjugá-lo.

— Será ativada automaticamente se os rebeldes chegarem a um determinado ponto dos túneis. Ou podemos acionar manualmente agora. — Cane selecionou uma caixa que exibia um painel. — Qual é a sua preferência?

— Até onde eles precisam chegar no túnel para que seja iniciada? — Cam perguntou.

— Mais oitocentos metros, o que não levará muito tempo se eles...

A tela ficou vermelha e um alarme soou no dispositivo em sua mão. Ou talvez estivesse vindo do seu relógio. Eu não sabia. Não era um som alto e estridente, mas um bipe sutil, como um alerta de cronômetro.

Parecia bastante gentil por natureza e em total desacordo com a cena que se desenrolava na tela, uma que agora eu podia ver com muita clareza. Porque o filtro vermelho desapareceu e um vídeo em alta resolução surgiu em seu lugar.

Khalid e Emine levaram as mãos à cabeça, com os lábios entreabertos em clara agonia.

Lutei contra a vontade de reagir e meu estômago se apertou ainda mais ao vê-los fugir do ataque invisível aos seus sentidos.

Não, não correndo. Se *teletransportando*.

Porque eles estavam se movendo rápido demais para que

fosse considerado uma corrida padrão. No entanto, a câmera parecia acompanhar seus movimentos com facilidade.

Essa tecnologia era aterrorizante.

Mas não tão assustador quanto ver Khalid cair de joelhos.

Ele era um dos seres mais antigos da espécie vampira. Assim como Cam, Ryder e todos os vampiros nesta sala.

Para derrubá-lo... engoli em seco. *Cane não estava mentindo quando disse que esse neutralizador é semelhante à arma que usou em você.*

— Então você encontrou uma maneira de incapacitar vários vampiros de uma vez — Cam falou com um tom de voz intrigado. Eu sabia pela mente dele que era falso, algo que ele inventou para apaziguar o irmão.

— Vampiros *e* lycans, sim — seu irmão murmurou. — É uma frequência sonora que surpreende. Mas com a rapidez com que nos curamos, pode ser um desafio mantê-la. É por esse motivo que fazemos isso...

Ele acionou algum tipo de interruptor que revelou uma visão mais ampla do túnel, que nos permitiu observar quatro figuras chegando ao local. Todos estavam vestidos da cabeça aos pés com armaduras pretas, as cabeças cobertas por capacetes opacos.

Cada um sacou uma arma, com os canos apontados para Emine e Khalid.

Cam abriu a boca para falar, mas as armas dispararam antes que ele pudesse comentar.

Khalid e Emine caíram instantaneamente no chão.

Apertei os lábios quando as figuras encapuzadas avançaram para recuperar os corpos com movimentos abruptos e descuidados.

Então todos desapareceram prontamente de cena.

Cane pressionou um dedo no ouvido, a tecnologia oculta me lembrou do dispositivo silencioso em meu próprio ouvido.

— Leve Khalid para a suíte sete — disse. — A matadora

pode ir para a masmorra três. — Ele olhou para Cam. — Vou te levar para conhecer a área quando terminarmos.

— Quanto do composto eu realmente vi? — meu companheiro perguntou.

— Cerca de metade. Seu elevador foi programado para exibir apenas determinados andares. Assim que terminarmos de determinar nosso futuro, reprogramaremos seu acesso.

Cam olhou para ele.

— O que há para determinar?

— Onde você quer ficar. — Cane finalmente olhou para mim, o olhar duro brilhando com uma expectativa sombria. — Com *quem* você vai ficar. — Ele voltou sua atenção para Cam. — Ela só precisa viver para que você mantenha acesso à mente dela. Nada mais.

A mão de Cam deslizou pela minha perna e as pontas dos dedos roçaram a parte interna da minha coxa.

— Ah, definitivamente há mais, irmão. — Seu tom e ação deixaram clara sua insinuação.

— Humm, mas isso pode evoluir, e é aí que as coisas se tornam perigosas. Talvez eu devesse demonstrar.

Isso parecia ameaçador.

Mas Cam ergueu a sobrancelha.

— Não é esse o objetivo? Fornecer uma demonstração?

Cana sorriu.

— Sim, é. E falando nisso... — Ele convocou uma das câmeras de vigilância, esta exibindo apenas uma assinatura de calor.

Uma assinatura que o sistema identificou como Cedric, de acordo com o perfil ao lado dele.

— Parece que ele está indo para o aeroporto — Cane refletiu. — Deve estar esperando companhia.

— Ou talvez esteja tentando falar com o Damien — Cam respondeu.

— Talvez. — Ele estudou o vídeo por um momento. — Vamos lidar com ele daqui a pouco.

— Foi isso que você disse quando eu fui embora? — Cam perguntou a ele. — Que você cuidaria de mim mais tarde? Porque você poderia ter me parado antes que eu chegasse ao perímetro da cidade.

— Sim, poderia, mas não percebi que você tinha ido embora até já estar adquirindo um carro. Este sistema só é ativado quando esperamos uma ameaça à segurança. Esse protocolo não estava ativado quando você saiu.

— E se estivesse ativado? — Cam pressionou. — Qual é o nível de ameaça que sou apontado? Força letal? Neutralizar à vista?

Cane zombou e clicou em seu dispositivo.

— Mostre o perfil do Rei Cam — ele instruiu o sistema.

— Perfil do Rei Cam — a voz feminina respondeu. — Status: administrador. Autorização: acesso total ao sistema.

Cam examinou a informação.

— Então você teria me deixado sair.

— Claro.

— Mesmo assim, você sequestrou minha *Erosita* para forçar meu retorno. — O tom de Cam mascarou sua agitação. — Parece extremo.

— Alguns podem considerar um teste valioso.

Cam grunhiu.

— Para quê? Ver se estou curado ou não?

— Sim. — Cane trouxe a terceira câmera mostrando duas outras assinaturas de calor. — E vou demonstrar o porquê.

PASSEI O POLEGAR PELA PARTE INTERNA DA COXA DE ISMERELDA enquanto observava a apresentação de meu irmão.

Ryder e Willow.

Eles escalaram a lateral de um prédio próximo ao complexo e pareciam estar envolvidos em algum tipo de aula de atirador de elite.

Bocejei, entediado.

— Tudo o que vejo é o Ryder envolvido em sua versão de preliminares — brinquei. — Não sou *voyeur*, Cane. Essa sempre foi sua preferência, não minha.

Daí a sala de jogos, pensei comigo mesmo. Este era exatamente o tipo de espaço que meu irmão gostaria.

Porque ele podia assistir os outros transando.

Cane contraiu os lábios.

— Estou apenas esperando a unidade vira-lata confirmar que estão prontos.

— Unidade vira-lata?

— Os lycans que você viu antes — explicou. — Aqueles que agarraram Khalid e a vadia. Eles são da unidade vira-lata. São como cães de guarda glorificados que também sabem como recuperar.

Quando não comentei, principalmente porque estava processando essa informação, bem como o tom depreciativo que meu irmão acabou de usar, ele disse ao sistema para exibir a unidade vira-lata.

— Veja — disse, apontando para cinco homens sem camisa na tela. Eles pareciam estar usando macacões pretos. — Essas coleiras os controlam. Também criam um capacete protetor, que estou esperando que usem antes de continuar nossa demonstração.

— Esses são os lycans que Thida e Jenkins trouxeram? — perguntei, lembrando o que meu motorista vampiro disse.

Cana bufou.

— Não. Os vira-latas precisam ser domados e domesticados. E apenas alguns terão o privilégio de ingressar na unidade de vira-latas. Os outros irão para os laboratórios.

Jenkins enrijeceu visivelmente na minha visão periférica. Ficou óbvio que o alfa de cabelos escuros ouviu as palavras grosseiras do meu irmão.

No entanto, Cane parecia estar alheio à resposta externa do lycan. Talvez porque isso pudesse ser resultado da mulher em seu colo. Ou, mais provavelmente, porque ele não se importava.

Cane acreditava que os lycans eram seres inferiores. Embora não fossem imortais como os vampiros, certamente possuíam as próprias forças e habilidades. Tentar domá-los ou domesticá-los foi um erro.

Infelizmente, me envolver nesse debate com Cane apenas o distrairia neste momento.

E eu não queria prolongar essa manifestação.

Precisava de todos os detalhes que ele pudesse nos dar em relação aos seus esquemas de segurança. Principalmente porque ele me informou que Izzy e eu não poderíamos ir embora.

Ele saberia. E embora o perfil que ele me mostrou pudesse me retratar como administrador de sistema, eu suspeitava que ele poderia mudar meu status com um simples comando.

— Sim, você está livre para participar — Cane disse com o dedo na orelham enquanto observava os lobos na tela tocarem suas coleiras. — Capturar, não matar. Afirmativo.

Os capacetes se materializaram do nada e o material opaco cobriu os rostos deles.

— Do que é feito? — perguntei, curioso sobre a tecnologia.

— É semelhante a esses displays, só que mais durável — meu irmão explicou enquanto afastava o vídeo dos lobos e puxava Ryder e Willow mais uma vez. — Pense nisso como um escudo eletrônico que também é à prova de balas. Muito útil. Todos os vira-latas têm. Particularmente por esse motivo.

Ele apertou um botão na parte inferior do console. A ação exibiu uma série de teclas de comando. Eu as examinei, levantando as sobrancelhas.

— Isso tudo são códigos de ataque.

— Sim, são — meu irmão murmurou, selecionando o que estava rotulado *Neutralizar Lycans*. — Temos escudos subterrâneos que protegem todos dessas frequências, mas acima do solo... — Ele parou enquanto minimizava o console de comando para mostrar Willow encolhida no telhado. — Acima do solo, eles não estão protegidos.

Ryder pairou sobre sua companheira. A preocupação era

palpável enquanto tentava determinar a causa de sua angústia.

Ele a ergueu nos braços no momento seguinte e pulou do telhado, então se teletransportou.

A câmera o acompanhou durante todo o caminho, a impressionante tecnologia transmitia os acontecimentos em tempo real. Quase parecia que eu estava caminhando com eles.

Ela rivalizava com a tecnologia de Khalid, mas meu irmão, que levou o vampiro real sob custódia, provou que Khalid não era a fonte. *Então quem é?*, me perguntei enquanto Ryder se agachava com Willow.

Ela parecia estar voltando a si. Ou estava menos agoniada que antes.

Meu irmão abriu o painel de controle novamente, selecionando um ícone semelhante a um volume que deslizou para cima.

— Isso expande o raio — ele disse enquanto o movia até a metade do caminho.

Quando mostrou a Willow e Ryder mais uma vez, ficou evidente que ela estava sentindo o *neutralizador* novamente.

— O que ele está fazendo? — perguntei.

— Os pulsos eletrônicos atacam a seção da psique grupal da mente de um lycan. A frequência cria um som que ecoa na cabeça deles, impossibilitando o movimento e o pensamento. Isso os debilita, neutralizando assim a ameaça. — Ele olhou para mim. — É semelhante ao que usei em Khalid e a vadia, apenas projetado para impactar lycans em vez de vampiros.

— Entendo. — Então ele criou uma arma para domar todos os tipos de lycans.

Jenkins ainda estava rígido na minha visão periférica, com a mandíbula cerrada. Desta vez, tive certeza de que não tinha nada a ver com a mulher em seu colo, porque ela não estava se mexendo. Na verdade, eu tinha certeza de que ele já a havia matado. Ela estava muito quieta. De um jeito estranho.

Se ele não aprova, então por que está aqui?, me perguntei. *Quais são os benefícios do meu irmão...*

— Percebe como ele está distraído? — Cane perguntou, interrompendo meus pensamentos. — Ele está tão focado na Willow que nem percebeu a unidade de vira-latas se aproximar. — Apontou para os lycans se aproximando por um beco.

No momento seguinte, Ryder se teletransportou, quase como se tivesse ouvido meu irmão.

Ele estava sentindo os lycans.

No entanto, a distância não foi suficiente, porque uma arma disparou um segundo depois, a bala perfurou o crânio de Ryder e o jogou no chão.

Cane balançou a cabeça.

— Um dos mais antigos da nossa espécie e foi abatido por um cão treinado. Por quê? Porque ele estava *distraído*. Ele olhou para mim. — É por *isso* que ter uma companheira é uma fraqueza, irmão. Sei que ela é a sua conexão com o seu passado, mas isso é tudo que ela pode ser. Não podemos mais nos dar ao luxo de ter você distraído. Não se você quiser liderar.

— Eu nunca disse que queria liderar — falei de forma categórica. — Mas admito seu ponto. — Porque ele não estava errado. Ryder não deveria ser tão fácil de derrotar. O mesmo aconteceu com Khalid. Embora ainda não se soubesse o que Emine significava para ele.

Mesmo assim, meu irmão estava brincando com fogo.

Ele não tinha ideia do quanto um vínculo de companheiros poderia ser impactante ou o quanto Ryder, e possivelmente Khalid, seriam violentos quando recuperassem a consciência. A fúria era um forte motivador. E os instintos possessivos faziam essa fúria arder ainda mais.

Um vampiro real furioso era perigoso.

O mesmo no que se refere a um lycan furioso, pensei, notando Jenkins de novo. Ele ainda não tinha se movido.

No entanto, ninguém pareceu notar.

Ele era um ser insignificante nesta sala cheia de vampiros. Uma peça perdida do quebra-cabeça.

— Leve Ryder para a suíte sete para se juntar a Khalid — Cane falou, provavelmente para a unidade de vira-latas. — A híbrida pode ir para a masmorra quatro.

Híbrida, pensei, repetindo o termo. *Presumo que a fonte dele também disse isso.* Porque eu duvidava muito que Ryder tivesse tornado essa informação pública.

Cane minimizou as telas exibidas com um clique do dedo. O espaço ao nosso redor não estava mais repleto de especificações técnicas e câmeras de vigilância.

— A híbrida deve gerar pesquisas interessantes — ele me informou. — Muito mais que a matadora.

— Não saberemos até conduzirmos nossos estudos — respondi, jogando seu jogo com facilidade. Meu irmão sempre foi um gênio estratégico. No entanto, ele possuía uma falha fatal: seu desejo de me impressionar.

Isso o tornava mais fácil de ler.

Ele podia estar frio por dentro, mas seus olhos se iluminavam sempre que eu pronunciava frases que sugeriam que eu era seu aliado e não inimigo. *Nós. Nosso.* Eram apenas palavras que aplacavam seu ego, confirmando que gostei do que ele criou.

E parte de mim gostou.

Eu poderia admirar o brilhantismo de seus esquemas. Ele não apenas escravizou a humanidade, mas também convenceu os lycans a se associarem a ele. Ao mesmo tempo em que trata os lobos como cidadãos de segunda classe.

A maneira como ele planejou as celebrações anuais do Dia do Sangue para dar recursos iguais a lycans e vampiros também foi bem elaborada. Ele nos apresentou como iguais, mas nossa espécie era a que mais se beneficiava com esse acordo.

No entanto, suspeitei que ele não tivesse pensado muito em como os lycans poderiam reagir a essa descoberta. Claro, ele desenvolveu uma arma que poderia proteger a cidade, mas por quanto tempo?

Era um anulador temporário.

— Como você planeja neutralizar os lycans? E sabemos quantos estão vindo? — perguntei a ele, querendo mais detalhes sobre como sua arma funcionaria contra esse ataque que estava por vir.

— É uma coisa engraçada — ele murmurou depois de estalar os dedos para chamar a atenção de uma escrava de sangue que estava por perto. — Durante a fase de testes, aumentei o volume até a capacidade máxima e deixei assim por cerca de uma hora. O lycan perdeu a cabeça. Literalmente.

Ele riu da lembrança, como se fosse um momento divertido de seu passado.

— Ele teve que ser sacrificado — continuou. — Parece que mexer com ondas sobrenaturais, como o vínculo *Erosita* e a psique da alcateia, pode causar danos permanentes. — Ele estremeceu, olhando para mim assim que a escrava de sangue chegou. — Como perda de memória.

Desta vez, deixei que ele visse um pouco da minha raiva, apenas com um olhar focado.

— Você está dizendo que danificou minha cabeça como fez com a do lycan? Que sorte que não teve que me *sacrificar*.

— Estava tentando te curar, irmão. São práticas muito diferentes, garanto. E tive o máximo de cuidado ao lidar com sua mente.

— Que reconfortante — comentei.

Ele suspirou e agarrou o braço esguio da escrava de sangue, depois afundou as presas no pulso da mulher.

Encantador, Ismerelda murmurou.

Apertei sua coxa, deixando-a saber que a ouvi.

A fêmea tremia enquanto meu irmão continuava a beber, com intenção clara.

— Fique de pé — ele disse, as duas palavras cheias de compulsão.

Se ele estivesse tentando obter uma resposta minha, teria que fazer algo muito pior.

Humanos morriam todos os dias.

Fazer isso de maneira cruel era apenas parte deste mundo que ele criou.

A pele da mulher ficou pálida enquanto o suor escorria por sua testa. Observei com desinteresse, dando ao meu irmão a atenção que ele desejava, ao mesmo tempo que lhe provava que não me importava.

Ele queria me curar da minha humanidade, e eu o estava deixando acreditar que estava conseguindo.

Mas isso nunca foi sobre a *humanidade*. Era sobre Ismerelda. Ela era meu coração. A âncora da minha alma. Sem ela, eu deixaria de me importar com qualquer coisa.

O que significava que a *cura* era a morte dela.

E eu suspeitava que meu irmão sabia disso. Consegui frustrá-lo, alegando meu desejo de obter as memórias dela, mas esse motivo só duraria por certo tempo.

Quem sabia que tipo de limite de tempo ele colocaria? Um dia? Uma hora? Uma semana?

Eu não poderia me sentar aqui e esperar para descobrir.

Também não poderia simplesmente levar Ismerelda comigo e fugir.

Meu irmão provou suas intenções, seus desejos, em alto e bom som. Ele queria que eu liderasse ao seu lado e, se eu não o fizesse, encontraria uma maneira de me forçar. Ou, pelo menos, tentaria. E *esse* era o problema.

Ele tinha que ser parado.

Não podemos continuar assim, pensei. Suas ações contra os lycans refletiriam em todos os vampiros.

A última coisa que eu queria era um exército de lobos como inimigo.

Porque eles não apenas culpariam os vampiros, mas também *me* culpariam. Cane era meu irmão. Meu sangue. Os lobos não iriam querer punir apenas ele, mas todo e qualquer afiliado às suas ações.

Isso me incluía.

E através de mim, Ismerelda.

Inaceitável, pensei, tensionando a mandíbula. *Cane tem que...*

— Princesa Hazel — Michael anunciou, fazendo meu olhar se desviar para a entrada da sala.

E encarar instantaneamente o rosto da vampira real.

Porque a vi horas atrás em uma sala cheia de aliados.

Uma sala cheia de aliados que ela está traindo, percebi. *Ao denunciá-los ao meu irmão...*

IZZY

Hazel é a fonte, FICAVA SE REPETINDO NA MINHA CABEÇA.

Era meu único pensamento.

Pelo menos, até perceber que ela não estava sozinha.

Lily... Lutei contra a vontade de tapar a boca com a mão e minha mente instantaneamente zumbiu de horror. Porque Hazel trouxe Lily aqui. Para o covil de Cane. *Para uma sala cheia de membros sádicos da realeza.*

Oh, Deus... Cam... se eles... não consegui terminar a frase, meu coração batia muito forte no peito.

Cam passou o polegar pela parte interna da minha coxa. Seu corpo estava muito mais relaxado que o meu. Ele agia como se não estivesse surpreso ao ver Hazel ou Lily, e sua expressão era uma representação perfeita de tédio enquanto Cane se levantava para cumprimentar a vampira real.

A humana de quem ele estava bebendo permaneceu paralisada, com a cabeça baixa e os membros tremendo.

Eu o odeio, pensei. *Eu o detesto com todas as minhas forças.*

Cam não respondeu, seu polegar continuou acariciando minha pele. Ele não ecoou meu ódio. Mas parecia estar contemplando essa mudança nos acontecimentos, analisando o que isso poderia significar e qual a melhor forma de proceder enquanto Hazel se aproximava de nós.

Lily caminhou ao lado dela, a imagem do recato, com os olhos baixos e as mãos soltas ao lado do corpo.

— Eu diria que estou surpreso com sua chegada, mas não estou — Cam falou. — Embora esteja impressionado com suas habilidades de atuação. Você parecia genuinamente chocada ao me ver outro dia.

— Porque eu estava — ela respondeu com um sorriso e olhou de volta para Cane. — *Alguém* não me informou que você estava acordado e andando por aí.

— Estive um pouco ocupado, querida — Cane murmurou. — Mas estou muito feliz que você esteja aqui agora. Juntos, deveremos ser capazes de recuperar Khalid.

— Sim — Hazel concordou, parecendo aliviada. — O Cedric também.

Cane assentiu e desviou o olhar para Lily.

— Eu a mataria agora para provar meu ponto. Mas, infelizmente, precisamos dela como isca.

— Isca? — Cam repetiu. — É por isso que você não enviou seus lycans de estimação atrás do Cedric?

— Sim. Achei que ele serviria como minha apresentação final sobre porque ter uma companheiro é uma fraqueza. Ele está prestes a tentar se infiltrar em um complexo sobre o qual não sabe nada para salvar uma humana. — Ele zombou abertamente do conceito, como se não conseguisse imaginar uma razão para alguém fazer tal coisa.

— Seu objetivo é me convencer a matar minha *Erosita*? —

Cam perguntou, ainda acariciando minha coxa com o polegar. — Porque pensei que você estava tentando me mostrar os protocolos de segurança que construiu. Mas parece que está mais focado no que pretendo fazer com Ismerelda.

— Estou tentando realizar as duas coisas, irmão. — Cane se sentou no sofá ao lado de Cam novamente, mas seus movimentos derrubaram a humana no processo. Ele olhou para ela com desgosto. — Michael.

— Sim, Meu Príncipe?

Eu tinha me esquecido de Michael até que ele falou, e sua presença provocou um arrepio na minha coluna. Felizmente, ele estava ao lado de Hazel, então não pude vê-lo.

— Cuide dessa escrava de sangue para mim. — Cane apontou para a mulher que chorava baixinho no chão. — Ela é desagradável.

— Claro, Meu Príncipe — Michael respondeu. Seus olhos encontraram os meus quando ele apareceu, com as pupilas esmeraldas brilhantes prometendo violência.

Retribuí o olhar.

Que se fodesse a conformidade.

Eu não era uma *escrava*.

E qualquer um que esperasse que eu agisse como tal, precisaria repensar.

Cam me disse para jogar. No entanto, Cane basicamente admitiu que seu objetivo era me matar.

Então que se fodesse a atuação.

O polegar de Cam parou na minha perna, a palma da mão me apertou de leve. *Sua raiva é inebriante, amor. Mas ainda não estamos prontos para agir.*

Ele estava certo. Eu sabia que estava. Mas não tinha certeza de quanto tempo eu poderia...

Um *estalo* repentino causou um arrepio por meu corpo e vi a humana inerte no chão.

— Boas memórias — Michael murmurou, com o olhar

ainda em mim enquanto levantava a humana morta em seus braços.

Cane riu.

A mão de Cam ficou tensa.

— Está ameaçando minha *Erosita*, Michael? — ele perguntou, com a voz baixa. — Porque eu não recomendaria.

O silêncio caiu, e os outros ouviram claramente cada palavra dita em nossa área da sala.

— Não sei quantas vezes preciso explicar isso, mas ela é o único elo com minhas memórias — Cam continuou, mudando seu foco para Cane. — Memórias que não consigo acessar por causa da sua *cura*. Até que eu termine de usá-la, ela não deve ser tocada por ninguém além de mim.

— Ninguém está tocando nela, irmão.

— Não, mas você deixou clara sua posição: meu vínculo com Ismerelda é um ponto fraco. No entanto, suas ações são a razão pela qual a fraqueza precisa permanecer intacta. Portanto, embora eu aprecie o que você me mostrou, é um ponto discutível. Ela não é minha companheira, ela é minha ligação com o passado. Também é uma boa transa.

Cane o estudou por um instante antes de olhar para Hazel.

— O que acha?

Ela deu de ombros.

— Pelo que observei, ele não é o antigo Cam. Como já mencionei, ele disse aos outros que não tinha interesse em liderar a pequena rebelião deles. E fica praticamente em silêncio durante as reuniões.

Isso não era verdade.

Bem, era. Mas não era toda a verdade. Cam recusou seu lugar no primeiro dia. Então deixou claro que lideraria... por mim.

Mas Hazel deixou essa parte de fora.

Por que ela faria isso?, me perguntei.

— Então por que você ficou? — Cane perguntou, com a atenção voltada para seu irmão. — Por que não voltar para cá?

— Voltar para quê? — Cam questionou. — Depois de ter acesso às memórias de Ismerelda, descobri que não era o soberano e que tudo era mentira. Então fiquei com os outros para saber mais sobre os últimos mil anos da minha vida. Como eu saberia que deveria voltar para cá?

Enquanto Cam falava, sua mente estava ocupada analisando as intenções de Hazel. *Ela está tentando me convencer a mentir? Jogando algum tipo de jogo de palavras? Ou está jogando com o Cane? Por que oferecer todos os outros detalhes a ele, mas não este?*

Cane o considerou por um longo momento.

— Suponho que seja justo. — Ele olhou para Michael. — Existe uma razão para você ainda estar aqui? Achei que tivesse pedido para remover o lixo.

— Desculpe, Meu Príncipe — Michael murmurou. Então fez uma reverência um pouco desordenada com a morta nos braços e saiu da sala.

— Suponho que se ele fosse tudo que eu conhecesse do complexo, também não voltaria — Cane murmurou para si mesmo antes de balançar a cabeça. — Peço desculpas pela forma como fiz isso, Cam. Eu queria te ajudar, não atrapalhar. Mas agora percebo que cometi alguns erros de julgamento.

— Desculpas aceitas — Cam respondeu, seu corpo parecendo relaxar um pouco ao meu lado, mesmo enquanto sua mente continuava processando tudo ao seu redor. — Presumo que estamos aguardando a próxima fase agora?

— Sim. Assim que o Cedric chegar, o prenderemos com Khalid e Ryder e iniciaremos o processo de cura deles. Talvez ver os métodos em ação possa te dar uma compreensão maior do que passei para te curar.

Altamente duvidoso, Cam pensou. No entanto, em voz alta ele disse:

— Talvez.

Cane sorriu.

— Bom. Você deveria ficar e assistir também, Hazel. Sei que está ansiosa para ajudar o Khalid a superar essa confusão com a matadora.

Hazel bufou.

— Pensei que era ruim quando era apenas uma vampira novata. Mas descobrir que ela também é uma matadora? Isso... — Ela parou com a mandíbula visivelmente cerrada.

— Sim, eu sei — Cane rosnou. — Mas vamos resolver isso. E quando meu irmão terminar de coletar suas amostras de sangue, acabaremos com ela assim como acabamos com Aurelia.

Hazel piscou.

— Amostras de sangue?

— Para experimentação potencial — Cane explicou ao olhar para o pulso. — Cam sugeriu... — Ele franziu a testa e suas palavras desapareceram enquanto ele estudava o relógio.

Hazel olhou para o próprio pulso no segundo seguinte e franziu a testa também.

O resto da sala pareceu fazer o mesmo, até Jenkins.

— Você agendou uma reunião da Aliança para daqui a trinta e seis horas? — Robyn perguntou, seu tom elegante era uma falsa representação de sua personagem. — Achei que tínhamos combinado na próxima semana.

— Não agendei nada. — Cane pronunciou cada palavra de forma clara e concisa, semicerrando o olhar com irritação. — Esta é uma mensagem enviada prematuramente. — Ele ficou de pé, levando a mão até o ouvido. — Mira?

Está começando, Cam sussurrou para mim, seu olhar fixo em Hazel e não em seu irmão.

— Mira? — Cane repetiu, a agitação nítida ao pronunciar o nome.

— Meu Príncipe — Michael disse ao correr para a sala. — Temos um problema.

— Não brinca. — Cane foi em direção a ele. — Uma comunicação foi enviada...

— A unidade vira-lata não retornou — Michael interrompeu antes que Cane pudesse terminar. — E o sistema não consegue encontrá-los.

— O quê? — Cane clicou em seu dispositivo para abrir suas telas. — Certamente...

A sala ficou escura, espalhando silêncio sobre tudo e todos.

Meu coração bateu forte.

Vampiros e lycans podiam enxergar no escuro. Mas eu não conseguia. Algo que Michael sabia, assim como todos os outros predadores nesta sala.

— Cam, se você puder me ouvir, pegue Ismerelda e corra — meu irmão gêmeo disse de repente em meu ouvido. — Os lycans estão chegando. E eles não estão de bom humor.

Os pelos dos meus braços se arrepiaram, e o medo me sufocou, não por causa das palavras do meu irmão, mas pelo potencial muito real de que outras pessoas as tivessem ouvido.

Estava tudo muito quieto. Muito *silencioso*..

Até que, de repente, não estava quieto nem silencioso enquanto rosnados ecoavam pelo complexo.

Meu pescoço se arrepiou por um motivo totalmente diferente agora.

Meu irmão disse que os lycans estavam chegando.

Mas ele estava errado.

Os lobos já estão aqui...

CEDRIC

Fale comigo, florzinha. O Cane está distraído?, perguntei a Lily enquanto Damien jogava um balde de água na cabeça de Ryder.

— Gostei disso mais do que deveria — Damien refletiu, com o vampiro real inconsciente a seus pés.

Se aprendi algo nos últimos cinco minutos, era que Damien tinha desejos de morte.

Sim, Lily respondeu, e minha atenção se voltou para ela. *Ele e o Cam estão discutindo o destino de Ismerelda.*

Bom. Isso significava que ele não estava focado em Lily, o que fazia parte do plano.

Algo que concebi com Khalid e Hazel. E que minha *Erosita* não fazia parte disso originalmente. Essa mudança foi uma concessão para os lycans.

Embora Khalid tenha se encontrado com Ryder mais cedo, procurei Luka.

— Você é um lobo difícil de encontrar — eu disse a ele perto do campo de aviação. — Mas precisamos conversar.

O olhar que ele me deu disse que ele preferia atirar em mim.

No entanto, chamei sua atenção quando acrescentei:

— Khalid sabe a verdade sobre a Mira. Mas ela não é a única que finge apoiar o governo de Cane. Hazel também está fingindo.

A primeira parte serviu como forma de informar a Luka que Khalid e eu sabíamos muito mais do que os outros.

E esta última era uma verdade que Hazel e Khalid me deram permissão para compartilhar. Algo que representaria uma espécie de oferta de paz.

Porque Mira provavelmente saberia das conexões de Hazel com Cane. Ele providenciou propositalmente para que os territórios ao redor da Itália pertencessem aos seus aliados. Estava protegendo seu projeto favorito.

Mas aquele projeto se transformou em algo que Hazel não conseguia tolerar.

Ela entendeu a necessidade dele de acabar com matadoras, pois ela estava lá quando Aurelia o traiu. Mas sentiu que ele levou longe demais a sua busca pela dominação global. O tratamento que ele dispensou aos lycans era seu principal ponto sensível. Ela viu isso como uma traição à espécie e não conseguiu perdoar.

É claro que ela não gostou de saber sobre Emine, especialmente porque Khalid esperou até esta semana para revelar essa informação na frente de Hazel e dos outros.

Mas ela estava muito familiarizada com a tendência de Khalid para testar lealdades e ler reações.

Ele precisava ter certeza das verdades de Hazel, e a resposta dela a Emine provou que ela poderia deixar o passado para trás, algo que Cane parecia ser incapaz de fazer.

No entanto, Luka não me pediu para explicar nada. Em vez disso, tudo o que ele fez foi dizer:

— Estou ouvindo.

Não me preocupei com formalidades ou discursos prolixos. Contei a ele meu plano, expondo cada detalhe. Incluindo o fato de Khalid estar recrutando Ryder.

— Mas ele não contou tudo. Khalid não confia com facilidade. Ele precisa ver o desempenho de Ryder primeiro.

Era uma tendência dele, assim como seus testes de lealdade, o que me irritava pra cacete. Mas eu não podia negar como funcionou bem.

— Seu plano tem uma falha — Luka disse depois de vários minutos processando minha ideia.

— Qual? — perguntei, aberto a sugestões.

— Qual é o seu interesse em tudo isso? — ele rebateu. — Entendo o interesse de Khalid, ele e Emine provavelmente serão capturados. Talvez Ryder e Willow também. Isso dará a eles algo pelo que lutar. Mas você vai fazer o quê? Encontrar o Damien enquanto Hazel entra no subsolo com um fio?

— Não é um fio, mas um transmissor — eu o corrigi. — Isso nos permitirá invadir o sistema principal de Cane, algo que preciso fazer com Damien fora do complexo. O que significa que não posso me juntar a Khalid e Ryder.

— Não, você não pode — ele concordou. — Mas a sua *Erosita* pode.

Eu pisquei para ele.

— O quê?

— Se deseja que cooperemos, precisamos estabelecer confiança. O que significa que precisamos que você tenha uma participação nisso, algo que todos possamos compreender e apreciar. E seria sua companheira.

— Você está me pedindo para colocar minha

companheira em perigo... como uma espécie de teste de lealdade? — questionei, furioso com o próprio conceito.

— Sim.

Sem explicar.

Sem espaço para deliberação.

Apenas um enfático *sim*.

Lily sentiu minha fúria e sua mente instantaneamente acariciou a minha enquanto ela sussurrava, *eu farei isso*.

De jeito nenhum.

Mas quando me reencontrei com Khalid e transmiti os termos, ele assentiu e disse:

— Isso é brilhante. Sabemos que o Cane está de olho em toda a cidade, o que significa que ele pode detê-lo antes que você consiga chegar a Damien. Mas se Hazel disser a ele que vai com a Lily, ele vai te deixar em paz. Porque ele vai transformá-la em isca.

— Ou vai matá-la — enfatizei. — O que não é aceitável.

— Ele não vai matá-la — Hazel me interrompeu. — Ele é muito exibicionista para isso. Concordo com Khalid: ele vai usá-la como isca. Mas me deixe ligar para ele primeiro, dar a última atualização e dizer que estou com a Lily. Então vou me oferecer para acabar com ela no jato e ver o que ele diz.

Khalid e Hazel acabaram tendo razão, porque a resposta imediata de Cane a Hazel foi:

— Não a mate. Traga-a até aqui. Vamos usá-la para motivar o Cedric. Será uma lição valiosa para meu irmão.

Eu aceitei o plano, principalmente porque foi uma jogada inteligente. Mas isso não significava que eu gostei.

Felizmente, minha Lily era boa em se misturar e manter a cabeça baixa.

Ela era a prova viva de que as aparências enganavam, algo que ela poderia ter a oportunidade de mostrar hoje.

Damien trouxe outro balde, com a água de dentro do

hangar do aeroporto, onde tínhamos mais de uma dúzia de reféns amarrados e nocauteados, graças aos lycans.

— Agora você está sendo preguiçoso — Damien falou para o vampiro real no chão.

— Talvez... — Willow parou. — Deixa para lá.

— Não temos a noite toda — Luka avisou. — Se não consegue acordá-lo, iremos sem ele.

Verifiquei meu relógio.

— Os outros estarão aqui em quinze minutos.

Ele grunhiu.

— Não precisamos deles.

— Não, não precisamos — concordei. — Mas eles estão vindo de qualquer maneira.

Deirdre encontrou um jato para usarem, algo que ela encomendou de uma cidade vizinha, permitindo assim que os vampiros e lycans rebeldes restantes se juntassem a nós.

— O convite para a reunião está pronto — acrescentei, tentando apaziguar a crescente impaciência de Luka. — Só precisamos clicar em *Enviar*. Então levará apenas alguns minutos para cortar a energia. — Principalmente porque eu já havia invadido o sistema através do transmissor de Hazel, que me deu o acesso que eu precisava para derrubar toda a rede.

Câmeras de segurança, que eu já havia alterado para ocultar nossas atividades atuais no aeroporto.

Comunicação.

Relógios.

Fechaduras.

Luzes.

Coleiras.

Armas sensoriais.

Tudo.

Damien despejou o segundo balde em Ryder, fazendo com que o vampiro real finalmente se mexesse.

— Foi só uma bala — Damien disse a ele. — Uma. Única.

Solitária. Claro, ela passou pela sua cabeça. Mas você é um ancião. Acorde...

Ryder se moveu e acertou o queixo de Damien um segundo depois.

— Que merda está acontecendo? — Ryder questionou, seus olhos escuros pousaram em Willow. Ele se ajoelhou ao lado dela, o olhar intenso absorvendo cada centímetro de sua forma ágil.

Eu entendia aquele olhar.

Principalmente porque olhei para Lily assim inúmeras vezes.

Cam perdoou o Cane, Lily sussurrou e sua preocupação vibrou através de nosso vínculo. *Ele também disse que está usando a Izzy para vincular suas memórias e que ela não é sua companheira.*

Considerei isso por um momento, minha mente me colocou no lugar dele. *Ele a está protegendo.* Eu sabia, porque era o que eu faria na situação dele. *Ele não quer que o Cane saiba o quanto ela significa para ele.*

Não sei, Lily disse. *Ele foi bastante crível.*

A política dos vampiros envolve enigmas e jogos, eu a lembrei. *Você nunca pode confiar na palavra de ninguém.*

Você confia no Khalid.

Eu?, perguntei. *Ou eu o tolero?*

— Precisamos ir agora — Luka disse, interrompendo minha conversa mental com Lily.

— Ir aonde? — Ryder exigiu. — É melhor alguém começar a explicar, e logo.

Damien tocou seu queixo, as íris douradas girando com diversão.

— Fizemos uma parceria com os lycans para destruir o complexo. Bem-vindo à festa.

Ryder ergueu as sobrancelhas.

— Quanto tempo fiquei apagado?

— Muito — Damien falou. — Mas esses arranjos foram feitos antes de os lycans atirarem em você.

— Os lycans de estimação do Cane — esclareci antes que Ryder pudesse reagir a essa última parte. — Luka e os outros alfas eliminaram a unidade que te atacou. Estão todos amarrados no hangar. Resta saber se as mentes deles podem ou não ser salvas. Essa também é uma conversa para outro dia. — Olhei para Luka. — Sua equipe está em posição?

— Sim.

— Então devemos começar — concordei. — Damien? — Suas habilidades técnicas eram superiores às minhas, algo que reconheci abertamente. Eu apenas tive o benefício de brincar com a tecnologia de Khalid antes, usando-a para espionar Damien e os outros. Mas agora que ele tinha acesso aos mesmos instrumentos, estávamos em terreno equilibrado, onde ele provou ser o especialista.

— Quem fez esses arranjos? — Ryder perguntou enquanto se levantava, puxando Willow consigo.

— Khalid e Cedric — Damien respondeu, seu olhar agora nos esquemas do computador em vez de Ryder. — Mensagem enviada.

— Que confusão... — Ryder parou. Ele olhou para o pulso enquanto a mensagem passava pelo relógio. — Isso está relacionado a toda a porcaria que você vomitou na reunião anterior?

— O plano que apresentei a Jace e aos outros? — reformulei. — Sim. Mas desde então o aumentamos.

— Você quer dizer que sempre pretendeu intensificá-lo — Damien rebateu antes de olhar para Ryder. — Eles só apresentaram a parte política da ideia para os demais. Enquanto isso, Cedric foi falar com Luka e Khalid te recrutou.

— Ele não mencionou que trabalharíamos com os lycans.

— Isso vai ser um problema para você? — Luka

perguntou, seu tom indicando aborrecimento. — Porque estou feliz em te deixar aqui.

— Meu problema é que não fui totalmente informado sobre a verdadeira natureza desta missão — Ryder respondeu com o tom estranhamente neutro. — Quanto ao novo objetivo, não vou ficar de fora.

— Então pare de reclamar e vamos embora — Luka falou. — Você pode discutir as nuances com o Khalid mais tarde.

— Ah, eu vou — Ryder rebateu.

— Assim como imagino que Jolene vai fazer isso com você — Damien murmurou, suas palavras parecendo ser para Luka.

Porque, ao que parecia, Luka não informou ao outro alfa sobre nossos planos conjuntos. Pelo que entendi, ele fez isso para que Edon e seus companheiros não descobrissem.

Parecia que estava acontecendo um racha entre a tríade do Clã Clemente e os outros alfas. A confiança era o cerne da questão, algo que percebi ser o resultado dos companheiros de Edon terem relacionamentos próximos com vampiros.

Irônico, considerando que o próprio Luka escolheu se aliar a mim e Khalid.

Mas supus que ele não queria arriscar que mais alguém descobrisse antes de estarmos prontos para revelar nossas lealdades, por mais temporárias que fossem.

Porque eu não era ingênuo. Eu sabia que esta aliança entre nós era de curto prazo.

Assim que concluíssemos esta tarefa, nos separaríamos. Indefinidamente.

Eles sabem que Ryder e Willow não estão sob custódia, Lily me disse, com um toque de urgência em seu tom.

— Hora de ir — falei antes de repetir o que Lily acabou de dizer. — Corte a energia.

Damien não fez comentários, seu olhar estava focado enquanto digitava os comandos necessários.

— Todos os sistemas estão oficialmente *offline*. Levará horas para reiniciar.

— Vamos — Luka rosnou, sua impaciência era evidente no tom e na maneira como ele se dirigiu ao caminhão que o esperava, um que ele e um companheiro alfa confiscaram dos Vigílias humanos.

— Os brinquedos estão na cama — Damien informou a Ryder enquanto seguia o lycan. — Vou te deixar escolher primeiro, ver se isso melhora sua atitude.

— Não acho que minha *atitude* vai *melhorar* até que eu mate algumas pessoas — Ryder retrucou.

— Que bom que estamos entrando em um banho de sangue então — Damien respondeu. Ele pressionou um dedo no ouvido e disse: — Cam, se você puder me ouvir, pegue Ismerelda e corra. Os lycans estão chegando. E eles não estão de bom humor.

— Nem eu — Ryder rosnou.

— Quando você está com um *humor bom*? — Damien questionou.

Ryder pressionou a mão no coração.

— Sou gentil com a Willow todos os dias.

Willow bufou, fazendo Ryder olhar para ela.

— Tem algo a dizer, escrava? — Ele perguntou.

Ignorei a resposta dela, voltando meu foco para Lily e a crescente tensão no subsolo. *Seus contatos estão funcionando?*

Sim, ela sussurrou de volta para mim. *As lentes de visão noturna estão me permitindo ver.*

Bom, respondi. Você consegue chegar perto o suficiente de Ismerelda para entregar os óculos a ela? Khalid deixou um par para Lily no avião, o plano era tentar levá-los para a companheira de Cam, se possível.

Sabíamos que Cane nem pensaria em verificar se havia

algum contrabando em Lily e, mesmo que o fizesse, Hazel faria um comentário sobre Lily ser humana com problemas de visão.

Cam a colocou ao seu lado, Lily me disse. *Mas vou tentar.*

Boa garota, murmurei. *Mas mantenha a cabeça baixa. Os lycans estão chegando.*

Posso ouvi-los.

Essas são as cobaias com as quais Mira está trabalhando, eu disse a ela, ciente de que Luka estava se comunicando mentalmente com sua companheira e mantendo-a informada sobre nossos movimentos. *Eles serão cruéis.*

Eu sei onde estão as grades de ventilação, ela me prometeu. *Posso vê-las.* Ela também sabia onde procurar, porque Mira nos forneceu os esquemas da sala antes de Hazel e Lily se aventurarem no subsolo. Ela também forneceu detalhes semelhantes sobre a masmorra, mas se Lily tivesse sido enviada para lá, Damien a teria libertado destrancando as portas da cela.

Assim como ele libertou Emine.

E Khalid.

Tudo foi destrancado. Cada porta. Cada entrada. Acesso ao túnel. As escadas. Tudo.

Cedric... O desconforto de Lily penetrou em nosso vínculo. *Os lobos...*

Eles não estão atrás de você, eu disse a ela com a voz firme enquanto entendia a trajetória de seus pensamentos. *Você não está no campo de reprodução, Lily. Você está no complexo. Eles estão indo atrás dos vampiros, não de você.*

Mas eles soam... exatamente como...

Se concentre, ordenei a ela, meu tom mental não deixava espaço para ela considerar seguir as ordens de outra pessoa, incluindo as próprias. *Dê os óculos a Ismerelda e encontre um lugar para se esconder. Estou indo atrás de você.*

E se não chegar, Khalid e Emine chegarão.

A hesitação de Lily se derreteu sob uma parede de determinação enquanto ela se forçava a assumir o controle. *Não sou uma flor fraca.*

Não. Você é a minha flor, eu disse a ela. *E a minha flor só tem a aparência delicada. Ela se regenera. Ela luta por sua vida. Ela é forte e sobrevive.*

Eu sobrevivo, ela repetiu. *Sou uma sobrevivente.* Seu tom era resoluto. *Posso fazer isso.*

Você pode, concordei. *Agora dê os óculos a Ismerelda e encontre a grade. Está destravada.* Porque isso também era controlado pela rede de Cane.

Embora seu sistema fosse impressionante, ele o fabricou com base na tecnologia que Hazel lhe deu... tecnologia que Khalid forneceu propositalmente a ela.

O que nos familiarizou com os parâmetros de segurança e o que poderia acontecer com um desligamento total.

Khalid tinha planos alternativos para isso.

Cane, não.

E ele estava prestes a aprender o que acontecia quando se confiava em um único método de proteção. Justo quando estava prestes a descobrir também o que acontecia quando irritava uma alcateia de lobos.

Ou, no caso dele, *várias.*

O caminhão parou perto dos antigos muros da Cidade do Vaticano.

— Está na hora de fazer chover — comentei, encontrando o olhar de Damien, pois sabia que ele entenderia a referência.

— Chuva de sangue — ele murmurou, suas íris douradas cintilaram com diversão. — Meu tipo de festa.

— Que bom que você está convidado a participar desta vez.

— Que bom — ele repetiu, saltando da carroceria da caminhonete. — Deixe o caos reinar...

— Um brinde a isso — concordei, seguindo-o. *Preparada para brincar de esconde-esconde, Lily?*

Só você transformaria isso em um jogo, ela murmurou para mim.

Você se esconde. Eu procuro.

E depois?

Não respondi. Ela sabia o que aconteceria a seguir. Eu a reivindicaria. Porque ninguém tirava minha companheira de mim. Muito menos um vampiro real louco com complexo de acasalamento.

Lily era minha.

Eu a encontraria. Eu a protegeria. E mataria todos no meu caminho.

Uivos reverberaram no ar noturno, o crepúsculo caiu sobre a cidade.

Mas esses uivos não vinham de fora. Estavam vindo do solo. Porque a batalha lá embaixo começou.

Este é o começo do fim.

Que a porra da Aliança de Sangue queime...

IZZY

Meus braços se arrepiaram. Os uivos ficaram mais altos a cada segundo que passava.

Não consegui ver nada. Eu só conseguia *ouvir*.

Rosnados.

Garras contra metal.

Ecos de coisas rangendo.

A voz de Damien ecoando em meu ouvido.

Estremeci. Ele falou muito alto. Claro demais. *Os outros o ouviram?*

Não, Cam sussurrou de volta para mim. *Eu não consegui ouvir, então os vampiros também não. Mas não tenho certeza sobre os lycans.*

Quase suspirei de alívio por saber que Cane não ouviu.

Mas a última parte da resposta de Cam não foi reconfortante. *Se...*

A batida de uma porta interrompeu minha resposta mental e meu corpo inteiro estremeceu em resposta ao som repentino.

Estava perto. *Muito* perto.

Porque era a porta desta sala, percebi um segundo depois.

Puta merda. Estar sem enxergar mexeu com meus sentidos, me deixando nervosa. Cada som me fez tremer. Cada movimento quase me fez pular.

Precisamos sair daqui. Meu irmão nos disse para correr. Mas para onde iríamos? Como iríamos embora? *Estamos presos em uma sala cheia de antigos seres sobrenaturais...*

— Precisamos construir uma barricada — alguém disse na escuridão.

Robyn, imaginei com base no sotaque elegante.

— Empilhe os sofás e mate os humanos — ela continuou. — Precisamos de todo o peso que pudermos reunir.

— O Cane tem um plano alternativo, certo? — uma voz masculina questionou. O sotaque forte provavelmente pertencia a Ayaz. Normalmente, ele não se comunicava em inglês, e sua preferência pelo persa era bem conhecida.

— Parece que ele tem um plano alternativo? — Robyn retrucou.

— Quanto tempo vai levar para o sistema reiniciar? — Cane perguntou, ignorando os dois.

— Depende do que foi feito com ele — Michael respondeu e sua voz provocou um arrepio na minha coluna. — Nossas dificuldades anteriores foram forjadas, isso é real.

— Forjadas? — Cam repetiu a mesma palavra que eu.

O que ele quer dizer com forjadas?, me perguntei. *Que os problemas técnicos, aqueles que ele relacionou a mim e a Damien, eram mentira? Seria apenas uma forma de enfraquecer ainda mais a fé que Cam tinha em mim?*

— Faz parte do nosso experimento — Cane respondeu, em tom desdenhoso.

Eu quase conseguia imaginá-lo acenando com a mão, como se não fosse grande coisa.

Idiota, pensei. *Você é um monstro.*

— Michael — Cane continuou, completamente alheio à minha raiva. Afinal, por que ele se importaria? Eu era humana. Uma inferior. Um meio para o fim. E não havia nada que eu pudesse fazer para mudar sua opinião. — Você precisa encontrar a Mira e descobrir o que está acontecendo.

— Mas, Meu Príncipe, os lobos... — Michael parou de falar, depois pigarreou. — Certo. Sim. Estou indo.

— Então por que ainda está aqui? — Cane perguntou a ele.

— Desculpe, Meu Príncipe — Michael disse, mas seu tom não tinha a reverência habitual.

No entanto, a porta abriu e fechou, confirmando que ele obedeceu às ordens do seu mestre.

Espero que um lycan te encontre e te destrua, pensei para ele.

— Os problemas técnicos eram falsos? — Cam pressionou, sem abandonar essa parte da conversa. — Tudo era mentira?

— Discutiremos isso mais tarde — Cane respondeu.

— Sim, de preferência depois de elaborarmos um plano — Robyn interrompeu. — Como fazer uma barricada na porta. — Seu tom se transformou em grito enquanto ela pronunciava as palavras.

— Jesus Cristo — um dos homens murmurou.

Um grito se seguiu.

Depois outro.

Os móveis foram arrastados.

O vento agitou o ar e meu cabelo fez cócegas em meus ouvidos.

Vampiros se transformando, pensei.

Tudo isso estava acontecendo rápido demais para minha mente processar.

Os segundos voaram, a sala estava sendo reorganizada em alta velocidade. Eu podia sentir. A sensação me deixou tonta e quase me derrubou no chão.

Então uma mão segurou meu braço e outra, meu pescoço. Meu mundo congelou.

Então eu *caí*.

Fui derrubada...

Meus joelhos bateram no chão, causando um forte choque na minha coluna.

— *Puta merda* — murmurei, sentindo a garganta doer por ter sido apertada. Felizmente, eu ainda conseguia respirar.

Um grunhido furioso reverberou ao meu redor, o som era quase tão selvagem quanto os lycans se aproximando. No entanto, veio de um tipo diferente de animal.

Veio de Cam.

— Não toque nela — ele rosnou para quem tentou me sufocar.

— Ela é humana — alguém respondeu.

Jenkins, talvez?

Não, *Helias*, de acordo com os pensamentos de Cam.

— Ela é minha — ele soltou.

— Acalme-se, irmão — Cane disse em tom de exigência. — Precisamos do corpo dela. Ela vai acordar como os outros. Será...

Um uivo ensurdecedor ecoou no ar e o som me forçou a tapar os ouvidos.

Porque era alto.

Tão alto que jurei ter vindo do meu lado.

Rosnados se seguiram rapidamente.

Então um líquido espirrou em meu rosto, me fazendo ofegar.

Quente. Molhado. Pegajoso.

Sangue, eu reconheci. *Ah, Deus...*

O mundo girou quando alguém – *Cam* – me agarrou pela cintura e me colocou em outro lugar da sala.

Fique abaixada, ele exigiu, me liberando.

Quase protestei, principalmente por confusão, mas algo caiu sobre minha cabeça no instante seguinte, me forçando a permanecer quieta.

Tremores percorreram meu corpo enquanto ruídos raivosos enchiam a sala, palavras ditas em línguas estrangeiras, acusações parecendo ecoar e Cane, muito irritado, gritava:

— Quieto!

— Não — alguém respondeu. — Cansei de ficar *quieto*. — Uma voz baixa e estrondosa pronunciou essas palavras, traindo a identidade aos meus sentidos. *Lycan*.

Jenkins, Cam confirmou.

Jenkins uivou, reiterei, a realidade dessa declaração me fez gelar. *Ele acabou de dizer a todos os lycans onde estamos.*

— Você passou doze décadas controlando e dominando a minha espécie — ele soltou. — Seu reinado termina hoje, Cane.

Entreabri os lábios. *Jenkins não é do time de Cane.*

Não. Parece que ele é do time dos lycans, Cam respondeu.

— Você ficou louco? — Cane exigiu. — Eu te dei tudo o que você pediu e você ousa atacar um membro da realeza? Um colega líder?

Ayaz, ouvi na mente de Cam. Essa foi a fonte dos respingos de sangue.

— Eu te concedi todos os privilégios — Cane continuou. — E é *assim* que você me agradece?

— Eu paguei pela sua versão de privilégio te dando membros da minha alcateia. O que esses membros da realeza fizeram para ganhar seus *privilégios*? —Jenkins exigiu.

— Eles apoiaram meu governo. Defenderam a Aliança de

Sangue. Guardaram meus segredos. — A exasperação de Cane era uma presença sufocante na sala, que parecia criar uma corrente de tensão palpável.

— Eu também — Jenkins respondeu. — Mesmo assim, também tive que desistir de vidas de lycans. Ver você menosprezá-los. Ouvi como você se referiu à minha espécie como *vira-latas*.

— Todos nós fazemos sacrifícios pela grandeza — Cane disse a ele.

— Você quer dizer que os lycans fazem sacrifícios pela grandeza dos vampiros — Jenkins rebateu.

— Então você quer mostrar seu ponto fazendo birra e atacando um membro da realeza? — Cane questionou.

— Não — Jenkins respondeu. — Vou mostrar meu ponto matando um.

Um estalo perturbou o ar, o som abrupto foi seguido por um baque forte.

A mente de Cam me contou o que ele acabou de ver, mas eu mal conseguia acreditar. Principalmente porque era muito insano para sequer imaginar.

A estalo foi o pescoço de Robyn.

O baque foi sua cabeça caindo no chão.

O lycan a despedaçou em um piscar de olhos. Suas garras cortaram a pele com facilidade e sua força quebrou os ossos como se fossem finos.

— E estou prestes a matar outro — Jenkins rosnou.

Seguiu-se um rugido, cuja origem era desconhecida. Mas isso fez com que cada fibra do meu ser disparasse em alarme.

O caos se seguiu, rosnados e xingamentos ferozes criaram uma cacofonia selvagem que me arrepiou profundamente.

Eu me senti presa.

Sozinha.

Perdida na escuridão. Indefesa. Fraca.

E odiei isso. Odiava ser humana. Odiava ser incapaz de ficar ao lado de Cam e lutar. Odiava ser inútil. Se apenas...

Alguém agarrou meu pulso, fazendo meu pulso acelerar.

Não, não! pensei, tentando puxar a mão.

Mas a pessoa tinha um aperto de aço.

Merda!

Eu meio que esperava ser arrancada de debaixo do sofá, mas em vez disso, o agressor pressionou algo na minha mão.

— Aqui — uma voz suave sussurrou, me fazendo parar.

Espere... Lily? Eu quase perguntei. *O que...?*

Senti o item semelhante a um fio em minha mão.

Ah, não, não é um fio. Um... um bastão de plástico que se desdobra e tem... Ah. É um par de óculos?

Minha testa permaneceu franzida até que coloquei o item no nariz. Então ergui as sobrancelhas.

Porque eu pude ver. Não com a clareza que conseguiria com as luzes acesas, mas foi o suficiente para distinguir as feições de Lily.

Eu já tinha brincado com óculos de visão noturna antes.

Isso era algo completamente diferente.

Exceto que eu não conseguia ver além do sofá.

— Precisamos ir — Lily disse em meu ouvido.

— Ir aonde? — murmurei de volta para ela.

Ela inclinou a cabeça em direção a uma parede próxima, me fazendo franzir a testa. Não entendi.

Siga-a, Cam insistiu em minha mente. *Ela e Hazel obviamente têm um plano. É por isso que coloquei você aí. Eu vi a Hazel colocar Lily nesse canto no momento em que Jenkins atacou Ayaz.*

Eu estava muito perdida no movimento abrupto para entender por que ele fez isso. depois fiquei muito distraída com Jenkins para questionar.

Tudo parecia confuso e intenso. E estava acontecendo rápido *demais.*

Ismerelda. Vá com a Lily, Cam exigiu.

E você?, perguntei enquanto uivos cortavam o ar. Parecia que os lycans estavam do lado de fora da porta agora.

Preciso cuidar do meu irmão.

O que você vai fazer com ele?, perguntei.

Matá-lo, Cam respondeu de forma categórica. *É a única cura para sua loucura.*

Embora eu concordasse, também pude sentir a hesitação de Cam. Ele era seu irmão. Um ser com quem ele passou milhares de anos. Seu *sangue*.

É o que tenho que fazer, Cam acrescentou com determinação.

Engoli em seco, seus pensamentos confirmaram como ele chegou a essa conclusão.

Não se tratava de salvar a humanidade ou vingar os lycans. Tratava-se de fazer o que ele precisava para me proteger. Para *nos* proteger.

Não sou altruísta, Ismerelda, ele murmurou. Portanto, não pense em mim como um herói, porque não sou. Mas farei o que for preciso para garantir que Cane nunca mais toque em você.

Não houve hesitação em sua decisão.

Agora vá com a Lily. Se esconda. Vou te caçar mais tarde, leoa.

Essas palavras provocaram outro arrepio na minha coluna, mas por razões totalmente diferentes. *Isso soa tanto como uma ameaça quanto como uma promes...*

Um estrondo interrompeu minha resposta mental e o chão tremeu abaixo de mim.

Lily cravou as unhas em meu pulso enquanto tentava me puxar em direção à parede. Comecei a me mover de boa vontade, o coração batendo muito forte.

Nossa cobertura do sofá terminava a cerca de um metro de distância da parede para a qual ela apontou, mas isso não a impediu de correr em direção a algum tipo de grade. Seus dedos a abriram enquanto eu olhava para a direita e entreabri os lábios ao ver lobos entrando na sala.

Cam...

Vá!, ele gritou enquanto dava um soco no focinho de um lycan.

Merda! Corri atrás de Lily em direção ao duto por onde ela acabou de entrar. *Isso é loucura. Não acredito no que estou fazendo. Caramba, que merda está acontecendo?*

Vibrações balançaram a superfície fria sob minhas mãos e joelhos quando me juntei a Lily lá dentro e o mundo ecoava nas paredes metálicas.

Sons animalescos.

Vampiros sibilando.

Grunhidos.

Xingamentos.

Mais rosnados.

Tudo estava se misturando em uma onda de violência que deixou meu estômago embrulhado.

— Por aqui — Lily disse, a confiança em seu tom me surpreendeu.

— Você sabe para onde estamos indo? — perguntei enquanto a seguia.

— Sim. Estudei o túnel muito bem para nos levar aonde precisamos ir — ela respondeu. — Continue andando. E não... não entre em pânico.

Essa última parte parecia ser mais para ela do que para mim.

Mas aceitei o conselho, porque estava prestes a entrar em pânico.

A fúria de Cam não ajudou, sua raiva quente e feroz vinha através do nosso vínculo. Pelo que sua mente me disse, os lycans eram dos laboratórios, todos o reconhecendo como um agressor, não um aliado.

Por causa de Cane.

Ele preparou Cam para ser o rosto da organização, aquele

que apareceu nos laboratórios mais recentemente para supervisionar os experimentos.

Ou talvez fosse o fato de serem tão parecidos, compartilharem a mesma linhagem e supostamente desejarem o mesmo resultado.

Independentemente do motivo, Cam ficou em uma situação difícil, contra a qual estava tentando lutar.

Ele não podia se dar ao luxo de pegar leve com os lycans que o atacavam agora. Eles o queriam morto, portanto, teve que responder com igual força.

Alguns podiam evitar, tentar salvar suas vidas e detê-los até que conseguissem resolver o mal-entendido.

O antigo Cam podia ter feito isso.

Mas o novo Cam era inteligente demais para aceitar essa possibilidade.

Ele os derrubou com força superior, matando sem remorso. Tratava-se de sobrevivência, não de assumir o cargo de rei ou de ser o herói que todos queriam que ele fosse.

Meu Cam era um vilão.

Um coração sombrio.

Um predador com tendência para a praticidade.

Ele não se curvaria. Ele mataria.

Por ele mesmo. Por mim. Por *nós*.

Nós sobreviveríamos a isso.

Nós perseveraríamos.

Seguiríamos em frente.

Mantive esse mantra em minha cabeça enquanto seguia Lily. Sua rapidez nos dutos sugeria que não era a primeira vez que ela rastejava por uma pista de obstáculos como essa. Se não estivéssemos fugindo para salvar nossas vidas, eu teria ficado tentada a perguntar.

Os rosnados e grunhidos diminuíram a cada segundo que passava.

Diminuímos a velocidade quando chegamos a uma área

transversal dos dutos de ventilação, Lily olhou para a esquerda e para a direita, como se não soubesse que caminho seguir.

Ela escolheu a esquerda e parou cerca de três metros abaixo, perto de uma grade. Olhou através dela, com a testa franzida. O espaço era pequeno demais para que eu me juntasse a ela. Tivemos sorte de caber nesses dutos. Cam teria dificuldades para me seguir, o que explicava por que nenhum dos lycans se preocupou em tentar.

Claro, Lily e eu não éramos os alvos pretendidos nesta luta.

Ou eu não achava que éramos, de qualquer maneira.

Seríamos apenas danos colaterais.

— Esta é uma das suítes reais — ela sussurrou para mim. — Parece que os lycans já devastaram esse cômodo... — Ela saiu do caminho para me deixar ver através da grade.

E, sim, estava destruído.

— Jasmine... — parei, notando a expressão horrorizada da mulher. Sua cabeça estava de um lado da sala. Enquanto isso, seu corpo mutilado estava do outro, as marcas de garras e dentes deixando claro que ela foi atacada por um lobo... talvez vários.

— Sim — Lily disse, avançando novamente. — Precisamos encontrar um lugar vazio.

— E depois? — perguntei a ela.

— Esperamos — ela respondeu.

Franzi a testa.

— Esperamos pelo...

Uma mão envolveu meu tornozelo, me puxando para trás e para fora da abertura pela qual eu estava espiando. Minha boca se abriu em um grito que terminou em um estrangulamento quando minhas omoplatas encontraram a parede.

Foi tudo muito rápido.

Intenso.

E inesperado.

Tirou o ar dos meus pulmões.

Me deixando...

Puta merda.

A voz de Cam estava na minha cabeça, exigindo saber se eu estava bem. Mas eu estava muito ocupada tentando enxergar para responder. Os óculos ainda estavam na minha cabeça, mas tudo ficou preto.

Não consigo... respirar... percebi, agarrando a mão da presa em volta da minha garganta. *Solte!*

— Você é minha agora — uma voz disse.

Michael.

Cam rugiu em resposta.

Eu nem tinha certeza de onde Michael tinha vindo ou como ele me rastreou.

— Por que... você não pode... simplesmente... estar... morto? — Cada palavra soou baixa, meus lábios se moveram para formá-las. No entanto, não tive coragem de expressá-las.

Minhas costas bateram na parede novamente quando Michael mudou de posição, e minha cabeça girou com o impacto.

Te odeio, pensei. *Eu... te... odeio.*

Cam disse algo, mas não consegui ouvi-lo por causa do rugido que inundava meus sentidos. Era alto. Consumidor. *Mortal.*

Eu me recuso... a morrer... assim, pensei, tonta enquanto a mão livre de Michael ia até meu vestido.

— Vou te comer. E depois vou te matar — ele disse no meu ouvido. — Diga adeus ao Cam, Izzy. Você está prestes a perdê-lo de uma vez por todas.

Alguns minutos antes

Puta merda.

Esses lycans estavam raivosos e o objetivo era claro: *matar*.

Hazel se teletransportou pela sala, seus movimentos eram uma tentativa de evitar ser atacada.

Ayaz já estava morto.

Helias estava lutando contra três lycans selvagens.

E Jenkins parecia decidido a derrubar meu irmão.

Derrubei um lobo que agarrou meu braço, ignorando a dor lancinante que seus dentes deixaram em minha pele rasgada, e soquei outro no focinho.

Tentar acalmá-los seria impossível. Estes eram lobos de laboratório, aqueles que estavam em jaulas, sabe-se lá há quanto tempo. Cutucados e examinados. Experimentados. Controlados através de qualquer tecnologia que meu irmão inventasse.

Não, não haveria raciocínio com esses animais. Eu nem tinha certeza se eles poderiam voltar às suas formas humanas.

Acertei outro focinho e um grunhido cresceu em meu peito.

Isso parecia uma distração. Uma maneira de nos manter ocupados até que o verdadeiro problema chegasse.

Damien disse para pegar Ismerelda e correr. Ele sabia o que estava por vir.

Os lycans, imaginei. *Não esses lobos selvagens, mas os alfas lúcidos.*

Merda, eu me enfureci novamente. *Merda. Merda. Merda!*

Ismerelda estava perdida em um duto em algum lugar. Hazel ainda estava se teletransportando pela sala. Helias estava perdendo a batalha, algo que não me importava nem um pouco.

E meu irmão...

Acabou de matar Jenkins, percebi quando Cane deixou cair o coração do lycan no chão e o esmagou com a bota.

Ele veio para o meu lado para quebrar o pescoço de outro lycan.

— Venha comigo — ele exigiu, saindo da sala.

Troquei um olhar com Hazel, então me teletransportei atrás dele para o corredor, onde mais seis lycans estavam abrindo caminho. Parecia que todos estavam subindo, ou talvez descendo, pela escada.

Cane disparou na direção oposta, com velocidade superior à dos lobos. Corri atrás dele, não porque pretendia me esconder, mas porque precisava acabar com isso. Acabar com *ele*.

Ele estava muito perdido para ser salvo. Muito cético para

ser convencido. Não importava quantas vezes eu explicasse a importância de Ismerelda, mesmo que de forma prática em relação às memórias dela, ele ainda a queria morta.

Isso ficou claro quando ele descartou com facilidade a vida dela momentos atrás, depois que Helias tentou quebrar seu pescoço.

Usar humanos como barricada, pensei. *Patético.*

Assim que terminasse com Cane, voltaria para buscar Helias. Supondo que os lobos não o comessem primeiro.

Cane entrou em uma sala e foi com determinação até um armário. Arqueei uma sobrancelha quando ele abriu o que parecia ser uma porta escondida lá dentro.

— Isso parece inútil com o sistema desligado — eu disse a ele. — Os lycans podem abrir a porta como você acabou de fazer.

Ele bufou e passou pela soleira.

— Não estou propondo que nos escondamos, irmão.

Franzindo a testa, eu o segui e arqueei uma sobrancelha para o que encontrei.

— Armas?

Cane murmurou, concentrado em uma caixa no canto.

— Nem tudo requer conexão de rede — ele comentou enquanto colocava algo no ouvido. — Na verdade, a maioria das minhas armas não tem nenhuma ligação com a rede.

Um som escaldante queimou meu crânio, fazendo meus joelhos cederem embaixo de mim.

Puta merda!

Pressionei as mãos nos ouvidos, meu corpo inteiro estremeceu sob ondas de pulsos elétricos que pareciam irradiar do meu cérebro.

O que é isso?, eu queria questionar. Mantive os olhos bem fechados. *Que merda está acontecendo?*

Uma pulsação baixa de calor vibrou em minha coluna, me

jogando de lado no chão. Era como ser eletrocutado. E tudo parecia estar na minha cabeça.

A preocupação de Ismerelda aumentou através do nosso vínculo, seu medo me atingiu direto no coração.

Ela também pode sentir isso?, me perguntei. *Ela está com dor? Eu preciso...?*

Esse último pensamento desapareceu, meu cérebro ficou em branco por um momento.

Eu considerei interrompê-la da agonia.

Foi isso que eu fiz? Construí um muro para protegê-la da dor?

Foi meu instinto, minha necessidade de garantir a segurança dela substituindo todo o resto.

Mas não funcionou antes. Quase nos destruiu. *Não posso fazer isso de novo. Não farei isso de novo.*

Outro choque atingiu minha coluna, me fazendo arquear no chão, e minhas terminações nervosas de repente pareciam estar pegando fogo. Eu mal conseguia processar a necessidade de respirar, muito menos de ver ou me mover.

E então tudo acabou.

— Neutralizadores portáteis — Cane comentou e sua voz ecoou na minha cabeça. De um jeito que me fez rosnar profundamente.

Porque isso me trouxe uma memória.

Um passado que eu não conseguia lembrar.

No entanto, meu corpo parecia se lembrar com detalhes vívidos porque meus músculos travaram como se estivessem preparados para lutar.

— Bem, não exatamente. Este foi projetado especificamente para você. Mas estes... — Ele parou quando outro ruído estridente passou pela minha cabeça. — Estes são para todos os outros. Combinados, imagino, são bastante dolorosos. Eu pediria desculpas, mas você não vai se lembrar disso mesmo.

Não consigo... respirar... Ismerelda murmurou em minha mente.

Por causa do neutralizador?, perguntei a ela.

Solte! ela gritou, fazendo meu coração parar.

Você está...? Você está me pedindo para reconstruir a barricada?, perguntei a ela. Porque isso não parecia nada certo. Na verdade, parecia totalmente errado. *Ismerelda...*

Michael, ela interrompeu, sua mente se ligando à minha de uma forma que não tinha acontecido antes, sua realidade se misturando instantaneamente com a minha e me fazendo perceber que ela não estava sentindo dor por minha causa.

Ela estava com dor por causa de *Michael*.

Ele estava com a mão em sua garganta.

Rugi interna e externamente, furioso tanto com ele quanto com meu irmão.

O som intenso aumentou de volume, fazendo com que meu rugido terminasse em um suspiro, uma dor diferente de tudo que já experimentei.

Puta merda. Não me admira que eu tenha perdido as memórias... ele está fritando meu cérebro!

— É melhor assim, irmão — Cane me informou, com sinceridade em seu tom. — Achei que talvez o microfone na sua camisa fosse um acaso. Mas quando minha vigilância flagrou Ismerelda colocando aquele aparelho no ouvido, eu soube que era proposital. Você ainda não está pronto para reinar ao meu lado.

A decepção em sua voz era quase real. *Quase.*

— Havia outros sinais também, é claro... o apego à sua *Erosita* era o principal indicador. Pude ver na maneira como você passou de transar com ela sem remorso para basicamente fazer amor com ela. Junte isso ao fato de que você não deixa ninguém tocá-la e, bem, fica claro que sua ligação com ela é um problema.

Cerrei os dentes, mas o alarme estridente em meu crânio

me impossibilitou de falar. Mas se eu pudesse dizer alguma coisa, diria que parecia ser ele quem estava obcecado pela minha *Erosita*. Quase como se ele não suportasse a ideia de eu ter outra pessoa na vida.

Obviamente, era mais profundo que isso.

Ele temia minha ligação com ela porque isso ameaçava seus planos.

— Pelo menos, sei como proceder — ele continuou. — Sua reabilitação foi quase perfeita. Mas Ismerelda estragou tudo. Ela tem que morrer, irmão. É a única maneira de te curar.

Ele se ajoelhou, acariciando minha cabeça como se eu fosse um animal de estimação.

— Isso vai doer, mas você não vai se lembrar de nada quando acordar da próxima vez. E garantirei que nunca descubra a verdade também. Esse é o meu presente para você, irmão — ele murmurou. A frase fez parecer que ele realmente acreditava que estava fazendo algo bom por mim.

Uma onda de terror puro disparou através do meu vínculo com Ismerelda, o choque me lembrando de quando ela quase foi estuprada.

Imediatamente me sintonizei com a mente dela, precisando saber o que estava acontecendo, e senti um choque semelhante queimar minhas veias.

Só que o meu não era de *terror*. Era *raiva*.

Michael a prendeu no chão, subindo suas mãos vestido dela.

E ele estava *exposto*.

Ismerelda gritou embaixo dele, com a voz rouca pelo aperto em sua garganta. Mas ela era uma gata selvagem, e seu terror se transformou em uma onda furiosa de veemência. Ela arranhou o rosto dele. O peito. Qualquer lugar que ela pudesse acertá-lo enquanto se contorcia embaixo dele.

Mas não seria suficiente.

Eu sabia disso pela maneira como ele estava olhando para ela.

Sabia disso porque ele era vampiro... e ela era humana. *Minha* humana. *Minha* companheira. *Minha Erosita.*

Michael estava prestes a tirá-la de mim. A arruinar o que compartilhamos. Manchar o que restou do nosso vínculo.

E meu irmão vai garantir que eu me esqueça de tudo.

Não, pensei. *Que. Se. Foda.*

Eu me recusava a esquecer.

A bloqueá-la.

Me recuso a deixar essa merda acontecer.

Abri os olhos, o alarme ainda estilhaçava meu crânio. Mas superei, minha mente se ligando à de Ismerelda para me dar uma aparência de paz. Para poder *respirar*.

Porque *ela* não conseguia ouvir nada.

Ela não sentiu minha dor.

Em vez disso, ela experimentou a agonia que era Michael. Seu toque. Seu rosnado. Sua intenção nefasta.

Meu irmão disse alguma coisa, mas suas palavras não estavam mais altas em minha mente. Eu mal conseguia ouvi-lo.

Fui consumido por Ismerelda. Estava focado inteiramente na minha mulher. *Minha rainha.*

Sua luta se tornou minha, sua determinação reforçou a minha enquanto eu fechava os punhos. Meu irmão pensou que poderia me vencer com sua propensão para a tecnologia, essa arma que ele chamava de neutralizador. Ele queria me curar. Me *mudar*. Me moldar em seu rei perfeito.

Mas eu já estava satisfeito com meu papel no mundo.

Feliz em ser o Cam de Ismerelda.

Seu vilão.

Seu parceiro.

Seu rei.

Eu não me curvava para mais ninguém além dela. Servia no trono dela, não no dele. E eu estava *farto* do jogo de Cane.

Um grunhido ressoou em meu peito, e eu fiquei de pé. Os olhos do meu irmão se arregalaram em choque quando o agarrei pela garganta. O volume aumentou, a vibração quase me deixou de joelhos mais uma vez.

Mas Ismerelda me manteve firme.

Sua mente me *firmou*.

— Você está errado — eu disse a ele, minha voz era um rosnado. — Ter uma companheira não é fraqueza. — Apertei a mão, cortando sua capacidade de respirar. — É uma *força*.

Quebrei seu pescoço antes que ele pudesse responder.

Porque não havia nada que ele pudesse dizer.

Ele fez suas escolhas. Cavou sua sepultura. E agora, era hora de garantir que ele dormisse nela.

Para sempre.

Pisei na arma que ele usou contra mim, e minha mente instantaneamente ficou tranquila.

Então peguei um machado da prateleira que continha uma série de objetos pontiagudos.

— Adeus, irmão — eu disse, erguendo o item.

E desci em direção ao pescoço.

Sua cabeça girou, seus olhos verdes olharam para mim com uma expressão permanente de choque.

O visual me assombraria para sempre. *Meu irmão está morto.*

Era a única maneira. Dormir por mais tempo não o ajudaria. Nem mesmo sua versão fodida de cura.

Ele estava muito desumano para ser salvo.

Muito perdido.

Cam! Ismerelda gritou em minha mente, e sua luta fez com que o ar deixasse meus pulmões em um sopro. Deixei cair o machado e peguei uma arma.

Estou indo!, gritei para ela. *Não pare de lutar!*

Cam, ela soluçou através do nosso vínculo, seu corpo parecendo estar preso sob o de Michael. *Não posso...*

Sua mente ficou em silêncio.

Não, pensei. *Não!*

Eu não poderia chegar tarde demais.

Vou matá-lo!, me enfureci, rastreando seu cheiro. *Não se atreva a morrer, Izzy! Não se atreva a morrer!*

Lycans andavam pelos corredores, alguns deles entrando no meu caminho.

— A luta de vocês não é comigo — rosnei para eles. — Se movam.

— Onde está o Cane? — alguém perguntou.

Thida, reconheci, olhando para ele por cima do ombro.

— *Morto* — rosnei. — Diga à sua alcateia para se mover, ou serei forçado a matá-los também.

A sobrancelha do alfa se ergueu lentamente.

— Você matou seu irmão?

Porra. Não tinha tempo para discussão.

Em vez de comentar, passei pelos lobos. Minhas ações provavelmente nocautearam alguns deles, talvez até os mataram, mas não pensei duas vezes.

Eles que se fodessem. Que tudo se fodesse.

Ismerelda, sussurrei. *Fale comigo.*

Nada.

Merda!

Rastreei seu cheiro, seu sangue era um farol para meus sentidos.

Um farol que fez meu coração disparar no peito. Meu estômago revirar de medo. Medo verdadeiro.

Izzy, respirei, indo até a porta de uma sala que ostentava uma visão que roubou todo o fôlego dos meus pulmões.

Eu caí de joelhos.

Minha arma caiu no chão.

Ah, Ismerelda...

Eu não conseguia falar.

Não conseguia me mover.

Eu mal conseguia pensar.

Havia apenas um pensamento na minha cabeça. Algo que me manteve cativo no chão. Uma constatação que fez meu coração parar.

Não cheguei a tempo...

IZZY

Alguns minutos antes

Cam!, gritei. Michael estava prendendo minhas mãos.

Estou chegando! ele gritou de volta para mim. *Não pare de lutar!*

Eu me contorci. A parte inferior do meu corpo estava presa na de Michael e sua virilha pressionava a minha.

— Espero que você tenha se despedido, vadia de sangue — ele disse e seu olhar sinistro me fez sentir vontade de vomitar. Quase desejei que ele tivesse tirado os óculos do meu rosto durante nossa luta para não ter que olhar para ele.

No entanto, eu podia vê-lo claramente.

Cada *centímetro* perigoso dele.

Cam, eu disse, minha voz saiu em um soluço. Porque não havia mais nada que eu pudesse fazer. Não posso...

Michael xingou quando algo bateu em sua cabeça. O impacto inesperado fez minha mente ficar em branco. Porque eu não tinha certeza se vi corretamente.

Estou sonhando?

Já estou morta?

A Lily realmente acabou de...?

— Puta merda! — Michael xingou quando ela bateu nele de novo com o que parecia ser uma barra de metal.

Eu me arrastei para trás quando ele me soltou e focou a atenção em Lily enquanto a atacava.

Mas um tiro o deteve no meio do caminho.

E o jogou no chão.

Ele caiu deitado de lado. Sem vida. Com a boca aberta. Sangue começava a escorrer entre seus olhos desfocados.

Parei boquiaberta diante da porta quando Mira entrou e semicerrou os olhos para o corpo de Michael.

— Um tiro na cabeça não vai matá-lo permanentemente — ela disse. — Você precisa cortar a cabeça dele.

Pisquei. Meu cérebro lutava para processar tudo o que estava acontecendo.

— Eu o quê?

— Uma faca, Izzy — Mira retrucou. — Corte a porra da cabeça dele.

Por quê?

Tossi. Minha mente ainda não funcionava nem entendia totalmente.

Mira era má.

Ela me traiu.

Ela me deu para Cam. A versão maligna. Aquela que quase me destruiu.

E agora... agora ela queria que eu... cortasse a cabeça de Michael?

Por que você está me ajudando? eu queria questionar.

Mas isso não importava. Não agora. Não com o corpo inconsciente de Michael a poucos metros de distância.

Ele precisa morrer, pensei, meu cérebro hiper fixado na tarefa. Eu não conseguia ouvir Cam. Não consegui senti-lo. Algum tipo de porta foi fechada quando Michael estava prestes a transar comigo.

Não consegui descobrir como reabri-la.

Tudo em que eu conseguia me concentrar era em acabar com Michael.

Destrui-lo.

Arrancar a porra da cabeça dele.

Uma faca apareceu na minha visão periférica, Mira se aproximou.

Não a reconheci. Não olhei para ela. Apenas peguei a lâmina da mão dela e rastejei até o corpo deitado de Michael.

Este homem era perverso.

Um monstro.

Um vampiro que precisava *morrer.*

Eu o rolei de costas e enfiei a faca em sua garganta. Então comecei a *ver.* Não era eficiente. Mas não importava. Ele poderia sofrer.

Movi a mão para cima e para baixo, de um lado para o outro, destruindo seu pescoço com uma facada e um corte de cada vez. Até que finalmente ouvi um estalo.

E a cabeça pendeu para o lado.

Olhei para ele, com minhas mãos cobertas de sangue e meu vestido manchado por meus esforços. Suas calças ainda estavam desabotoadas, a visão de sua ereção minguante me deixou enjoada.

Ele esteve perto. *Muito perto.*

Um soluço saiu da minha garganta e minha mente instantaneamente se conectou com a de Cam enquanto ele sussurrava *não cheguei a tempo...*

Encontrei seu olhar na porta, meu coração na garganta.

Não cheguei a tempo de ver você matá-lo, ele disse, completando seu pensamento. Eu... eu perdi esse momento.

Quase ri.

Por causa de todas as coisas pelas quais Cam poderia ficar desapontado, foi por não me ver matar Michael. Eu me levantei do chão e corri em sua direção. Ele me pegou quando caí em seus braços, seus joelhos bateram no chão, sofrendo o impacto.

Então eu o beijei.

Com força.

Minha boca devorou a dele sem que eu me importasse com quem estava ao nosso redor. Mira. Lilly. Michael morto. Os lycans que rosnavam. Vampiros que gritavam.

Não me importei com nenhum deles.

Apenas com Cam.

Meu Cam.

Seus dedos se enroscaram em meu cabelo enquanto ele me segurava contra si, nós dois estávamos de joelhos no chão e nos banqueteávamos um ao outro para que todos vissem.

Eu te amo, disse a ele. *Você. O meu Cam. Esta versão. Aquele que você se tornou. Aquele que você sempre foi. Meu companheiro. Meu rei.*

Eu também te amo, ele sussurrou de volta para mim. *Você é meu coração, Ismerelda. Minha alma. Construir essa barreira entre nós foi o maior erro da minha existência. Sem nossa conexão, me perdi por completo. Foi você quem me ajudou a derrotar o Cane, Izzy. Ele estava errado. Você não é uma fraqueza, você é minha força.*

Meus olhos se encheram de lágrimas com suas palavras e sua mente me disse que falou muito sério.

Nossas almas pertenciam uma à outra. Sem barreiras. Sem segredos. Apenas uma conexão pura e aberta.

Juntos, éramos um. Uma unidade. Uma força imparável.

Rei e rainha.

Mas não éramos monarcas destinados a governar um reino. Éramos monarcas que deveriam governar um ao outro.

— Puta merda, isso não é... não é isso que eu quero ver — meu irmão murmurou.

— O que você fez, Izzy? — Ryder me perguntou. — Mutilou o Michael com um garfo?

Apenas Ryder interromperia esse momento para avaliar meu método de matar.

Me afastei de Cam, com o olhar fixo no dele enquanto respondia:

— Usei uma adaga.

— Sério? Não há um único ângulo ou corte limpo em qualquer lugar desse pescoço. Tem certeza de que não foi uma faca de manteiga? — Ryder perguntou.

— Eu não tinha um machado — murmurei, finalmente olhando para ele. — Foi você quem me ensinou a improvisar. Eu improvisei com a faca... — Parei e olhei ao redor da sala, procurando por quem meu deu a arma.

Mas Mira não estava em lugar nenhum.

Fiz careta.

— Para onde a Mira foi?

— Provavelmente encontrar o Luka — Damien respondeu. — Ela tem trabalhado com ele o tempo todo.

Arqueei as sobrancelhas.

— *O quê?*

— Ela está bancando a agente dupla, assim como a Hazel — Ryder explicou antes de bagunçar meu cabelo como se eu fosse uma irmã mais nova. — Continue assim, Izzy.

Bati nele, fazendo-o pular para trás com uma risada.

Gostaria que eu o matasse? Cam perguntou, com a voz mental séria. *Eu faria isso com prazer.*

Dei uma olhada para ele. *Você não pode matar o Ryder.*

Te garanto que posso, Ismerelda.

Talvez fisicamente... ele pudesse. Ou seria uma partida bastante equilibrada.

Mas isso não vinha ao caso. *Não o quero morto*, eu disse a Cam.

Ele deu de ombros. *Se esse for o seu desejo.*

— Seus colegas rebeldes acabaram de desembarcar — alguém atrás de mim anunciou, com o sotaque inglês familiar.

Olhei e encontrei o dono daquela voz: Cedric.

Ele estava com o braço ao redor de Lily, cujos grandes olhos azul-esverdeados observavam a sala violenta.

Vê-la me fez pular para longe de Cam e correr direto para ela.

Cedric se ergueu instantaneamente, com postura defensiva.

Imaginei que foi porque acabei de pular em sua companheira como um touro.

— Você me salvou! — exclamei, me sentindo uma idiota por não ter verificado como ela estava antes. Passei por Cedric, algo que ele obviamente me permitiu fazer, porque ele poderia ter me impedido se quisesse.

Lily olhou para mim com um sorrisinho.

— Fiz o que pude.

— Você fez mais do que isso — eu disse a ela. — Você poderia ter continuado correndo.

Ela considerou isso por um momento.

— Talvez. Mas foi bom não correr desta vez.

Cedric rosnou atrás de mim.

Lily sorriu.

E, de alguma forma, acabei sendo puxada para o lado de Cam novamente, como se ele não suportasse ficar longe de mim por mais de alguns segundos.

Meu irmão revirou os olhos com a visão. Então ele olhou para Ryder.

— Suponho que deveríamos encontrar Jace e os outros.

— Por que eu iria querer fazer isso? — Ryder exigiu.

— Porque foi você quem fugiu com Khalid e Cedric sem contar a Jace. Não quero lidar com essa besteira novamente.

— Então não lide com nada disso. Ignore-os. Funciona bem para mim — Ryder disse a ele.

Damien suspirou e balançou a cabeça.

— É uma maravilha que a região de Ryder sobreviva com você no comando.

— Ela sobrevive porque você comanda tudo para mim — Ryder respondeu. — Você é o político, Damien. Eu sou apenas o talento.

Damien revirou os olhos novamente.

— Tenho certeza de que sou tanto o político quanto o talento — ele disse ao se dirigir para o corredor.

Mas recuou vários passos quando Luka, Mira, Thida e vários outros alfa-lycans entraram na sala.

Eles examinaram o cadáver de Michael, bem como os restos mortais de Jasmine, e olharam para Cam.

— Você matou mesmo o seu irmão — Thida disse a ele.
— Junto com alguns dos meus lobos.

Arqueei as sobrancelhas. *Você matou o Cane? E Thida também é do time lycan? Como Jenkins?*

Sim, Cam respondeu as duas perguntas com uma única palavra.

Em voz alta, ele falou:

— Parece que houve um mal-entendido em relação ao meu envolvimento nas travessuras do meu irmão. Não vou alegar ser inocente em tudo. Mas direi que as escolhas dele não são as mesmas que as *minhas*.

Thida e Luka estudaram Cam. Suas expressões não revelavam nada.

No entanto, Mira sorriu.

— Eu sabia que a Izzy te traria de volta.

Eu olhei para ela.

— Você é uma vaca. — As palavras escaparam da minha boca. Sim, ela me deu uma faca. Mas também mentiu para mim e me levou para o inferno.

Para ficar comigo, Cam murmurou em minha mente.

Claro. Mas... parei, sem querer relembrar tudo o que aconteceu.

Porque no grande esquema das coisas, isso não importava mais. Ele era *meu* Cam agora. O passado era história.

— Mas obrigada pela faca — acrescentei pensando melhor nas palavras para Mira.

— Você pode não entender minha motivação, mas fiz o que tinha que fazer — Mira me disse. — Eu queria prolongar a vida dos lycans. Cane e Lilith levaram esse objetivo em uma direção com a qual não concordei, algo que eu provavelmente deveria ter previsto. Infelizmente, quando percebi as verdadeiras intenções, já era tarde demais para detê-los. Então fiz o que pude para salvar a situação.

Cerrei os dentes. Principalmente porque entendi o motivo dela. No entanto, não significava que poderia perdoá-la pelo que fez.

— Os lycans vão buscar justiça quando apropriado no que diz respeito a Mira — Thida anunciou.

— Na verdade, acho que esse tópico, entre vários outros, deveria ser abordado na reunião da Aliança de Sangue marcada para... — Khalid parou de falar quando entrou na sala, com o foco em seu relógio brilhante. — Daqui a cerca de trinta e quatro horas e meia.

Emine entrou atrás dele, com a expressão entediada, apesar das roupas manchadas de sangue.

Ficou óbvio que ela matou alguns vampiros. Talvez alguns lycans também.

No entanto, parecia que Khalid mal havia suado, com o terno preto impecável e limpo. Assim como jeans escuros e a camisa de mangas compridas de Ryder.

Eu duvidava muito que algum deles tivesse se contido no caos. Eles eram apenas meticulosos quando se tratava de sua natureza letal.

Diferente de mim, pensei, olhando para minhas mãos encharcadas de sangue. *Preciso de um banho.*

— Percebo que os lycans e os vampiros estão em desacordo, mas precisamos permitir que todos os nossos irmãos, tanto os vampiros quanto os lycans, se juntem a nós aqui antes de tomarmos mais decisões precipitadas — Khalid continuou. — Seus lycans estão livres. Os vampiros envolvidos em aprisioná-los e fazer experiências com eles estão mortos. E todos nós sabemos que Cam não estava por trás disso. Ele nunca foi um dos aliados de Cane. O mesmo não pode ser dito sobre você ou Mira.

A última frase foi dita diretamente a Thida, e Khalid lhe deu um olhar duro enquanto ele falava.

— Sabe, estou começando a pensar que você pode ser um rei melhor do que o Jace — Ryder falou, quebrando o silêncio tenso. — E seria uma escolha melhor do que o Cam.

— Quem disse alguma coisa sobre ter um *rei*? — Thida rebateu. — E em que mundo você acha que os lycans se curvariam diante de um vampiro depois de tudo o que foi feito?

— Mais um tópico para a reunião — Khalid interrompeu. — Vamos levar trinta e quatro horas para nos acalmar e depois nos reencontraremos.

Estremeci quando as luzes se acenderam e meus óculos brilharam como fogos de artifício. Cam rapidamente os removeu do meu rosto enquanto eu esfregava os olhos, a mudança inesperada me deixou tonta.

Franzi a testa ao perceber que estava espalhando sangue por todo o rosto.

Merda.

Abaixei as mãos, estremecendo com meu estado sujo. Já

era ruim o suficiente que eu ainda tivesse a marca de Michael em mim. E agora, eu tinha o sangue dele nos meus olhos.

— Trinta e quatro horas — Cam repetiu enquanto me pegava em seus braços. — Estaremos de volta.

— Espere...

— Eu não estava pedindo, Thida — Cam soltou. — Assim como não estava pedindo que vocês saíssem da minha frente mais cedo. Você viu o que aconteceu, e ficarei feliz em fazer isso de novo.

O lycan fez uma careta, apertando a mandíbula.

Mas Luka colocou a mão no peito do outro homem e o forçou a recuar um passo.

— Deixe-o ir — disse. — O Khalid está certo. Espere a reunião da Aliança de Sangue.

Cam não esperou para discutir mais o assunto, ele saiu pelo corredor e foi direto para as escadas.

Você tem ideia de para onde está me levando?, perguntei a ele.

De volta ao quarto que ocupamos antes, ele respondeu. *Onde vou adorar cada centímetro seu com a língua.*

Eu estremeci. *Posso tomar banho primeiro?*

Sim. Uma resposta simples, mas a intenção por trás dela foi cheia de posse.

Ele queria tirar a essência de Michael da minha pele e substituí-la pela sua.

Então ele me reivindicaria.

Me morderia. Me comeria. Me *amaria*.

Então, quando terminasse, faria tudo de novo.

Porque ele podia.

Porque eu era dele.

E ele era meu.

Para o bem ou para o mal.

Para toda a eternidade.

TRINTA E QUATRO HORAS DEPOIS

— Você ainda está falando sério sobre isso? — Ryder questionou com a atenção em Kylan quando Ismerelda e eu entramos na sala. — O Khalid me escolheu porque sabe que sou o melhor atirador.

— Como ele sabe disso? — Kylan respondeu. — Não me lembro de ter testado essa teoria.

— Não é uma teoria. É um fato.

— É uma teoria — Kylan retrucou. — Uma que vamos testar assim que estivermos dispensados de toda essa besteira política.

— Ah, olhe para vocês dois planejando um encontro — Damien falou ao se sentar em uma cadeira ao lado de Ryder. — Isso é adorável.

— Sabe, acho que acabei de decidir quem podemos usar para nosso *teste* — Ryder comentou com a atenção ainda em Kylan. — Damien adora brincar de se esquivar de bala. Ele será o alvo perfeito para o nosso jogo.

Os olhos escuros de Kylan se iluminaram.

— Isso parece divertido.

— Ah, será — Ryder murmurou, sorrindo enquanto voltava a atenção ao seu segundo. — Não é, Damien?

O gêmeo de Ismerelda simplesmente olhou para o vampiro real.

— Só vou jogar se me derem uma arma e puderem responder ao fogo.

Ignorando as brincadeiras contínuas, apoiei a mão na parte inferior das costas de Ismerelda e a levei para dentro da sala.

Era um espaço aberto destinado a receber grandes festas. Mas tudo girava em torno de um palco circular, e não de uma mesa.

Os membros da realeza começaram a selecionar cadeiras, assim como vários alfas e um trio de Abençoados.

Um trio que estava me encarando.

Sota e Troph, eu entendia. Fen, não. Eu nem sabia que ele estava acordado. Mas talvez os outros dois tenham contado o que fiz com eles.

Claro, minhas ações foram resultado das manipulações de Cane, algo que eu sabia que eles foram informados nas últimas trinta e quatro horas, mas estava óbvio que não me perdoaram.

Tudo bem.

Eu poderia me acostumar a ser o vilão deles.

Vários dos lycans me lançaram olhares semelhantes, o desgosto era palpável. Mas pareciam estar olhando para todos os vampiros na sala daquela maneira.

O que explicava a clara divisão ao redor do palco: um

lado foi tomado pelos lobos, enquanto o outro foi reivindicado por vampiros e Abençoados.

Me sentei em uma cadeira ao lado de Jace, com meu foco no único grupo de lobos e vampiros sentados nas proximidades. Ou Willow e Rae estavam cansadas de ouvir as brincadeiras de seus companheiros ou estavam tentando transmitir um ponto de vista para a sala.

Jace seguiu meu olhar e disse:

— Parece que a Rae, a Willow e o Silas estão deixando a posição deles clara, e os companheiros de Silas estão apoiando essa afirmação.

Murmurei, intrigado, mas entediado.

A política não me interessava. Mas eu estava aqui porque tinha que estar. *Por Ismerelda.*

Ela se sentou ao meu lado, com a expressão divertida quando olhei para ela. *Eu não te fiz fazer nada.*

Ah, mas fez sim, minha rainha. Duas vezes hoje.

Suas bochechas ficaram vermelhas com minha mudança de assunto. *Não foi o que eu quis dizer.*

Mas você tem que admitir que é um assunto muito mais atraente do que esta reunião, certo?, perguntei a ela.

Não sei. A reunião ainda não começou.

Suspirei. *E ainda assim já sabemos o que será discutido.*

Darius e Jace passaram em nossos aposentos mais de uma vez no último dia e meio. A primeira foi para saber como eu e Ismerelda estávamos, bem como para expressar frustração sobre como tudo aconteceu. E a segunda foi para discutir um plano para a reunião de hoje.

Ouvi mais do que falei, deixando os dois determinarem nosso caminho a seguir. Ismerelda acrescentou os próprios pensamentos, que era o que realmente me importava.

Quando eles partiram, Nós tomamos nossas próprias decisões. Uma especificamente envolvendo seu futuro como vampira.

Coloquei a mão em sua perna e lhe dei um aperto sutil. *Você será uma linda rainha vampira.*

É o que você diz o tempo todo, ela respondeu.

É uma fantasia minha, murmurei. *Não consigo parar de pensar em tudo que poderei fazer depois que você se transformar.*

Você pode fazer a maioria dessas coisas comigo agora.

É verdade, concordei. *Mas vou gostar de testar os limites da sua imortalidade.*

Algo que você já faz...

De uma forma muito diferente, garanti a ela. *Você não é frágil. É forte. Se tornar vampira só vai te tornar indestrutível.*

Ela se inclinou para dar um beijo na minha bochecha. Então ela se acomodou mais uma vez e observou Hazel entrar com Keys. Ele parecia ter escolhido se tornar a sombra dela em vez da minha.

Pelo que percebi, ele veio com Hazel e os outros, mas depois ela o deixou no avião enquanto desempenhava seu papel de agente duplo.

— Este lugar... — o sussurro de Juliet desviou minha atenção de Hazel e da *Erosita* de minha progênie.

— Foi onde tudo começou — Darius respondeu, e seus olhos verdes encontraram, os meus por um breve segundo antes de focar novamente em sua companheira. — Você ficou bem aí. — Ele apontou para o centro do palco. — E eu estava naquela cadeira. — Ele apontou para onde Ryder estava sentado agora.

Juliet estremeceu visivelmente.

— O item dezessete...

— É uma mulher branca, de vinte e dois anos, com cabelos cor de mogno e olhos cor de chocolate. — Darius continuou, recitando algo de seu passado. — O ser humano mede cerca de um metro e setenta, pesa cinquenta e nove quilos e fala inglês, espanhol, japonês e alemão. As outras aptidões intelectuais estão detalhadas na página nove do seu guia.

Ele afastou uma mecha de cabelo escuro do rosto dela, cujos grandes olhos irradiavam afeto.

— Eu só vi seus sapatos.

Ele sorriu.

— E eu vi *você*.

Ele a puxou para um beijo, que chamou a atenção de vários outros membros da realeza e alfas na sala.

Eles não estão acostumados a demonstrar afeto, Ismerelda sussurrou através do nosso vínculo. *Darius não teve permissão para exibi-la desde o dia em que a comprou neste Coventus.*

Entendo.

Este lugar tinha um significado especial para eles.

Porque foi onde a história deles começou.

Ele a escolheu como uma distração, uma forma de provar sua lealdade à Aliança de Sangue, Ismerelda acrescentou. *Mas foi tudo uma farsa. E essa simples troca, aquele* beijo, *fez com que todos soubessem a verdade. Ele nunca se conformou com as regras deles.*

Me pergunto quantos outros desempenharam um papel neste mundo que não admiravam verdadeiramente, eu disse a ela. Os vampiros queriam manter fachadas, e parecia que a Aliança de Sangue poderia ser a maior de todas.

Khalid e Emine foram os últimos a entrar na sala, Cedric e Lily os precederam por apenas alguns segundos.

Com a presença dos últimos vampiros, todos se sentaram e a tensão pairava no ar.

Jace pigarreou.

— Acredito que agora todos foram informados sobre os acontecimentos recentes — ele disse olhando diretamente para Luka. — Certo?

O lycan assentiu.

— Informamos aos vários líderes presentes, bem como aqueles que não puderam estar aqui pessoalmente. — Ele olhou para a tela onde três alfas olhavam com expectativa para a sala, a presença deles no vídeo era a única maneira de chegarem à reunião a tempo.

Yulian, filho de Jenkins, era um dos rostos na tela. A morte de seu pai provavelmente criou algum caos em sua terra natal, o que deve tê-lo impossibilitado de viajar da antiga Sibéria para Roma.

Os outros dois alfas também eram de locais distantes.

— Também atualizamos todos os vampiros — Jace comentou, se referindo aos outros membros da realeza presentes. — E, como prometido, detivemos o aliado restante de Cane.

Sofia, pensei, ciente do acordo que Jace e Luka fizeram ontem em relação à sua afiliação conhecida.

Meu irmão manteve registros meticulosos.

Registros que agora eram públicos.

Foi assim que eu soube que todos nesta sala estavam cientes do que ele fez comigo e de como fui manipulado por meu irmão.

Li algumas anotações de Cane. Qualquer culpa que eu pudesse ter sentido em relação à sua morte diminuiu depois de ler sua análise grosseira da minha *cura*.

A insanidade imortal envolveu o cérebro do meu irmão com seus dedos mortais, deixando-o irrevogavelmente destruído.

Eu sentiria falta dele. Mas não ficaria de luto.

Apoiei o braço nas costas da cadeira de Ismerelda enquanto Luka e Jace se encaravam, nenhum dos dois se submetendo ao outro.

— O que será feito com ela? — Luka finalmente perguntou, referindo-se a Sofia.

— Acredito que isso dependerá de você e seus companheiros lycans — Jace respondeu, fazendo com que vários vampiros na sala se endireitassem.

— Bem, acredito que isso deveria ser votado — Sahara

interveio. — Um membro da realeza não pode ser simplesmente *dado* a um lycan como vingança.

— Mesmo que votássemos, os lycans são o partido majoritário presente — Naomi murmurou. — Além disso, ela selou seu destino quando decidiu manter alguns dos experimentos fracassados de Cane com lycans como *escravos*.

Vários lycans rosnaram com a ideia, apesar de já terem essa informação nos registros detalhados do meu irmão.

— Mas se você acha que precisamos votar — Naomi continuou —, sinta-se à vontade para iniciar. No entanto, eu voto para que não percamos mais tempo.

— Verdade — Jace concordou. — O que Cane fez foi indesculpável. Os lycans mais do que conquistaram o direito de entregar qualquer retribuição que acharem adequada.

— E o que devemos fazer com o resto de vocês? — Brandt questionou, o alfa do Clã Calgary estava agitado. — É óbvio que não podemos confiar em vocês.

Alguns lycans grunhiram em concordância.

— Não estamos pedindo isso — Jace respondeu. — Na verdade, não esperamos que vocês o façam. — Seu olhar vagou pelo palco até um par de íris turquesa em chamas. — Khalid?

— Humm — ele murmurou depois de se manter em silêncio por um longo momento.

Então ele subiu no palco.

— Acho que nossa solução é bastante fácil — ele informou ao grupo enquanto segurava um de seus pequenos dispositivos sofisticados.

Telas apareceram por toda a sala, fazendo com que vários lycans estremecessem de surpresa. Mas eu estava me acostumando com seus truques, e a exibição diante de mim era algo que eu quase esperava.

— Em determinado momento, nos reunimos como uma aliança para projetar o nosso futuro — ele disse, indicando o mapa detalhado que se desenrolava diante de todos. — Nós nos dividimos em dezoito regiões e dezessete clãs, as regiões indo para vampiros reais e os clãs para os alfas dos lycans. Deu certo na época. Mas este não é mais esse momento.

O mapa começou a mudar, os nomes sendo riscados por um marcador invisível.

Silvano foi substituído por Ryder.

Um X marcava Lilith.

Helias, Ayaz, Jasmine e Robyn logo seguiram o exemplo.

Khalid olhou para os lycans, e a demonstração pareceu parar. Então uma linha se formou no nome de Sofia.

E uma nota apareceu abaixo do Clã Tómasson denotando Yulian como o novo alfa do clã.

— Muitas mudanças — Khalid refletiu. — Muita coisa ficou por resolver.

Meu nome apareceu no topo com um ponto de interrogação ao lado.

— Precisamos criar um novo mapa — Khalid continuou. — E precisamos decidir se queremos uma aliança global que governe todos os territórios ou se queremos governar a nós mesmos.

Vários lycans trocaram olhares enquanto alguns vampiros arquearam as sobrancelhas.

— Como será regulamentado o sangue e as vidas humanas sem um governo global? — Claude perguntou, com a sobrancelha arqueada. — O que acontecerá com as Universidades de Sangue? E os Coventus? E os escravos imortais?

— O mesmo poderia ser perguntado sobre os campos de reprodução e as perseguições lunares — o alfa do Clã Stella murmurou.

— Dividiremos os recursos humanos igualmente entre todas as regiões e clãs, ou o que quer que criemos com o mapa revisto, e fecharemos as universidades. O sangue e a vida humana, bem como as atividades para as quais usamos os humanos, serão regulamentados entre nós em vez de ditados por uma aliança — Khalid explicou.

— Será semelhante ao modo como os humanos costumavam governar a si mesmos, porém com muito menos política — Cedric acrescentou de sua cadeira. — Pelo menos, em certas regiões e clãs.

— Os humanos tinham governança global — Claude destacou.

— Que eles só usavam quando lhes convinha — Cedric respondeu. — E só foi utilizado por alguns governos. Outros o ignoravam por completo. Imagino que formaremos alianças semelhantes, porém, entre regiões e clãs que pensam da mesma forma.

Khalid assentiu.

— Sim, podemos negociar, compartilhar recursos e permitir a travessia de fronteiras, bem como tudo o mais que advém da nossa aliança com outro clã ou região. Mas não seremos obrigados a aderir a um conjunto específico de regras.

— Regras criadas pela Aliança de Sangue, você quer dizer — Luka esclareceu. — Você está sugerindo que desmontemos o que construímos e sigamos caminhos separados.

— Estou sugerindo que abandonemos o que construímos e nos concentremos em nossas nações independentes por um tempo — Khalid reformulou. — Todos nós temos desejos e necessidades diferentes. Por que estamos nos conformando com um único conjunto de regras?

— Para manter as coisas iguais — Sahara disse a ele. — Para garantir que nossos recursos não sejam desperdiçados. Para *compartilhar* nossa comida.

— Iguais? — Brandt zombou. — O sistema foi projetado para beneficiar vampiros. Nada disso jamais foi para o benefício da minha espécie.

— Concordo — Thida repetiu. — Cane nunca quis criar lycans imortais, e foi a única razão pela qual me alinhei com ele e Mira. Mas todas as suas anotações revelaram a verdade: ele só se importava com escravos humanos imortais.

— Abençoados — Sota interrompeu, sua voz rouca. — Ele usou a linhagem dos *Abençoados* para criar *comida*.

Alguns vampiros olharam para ele e contraíram as bocas em resposta.

Porque estes eram nossos *pais*.

E meu irmão fez experiências com eles de forma quase tão dura quanto fez com os lycans. A única diferença era que os Abençoados não suportaram a tortura por muito tempo.

Enquanto isso, alguns dos lycans sobreviveram por mais de um século.

— Independentemente do que ele fez ou como fez, seus objetivos eram claros. Nada disso era para os lycans — Jolene disse em um tom que silenciou momentaneamente a sala.

Pelo menos, até seu neto pigarrear.

— Eu diria que isso inclui o estabelecimento de universidades, campos de reprodução e a caça à lua.

Vários lycans se viraram para encarar Edon, alguns arqueando as sobrancelhas.

— Não precisamos de humanos para procriar — o jovem alfa continuou. — E a caça à lua era um passatempo desenvolvido para entretenimento mórbido. Foi uma forma de descontar nossa raiva na humanidade pelo que tentaram fazer conosco. No entanto, agora sabemos que Cane orquestrou tudo isso. Então qual é o objetivo?

— Ele está certo — Jolene murmurou. — Nossos clãs nunca precisaram de humanos para nada. Vivemos ao lado deles em paz durante milênios. Podemos fazer isso de novo. Mas com algumas precauções extras em vigor.

— Está sugerindo que devolvamos aos humanos alguns de seus direitos? — Sahara perguntou, a incredulidade em seu tom me disse exatamente como ela se sentia em relação a essa perspectiva.

Os olhos escuros de Jolene viajaram pelo palco até onde Sahara estava sentada na beirada de sua cadeira.

— Estou sugerindo que consideremos a ideia de Khalid e governemos a nós mesmos. As necessidades deles são diferentes das nossas.

— É óbvio — ela murmurou.

A conversa continuou, com foco nos ativos humanos atuais e no que deveria ser feito com eles.

Como Jolene e Edon apontaram, os lycans não tinham uma necessidade tão forte de vidas mortais quanto os vampiros, sugerindo assim que a noção de dividir igualmente os recursos existentes era falha.

— Os vampiros precisam de sangue — Sahara continuou enfatizando.

— Você quer dizer que *você* precisa de sangue — Claude retrucou. — Você foi gulosa e agora está sem recursos. Não vejo como isso seja problema de outra pessoa além de seu.

Alguns vampiros concordaram. Lycans também.

Mas o grupo chegou a um acordo de que os mortais dentro das Universidades de Sangue iriam principalmente para as regiões vampíricas existentes.

O que levou Khalid a redesenhar as linhas de fronteira.

— Faz mais sentido para nós, que ainda estamos vivos, mantermos as terras que já possuímos — Jace disse, falando pela primeira vez em vários minutos. — Isso se aplica tanto aos membros da realeza quanto aos clãs.

Vários membros da Aliança assentiram, concordando com ele.

O que deixou antigas regiões de vampiros em disputa.

— Se quisermos permanecer equilibrados em nossa distribuição, esses territórios precisarão ir para outro vampiro — Naomi murmurou. — Também permitirá uma transição mais fluida. Caso contrário, teremos que encontrar novos lares para todos nessas regiões.

— É possível que lycans e vampiros vivam juntos — Rae disse, sua irritação era palpável. — Isso não precisa ser uma conversa de *um ou outro*.

— Para efeitos desta discussão e para a atribuição de poder, sim — Khalid respondeu. — Mas assim que a terra for dividida e a liderança for confirmada, o membro da realeza ou os alfas responsáveis podem decidir como administrar seu próprio território e quem acolher dentro de suas fronteiras. Essa é a beleza de ser independente.

Rae ficou em silêncio depois disso, seu foco indo para Kylan.

Depois de um instante, ele assentiu, o que pareceu fazer os ombros dela relaxarem um pouco.

Willow e Ryder pareciam estar tendo uma conversa secreta também. Mas em vez de assentir, ele inclinou a cabeça para o lado, fazendo com que Willow o encarasse. No entanto, parecia mais um olhar brincalhão do que raivoso, algo que seus lábios trêmulos denunciavam.

— Cam? — Khalid perguntou depois de mais trinta minutos de debate, um que terminou com todos concordando com a avaliação de que as vagas nas diversas regiões deveriam ser reivindicadas por vampiros. — Você é o mais antigo de nossa espécie. Existe algum território que você queira reivindicar?

Olhei para Ismerelda, seus olhos verdes brilhando.

— Sim — murmurei. — Nós ficaremos aqui.

A sala ficou em silêncio.

— No complexo? — Jace perguntou, sua surpresa evidente.

Tirei o foco da minha rainha para me dirigir ao meu primo.

— Talvez não no complexo. Mas em Roma. Queremos a Itália.

— Itália — ele repetiu. — Só Itália? Ou a região de Sofia também?

— Região de Helias? — Khalid acrescentou. — Isso também pode ser uma possibilidade.

— Apenas a Itália — murmurei.

— Mas há poucos recursos na Itália — Jace falou. — O país foi abandonado.

— O que nos dá uma oportunidade de crescer à nossa maneira — eu disse. — No entanto, manteremos qualquer um dos humanos que desejarem ficar, incluindo os imortais que meu irmão criou. Os lycans podem ir para quem quiser tentar reabilitá-los. E, claro, os Abençoados continuarão a descansar aqui.

Vários lycans alfas se ofereceram para levar os sobreviventes das *unidades vira-latas* para seus territórios, tornando essa uma concessão fácil.

No entanto, a minha reivindicação sobre as bolsas de sangue imortais provocou um novo debate, com Sahara apontando a injustiça de eu ser o único com acesso aos escravos de sangue que o meu irmão criou.

Mas Jace foi rápido em apontar que eu não tinha nenhum outro humano neste território além dos Vigílias, dizendo assim que era uma alocação justa de recursos.

— Ele tem todas as virgens de sangue também — Sahara sibilou.

—Já decidimos que serão distribuídos igualmente entre os vampiros — Khalid a lembrou. — Assim como os humanos matriculados nas Universidades de Sangue.

Ela balbuciou e inventou mais algumas desculpas, mas no final perdeu.

— A Itália agora é Região de Cam — Khalid disse após uma votação quase unânime.

— Região de Izzy — eu o corrigi.

Ele olhou para mim, com a sobrancelha arqueada. Mas não fez comentários e renomeou a área no mapa.

A discussão passou para uma lista de potenciais candidatos reais, a prioridade atribuída pelo direito de primogenitura.

Darius estava no topo.

Ele recusou uma região, dizendo que estava feliz por permanecer no noroeste dos Estados Unidos com sua *Erosita*.

Seu progênie também estava na lista, assim como vários outros vampiros mais velhos com linhagens antigas.

— Precisaremos nos reunir com eles para decidir seus desejos e recolocação — Khalid falou. — Até que isso aconteça, as regiões vampíricas permanecerão sob o controle dos soberanos existentes. Semelhante a forma como os clãs caem nas mãos dos parentes mais próximos de seus alfas.

Luka e Thida assentiram, assim como vários outros lycans.

Um acordo foi elaborado em relação à distribuição de recursos humanos, cerca de noventa por cento dos quais foram alocados para regiões vampíricas.

— Os lycans manterão todo e qualquer humano existente dentro de seus clãs. Se decidirem continuar a criá-los ou devorá-los na caça à lua, a escolha é de vocês — Khalid disse. — Mas não receberão mais, a menos que seja por meio de comércio com outro clã ou região.

Mais acenos de cabeça.

Khalid olhou para o mapa que ele colocou no centro do palco... a imagem que correspondia à de todas as nossas telas. — Eu acredito... que isso conclui o nosso negócio.

O silêncio caiu, todos trocaram olhares como se esta fosse a última vez que nos veríamos.

Ninguém disse uma palavra por vários minutos, lycans e vampiros absorviam mais de um século de história. Cento e dezoito anos de irmandade.

Tudo fundamentado em uma mentira.

— Foi uma experiência, senhoras e senhores — Jace murmurou, com o queixo erguido. — Ao futuro.

— Ao futuro — vários outros ecoaram.

Era isso.

A última reunião.

E então a Aliança de Sangue foi encerrada... pela última vez.

POUCO MAIS DE UM MÊS DEPOIS

ME ENCOSTEI EM UMA COLUNA DE CALCÁRIO, OLHANDO PARA A escadaria do canto. Minha rainha queria jogar um jogo em que ela fosse a presa e eu o predador.

Quando eu a pegasse, a devoraria.

E então... a transformaria.

Quisemos esperar que a proverbial poeira baixasse antes de tomar essa decisão. Principalmente para garantir que não houvesse surpresas infelizes nos esperando em nosso reino escolhido.

Felizmente, tudo estava quieto.

O Coventus foi fechado.

Os Abençoados estavam dormindo.

Os laboratórios estavam vazios.

E as catacumbas estavam lindamente silenciosas.

Exceto pelo suave tamborilar de pés descalços.

Curvei os lábios.

Estou ouvindo, pequeno cisne, murmurei, usando seu antigo apelido de propósito.

Sua excitação adoçou nosso vínculo, e seus pés se moveram mais rápido nas escadas. Ela queria correr. Brincar. Me fazer persegui-la.

Não, era mais do que isso.

Ela queria que eu a *caçasse.*

Foi exatamente por isso que não me teletransportei quando ela apareceu. Dei a ela a oportunidade de fugir. Se perder nas catacumbas e se esconder.

Contei, garantindo que ela pudesse ouvir todos os números através do nosso vínculo mental.

E quando cheguei aos cem, comecei a rondar. *Vou te destruir quando te encontrar, amor,* avisei. *Não haverá limites. Nem como recuar. Apenas um predador devastando sua presa.*

Sua excitação aumentou, sua mente seduzia facilmente a minha. Mas foi o cheiro dela que rastreei.

Aquele aroma doce e viciante me envolveu em uma recepção calorosa, endurecendo meu pau e deixando meu vampiro interior louco de desejo.

Eu a deixei sentir esse desejo. Me deleitei com ele. *Receei.* Porque eu não estava mentindo para ela. Humana ou não, eu não pegaria leve com ela.

Esta era a nossa última vez como vampiro e *Erosita.*

Como besta e companheira.

Ah, ela ainda seria minha depois disso. Mas tudo mudaria também. *Da melhor maneira possível,* pensei, praticamente salivando pelo nosso futuro.

Mordê-la como vampira seria tão doce.

Porque ela poderia me morder de volta.

Puta merda, aquelas presas deliciosas iriam afundar no

meu pau enquanto eu gozava em sua garganta. Esse seria meu primeiro pedido.

Bem, talvez o segundo.

Porque me banquetear com sua boceta sempre seria minha maneira favorita de apreciá-la.

Seus pensamentos vão me fazer gozar, Ismerelda gemeu através de nosso vínculo, seu desejo era um farol para meus sentidos.

Está se tocando, doce cisne?

Sim, ela sussurrou, e sua resposta me fez rosnar.

Porque eu queria tocá-la. Lambê-la. Comê-la.

Você deveria estar correndo, eu a lembrei.

Estou, ela prometeu, o som de sua calça confirmou que ela disse a verdade. Porque eu podia ouvi-la agora, com os pés descalços batendo no chão frio, sua fragrância um convite em seu rastro.

Não corri atrás dela.

Eu andei.

Não, eu a *persegui*.

Este era um jogo destinado a aumentar nossa necessidade, e meu pau latejante provava que estava funcionando.

Não haveria preliminares quando eu a encontrasse. Apenas uma *tomada* brutal.

Ela ganhou velocidade, sua frequência cardíaca ecoava nas catacumbas silenciosas. Meus lábios se curvaram quando fiz uma pausa, com as costas pressionadas contra uma parede próxima enquanto esperava.

Perdida, pequena?, sussurrei em sua mente.

N-não, ela gaguejou. *Eu...* O medo estava tomando conta dela, a emoção adicionava um sabor inebriante ao nosso jogo. Ela não estava realmente com medo, apenas antecipando ser pega.

E queria prolongar a sensação.

Mas ela se perdeu. As catacumbas eram um labirinto de tumbas e um caos de calcário.

Fechei os olhos, seu perfume natural girava ao meu redor enquanto ela corria, seus passos a aproximavam em vez de afastá-la.

Pobre e doce cisne, zombei. *Perdida na cova dos leões...*

Saltei para frente para pegá-la, mas ela me atingiu no rosto com as unhas.

— Então é bom que eu seja uma leoa — ela respondeu antes de pular e envolver as pernas em minha cintura.

Sua boca reivindicou a minha antes mesmo que eu pudesse começar a reagir, sua reviravolta inesperada e aceita.

Porque essa mulher era a companheira perfeita. E eu disse a ela enquanto possuía sua boca com minha língua.

Ela se agarrou a mim enquanto eu avançava pelas catacumbas, com a mente focada em um único destino. Um que criei especificamente para ela.

Uma cripta.

O lugar onde ela renasceria como vampira.

Mas primeiro... eu precisava estar dentro dela.

Coloquei-a no caixão, seu vestido branco fino era quase translúcido à luz das velas ao nosso redor.

— Você está deslumbrante — elogiei-a, adorando sua aparência etérea.

Ela parecia uma noiva: inocente, doce e pronta para ser corrompida.

Apenas uma deusa olhou para mim, seu poder intangível, mas de natureza avassaladora.

— Tire o vestido — eu disse a ela, satisfeito por sua obediência sem questionar.

Essa era a nossa dinâmica.

Me ajoelhei diante dela. Mas ela também se ajoelhou para mim.

Iguais.

Almas gêmeas eternas.

Eu a beijei enquanto sua roupa caía no chão de terra, minha boca faminta contra a sua.

Ela estava nua.

Sem lingerie. Sem camadas. Apenas pele quente e fêmea pronta.

Liberte meu pau, eu disse em sua mente.

Ela agarrou meu cinto, abrindo-o com dedos ágeis antes de desabotoar a calça e puxar o zíper.

Meu pau pulsou quando ela o apertou, meu corpo estava mais do que pronto para tomar o dela.

Me guie, minha rainha. Me coloque onde você me quer.

Ela murmurou, sua mente oscilava entre aceitação e provocação.

Mas no final, a necessidade prevaleceu sobre todo o resto.

Ela envolveu as longas pernas em meus quadris novamente, com os saltos altos cravados em minha bunda enquanto ela me forçava a alinhar a virilha com a dela.

Então ela inclinou minha cabeça em direção à sua entrada e disse:

— Me coma, meu rei.

A luxúria lambeu um caminho pela minha espinha, e meu abdômen flexionou.

— Como desejar, minha rainha. — Empurrei para frente e a forcei a tomar cada centímetro de mim. Sua boceta quente teve um espasmo em resposta, seus lábios se abriram em um suspiro.

Então a silenciei com a língua.

Segure-se em mim, eu disse a ela quando comecei meu ataque sensual. *Não vou parar até que você goze pelo menos duas vezes no meu pau.*

O que não seria difícil, já que ela já estava prestes a alcançar o clímax.

Ela agarrou meus ombros, com as unhas afiadas mesmo através do tecido da minha camisa.

Segurei seu quadril e a direcionei para o lugar que eu mais a queria, enquanto minha mão oposta ia para a parte de trás do seu pescoço.

— Cam — ela murmurou, se arqueando para mim.

Uma de suas mãos caiu do meu ombro para se apoiar no caixão, a metade inferior subia para acompanhar meus movimentos.

Era tão sexy.

Tão *maravilhoso*.

E ainda assim, não era suficiente.

Mas nunca seria suficiente.

Esta mulher era minha. Meu coração. Meu passado, presente e futuro.

Eu a amava apesar da minha incapacidade de amar ou cuidar de outra pessoa.

Ela era minha humanidade.

Minha ligação com o mundo.

Minha razão de ser.

Eu a deixei sentir o poder do meu amor. A intensidade da minha reivindicação. Minha real necessidade de possuir cada centímetro seu repetidas vezes pelo resto de nossas vidas.

Ela apertou em torno de mim, seu prazer beirando a euforia.

Eu a segurei ali, bem no precipício, diminuindo meu ritmo.

Então estoquei nela e a forcei a gozar.

Ela gritou, o som era música para meus ouvidos enquanto ela apertava meu pau com suas paredes lisas.

Tão bom, eu disse a ela. *Bom demais*.

Ela gemeu em resposta, suas palavras ininteligíveis enquanto eu continuava a estocar.

Suas unhas cravaram em minha camisa novamente, fazendo os botões caírem e rasgando completamente o tecido.

Arqueei uma sobrancelha, surpreso com sua violência.

E ela respondeu puxando a camisa pelos meus braços. Eu a soltei para deixar o tecido cair, então reafirmei meu aperto e a segurei ainda mais forte.

Ela usou os pés para empurrar minha calça para baixo.

Eu a tirei junto com os sapatos, divertido com seu comando não-verbal.

Então reconquistei sua boca e fiz exigências silenciosas com a língua.

Exigências que ecoei com meus quadris contra os seus.

Estocando.

Comendo.

Possuindo.

Ela se preparou novamente, seu corpo acompanhando o meu, apesar de sua mente extasiada. Foi automático. *Primitivo.* Uma necessidade que nossas almas entendiam quase tão bem quanto nossos próprios seres.

Mordi a língua dela.

Ela mordeu a minha.

O sangue se acumulou em nossas bocas.

Um beijo vampírico.

E era inebriante.

Apertei os dedos em seu cabelo, minha necessidade de abraçá-la anulou todo o resto, até mesmo meu ritmo abaixo.

Então alcancei seu seio com a mão livre, e meu polegar encontrou o mamilo rosado com facilidade.

Puta merda, Ismerelda. Eu puxei até a ponta e a penetrei de volta. *Continue apertando meu pau com essa boceta quente. É isso, amor. Me domine com a sua boceta.*

Eu rosnei.

Ela estava tão apertada.

Mas eu precisava que ela gozasse de novo.

Só então eu poderia me juntar a ela.

Goze, Izzy. Se arqueie para fora daquele caixão e monte em mim.

Ela estremeceu, mas seu corpo seguiu meus comandos e forçou seus quadris a se moverem. Cada impulso fez com que seu clitóris encontrasse minha base, nossos corpos estavam praticamente colados agora, da boca à virilha.

Porque ela mais do que se arqueou. Ela praticamente me escalou com os braços em volta dos meus ombros e as pernas em volta da minha cintura.

Empurrei-a de volta, colocando-a quase deitada no caixão, e a comi com força.

Eu sabia que doía.

Mas ela aceitou.

E então começou a gozar.

Porque a minha rainha gostava da minha selvageria. Ela gostava do sombrio. Se deleitava com as tendências da minha besta e me deixava ver as dela na mesma moeda.

Eu a beijei enquanto ela caía em um estado de euforia, meu pau saboreando seus espasmos até que não aguentei nem mais um segundo.

Rosnei enquanto gozava dentro dela, meu esperma cobria cada centímetro da boceta da minha companheira. Preenchendo-a. Reivindicando-a. Marcando-a como *minha*.

— Agora — ela ofegou. — *Agora*, Cam.

Eu sabia o que ela queria dizer, o que ela *precisava*.

E eu obedeci, minhas presas afundaram em seu pescoço enquanto eu puxava sua essência para minha boca. Seu sabor delicioso provocou um gemido em meu peito, seu sangue era muito bom.

Isso mudaria.

Mas ficaria melhor.

Ainda mais viciante.

Porque teria gosto de imortalidade.

Ela atingiu o clímax novamente quando as endorfinas da minha mordida a persuadiram, seu calor úmido apertou ainda mais a minha ereção.

Vou ficar dentro de você enquanto te transformo, eu disse a ela.

Sim, ela sussurrou. Não que eu tenha formulado como uma pergunta, mas ela consentiu de qualquer maneira.

Tomei outro gole profundo enquanto ela se contorcia no meu pau.

Foi perfeito.

Quase gozei de novo com suas ondas de choque de prazer.

Mas tive que me concentrar. *Ouvir*. Porque esta era a parte vital do processo de criação. Esperar que seu pulso enfraquecesse até o ponto certo.

Um ponto que se revelou mais evasivo por causa dos vínculos dela com a minha imortalidade. Seu corpo queria se regenerar. *Curar*. Mas tive que forçá-la a esse estado.

Seus tremores finalmente começaram a diminuir. Seus membros ficam moles embaixo de mim.

Uma lembrança de quando a matei permaneceu em seus pensamentos. Mas ela rapidamente a descartou.

Porque ela confiava em mim.

Seu Cam.

Seu companheiro.

E ela se recusava a deixar o passado manchar o nosso futuro.

Ela suspirou, com a cabeça pendendo para o lado e seu pulso quase inexistente agora.

Tomei um gole final e me afastei para morder meu pulso.

Seus lábios se entreabriram em um suspiro final enquanto eu pressionava meu ferimento que sangrava em sua boca e a obrigava com minha mente a beber.

Ela imediatamente se agarrou, seu corpo claramente pronto para esta próxima fase de sua existência.

Você nasceu para ser vampira, pensei. *E não qualquer vampira, mas uma rainha vampira.*

Ainda tínhamos muito a conquistar em nosso novo território. Humanos, vampiros e seres imortais para governar.

Mas eu tinha fé na nossa capacidade de governar.

Nós prosperaríamos.

Juntos.

Como Rei Cam e Rainha Ismerelda.

Meu coração acelerou, indicando que eu tinha dado a minha *Erosita* um pouco demais do meu sangue. Mas eu ficaria bem.

Era ela quem precisava de toda a força que pudesse emprestar para garantir uma transição tranquila.

— Eu te amo — sussurrei contra seus lábios. — Me perdoe.

Quebrei seu pescoço antes que ela pudesse considerar uma resposta, sua vida terminando bem na minha frente.

Estudei-a por um momento, minha rainha nua.

Então saí de seu doce calor e levantei com cuidado seu corpo em meus braços.

Quando ela acordasse, estaria comigo ao seu lado.

No subsolo.

No caixão que criei exatamente para esse propósito.

Levantei a tampa, olhando para a cama almofadada que criei para nós.

Era luxuosa. Sensual. Vampírica. Um símbolo de nossas vidas futuras.

— Durma, meu amor — sussurrei enquanto nos acomodava no interior de veludo. — Amanhã nos levantaremos e o futuro será nosso.

A escuridão caiu sobre nós quando apertei um botão para nos abaixar na terra, a porta do caixão se fechou.

Fechei os olhos, minha mente buscando a dela. *Quando eu sentir que você vai começar a se mexer, vou te comer até ficar consciente.*

Então eu me ajoelharia diante dela.

E a adoraria por toda a eternidade.

EPÍLOGO - IZZY

Minhas coxas apertaram quando algo grosso e duro entrou e saiu de mim, minhas entranhas ardiam com um fogo inexplicável.

Tudo *queimava*.

Eu gemi, minha parte inferior se contorceu contra uma forma quente e musculosa.

Meu Cam, pensei, delirando com seu ataque sensual.

Minha Ismerelda, ele respondeu minha mente, nosso vínculo ganhando vida.

Algo nisso parecia... estranho. Ou talvez não.

Não era errado.

Era... *certo*.

No entanto, parecia mais profundo de alguma forma. Mais arraigado. Como se nossas almas tivessem alcançado um novo nível de ligação.

Me arqueei quando ele me atingiu particularmente fundo, meu corpo ganhou vida antes mesmo que eu pudesse abrir os olhos. Tudo estava escuro e a atmosfera ao nosso redor era fria.

No entanto, eu ainda estava pegando fogo.

Quente. Muito quente.

Minhas terminações nervosas estavam fervendo.

Meu núcleo estava tenso.

Ah, nossa... estou gozando...

Estrelas explodiram em minha mente, meu cérebro entrou em curto-circuito enquanto eu lutava por clareza. Por entendimento.

O que você fez comigo?, perguntei, tonta. *Onde estamos?*

— Em um caixão — ele disse em meu ouvido, seu corpo era como um manto de calor masculino acima de mim. — No subsolo.

Estremeci. *Subsolo?*

— Nas catacumbas, amor. — Ele mordeu o lóbulo da minha orelha, me fazendo estremecer, e meus olhos se abriram em um piscar de olhos.

— Por que...? — parei, piscando na escuridão.

Exceto que não estava tão escuro assim.

Eu podia ver a decoração gravada na madeira acima de Cam.

Um caixão, repeti para mim mesma. *Estamos... estamos em um caixão.*

Hum-hum, ele murmurou em confirmação, sua diversão ecoava pelo vínculo. *Transando... em um caixão.*

Ofeguei quando ele deslizou profundamente, seu pau me encheu por completo.

— *Cam* — murmurei, me arqueando para ele.

— Ismerelda — ele respondeu, pairando os lábios sobre meu pescoço. — Minha rainha vampira.

Vampira... a palavra reverberou em minha mente e meu mundo começou a se materializar. Estava... obscuro. Como nadar em águas escuras, em busca de uma luz.

E tudo que pude ver foi Cam.

Claramente.

De forma tão *vívida.*

E não apenas porque ele estava em cima de mim.

Mas porque estava dentro de mim. Sua alma casada com a minha. *Ainda estamos acasalados.*

Estamos, ele murmurou.

Isso não deveria ter me surpreendido. Kylan e Rae já haviam provado que era possível. No entanto, experimentar isso... estremeci. *Isso é tão intenso.*

Sim, ele concordou. *Incrível pra cacete também.*

Sim, repeti, arqueando para ele mais uma vez. *Posso sentir tudo.* Não apenas ele, mas o mundo ao nosso redor. *A terra.* As catacumbas. O ar.

Foi como se meus sentidos finalmente tivessem despertado.

Como se eu estivesse experimentando a *vida*.

Passei os braços ao redor dele, meu movimento foi surpreendentemente forte e rápido. Então o virei para poder ficar por cima. Só que a tampa do caixão impossibilitou que eu me sentasse.

Rosnando, empurrei contra ela.

Que voou para cima.

Cam nos girou, fazendo com que minhas costas batessem na almofada embaixo enquanto ele se virava para pegar a tampa antes que ela caísse de volta em cima de nós.

Arregalei os olhos.

Ele riu.

Então ele a jogou para o lado da cripta e se inclinou para me beijar. *Trabalharemos para dominar seus novos talentos*, ele murmurou em minha mente. *Vamos começar com você transando comigo com toda a sua força.*

O mundo girou mais uma vez quando ele me colocou de volta no topo, minha mente zumbiu por um rápido segundo antes de me acalmar quase imediatamente.

Era enervante o quanto isso parecia natural. O quanto era *emocionante.*

Pressionei as mãos em seu peito enquanto me sentava com mais firmeza em seu pau.

Sua mente me disse que eu deveria estar morrendo de fome agora, mas o único de quem eu queria me alimentar era dele.

E não era seu sangue que eu queria, mas o corpo. Seu prazer. Seus rosnados.

— É a minha vez de destruir você — eu o provoquei.

— Faça o seu pior — ele respondeu, curvando os lábios. — Me destrua. Me faça sangrar.

Arranhei as unhas em seu peito em resposta, o movimento fez com que ele se curvasse na almofada abaixo de nós.

Cam semicerrou os olhos, suas mãos encontraram meus quadris enquanto ele se movia para cima, a ação quase roubando meu fôlego.

— Me coma como a deusa vampira que você é. — Ele se sentou, agarrando meu cabelo. — E não se contenha.

Eu o beijei, meus dentes – não, *presas* – afundaram em seu lábio inferior.

Ele retribuiu o favor, nosso abraço se tornou violento.

No entanto, por baixo de tudo havia um toque carnal. Uma promessa sensual entre almas. Um amor que ninguém jamais poderia tocar.

Porque esse macho era meu. E eu era dele.

Era uma vez, um vampiro real que acasalou com uma mortal, pensei para Cam. *Ela era seu cisne e ele era o herói dela.*

Mas esse momento já passou, ele sussurrou de volta para mim.

Sim. Estamos no futuro agora, respondi. *Um futuro onde não há heróis. Não há cisnes. Só nós.*

Só nós, ele concordou, traçando meu lábio inferior com a língua. *Nós escolhemos nossos destinos.*

Sim, e eu escolho você: o Cam certo.

Ele sorriu. *Eu escolho você também, amor. Minha rainha vampira.*

Meu rei vampiro...

Obrigada por ler o último livro da série Aliança de Sangue!

Se você ama esta série e este livro, considere deixar uma avaliação. É a melhor maneira de alegrar o dia de um autor. <3

Se ainda não está pronto para deixar a série Aliança de Sangue, recomendo conferir *Dia de Sangue* (a história de Cedric e Lily), bem como *Desejo* (a história sobre a origem de Nyx e Vesperus).

Com relação a Nyx, alguns de vocês podem estar se perguntando por que ela não apareceu neste livro.

Bem, é porque ela ainda não acordou. Se estivesse acordada, muito mais vampiros e lycans teriam morrido. Ela fará uma aparição na série Blood Reckoning, que será uma série spin-off ambientada neste mundo (matadoras, alguém?).

Mas, a seguir, vem a história de Khalid e Emine, *Cidade de Sangue*. Eles são a ponte entre o mundo da Aliança de Sangue e o futuro de Blood Reckoning.

E sim, também pretendo lançar *Frost Bitten*, um ménage quente com Ivan, Trevor e sua virgem de sangue, Ivy. O livro deles vai se sobrepor à linha do tempo de *Realeza Perdida* e *Crueldade Perdida*, mas será totalmente independente.

Espero que você me acompanhe e continue brincando neste mundo comigo. É um dos meus playgrounds sensuais favoritos!

Felicidades e amor para todos vocês.

Beijos,

Lexi

AGRADECIMENTOS

Uau. Este livro quase me matou (ou talvez seja o resultado de escrevê-lo durante a gravidez e depois cuidar de um recém-nascido!), mas estou muito orgulhosa de como terminou e espero que você também tenha gostado!

Eu não teria conseguido completar esta tarefa monumental (especificamente nesta fase da maternidade *bocejo*) sem a minha equipe.

Em primeiro lugar, aos meus tradutores e revisores em idiomas estrangeiros por tornarem este livro possível. Sem vocês, ele não existiria em outros idiomas. Obrigada!!

Também, em primeiro lugar, ao meu marido, obrigada por me manter sã. Por me amar apesar das minhas longas horas de trabalho e da minha tendência de sonhar acordada e por garantir que eu durma e coma como um ser humano normal.

À Vicki, obrigada por todo o seu amor e apoio. Você é uma das minhas melhores amigas e eu te amo muito. Obrigada por tudo o que você faz por mim e por Luka. <3

À Laura, obrigada por todo o carinho e apoio também! Se eu pudesse te tornar imortal, eu o faria. Quando eu descobrir, te aviso ;) Te amo!

Para Amy e Yuli, obrigada por cuidarem tão bem do Luka quando estou perdida em minha caverna de escrita. Vocês são incríveis e uma adição bem-vinda ao "Foss Clan".

Para Bethany, minha editora extraordinária, você é o ser

humano mais incrível do mundo. Se você vivesse no futuro da Aliança de Sangue, eu garantiria que você acabasse em um harém com seu vampiro ou lycan favorito! Sério, obrigada por tudo. Você é a razão pela qual sou capaz de fazer o que faço (e estabelecer prazos estúpidos...).

A Jean, Katie, Heather e Erica, muito obrigada por me acompanharem enquanto eu lutava contra este livro e por garantir que ele fosse o melhor possível.

A Louise, Diane e Erica, obrigada por serem minha rocha quando estou nas profundezas da caverna. Vocês três me mantêm constantemente à tona quando mais preciso, e eu amo vocês!

A Chas e Candi, obrigada por todo o apoio e por comercializarem meus livros através de plataformas que não sei usar! Um dia desses eu aprendo... ou não.

E aos meus leitores, obrigada por me motivarem todos os dias. Adoro suas mensagens, comentários e e-mails. Elas me fazem seguir em frente.

Lexi C. Foss é uma escritora perdida no mundo do TI. Ela mora em Chapel Hill, na North Carolina, com o marido e seus filhos de pelos. Quando não está escrevendo, está ocupada riscando itens da sua lista de viagem. Muitos dos lugares que visitou podem ser vistos em seus textos, incluindo o mundo mítico de Hydria, que é baseado em Hydra nas ilhas gregas. Ela é peculiar, consome café demais e adora nadar.

https://www.lexicfoss.com/Inicio

9 781685 303259